서양 유토피아의 흐름 2

캄파넬라에서 디드로까지

(르네상스 시기-프랑스 혁명 전후)

이 저서는 2015년 정부(교육부)의 재원으로 한국연구재단의 지원을 받아 수행된 연구임.
(NRF-2015S1A6A401009196)

서양 유토피아의 흐름

캄파넬라에서 디드로까지:
르네상스 시기-프랑스 혁명 전후

2

필자 박설호

울력

ⓒ 박설호, 2020

서양 유토피아의 흐름 2

캄파넬라에서 디드로까지 (르네상스 시기-프랑스 혁명 전후)

지은이 | 박설호
펴낸이 | 강동호
펴낸곳 | 도서출판 울력
1판 1쇄 | 2020년 2월 28일
등록번호 | 제25100-2002-000004호 (2002. 12. 03)
주소 | 서울시 구로구 경인로35길 129, 4층 (고척동)
전화 | 02-2614-4054
팩스 | 0502-500-4055
E-mail | ulyuck@hanmail.net
정가 | 18,000원

ISBN | 979-11-85136-54-7 94800
      979-11-85136-52-3 (세트)

이 도서의 국립중앙도서관 출판예정도서목록(CIP)은
서지정보유통지원시스템 홈페이지(http://seoji.nl.go.kr)와
국가자료종합목록 구축시스템(http://kolis-net.nl.go.kr)에서 이용하실 수 있습니다.
(CIP제어번호 : CIP2020007749)

차례

서문

"여러 유형의 유토피아는 대개 시기상조의 진리이다." (Alphonse de Lamartine)

"역사는 감금된 예언이다." (Thomas Carlyle)

시기상조의 진리 ― 힘든 삶을 살아가는 인간의 애타는 갈망 속에는 마치 수정(水晶)처럼 결정되어 있는 무엇이 도사리고 있습니다. 그것은 지금 여기에 결핍된 무엇입니다. "지금 그리고 여기(hic et nunc)"에 결핍된 무엇을 갈구하는 인간은 언젠가는 그것이 충족되기를 갈망합니다. 주어진 삶이 쓰라린 고통을 안겨 준다면, 유토피아는 어쩌면 ― 시인, 페터 후헬(Peter Huchel)의 표현을 빌면 ― "얼어붙은 강이 갈대의 목을 통해서" 숨을 쉬는 생명의 연장과 같습니다(Peter Huchel: Werke Bd. 1, Frankfurt a. M., 1984, 154). 그렇기에 시기상조의 진리는 역사적 사실의 맥락에서 파악될 수 있습니다. 역사는 토머스 칼라일이 말한 대로 감금된 예언으로 가득 찬 무엇입니다. 가령 역사적 사실 속에는 어떤 교훈이 은밀히 도사리고 있습니다. 특정한 교훈은 주어진 당대에 미처 인식되거나 실현되지 못하고, 대체로 미래로 향해서 연기되기 마련입니다. 바로 이러한 까닭에 어떤 갈망은 "지금 그리고 여기"라는 주어진 여건 속에서 차단되고 제한되지만, 후세 사람들은 역사 속에 드러난 어떤 패배의 교훈이 미래로 이전되는 것을 예리하게 간파합니다. 피맺힌 역사를 통찰하고 그 속에서 무언가를 찾으려는 자는 틀림없이 과거 사람들의 내적인 갈망의 상과 도래할 미래의 삶과의 연관성 등을 도출해 낼 수 있을 것입니다.

제2권의 배경은 르네상스 시대부터 절대왕정 시대까지 이어지고 있습니다. 16세기에 이르러 신이 아니라, 인간 존재의 가치 그리고 이에 대한 의식이 태동하게 되었습니다. 현세의 삶의 중요성이 부각되자, 사람들은 권력과 종교 사이의 어떤 정치적 유착 관계를 간파하게 되었습니다. 서서히 상업이 활성화되자, 자본주의의 생산양식이 주어진 현실에 뿌리를 내리기 시작합니다. 이때부터 중세의 라티푼디움의 경제 구도가 파기되었으며, 거대한 국가의 토대가 정착되기 시작했습니다. 말하자면, 이 시기에는 절대왕정 체제의 기반이 다져졌는데, 이와 병행하여 사회의 저변에서 영향을 끼친 것은 경제적 생산양식이었습니다. 물론 절대왕정 체제는 종교적 권력을 약화시키고, 대도시의 융성에 지대한 영향을 끼쳤다는 점에서 일시적으로 진보의 과정에 도움을 준 것은 사실이었습니다. 그렇지만 르네상스 시기 이후의 유럽에서 사회적 갈등은 해결되지 않은 채 남아 있었습니다. 귀족과 사제 계급은 놀고먹으면서 과거와 다름없이 일반 서민들의 노동력을 착취하였던 것입니다. 권력의 가렴주구와 병행하여 대지주들은 소작농들에게 크고 작은 만행을 저질렀습니다.

이러한 일련의 참담한 현상은 토머스 모어 이후에 나타난 고전적 유토피아의 배경으로 작용합니다. 캄파넬라와 프랜시스 베이컨의 고전적 유토피아에서는 자유와 평등의 이상이 만인의 노동으로 규범화되어 있으며, 근검절약과 절제의 삶이 하나의 미덕으로 확정되어 있습니다. 특히 만인의 4시간 내지 6시간 노동의 규칙은 특권층의 기득권과 빈부 차이를 없애려는 그들의 열망과 직결됩니다. 이로써 출현하는 것은 괴팅겐 출신의 철학자, 니콜라이 하르트만(Nicolai Hartmann)이 지적한 바 있듯이, 기독교적 이웃 사랑 대신에 "먼 곳의 사랑(Fernstenliebe)"과 "다른 세상에서 전해지는 미덕"이라는 가치였습니다(Nicolai Hartmann: Ethik, De Gruyter: Berlin, 1962, 491). 시기상조로서의 진리가 시간적 차이를 전제로 한다면, 먼 곳의 사랑은 공간적 거리감을 의식하게 해 줍니다. 16세기의 유토피아는 주로 지구상의 멀리 떨어진 공간을 하나의 국가 체제로 설정하고 있는데, 이는 고대의 축복의 섬에 대한 갈망과 관련됩니다. 이 시기에는 드물게 비국가주의 유토피아 또한 출현하였습니다. 이에 대한 예로서 라블레의 "텔렘 사원"이 있습니다.

16세기에 콜럼버스의 신대륙 발견 이후 "고결한 야생(Bon-Sauvage)"에 대한 기대감이 유럽 전역에 확산되었습니다. "고결한 야생"이라는 표현은 알론소 에르시야 이 수니가(Alonso de Ercilla y Zúñiga)의 서사시 「아라우카나(La Araucana)」(1569)에서 처음 사용되었습니다. 미구엘 세르반테스는 언젠가 이 작품을 카스티야 언어로 집필된 세 편의 명작 가운데 한 편이라고 평가한 바 있는데, 바로 여기서 장소 유토피아의 모델이 다시 한 번 서술되고 있습니다. 놀라운 것은 이러한 문화사적인 변화의 과정에서도 다양한 유토피아의 양상들이 지속적으로 출현했다는 사실입니다. 물론 17세기와 18세기의 절대왕정 시대의 유토피아가 르네상스 시대의 고전적 유토피아와 완전히 구별되지는 않습니다. 다만 유토피아의 현실적 배경은 지구 반대편, 혹은 달나라와 같은 우주의 머나먼 곳으로 이전되어 있습니다. 주어진 현실로부터 완전히 벗어난 찬란한 사회상은 절대왕정의 폭력을 벗어나고 싶은 심리적 욕구를 반영한 것입니다.

당시 사람들은 절대주의의 서슬 푸른 권력의 칼날 앞에서 저항할 수 없었습니다. 죽음을 무릅쓰고 폭군 처형에 대한 의향을 감히 발설할 수 없었던 것입니다. 그렇기에 계몽주의 지식인들은 권력에 대한 저돌적인 저항 대신에 종교적 독단 내지 편협성을 비판하기 시작하였습니다. 왜냐하면 권력의 토대를 보좌하는 사회적 세력이 사제 계급이었고, 종교적 관용을 고취시키는 노력 자체가 보수주의적인 사제 세력을 점차적으로 약화시키리라고 판단되었기 때문입니다.

18세기에 이르면, 모어 이후에 나타난 장소 유토피아는 패러다임에 있어서 시간 유토피아로 의미 변환을 이룹니다. 찬란한 사회적 삶은 멀리 떨어진 장소를 배경으로 하는 게 아니라, "미래의 바로 이곳"에서 능동적으로 건립될 수 있다는 것이었습니다. 여기에는 계몽에 대한 "시민 주체(Citoyen)"의 의지가 자리하고 있습니다. 이와 병행하여 중세에 인정받던 "정태적 완전성(perfectio)"의 개념은 계몽의 시대에 "역동적 완전성(perfectibilité)"의 개념으로 변화되었습니다.

1. 모어 이후의 르네상스 유토피아: 이 장에서는 토머스 모어 이후에 나타난 몇몇 유토피아 문헌을 다루고 있습니다. 예컨대 에벌린이 설계한 미지의 섬 "볼파리아," 슈티블린의 『행복 공화국』 그리고 도니의 『이성적인 세계』가 언급되고 있습니다. 에벌린과 슈티블린은 기독교에 입각한 중농주의 사회를 설계했다는 점에서 어쩌면 토머스 모어의 『유토피아』의 아류로 이해될 수 있습니다. 이에 비해 도니의 작품은 명시적으로 사유재산제도와 결혼 제도를 철폐하고 있습니다. 이 점에 있어서 『이성적인 세계』는 캄파넬라의 『태양의 나라』에 나타난 유토피아 구상을 선취하고 있습니다.

2. 라블레의 "텔렘 사원"의 유토피아(1551): 텔렘 사원은 프랑스 인문주의자, 프랑수아 라블레의 대작 『가르강튀아』 제2권에 소개되어 있습니다. 라블레가 설계한 텔렘 사원은 노예경제에 근거하는 이상적 소규모 공동체이지만, 사원의 사람들은 모두가 풍요로운 삶을 살아갑니다. 그들의 삶의 방식은 "네가 원하는 바대로 행하라(Fay ce que vouldras)"입니다. 이로써 가난, 순결 그리고 복종이라는 수사의 삶은 지양되고, 사원

사람들은 풍요로움, 자유 그리고 자유의지를 실천하며 생활합니다. 라블레의 텔렘 사원은 노예경제에 바탕을 둔, 르네상스의 비국가주의의 전형을 보여 주고 있습니다.

3. 안드레에의 『기독교 도시국가』(1619): 안드레에는 자신의 책에서 왕궁, 교회 그리고 대학을 비판합니다. 이러한 단체들은 질투, 탐욕, 인색함, 나태함 등과 같은 온갖 악덕의 온상이라고 합니다. 나아가 안드레에는 법정의 횡포를 신랄하게 비판합니다. 문제는 마치 장발장처럼, 빵을 훔쳐 먹는 평민에게 사형이라는 극형이 처해진다는 사실입니다. 비록 종교적 관용이 용납되지 않고 남존여비의 특징이 도사리고 있지만, 안드레에의 기독교 도시국가는 루터의 프로테스탄티즘의 이상을 얼마든지 실현 가능한 유토피아로 설계하고 있습니다.

4. 캄파넬라의 『태양의 나라』(1623): 완벽한 국가주의 질서 유토피아, 『태양의 나라』에서 사람들은 하루 네 시간 일하며 생활합니다. 하루 일과는 점성술에 의해 빈틈없이 짜여 있습니다. 사유재산은 용납되지 않으며, 어떠한 경우에도 고문은 발생하지 않습니다. 물론 전체주의의 의혹이 없는 것도 아니지만, 사람들은 인간의 세 가지 악덕인 나태, 자만, 이기심을 극복하기 위해 노력합니다. 특히 놀라운 것은 노예제도, 가족제도가 철폐되어 있다는 사실입니다. 대신에 사형 제도는 존속되고 있는데, 형이 집행되는 경우는 거의 드뭅니다.

5. 프랜시스 베이컨의 기술 유토피아(1627): 베이컨의 작품 『노붐 오르가논』과 『새로운 아틀란티스』는 국가주의 시스템에다 과학기술의 특성을 강하게 부각시킨 문헌들입니다. 베이컨은 궁핍함, 빈부 차이, 과도한 세금 그리고 사회적 방종 등을 숙고하면서, 하나의 대안으로서 과학기술에 근거하는 유토피아 사회를 설계하고 있습니다. 베이컨의 사회에는 일부일처제의 가족제도가 존속됩니다. 특히 놀라운 것은 학문을 연마하는 솔로몬 연구소가 가동되고 있다는 점입니다. 베이컨은 과학기술을 발전

시킴으로써 인간의 지상의 행복을 극대화시킬 수 있다고 확신하였습니다.

6. 계몽주의, 라이프니츠의 「우토피카 섬에 관하여」: 이 장은 계몽주의 사상과 유토피아 사이의 상관관계를 다루고 있습니다. 이를테면 이신론, 범신론 그리고 기계적 유물론 속에 도사린 혁명적 특성이 차례대로 서술되고 있습니다. 우리는 계몽주의 사상에서 사회계약론과 평등 사회에 관한 갈망의 사상적 단초를 읽을 수 있습니다. 이로써 계몽주의는 시민 주체의 중요성을 부각시키는데, 이 시기의 유토피아들은 시민 주체의 역동성을 강조하고 있습니다. 뒤이어 언급되는 것은 라이프니츠의 잘 알려지지 않은 문헌 「우토피카 섬에 관하여(De insula Utopica)」(1688)입니다. 여기서는 라이프니츠의 평등사상 그리고 학문과 기술이 중시되는 사고가 다루어져 있습니다.

7. 윈스탠리의 『자유의 법』(1652): 윈스탠리의 『자유의 법』은 주어진 현실의 직접적인 개혁을 강하게 부각시킨다는 점에서 르네상스 유토피아에서 나타나는 정태적 특성과 차별성을 드러내고 있습니다. 윈스탠리는 지금 그리고 여기, 구체적으로 말해 17세기에 영국 현실의 변화 가능성에 주목합니다. 여기서는 초기 자본주의 경제의 생산양식에서 필연적으로 출현하는 빈부 차이가 비판의 도마 위에 오르고 있습니다. 『자유의 법』은 소작농 보호를 위한 단위 조합 운동, 부동산의 공유화 정책, 권력의 분산 등을 중요한 관건으로 지적하고 있습니다.

8. 베라스의 세바랑비 유토피아(1675): 베라스가 설계한 유토피아는 무엇보다도 가난과 폭정의 대안으로 설계된 것입니다. 군주제와 민주제가 혼합된 국가, 세바랑비에서는 만인이 공동으로 일하고, 재화를 공동으로 분배합니다. 그들은 사유재산을 떨치고 공유제를 실천하고 있습니다. 이로써 실천되는 것은 세 가지 자연법적인 권리입니다. 그것은 자기 보존의 권리, 행복 추구의 권리 그리고 종족 보존의 권리를 가리킵니다. 베라

스의 유토피아는 고전적 유토피아와 17세기 후반부의 자연법사상의 유토피아의 특성이 기묘하게 혼합되어 있습니다.

9. 푸아니의 양성구유의 아나키즘 유토피아(1676): 푸아니의 『자크 사뒤르의 모험』은 새롭게 발견된 거대한 대륙을 배경으로 하고 있습니다. 여기서 우리는 남쪽 대륙이 오스트레일리아와 일치한다고 단언할 수는 없습니다. 이곳 사람들은 남녀추니들입니다. 다시 말해, 남성과 여성이라는 두 개의 성을 한 몸에 지니고 있습니다. 그렇기에 남녀 차이와 남녀 구별로 인한 제약이나 고통을 느끼지 않으며 평등하게 살아갑니다. 푸아니의 작품은 종교의 권위와 국가의 체제가 얼마나 개개인의 삶에 부정적 영향을 끼치는지를 지적하였습니다.

10. 퐁트넬의 무신론의 유토피아(1682): 퐁트넬의 『아자오 섬 이야기』는 절대왕정과 패륜을 비판하기 위해서 떠올린 이상적인 공화국을 서술하고 있습니다. 치열하고도 섬뜩한 주제로 인하여 작품은 오랫동안 퐁트넬의 서랍 속에 묵혀 두어야 했습니다. 아자오 섬의 인민들은 종교가 아니라 자연의 법칙에 입각하여 이성적인 판단을 도출해 내면서 살아갑니다. 여기에는 어떠한 예식도, 사원도 자리하지 않습니다. 사제 계급은 처음부터 존재하지 않습니다. 그런데 하자로 지적할 수 있는 것은 퐁트넬이 전근대적인 일부다처에 근거한 남존여비의 삶을 서술하고 있다는 사실입니다.

11. 페늘롱의 유토피아, 베타케 그리고 살렌타인(1699): 페늘롱의 소설 『텔레마코스의 모험』은 왕족의 교육서로 집필되었습니다. 여기에는 놀랍게도 두 가지 유토피아 모델이 설계되어 있습니다. 그 하나는 "베타케"로서 태고 시절의 원시 공산제의 면모를 드러내고 있다면, 다른 하나는 "살렌타인"으로서 사회적 체제 내지 제도적 장치를 지닌 유토피아 모델을 가리킵니다. 전자는 아무런 법 규정이 필요 없는 무위의 아르카디아의 사회이며, 후자는 이와는 다른 체제와 법령을 갖춘 근대 사회의 면

모를 보여 주고 있습니다. 이로써 페늘롱이 비판하려고 한 것은 당시의 절대왕정과 사유재산제도였습니다.

12. 라옹탕의 고결한 야생의 유토피아(1703): 라옹탕의 여행기는 고결한 야생의 삶이 어떻게 유럽의 계층 사회와 다른가를 시사해 줍니다. 라옹탕은 자신의 고유한 경험을 바탕으로 고결한 야생의 생활을 서술하였습니다. 그의 문헌은 국가의 폭력, 사유재산제도의 취약점, 권력자 그리고 사제 계급의 가렴주구 등을 은근히 비판하고 있습니다. 이 점을 고려할 때, 라옹탕의 유토피아는 비국가주의 모델로 이해될 수 있습니다. 가령 인디언 휴런족의 삶은 국가주의 대신에 자연법칙에 의거하여 사회생활과 성생활을 영위하고 있습니다.

13. 슈나벨의 『펠젠부르크 섬』(1731): 슈나벨은 찬란한 공동체의 삶을 꿈꾸는 계몽주의 유토피아를 묘파하고 있습니다. 기독교를 숭상하는 선한 사람들은 펠젠부르크 섬에서 자유와 평등의 삶을 누리고 있습니다. 여기에는 귀족과 평민의 구분이 없으며, 선량한 사람들만이 이곳에서 정착할 수 있습니다. 농업 중심의 경제체제와 가부장주의의 일부일처제가 특징적입니다. 슈나벨은 유토피아 사회의 정태적인 구도를 서술할 뿐 아니라, 펠젠부르크 유토피아가 어떻게 생겨났는지 구체적으로 묘파하고 있습니다. 이로써 강조되는 것은 시민 주체의 자유로운 삶인데, 이는 유럽 사회의 탐욕과 투쟁 그리고 살인과 대비되는 유토피아 사회입니다.

14. 모렐리의 『자연 법전』(1755): 『자연 법전』은 "사회주의 사상을 선취하는 평등한 이상 국가의 상"으로 명명될 수 있습니다. 모렐리는 공유물의 분배를 강조하였으며, 이윤 추구를 위한 상업을 금지하였습니다. 지배 권력의 횡포는 모렐리의 국가주의 유토피아에서는 처음부터 차단되고 있습니다. 이를 위해서 모든 권력은 분산되어야 하며, 정치제도 역시 처음부터 연방제로 정착되어야 한다고 확신하고 있습니다. 새로운 평등 국가는 가족제도에 있어서 가부장주의를 우선적으로 간주하되, 결혼 제

도는 유연하게 실행해 나가는 게 바람직하다고 모렐리는 주장합니다.

15. 디드로의 『부갱빌 여행기 보유』(1769): 디드로는 부갱빌 여행기를 바탕으로 타히티 섬의 사회체제와 유럽 사회의 그것을 일차적으로 비교하려고 하였습니다. 이로써 유럽의 정복 이데올로기, 강제적 성 윤리 그리고 자연에 위배되는 기독교 중심주의가 비판의 대상이 되고 있습니다. 이와 병행하여 타히티 섬의 자연 친화적인 삶, 자유로운 성생활 그리고 평등한 사회 구도가 언급됩니다. 디드로의 문헌은 유럽인과 타히티 사람 사이에서 태어난 혼혈인을 어떤 이상적 인간형으로 설정하고 있습니다. 한마디로 『부갱빌 여행기 보유』는 자본주의 이전에 출현한, 강대국의 식민지 쟁탈이라는 횡포를 지적한다는 점에서 프란츠 파농의 반식민주의적 저항 의식을 선취하고 있습니다.

마지막으로 한 말씀 전합니다. 도서의 출판은 나에겐 두 가지 의미를 지닙니다. 첫째로 필자는 저역서 발간을 통해서 고마운 분들에게 보은(報恩)하고 싶습니다. 빌헬름 포스캄프 교수님(Prof. Dr. Wilhelm Vosskamp) 그리고 고(故) 헬무트 푀르스 박사님(Dr. Helmut Förs)에게 감사의 말씀을 전합니다. 그 밖에 많은 분들이 뇌리를 스쳐 지나가는군요. 그분들에게 머리 숙여 감사드립니다. 둘째로 필자는 저역서의 발간으로 미지의 독자들에게 봉사하고 싶습니다. 그렇다고 무조건적인 지식 전수를 의도하지는 않습니다. 푸른색은 쪽에서 나왔지만 쪽빛보다 더 푸르듯이, 독자들이 책의 잘못된 부분을 발견하고 그 내용을 더욱 발전시키길 바랄 뿐입니다. 울력의 강동호 사장님에게 다시 한 번 감사의 말씀을 드리면서….

안산의 우거에서
필자 박설호

1. 모어 이후의 르네상스 유토피아

(1521/1553)

1. 르네상스 유토피아의 세 가지 기본적 특성, 정태성, 부자유 그리고 폐쇄성: 모어의 『유토피아』의 전언은 너무나 강력하여, 수 세기 동안 지속적으로 영향을 끼쳤습니다. 비록 작품이 1516년 네덜란드에서 라틴어로 소개되었지만, 이듬해에 파리에서 그리고 1518년 스위스의 바젤에서 간행되었습니다. 독일에서는 "놀라운 섬, 유토피아에 관해서"라는 제목으로 1524년에 발표되었습니다. 이로써 모어의 『유토피아』는 이어지는 다른 문헌들과 함께 고전적 유토피아로서 기능하게 됩니다. 여기서 분명하게 지적할 수 있는 것은 토머스 모어가 실제로 어떤 혁명적 행위를 주창하지는 않았지만, 최소한 어떤 바람직한 국가의 체제로서의 기관을 구체적으로 서술했다는 사실입니다(Kamlah: 25f). 르네상스의 고전적 유토피아는 다음과 같은 세 가지 기본적 특성을 지니고 있습니다. 첫째로 모어, 캄파넬라 그리고 베이컨으로 이어지는 정태적 모델들은 역사 발전의 역동성을 자극하는 힘을 결여하고 있습니다. 둘째로 국가주의 유토피아를 강조함으로써 개개인들은 약간의 자유를 누릴 수 있지만, 모든 것은 국가 중심으로 영위됩니다. 셋째로 고전적 유토피아는 섬 내지 폐쇄적 공간으로 상정되고 있으므로, 국제적 시각을 드러내지 않고, 고립된

특성을 드러냅니다. 물론 이러한 세 가지 특성은 프랜시스 베이컨의 『노붐 오르가눔』의 경우 전적으로 일치되지는 않습니다. 예컨대 솔로몬 연구소에서는 세계 전체의 보편적 질서가 중시되고 개방적, 역동적 특성이 나타나고 있지만(Höffe: 210), 이는 하나의 지엽적인 예외 사항에 불과합니다.

2. 에벌린의 「15명의 동맹 동지들에게」: 『유토피아』는 동시대인들에게 커다란 영향을 끼쳤는데, 에벌린과 도니의 문헌이 바로 그 예입니다. 독일 출신의 요한 에벌린 폰 귄츠부르크(Eberlin von Günzburg, 1470-1533)는 자신의 이상 국가를 "볼파리아"라고 명명했습니다. 에벌린은 15장으로 이루어진 연작 팸플릿, 「15명의 동맹 동지들에게」 가운데 10장과 11장에서 자신의 이상 국가인 "볼파리아"를 세밀하게 묘사하고 있습니다. 에벌린의 문헌은 마르틴 루터의 표현에 의하면 "종교개혁 초기에 나타난 언어적으로 탁월하고 문체상으로 놀라운 사상을 드러낸 팸플릿"이라고 합니다. 미리 말씀드리지만, 이상 국가 "볼파리아"는 프로테스탄트의 이상을 강조하고 있습니다(Saage: 186). 그러나 에벌린의 글은 사회 정치적인 관점에서는 계층 사회를 용인하는 귀족적 보수주의에 근거하고 있어서, 유토피아의 역사 연구에서 배제되었으며, 유토피아의 역사의 영역이 아니라 교회사의 영역에서 이따금 논의되는 실정입니다.

3. 에벌린의 삶: 에벌린은 1470년 귄츠부르크 근처의 소도시 클라인쾨츠에서 태어났습니다. 조실부모하여 친척들의 도움으로 힘들게 살았습니다. 뼈저린 가난의 경험은 그의 마음속에 주위의 고통당하는 이웃을 돕는 게 가장 중요한 일이라고 깨닫게 해 주었습니다. 에벌린은 1487년에 어느 독지가의 도움으로 잉골슈타트 대학에서 신학을 공부하였습니다. 2년 후에 학사 학위를 취득한 그는 아우크스부르크에서 사제로 잠

시 일하다가, 1489년 스위스의 바젤로 가서 신학 석사 학위를 취득하게 됩니다. 하일브론에서는 생계를 위해 프란체스코 교단에 들어갔으나, 가톨릭 교리의 허례허식적인 제도에 식상해 있었습니다. 16세기 초반에 에벌린은 가톨릭 교단과는 거리를 두면서, 신학을 공부하는 모임에 가담하였습니다. 1519년 우연한 기회에 그는 루터의 종교개혁 사상에 매료되었습니다. 1521년 울름으로 향하여, 그곳에서 마르틴 루터의 사상에 경도하였습니다(Seibt: 73). 에벌린은 종교적으로는 진보적인 태도를 취했으나, 정치적으로는 "선한 귀족"을 동경하는 등 다소 어긋나는 입장을 고수하고 있습니다. 어쨌든 그의 급진적인 신학적 견해는 그의 삶을 더욱 힘들게 만들었습니다. 급기야 에벌린은 프란체스코 교단으로부터 추방당하는 비운을 맞이합니다.

에벌린은 1521년에 교단에서 추방당한 뒤에 「15명의 동맹 동지들에게」를 착수하여 방랑 기간에 집필했습니다. 이 글은 1522년 뷔르템베르크에서 완성되었습니다. 사람들에게 새로운 신앙을 알리고 가톨릭의 제반 계율들을 철폐하게 만들 수 있는 다른 방도를 찾지 못했습니다. 에벌린은 쉬운 독일어 문장을 사용하여 인민의 관점에서 구태의연한 예식 절차와 수사의 결혼에 대해 비판의 칼날을 세웠습니다. 그는 수사들도 결혼할 수 있다고 주장하면서, 이를 교황에게 직접 건의했습니다. 그러나 세상은 종교적 투사인 그에게 직접적으로 압박을 가했습니다. 에벌린은 아내와 네 명의 자식과 함께 안스바흐 근처의 작은 마을에서 궁핍하게 살다가 1533년 유명을 달리합니다.

4. **집필 계기**: 에벌린은 연작 팸플릿을 통해서 독일인들에게 현재의 성당과 교회의 실상을 알리고, 종교개혁의 필요성을 역설했습니다. 특히 강조된 사항은 마르틴 루터와 울리히 폰 후텐(Ulrich von Hutten)의 새로운 신학 사상이었습니다. 이로써 그는 종교개혁이 성공리에 끝나기를

애타게 갈구하였습니다. 1520년에 신성로마제국의 새로운 황제로 등극한 젊은 카를 5세는 기독교가 새롭게 발전되고 개혁되어야 한다고 설파한 적이 있었습니다. 그의 발언은 종교적으로 탄압당하던 유럽 인민들에게 커다란 희망을 안겨 주었습니다. 이와 관련하여 에벌린은 상인 계급 외에도 로마 교황청의 고위 사제들을 노골적으로 저주했습니다. 이들은 오로지 법칙만을 준수하며, 인민의 고혈을 빨아먹는다는 것이었습니다. 그런데 문제는 가톨릭 교단의 고위 사제 가운데 몇 명이 직접 권력자의 곁에서 모든 정책에 개입하는 데 있었습니다. 실제로 에벌린은 작품 「15명의 동맹 동지들에게」에서 이러한 사항을 직접 논평하고 있습니다. 교회 세력이 신성로마제국의 정책에 노골적으로 개입함으로써 국가의 엄청난 세금은 백성들을 위해서 지출되지 않고, 교묘한 방법으로 교회로 빠져나간다는 것이었습니다. 특히 이러한 일을 저지르는 자는 에벌린에 의하면 신성로마제국의 황제 카를 5세의 책사인 요한 글라피온이라는 것이었습니다.

5. **작품의 내용:** 에벌린의 15편의 연작 팸플릿 가운데 제10장과 11장에서는 기독교 이상 국가인 "볼파리아"의 면모가 일목요연하게 기술되어 있습니다. 첫째로 미지의 섬, "볼파리아"에 거주하는 사람들은 모든 물품을 나누어 사용하고, 겸허한 마음으로 예수 그리스도를 모시면서, 가난하지만 행복하게 살아갑니다. 둘째로 미지의 섬, 볼파리아에는 사유재산제도가 철폐되어 있으며, 농업을 중심으로 모든 재화는 균등하게 배분됩니다. 셋째로 남녀의 의복은 구별되어 있으며, 일부일처제의 결혼 생활 역시 강조되고 있습니다(Seibt: 79). 넷째로 에벌린은 이곳의 하루 일과를 새벽부터 밤까지 세밀하게 구체적으로 규정하고 있습니다. 다섯째로 안식일은 일주일에 한 번이면 족하다고 합니다. 이와 관련하여 에벌린은 사제 계급의 권한을 대폭 축소하였습니다. 종교인들은 자신의

권리를 더 이상 확장시킬 수 없으며, 본분을 지켜야 한다는 것입니다. 대신에 수사들 역시 얼마든지 결혼하여 자식을 거느릴 수 있어야 한다고 합니다. 여섯째로 이른바 탁발 수도원은 모조리 철폐되어야 한다고 합니다(여기서 말하는 탁발 수도원은 프란체스코 수도원, 카멜리트 수도원 그리고 아우구스티누스 수도원을 가리킵니다). 왜냐하면 탁발 수도원은 겉으로는 청빈을 중시하면서도 속으로는 수도원의 경제적 이익을 창출하는 데 집착하기 때문이라고 합니다. 일곱째로 결혼을 원하는 자와 상인으로 근무하고 싶은 자는 반드시 볼파리아 관청의 허락을 받아야 합니다. 왜냐하면 에벌린은 방랑하는 민초들이 가급적이면 법의 보호를 받아야 한다고 믿었기 때문입니다. 여덟째로 간음, 음주 난동, 신성모독, 도박 등의 행위는 철저하게 금지되어야 합니다. 아홉째로 모든 남자들은 수염을 길게 길러야 한다고 에벌린은 주장합니다(Jens 5: 6). 여기서 우리는 유대교의 가부장주의의 관습을 유추할 수 있습니다.

6. 모어의 유토피아와의 유사성: 그런데 에벌린이 모어의 『유토피아』를 직접 구해서 이를 참조했다는 고증은 없습니다. 그러나 우리는 그의 다른 문헌에서 모어의 영향을 유추할 수 있습니다. 이미 언급했듯이, 모어가 창안한 개념 유토피아는 "없는 곳" 내지 "최상의 곳"이라는 모순된 의미를 지니고 있습니다. 『유토피아』의 등장인물, "히틀로데우스" 역시 "현자" 내지 "거짓말 이야기꾼"이라는 중의적 의미를 드러냅니다. 이러한 기발한 아이디어를 통해서 모어는 작품 내용으로부터 스스로 거리를 두려고 했습니다. 그렇게 해야만 당국으로부터의 검열을 피할 수 있다고 여겼던 것입니다. 『유토피아』가 대화체의 문체로 기술되어 있다는 점 역시 이와 관계됩니다. 두 명의 화자는 작가의 입장과 대비될 수 있습니다. 그런데 에벌린의 이상 국가에 등장하는 인물의 이름은 이러한 의도와는 아무 관련성이 없습니다. "볼파리아"에서는 어떤 남자가 등장하여 미

지의 찬란한 나라에 관해 보고하고 있습니다. 그의 이름은 "프시타코스 (Psytacos)"인데, 이 단어는 어원에 의하면 "코푸는 남자"라는 의미를 지니고 있습니다. 그런데 우리는 여기서 어떠한 정치적 의미도 찾을 길이 없습니다. 프시타코스는 방울 달린 모자를 쓴 바보 내지 얼간이로 등장합니다. 에벌린은 다만 글의 내용을 생동감 있게 전달하려고 이 단어를 사용했을 뿐입니다.

7. **볼파리아와 유토피아:** 볼파리아에서의 삶은 처음부터 끝까지 철저한 규정에 의해서 정해져 있습니다. 이는 안드레에의 『기독교 도시국가』의 경우와 동일합니다. 에벌린의 작품은 여러 가지 면에서 모어의 『유토피아』와 공통점을 드러냅니다. 첫째로 에벌린은 자신의 이상 국가 "볼파리아"에서 사유재산제도를 거부하고 공유제를 과감하게 도입하였습니다. 지상의 모든 재화는 개인의 소유가 아니라, 신께서 하사하신 것이기 때문입니다. 그렇지만 에벌린의 유토피아가 사유재산제도를 거부하는 근본적 이유는 모어의 경우와는 전혀 다른 맥락에서 이해될 수 있습니다. 모어는 사유재산제도가 인간으로 하여금 부정부패를 저지르도록 추동한다고 믿은 반면에, 에벌린은 단순히 신학적 관점에서, 다시 말해 원죄설에 입각하여 사유재산을 용인하지 않았습니다(김영한: 81). 지상의 모든 물품은 신의 소유이며, 인간은 살아 있는 동안에만 이를 사용할 수 있을 뿐이라고 합니다. 둘째로 지상의 천국, "볼파리아"는 미지의 섬으로 이루어져 있습니다. 미지의 섬은 모어가 신대륙 발견에 착안하여, 고대에 나타난 축복의 섬에 관한 신화를 적극적으로 도입한 것입니다. 에벌린 역시 이러한 특징을 자신의 작품에 적용하고 있습니다(Thomson: 51). 셋째로 에벌린은 모어의 경우와 마찬가지로 볼파리아의 사람들에게 방종과 사치를 처음부터 금지하고 있습니다. 볼파리아 사람들은 금과 은을 열렬히 좋아하지 않습니다. 이러한 묘사는 르네상스 시대의 정

신과도 일치합니다. 생산력이 극대화되지 않은 당시의 시대적 정황을 고려하면, 과도한 향락을 누리지 않고, 절제와 절약의 삶을 살아가는 게 거의 필연적이었습니다.

"볼파리아"에서는 몇몇 예외 사항을 제외하면 사형 제도를 용인하지 않습니다. 대신에 끔찍한 범죄를 저지른 자들에 대한 합당한 처벌로서 노예제도를 도입하고 있습니다. 예컨대 중범죄자들은 발에 족쇄가 묶인 채 1년 동안 노예로 일해야 합니다. 그런데 노상강도와 같은 범죄자의 경우에는 평생 노예로 살아야 합니다. 일반 사람들이 여섯 시간 정도 일하는 데 비하면, 노예들은 별도로 몇 시간 더 많이 일해야 합니다. 혹자는 노예제도가 존속하는 게 어째서 평등 사회의 모델이 될 수 있는가 하고 의문을 제기할 수 있습니다. 노예제도는 계층 사회의 최하층에 속하는 자들이므로, 이 자체가 수직적 계층의 틀을 고수하는 시스템이 아닌가 하는 물음을 생각해 보십시오. 노예제도는 모어와 에벌린의 경우 오로지 처벌을 대신하는 기능을 수행합니다. 노예라고 해서 무조건 굴욕적으로 살아가는 것은 아닙니다. 노예들은 대체로 일반 사람들보다도 노동시간이 많으며, 대체로 불쾌하고 더러운 일감을 수행할 뿐입니다. 게다가 나라를 다스리기 위해서는, 공동체는 반드시 어떤 유형의 형벌을 필요로 합니다.

8. 방랑자의 범죄에 관한 문제: 나라를 방랑하다가 빵을 훔쳤다는 이유로 살해당하는 민초들을 생각하면, 처벌로서 강제 노동을 도입한 것은 인간애에서 비롯한 조처라고 이해할 수 있습니다. 에벌린의 "볼파리아"는 직업 없이 나라를 떠돌며 빵을 훔치는 가난한 사람들에게 어떤 최소한의 안식처를 제공하려고 했습니다. 그것이 바로 기독교의 신앙에 근거한 공동의 삶이며, 이것이야말로 예수 그리스도의 사랑의 삶을 실천하는 일이라고 굳게 믿었습니다. 에벌린은 방랑자의 문제를 해결하기 위하여

여행자와 순례자에 대한 규정을 제시하고 있습니다. 먼 곳을 여행하려는 순례자는 해당 지역의 신부(혹은 목사) 내지 지방 감독관으로부터 여행 허가증을 발급받아야 합니다. 허가증을 발급 받으려는 자는 반드시 일정 금액을 납부하거나, 사전에 공동체를 위해 특정 분야에서 일정 기간 동안 의무적으로 일해야 합니다. 그 밖에 그는 여행 도중에 해당 지역사회를 위해서 영성적 도움을 마다하지 않아야 합니다. 그게 가능하지 않다면, 순례자는 사적인 차원에서 봉사 활동을 행해야 합니다.

9. **귀족의 정치체제:** 에벌린은 16세기 전반 독일의 현실을 염두에 두면서 글을 집필하였습니다. 모어가 오로지 상상력에 의존하여 글을 집필하였다면, 에벌린은 모어의 작품 구도를 막연하게 모방했을 뿐입니다. 볼파리아는 결코 돈을 경멸하는 나라가 아닙니다. 에벌린에게 중요한 것은 경제라기보다는, 오히려 아무런 구속 없이 신앙에 몰두할 수 있는 행복한 나라의 설계였습니다. 이로써 드러난 것은 다음과 같은 사항입니다. 즉, 「15명의 동맹 동지들에게」는 부분적으로 모어의 작품을 모방하지만, 정신사적 차원에서 고찰할 때, 중세 후기 내지 르네상스 초기의 종교개혁에 관한 문헌에 편입될 수밖에 없습니다. 물론 에벌린이 제10장에서 교회의 개혁을 강하게 설파하고, 제11장에서 사회의 변화를 촉구하는 것은 사실입니다. 그러나 사회의 변화는 어디까지나 보수적 종교인의 시각이 투영된 것일 뿐, 토마스 뮌처의 열렬한 사회 개혁의 의지는 전혀 드러나지 않고 있습니다. 에벌린은 귀족의 정치체제를 하나의 이상으로 설정하고 있습니다. 민주적으로 선출된 선량한 귀족이 권력을 잡아서 사회 내지 국가를 이상적으로 다스려야 한다는 것입니다(Berger: 53).

10. **중농주의의 흔적들:** 실제로 더 나은 사회에 관한 에벌린의 구상은 귀족의 관점으로 구성되어 있습니다. 새롭게 변화되는 사회를 이끌어 가

야 할 사람은 누구보다도 선한 귀족이라는 것입니다. 실제로 「15명의 동맹 동지들에게」에서 귀족에 대한 재산 몰수는 언급되고 있지 않습니다. 이에 반해서 모어는 귀족의 재산 몰수는 물론이며, 그들의 여섯 시간 의무 노동을 강력하게 주장하지 않았던가요? 에벌린은 경제 영역에서 오로지 농업만 강조하고 있습니다. 상업은 사회를 곤란스럽게 만든다는 게 에벌린의 지론이었습니다. 특히 서서히 성장하는 상인 계급과 합스부르크 왕가의 스폰서 역할을 담당했던 야콥 푸거(Jakob Fugger)와 같은 은행가에 대해 전쟁을 선포해야 한다고 말한 사람 역시 에벌린이었습니다. 물론 당시에는 가내수공업이 사회의 변화를 촉진시킬 수 있는 동력이었지만, 에벌린은 수공업을 그저 필요한 부분 내에서만 용인했을 뿐, 농업 중심의 경제체제만을 중시하였습니다.

11. 에벌린의 경우 계층 사회에 대한 비판은 없다: 자고로 계층 사회는 사회 전체의 안녕을 고려할 때 파기되어야 합니다. 왜냐하면 계층 차이는 평등한 삶의 정신에 위배되기 때문입니다. 모어는 계층 사회의 틀을 부수기 위해서 『유토피아』의 도시들을 기하학적 구도로 설계하였습니다. 도로와 가옥 역시 평등 사회를 지향하기 위해서 세밀하게 만들어졌습니다. 이로써 모어는 중세 도시와의 단절을 분명하게 부각시키려고 시도했습니다. 모어에 반해 에벌린은 중세에서 내려오는 전통적 거주 형태를 고수했습니다. "볼파리아"는 사회의 계층 차이에 바탕을 둔 채 모든 것을 축조하고 있습니다. 사회 내의 사람들은 에벌린의 견해에 의하면 제각기 관심사와 수준에 있어서 이질적이라고 합니다. 그렇기 때문에 모든 인간은, 마치 군대 조직이 그러하듯이, 수직 구도의 계층으로 구분되어야 한다는 것입니다. 그래서 "볼파리아"에서는 사람 위에 사람 있고, 사람 아래에 사람이 있습니다. 가령 토마스 아퀴나스가 축조한 귀족, 시민, 농부, 여자, 천민 등의 수직 구도의 위계 사회를 생각해 보십시오.

에벌린의 사고는 토마스의 입장을 모방한 것이나 다를 바 없습니다.

12. 슈티블린의 『행복 공화국』: 이번에는 카스파르 슈티블린의 작품을 살펴보겠습니다. 에벌린이 모어의 작품을 프로테스탄트의 입장에서 재구성했다면, 카스파르 슈티블린(Kaspar Stiblin)은 가톨릭의 관점에서 『유토피아』와 유사한 국가 소설을 집필하였습니다. 이것은 『행복 공화국에 관한 해설(Commentariolus de Eudaemonensium Republica)』이라는 책자인데, 1555년 스위스의 바젤에서 맨 처음 간행되었으며, 나중에 800페이지 분량의 전집으로 1562년에 간행되었습니다. 맨 처음 읽으면, 슈티블린의 작품은 르네상스 시대의 고전적 유토피아의 기준을 준수하는 것처럼 보입니다. 『행복 공화국』은 토머스 모어의 작품에 나타난 유토피아의 유형과 흡사한 점을 드러냅니다. 슈티블린의 문헌은 국가의 구도, 섬으로 이루어진 지형도, 경제적 특징, 가정 제도, 사생활과 여성의 역할, 종교, 음악, 외교 관계 등의 측면에서 모어의 이상 국가와 매우 비슷합니다.

13. 『행복 공화국』과 『유토피아』 사이의 차이점과 마카리아 섬: 물론 몇 가지 사항은 유토피아와 차이를 드러냅니다. 모어가 두 사람의 등장인물을 등장시켜 그들로 하여금 대화를 나누게 했다면, 슈티블린은 주인공 "나" 한 사람의 관점에서 모든 것을 서술했습니다. 『유토피아』에서는 공산제의 토대 하에서 합리적으로 운영되는 군주 국가가 묘사되는 반면에, 『행복 공화국』에서는 사유재산제도에 바탕을 둔 귀족 관료주의의 국가가 설정되어 있습니다. 토머스 모어의 경우 종교적 관용 사상이 중시되고 있는 반면에, 슈티블린은 가장 바람직한 믿음으로서 가톨릭 신앙을 전면에 내세우고 있습니다. 그렇지만 유토피아와 유사한 특성도 은근히 드러냅니다. 슈티블린은 모어의 경우와 마찬가지로 선박의 난파

사건을 도입하고 있습니다. 선박 한 척이 기나긴 항해 끝에 풍랑을 만나서 난파 직전의 위기에 처합니다. 다행히 선장은 오랜 항해의 경험을 바탕으로 배를 몰아서, 아침 무렵에 아무런 피해도 입지 않고 어느 해안에 당도합니다. 알고 보니 그곳은 마카리아라는 이름을 지닌 섬이었습니다. 마카리아는 유토피아 사람들이 이웃 섬이라고 부른 바로 그 섬입니다.

14. 『행복 공화국』의 수도: 『행복 공화국』의 수도, "에우데몬"은 ―『유토피아』의 수도인 항구 도시, "아마우로툼"과 마찬가지로 ― 기하학적 구도로 이루어져 있습니다. 수도는 원형으로 구성되어 있으며, 네 개의 대문이 설치되어 있습니다. 도시는 벽돌로 이루어진 세 겹의 성벽으로 둘러싸여 있는데, 성벽과 성벽 사이에는 거대한 무덤이 위치하며, 그 사이로 물이 흐릅니다. 도시를 기하학적으로 축조한 까닭은 무엇보다도 도시의 위생을 고려한 기능적 측면을 중시했기 때문입니다. 모어는 『유토피아』를 집필할 때 에라스뮈스가 머물던 스위스의 바젤을 염두에 두었는데, 나중에 슈티블린은 이를 그대로 모방하였습니다. 도시의 구도를 기하학적으로 구성한 것은 중세의 수직적 계층 구도를 일탈하기 위한 의도에서 나온 것입니다. 기하학적 구도는 인간과 인간 사이의 계층 차이를 떨치고, 사회 전체의 기능을 향상시키고, 만인의 안녕을 도모하기 위한 것이었습니다.

15. 기독교적 세계관의 연장: 슈티블린의 작품을 꼼꼼하게 읽으면, 우리는 여러 측면에서 르네상스 유토피아의 특성이 결핍되어 있음을 감지하게 될 것입니다. 첫째로 르네상스 시대에 출현한 대부분의 유토피아들은 유토피아의 구상에 있어서 저세상이 아니라 현세의 특성을 강조하고 있습니다. 둘째로 모어 이후에 출현한 전통적 유토피아들은 고대의 삶을 적극적으로 반영하여 육체노동을 중시하고 있습니다. 사회 전체가 공동

으로 사용할 수 있는 재원을 마련하기 위해서는 모두가 열심히 노동해야 하기 때문입니다. 이에 비하면 슈티블린의 유토피아는 자연의 혜택을 겸허히 받아들여야 한다는 의도를 강하게 부각시킵니다. 이는 근본적으로 중세의 기독교적 세계관의 연장으로 이해될 수 있습니다. 슈티블린의 유토피아는 현세의 안녕 대신에 내세의 안녕을 중시하고 있으며, 육체적 노동 자체를 경시하는 경향을 보여 줍니다. 예컨대 『행복 공화국』의 사람들은 그들이 우연히 함께 살아가는 게 아니라, 신의 예정 조화에 의해서 함께 살아간다고 확신합니다. 그렇기에 그들은 다음과 같이 굳게 믿으면서 살아갑니다. 즉, 신께서는 세상에서 발생하는 모든 사건들을 직접 관찰하면서, 공동체에 득이 되는 사람들을 찬양하고, 공동체에 음으로 양으로 해악을 가하는 자들을 징벌한다고 합니다(Thomson: 112). 이렇듯 슈티블린은 자신이 설계한 행복의 공화국에다 기독교적 초월의 정신을 불어넣었습니다. 그렇기에 신은 지도자라든가 모든 고위 관료의 모범이 되고 있습니다. 고위 관직을 맡은 자들은 마치 신의 뜻이 그러하듯이 최상의 국가를 이끌어 나가고, 원형으로서의 신의 상이 계승되어야 한다고 믿습니다. 이러한 사고는 전형적으로 플라톤의 이상 국가의 상을 방불케 합니다.

16. 영혼에 관한 플라톤의 사고가 수용되어 있다: 물론 모어 역시 플라톤을 인용하지 않은 것은 아닙니다. 모어의 눈에 플라톤의 사상은 만인의 평등한 삶의 정신에 부합하지 않는 것처럼 투영되었습니다. 그래서 모어는 오로지 플라톤의 『국가』 가운데 형식적 측면만을 수용하였습니다. 그런데 슈티블린은 모어의 경우와는 반대로 플라톤 사상의 내용을 적극적으로 답습하고 있습니다. 『행복 공화국』을 이끄는 사람들은 현세에서 자신의 노력에 대한 대가를 바라지 않습니다. 대신에 그들은 죽은 다음에 천국의 사원에 영원히 거주하기를 바랍니다. 죽은 뒤에 육체라

는 감옥으로부터 벗어난 자신의 영혼이 영원히 찬란한 천국에서 생동하기를 갈구하는 것입니다. 이는 플라톤의 견해를 그대로 수용한 사고입니다. 즉, 나라를 지킨 영혼들은 자신의 미덕에 대한 대가로 영화롭게 신들과 함께 머문다는 플라톤의 견해를 생각해 보십시오.

17. 사유재산제도의 인정: 모어의 『유토피아』에서는 인간의 노동이 중요한 덕목으로 간주되고 있습니다. 가령 모든 유토피아 사람들은 농업 외에도 반드시 한 가지 수공업 기술을 익혀야 합니다. 이를테면 500명의 재능 있는 사람들은 기술과 학문 연구에 몰두하고 있습니다. 이들은 어느 정도의 범위에서 약간의 특권을 누리는 셈인데, 플라톤의 『국가』에 나타나는 파수꾼(군인)의 특권을 방불케 합니다. 모어의 경우, 모든 것은 사회 전체의 공동의 안녕을 위한 조처로 이해됩니다. 그런데 슈티블린의 작품의 경우에는 이와는 약간 다릅니다. 슈티블린은 처음부터 사유재산제도를 확정하고 있습니다. 그렇기에 『행복 공화국』의 경제적 삶은 16세기 유럽의 기존 사회의 그것과 별반 차이점을 보여 주지 못합니다. 따라서 슈티블린의 유토피아가 평등 사회의 모범적 범례가 되지 못한다는 것은 당연합니다.

18. 노동의 경시: 슈티블린은 인간의 육체적 노동을 훌륭하게 평가하지 않았습니다. 고전적 유토피아에 의하면, 인간의 노동이야말로 사회적으로 높은 생산력을 보장해 주는 경제적 메커니즘의 핵심 사항입니다. 바로 이러한 까닭에 모어는 "모든 사람은 하루 여섯 시간 노동해야 한다"는 것을 하나의 철칙으로 정했던 것입니다. 그런데 슈티블린의 『행복 공화국』의 주민들은 기계를 사용하여 앉아서 행하는 기술을 고상하지 못한 일감으로 치부하고 있습니다. 왜냐하면 기계를 사용하는 사람들은 육체적으로 불편하고 경직된 상태에서 일해야 하는데, 육체적으로 불편

한 자세를 취하는 것은 영혼의 힘을 약화시킨다는 것입니다(Jahn: 81). 여기서 우리는 "도구 내지 기구를 사용하는 게 천한 행동"이라는 중세의 전근대적인 사고를 읽을 수 있습니다. 그 밖에 주민들은 더럽고 힘든 일을 수행하는 노동자들을 저열한 마음의 소유자라고 단정하고 있습니다. 슈티블린은 노동, 특히 수공업의 노동조차도 천한 일감으로 매도하고 있는데, 이러한 시각은 노동의 경제학적, 의학적 가치를 아직 이해하지 못한 중세의 고답적인 사고가 아닐 수 없습니다.

19. 혁신적 기술에 관한 학문은 없다: 물론 슈티블린의 유토피아에서 과학기술과 이에 관한 연구가 전적으로 무의미한 것으로 치부되지는 않습니다. 『행복 공화국』에서는 학문 연구의 필요성이 공공연하게 언급되고 있습니다. 그렇지만 슈티블린의 학문은 고대인들의 학문 이해에서 한 걸음도 나아가지 못하고 있습니다. 슈티블린의 유토피아에서 언급되는 학문 분야는 대수, 기하, 천문학 그리고 음악, 그 이상을 도출해 내지 못합니다. 이를 받쳐 주는 문헌학으로서 세 가지 언어인 라틴어, 그리스어 그리고 히브리어가 연구될 뿐입니다. 수학과 천문학의 경우 고대의 우주관에서 한 치도 벗어나 있지 못하며, 문헌에서는 나중에 프랜시스 베이컨이 시도한 자연과학에 관한 귀납적 연구에 대한 관심의 흔적조차 나타나지 않습니다. 바로 이러한 까닭에 우리는 슈티블린의 학문에서 자연과학과 관련되는 기술적 혁신은 전혀 발견할 수 없습니다.

20. 도니의 『이성적인 세계(Mondo savio)』: 이번에는 이탈리아의 작가, 안톤 프란체스코 도니의 문학 유토피아를 약술하려고 합니다. 원래의 제목은 자구적으로는 "현자의 세계"로 번역될 수 있지만, 내용상 "이성적인 세계"로 번역하기로 합니다. 도니의 작품 『이성적인 세계』(1552)는 두 가지 측면에서 유토피아의 역사에서 생략될 수 없는 문헌입니다. 첫

째로 그것은 모어의 유토피아 모델을 급진적으로 단순화시켜서, 고대사회에 출현한 아르카디아의 평등 사회를 문학적으로 형상화시켰습니다. 도니의 목가적 평등 사회의 유토피아는 18세기에 이르러 페늘롱의 두 개의 서로 다른 유토피아 모델 가운데 하나인, 태초의 원시사회의 이상적 모델로 설계된 "베타케"와의 유사성을 드러내고 있습니다. 여기서 베타케는 태초에 존재했던 목가적 무정부 상태의 이상적인 자연 사회를 가리킵니다. 둘째로 도니의 유토피아는 모어가 강조한 가족제도를 거부하고, 가족 체제가 파기된 여성 공동체를 내세우고 있습니다. 결혼 없는 여성 공동체의 체제는 맨 처음에 플라톤에 의해서 언급된 것인데, 도니에 의해서 다시 출현하였으며, 나중에 캄파넬라에 의해서 계승된다는 점에서 반드시 짚고 넘어가야 할 사항입니다.

21. 도니의 삶: 안톤 프란체스코 도니는 1513년 피렌체에서 가위 제작자의 아들로 태어났습니다. 그는 젊은 시절에 가톨릭 사원에 들어가서 "수사 발레리오"라는 이름을 얻어서 수도에 몰두하려 했으나, 답답한 사원의 생활에 식상하였습니다. 그래서 젊은 혈기로 사원을 탈출하여 큰 세상에서 활보하며 살았습니다. 1542년에 아버지의 뜻을 따라 피아첸차 대학에서 법학을 공부했으나, 그의 마음은 의외로 예술 쪽으로 향하고 있었습니다. 그는 밀라노에서 예술가들의 친목 단체인 "정원사의 아카데미(L'accademia degli ortolani)"를 결성하였습니다. 그러나 밀라노의 교회는 2년 후인 1545년에 사회질서를 어지럽힌다는 이유로 이 단체를 해체하였습니다. 도니는 자신의 실패를 만회하기 위해서 「음악에 관한 대화(Dialogo della musica)」를 집필하여 1544년에 발표합니다. 그러나 이러한 시도는 세인으로부터 어떠한 관심도, 호평도 받지 못했습니다. 낙심한 도니는 메디치에게서 물질적 후원을 얻으려고 했는데, 이마저 아무런 반향이 없었습니다. 결국 피렌체로 돌아온 도니는 인쇄소를 경영하면

서 여러 가지 유형의 책자를 발간합니다.

아마도 이탈리아의 문학사에서 도니만큼 부지런하며 열정적으로 창작에 몰두한 작가도 없을 것입니다. 그는 수많은 문헌을 수집하여 이를 정리하는 데에도 일가견이 있었습니다. 르네상스 시대에 "도서관학"이라는 학문이 생겨나게 된 것도 그의 덕택이었습니다. 그렇기에 이탈리아의 문학사 연구가들은 독일의 그림 형제를 떠올리면서, 도니를 "이탈리아의 그림"이라고 명명하곤 했습니다. 도니는 과거의 작품을 발굴하여, 이를 소개하는 훌륭한 해설서를 많이 남겼습니다. 그런데 도니는 스스로 문학적 재능이 없다고 자평하였습니다. 도니는 자신의 능력을 일부러 낮춤으로써 주위 사람들의 경계심을 가라앉히려고 했던 것입니다. 반드시 문학적으로 성공을 거두리라고 결심한 도니는 베네치아로 가서, 피트로 아레티노(Pietro Aretino)의 도움을 얻으려고 했습니다. 그래서 명망 높은 작가에게 자신의 패러디 원고를 보냈는데, 아레티노는 내심 도니의 탁월한 재능에 탄복을 금치 못하면서도 그를 지지하지 않았습니다(여담입니다만, 피트로 아레티노는 거의 포르노에 가까운 에로틱한 소네트를 발표하여 물의를 빚기도 하였습니다). 오히려 그 반대였습니다. 심지어 그는 도니가 더 이상 베네치아 문단에 발을 들여놓지 못하도록 그를 추방하자고 선동할 정도였습니다. 1564년 도니는 베네치아를 떠나 방랑하다가 1574년에 몬셀리체에서 사망하였습니다.

22. 도니의 성악설: 도니는 처음부터 인간 존재에 대해 커다란 기대감을 표명하지 않았습니다. 인간은 도니에 의하면 타락한 본성을 지니고 있습니다. 그렇지 않다면, 아담과 이브가 천국으로부터 추방당하지 않았으리라고 합니다. 게다가 인간의 운명은 세 명의 여신이 짜는 실타래의 실과 동일하다고 합니다. 그리스 신화에 의하면, 인간의 목숨은 세 명의 여신의 행위에 달려 있습니다. 클로토(Κλωθώ)가 실을 짜면, 라케시스(Λάχεσις)

가 이를 감고, 모이라(Moῖρα)가 운명의 실을 끊는다고 합니다. 게다가 인간은 아무리 잔머리를 굴려도 자신의 내적인 욕망의 지배를 받기 마련이라고 합니다. 그렇기에 지성은 언제나 본능에게 패배하기 마련이라는 것입니다. 마키아벨리는 "인간은 자신의 운명을 얼마든지 개척할 수 있다"고 주장한 반면에, 도니의 사고는 처음부터 결정주의, 다시 말해 비관주의에 근거한 숙명론 속에 차단되어 있습니다. 이러한 비관주의의 숙명론은 중세 말기에서 르네상스 초기로 이어지는 염세주의의 시대정신과 일맥상통하고 있습니다.

23. 도니의 『이성적인 세계』의 주위 환경: 작품은 대화체로 기술되어 있습니다. 두 명의 등장인물은 현자와 바보입니다. 그런데 등장인물 바보는 나중에 주피터와 풍자의 신, 모무스로 밝혀집니다. 맨 처음에 현자는 새로운 세계에 관한 꿈을 꾸었는데, 두 명의 방랑자가 그를 데리고 새로운 세계로 향했다고 합니다. 도니의 이상 국가는 하나의 별과 같은 모양을 보여 줍니다. 그래서 그것은 별의 도시라고 불리기도 합니다. 여기서 『이성적인 세계』는 이탈리아의 르네상스 건축가인 레온 바티스타 알베르티(Leon Battista Alberti)와 안토니오 아벨리노(Antonio Avelino)의 건축물에서 착안해 낸 모델이 분명합니다. 꿈속의 세계이기 때문에 국경의 외부에는 일견 사람이 살지 않는 것 같습니다. 도시의 한복판에는 100개의 문을 지닌 사원이 위치합니다. 사원에 달린 100개의 문에는 사통팔달의 도로가 뻗어 있습니다. 도로는 도합 100개로 이루어져 있으며, 양쪽에는 거주지와 일터로 분할되어 있습니다. 하나의 도로를 마주하고 있는 건물에는 여러 유형의 공장이 위치합니다. 가령 의상실 근처에는 포목점이, 약국 맞은편에는 병원이, 빵 공장 근처에는 제분소와 방앗간이 자리하고 있습니다. 이를 고려하면 『이성적인 세계』의 일부 사람들은 농업을 제외한 200개의 업종에 종사하며, 도시 내부의 일터에서 생활합니다. 성

벽의 바깥에는 농경지기 도시를 둘러싸고 있습니다. 농부들은 자신에게 배정된 농산물을 재배하며, 가을에 결실을 수확합니다. 공산품의 경우에는 필요한 물품만을 생산해 냅니다. 노동의 시간은 별도로 정해져 있지 않으나, 하루 일과는 명확하게 정해져 있습니다.

24. 『이성적인 세계』 사람들의 식사와 의복: 모든 사람들은 근검절약을 미덕으로 여기며, 물품을 낭비하지 않습니다. 이는 모어의 경우와 대동소이합니다. 사람들은 점심시간에는 거대한 식당에 모여서 공동으로 식사합니다. 모든 물품과 음식은 사람 수에 따라 평등하게 나누어집니다. 『이성적인 세계』에서는 모든 것이 공동소유이기 때문에 재물을 차지하기 위해서 서로 싸우지 않습니다. 사람들은 모두 동일한 모형의 의복을 걸칩니다. 특권을 누리는 자도 없고 노예도 없으므로, 같은 곳의 규칙에는 어떠한 예외 조항도 없습니다. 다만 나이 차이를 분명히 하기 위해서 10년 간격으로 다른 색의 옷을 착용합니다. 이로써 사람들은 상대방의 나이를 옷 색깔로 분간할 수 있습니다. 물론 이곳 사람들은 각자의 개성과 취향 등을 외부로 드러낼 수 없으며, 오로지 나이와 직업을 통해서 다른 사람과 다르다는 점을 부각시킬 수 있을 뿐입니다. 그렇지만 개성이 중요한 게 아니라, 오로지 자신이 얼마나 능률을 발휘하여 노동하는가 하는 물음이 『이성적인 세계』에서 생활하는 사람들의 관심사입니다.

25. 경제와 교육: 『이성적인 세계』에서는 사유재산제도가 철폐되어 있습니다. 모든 것은 처음부터 공동소유로 되어 있으니, 화폐도, 시장도 불필요합니다. 이곳 사람들은 모든 물품들의 수와 양을 미리 정해 두지 않습니다. 그럴 필요가 없기 때문입니다. 그렇기에 계량기도 필요 없으며, 측량기도 필요 없습니다. 사람들은 자신이 필요한 물품을 물품 보관소

에서 그냥 가져가면 됩니다. 대신에 일하는 자만이 무언가를 소유할 수 있으며, 음식을 섭취할 수 있습니다. 이마에 땀을 흘리지 않고서는 절대로 먹을 수 없다는 것은 기독교의 계율로 정착되어 있습니다. 『이성적인 세계』에서는 세밀한 규정이 필요 없습니다. 그렇지만 경제 영역이 단순하게 기술되고 있기 때문에, 다소 모호한 측면이 드러나고 있습니다. 이를테면 누가 더럽고 힘든 노동을 담당하는가 하는 물음에 대해 도니는 언급하지 않고 있습니다. 게다가 르네상스 시대에 많은 사람의 관심을 불러일으킨 과학기술 및 이에 대한 활용에 관해서도 도니는 침묵으로 일관합니다. 교육제도 역시 매우 간략하게 처리되고 있습니다. 만 6세가 된 아이들은 공동으로 생활하며, 국가로부터 교육을 받게 됩니다. 놀라운 것은 불구 내지 장애 아이가 태어날 경우, 사람들은 그 아이를 우물에 빠뜨려 죽인다는 사실입니다. 이는 고대 도시국가에서 행해진 관습이었는데, 도니의 유토피아에서 다시금 채택되고 있습니다.

26. 법과 정치제도: 『이성적인 세계』는 그야말로 완전한 평등을 실천하고 있습니다. 모어는 인간의 오만과 범죄를 척결하기 위해서 여러 가지 제도를 고안해 내었습니다. 그 가운데 하나가 노예제도의 활성화였습니다. 그러나 도니의 유토피아는 복잡한 법령을 필요로 하지 않습니다. 특권계급도 없고, 노예도 존재하지 않습니다. 더군다나 지배계급도 존재하지 않습니다. 다만 100명의 사제가 조용히 도시의 100개의 블록을 관장할 뿐입니다. 이들은 일상의 행정 업무를 행하며, 갈등을 조정하는 역할을 담당합니다. 도시국가를 대표하는 사람은 이들 가운데 가장 나이 많은 자인데, 그에게는 어떠한 특별한 권한도 부여되지 않습니다. 다툼과 갈등이 거의 출현하지 않기 때문에 법정이 필요하지 않습니다. 결혼 제도가 없기 때문에 남녀 관계에 있어서 여러 가지 투쟁, 질투, 불화 등이 거의 발생하지 않습니다. 외부로부터의 무력 도발의 가능성도 전혀 없으

므로, 군대 조직 역시 처음부터 갖추어져 있지 않습니다.

27. 결혼 제도의 폐지: 도니의 유토피아에서 놀라운 것은 결혼 제도가 폐지되어 있다는 사실입니다. 결혼을 폐지하면, 가족이 성립되지 않습니다. 그렇게 되면 부모와 자식 사이의 끈끈한 유대 관계는 사라지겠지만, 대신에 공동체 전체의 결속감은 더욱 강화될 수 있다고 도니는 믿습니다. 가족제도가 사라지면, 죄악도 사라지게 되리라고 도니는 주장합니다. "생각해 보세요, 가족제도가 없으면, 남편과 아내가 치정으로 살해당하지 않을 테고, 여성이 죄악의 모든 근원이라는 잘못된 평판도 사라질 것입니다. 게다가 지참금 등과 같은 결혼식과 결부된 재산 문제도 존재하지 않을 테고, 가문과 가문 사이의 자존심 대결도 출현하지 않습니다. 남녀 간의 성행위와 결부된 사기 행각과 갈등도 없을 테지요, 여염집 규수들이 사악한 사내에 의해 겁탈당한 뒤에 남편에 의해서 살해당하는 일도 없을 것입니다. 결혼 시에 집안을 따지고, 남자의 명예와 자존심 등을 거론하며 결투를 벌이는 일도 종적을 감추게 될 것입니다"(Doni: 11f). 도니의 유토피아에서는 여성들이 공동소유이기 때문에, 혈통을 따지거나 신분 차이를 내세우는 일도 사라지게 된다는 것입니다. 그렇다면 도니는 어째서 가족제도를 폐지해야 한다고 공언한 것일까요?

28. 결혼과 가족제도는 과연 사회악을 심화시키는가?: 사실 모어는 이기심과 탐욕을 근절하기 위해서 사유재산제도를 철폐하였습니다. 그럼에도 그는 일부일처제의 가족제도에 대해 과감한 메스를 가하지 않았습니다. 모어의 작품에서는 한 가지 불명확한 점이 드러납니다. 그것은 바로 유산 제도입니다. 비록 『유토피아』에서는 사유물이 존재하지 않지만, 부모의 유산에 관한 문제는 재화의 크기가 크든 작든 간에 해결되지 않은 채 온존하고 있습니다. 아무리 공유제라고 하지만, 가족이 존재하면,

최소한의 범위에서 사적인 소유물이 고려되기 마련입니다. 이와 관련하여 도니는 일부일처제의 가족제도가 국가와 사회의 가치와 중요성을 약화시킨다고 주장합니다. 가족제도를 고수한다면 가문 내지 가족만을 중시하게 하고, 공동체 전체의 중요성을 약화시킨다는 것입니다. 이러한 생각이 바로 이기주의를 심화시키고 탐욕을 강화시키는 동인이라고 합니다. 만약 가족제도가 폐지된다면, 사회악 역시 제거되리라고 도니는 확신하였습니다.

29. 결혼과 가족에 관한 캄파넬라의 사고: 나중에 캄파넬라는 세 가지 사항을 언급하면서 도니의 상기한 입장을 추종하였습니다. 첫째로 결혼과 가족제도가 파기되면, 도덕적인 죄악이 사라지게 될 것이라고 합니다. 결혼을 둘러싼 가문과 가문 사이의 대립 역시 더 이상 출현하지 않게 되며, 결혼 자금 내지 지참금의 문제도 해결되리라고 합니다. 간통, 강간 그리고 치정 살인 역시 가족제도가 존속하기 때문에 나타나는 범죄라는 것입니다. 캄파넬라의 이러한 견해는 도니의 그것과 거의 일치합니다. 둘째로 결혼 제도와 가족제도는 사회적 차별을 공고히 하는 데 기여하고 있다고 합니다. 결혼과 가족제도가 사라지면, 일차적으로 나타나는 현상은 사람들이 자신의 부모를 알지 못하게 되는 경우일 것입니다. 그렇게 되면 자연스럽게 가문과 혈통이 사라지게 될 테고, 어느 누구도 사회적으로 차별당하지 않게 됩니다. 셋째로 남녀의 사랑에 어떤 사회적 장애물이 사라지면, 좋은 점이 많이 생겨난다고 합니다. 이를테면 결혼과 가족제도가 사라지면, 어느 누구도 짝사랑의 고통에 시달리지 않으리라고 합니다. 또한 어느 누구도 애정 없는 결혼 생활을 영위할 필요가 없게 된다는 것입니다. 자고로 혼인 제도는 일장일단의 요소를 지니고 있는데, 도니는 혼인의 폐단을 강조하면서 여성 공동체의 활성화를 위한 논거로 내세우고 있습니다.

30. 요약: 지금까지 우리는 에벌린, 슈티블린 그리고 도니의 유토피아에 관하여 살펴보았습니다. 에벌린과 슈티블린의 경우 계층 사회가 폐지되지 않고, 관료주의의 이상이 은근히 드러납니다. 이 점을 고려할 때, 두 작품은 모어의 아류로 이해되며, 종교사적 차원에서 재론되는 문헌으로 간주될 수 있습니다. 그렇지만 도니의 유토피아는 이와는 다릅니다. 『이성적인 세계』는 모어의 유토피아보다도 더 철저한 평등 사회를 추구하고 있습니다. 특히 모든 특권은 사라지고, 노예제도 또한 존재하지 않습니다. 이 점에 있어서 도니의 유토피아는 나중에 페늘롱의 두 가지 유토피아 모델 가운데 하나인 "베타케"의 원형으로 이해될 수 있습니다. 나아가 도니는 모든 사회적 죄악을 척결하기 위해서 결혼 및 가족제도의 폐지를 주장함으로써 플라톤의 여성 공동체의 생활 방식을 수용하였습니다. 이러한 사고는 뒤이어 출현할 캄파넬라의 질서 유토피아에 반영됩니다. 캄파넬라는 결혼과 가족제도를 폐지하고, 그 대신에 여성 공동체를 용인하였습니다. 이로써 인간은 사랑의 삶과 사회적 삶에서 모든 부자유를 떨칠 수 있다고 캄파넬라는 확신하였습니다.

참고 문헌

김영한 (1983): 르네상스의 유토피아 사상, 탐구당.

Berger, Arnold A. (1964): Einleitung zu: Die Sturmtruppen der Reformation. Flugschriften der Jahre 1520-1524, Darmstadt, 51-54.

Doni, Antonio Francesco (2009): Mondo savio, in: Opere di Pietro Aretino e di Anton Francesco Doni, A cura di Carlo Cordié, Milano o. J. 935-947,

Höffe, Otfried (2016): Politische Utopie oder realistische Vision: Ein Ausblick in: Höffe, Otfried(hrsg.), Politische Utopien der Neuzeit, Berlin, 205-218.

Jahn, Isabel-Dorothea (1994): Stiblin, Kaspar: Commentariolus de Eudaemo-nensium Republica(Basel 1555), Regensburg.

Jens (2001): Jens, Walter (hrsg.), Kindlers neues Literaturlexikon, 22 Bde, München.

Kamlah, Wilhelm (1969): Utopie, Eschatologie und Geschichtsteleologie, Kritische Untersuchungen zum Ursprung und zum futuristischen Denken der Neuzeit, Mannheim, 11-53.

Morgenstein, Martin (1997): Micolai Hartmann. Zur Einführung, Junius: Hamburg.

Seibt, Ferdinand (1972): Utopica. Modelle totaler Sozialplanung, Düsseldorf.

Thomson, Ewald H. (1999): Christianopolis (International Archives of the History of Ideas Archives internationales d'histoire des idées), Berlin.

2. 라블레의 "텔렘 사원"의 유토피아

(1551)

1. 자발성에 근거한 비국가주의 유토피아: 프랑수아 라블레(François Rabelais)의 연작 장편소설, 『가르강튀아』와 『팡타그뤼엘』은 르네상스의 이상을 고려할 때 결코 망각될 수 없는 명작입니다. 우리가 주의 깊게 고찰해야 하는 것은 『가르강튀아』의 제2권에서 묘사되고 있는 이상적 공동체로서의 텔렘 사원입니다. 텔렘 사원은 르네상스 유토피아의 카테고리에 편입될 수는 없습니다. 왜냐하면 그곳은 구성적이고 체계적인 국가 내지는 국가 중심의 모델과는 현격한 거리감을 드러내기 때문입니다. 1534년 이후에 간행된 라블레의 『팡타그뤼엘』, 『가르강튀아』는 거대한 인간의 역정을 다룬 교양소설에 편입될 수 있습니다. 그것은 비-국가주의에 근거한 자발성의 유토피아라고 명명될 수 있습니다(Köhler: 107). 물론 이러한 상은 엘리트 중심의 공동체, 나중에 프랜시스 베이컨이 구상한 바 있는 솔로몬의 사원처럼 하나의 독자적인 건축물로 축조되어 있습니다. 라블레의 "텔렘 사원"은 더 나은 국가에 관한 유토피아 모델이 아니라, 자발적인 삶을 추구하는 비-국가주의 유토피아의 문학적 범례로 이해될 수 있습니다.

2. **또 다른 유토피아의 요소:** 그럼에도 우리는 라블레의 작품에서 토머스 모어의 영향을 생략할 수 없습니다. 작품에는 『유토피아』를 암시하는 여러 가지 대목을 발견할 수 있습니다. 나아가 라블레의 작품 속에는 플라톤의 『국가』, 갈레노스, 고대 신화 그리고 민담 등 수많은 문장이 인용되어 있습니다. 가령 거인 팡타그뤼엘의 어머니, 바데벡은 아마우로트 부족 출신인데, 이 부족은 놀랍게도 『유토피아』의 수도에 거주하는 원주민들을 지칭합니다. 그 밖에 가르강튀아는 아들, 팡타그뤼엘에게 보내는 편지에서 자신이 머물고 있는 공간, 즉 발신 장소를 조금도 거리낌 없이 "유토피아"라고 명명합니다. 그 밖에 우리는 제2권, 『가르강튀아』에 등장하는 텔렘 사원 사람들의 슬로건인 "그대가 원하는 대로 행동하라"라는 규정에 관해서 숙고할 필요가 있습니다. 텔렘 사원의 규정은 르네상스의 유토피아가 지닌 자유의 특성을 부분적으로 표방하고 있습니다. 상기한 이유로 인하여 라블레의 장편의 방대한 내용을 병렬적으로 나열하는 대신에, 작품의 일부에 해당하는 텔렘 사원에 우리 논의의 초점을 맞출 필요가 있습니다.

3. **르네상스의 인간형, 개인 주체로서의 지식인:** 라블레는 자기 자신이 르네상스의 유형적 인물이라고 말했습니다. 그가 문학과 철학뿐 아니라, 의학과 법학에도 관심을 가지는 등 백과사전 방식의 방대한 지식을 섭렵했다는 사실 또한 르네상스 시대의 대부분의 지식인들과 동일합니다. 라블레는 특히 고대 그리스 문학을 찬양하였습니다. 라블레는 중세부터 이어져 온 스콜라 학문을 몹시 고리타분하게 생각했으며, 사원에서 살아가는 수도사들의 외롭고 명상적인 생활을 혐오했습니다. 자유와 아름다움을 무엇보다도 사랑했던 그는 르네상스의 시대정신을 긍정적으로 받아들인 전형적인 인물이 아닐 수 없습니다. 르네상스는 개혁 운동이 순식간에 나타난 시대라기보다는 개인의 주체의 중요성을 서서히 인지한

시대였습니다. 수많은 휴머니스트들이 하필이면 이탈리아에서 속출한 이유는 무엇보다도 이탈리아에 온존했던 자유의 분위기 그리고 예술가들에 대한 사회적, 경제적 지지 때문입니다. 르네상스 시대의 휴머니스트들은 직접적으로 인본주의를 설파한 게 아니라, 일차적으로 개인의 표현의 자유 내지는 개인 존재의 중요성을 강조하면서 모든 예술적 장르에 대해서 우호적인 태도를 취했습니다. 그들은 정치적 체제 내지는 교회 체제의 권위를 거부하고, 자신의 존재와 예술의 고유한 권리를 내세웠습니다. 그렇다고 해서 그들이 자유를 위해 투쟁하거나 권력이 배제된 대중의 권한을 완강하게 요구한 것은 아니었습니다.

4. 라블레의 삶 (1), 휴머니스트: 라블레는 시대를 뛰어넘는 문헌학자이자 자유사상가였습니다. 그가 말년에 가톨릭주의자와 신교도 모두로부터 신랄한 비판을 당한 것은 나름대로 이유가 있습니다. 왜냐하면 라블레는 종교 내부의 사고 내지 세계관이 아니라, 종교의 부자유를 뛰어넘는 자유로운 휴머니즘 사상을 설파했기 때문입니다. 라블레의 유년과 청년기의 삶은 명확하게 밝혀지지 않고 있습니다. 추측컨대 그는 1483년 프랑스의 시농 근처의 영지에서 대지주의 셋째 아들로 태어났다고 합니다. 그의 아버지는 법률가로 활동하였습니다. 라블레는 이른 나이에 근처의 베네딕트 수도원 학교에 다녔으며, 1510년 보메 근처의 프란체스코 수도원의 수련 수사로 입적하였습니다. 약 10년 후에 그는 둘째 형님과 함께 퐁트네 르 콩트에 있는 수도원에서 공부하였는데, 이때 이탈리아의 휴머니즘을 처음으로 접했습니다. 그는 고대 그리스어를 본격적으로 배우겠다고 결심합니다. 독학하여 1522년에는 헤로도토스의 페르시아 전쟁 이야기를 라틴어로 번역할 정도로 라블레의 고대 그리스어 실력은 대단했습니다.

5. 라블레의 삶 (2), 문헌학자: 라블레는 종교의 갈등이 일파만파로 번지던 격동기에 살았습니다. 라블레가 마르틴 루터의 종교개혁 사상을 접한 것은 바로 그 무렵이었습니다. 1523년에 파리의 소르본 신학대학은 그리스어 연구를 아예 이단 행위로 규정하였습니다. 라블레 역시 자신이 소장한 그리스어 책들을 강제로 빼앗기고 맙니다. 특히 프란체스코 종파는 이단에 대해서 매우 엄격한 태도를 취했기 때문에, 고대 학문의 연구를 처음부터 용인하지 않았습니다. 이로 인하여 라블레는 자신이 속한 프란체스코 교단 본부에다 베네딕트 교단으로 적을 옮기게 해 달라는 청원서를 제출합니다. 왜냐하면 고대 그리스어를 공부하는 것은 그에게 매우 중요한 일이었기 때문입니다. 그의 청원은 수용되었고, 라블레는 아무런 어려움 없이 베네딕트 수도원에서 그리스 문헌을 읽을 수 있게 됩니다. 간간이 라블레는 서기와 동행하여 프랑스 이곳저곳을 여행했는데, 이때 다양한 계층의 사람들과 친교를 맺게 됩니다. 시간이 나는 대로 그는 틈틈이 푸아티에 대학에서 법학을 공부합니다.

6. 라블레의 삶 (3), 출판업자 · 소설가: 라블레는 문학작품 외에도 문헌학자로서의 능력을 여지없이 보여 주었습니다. 1526년 그가 편집한 첫 번째 책이 발간되었습니다. 그것은 라틴어 경구 모음집이었는데, 친구들과 함께 간행한 것이었습니다. 1528년 라블레는 보르도, 오를레앙에 머물면서 공부에 열중하였습니다. 이때 그는 특정 대학에 소속되기를 거부하며 "세계시민"으로서의 지조를 잃지 않았습니다(Heintze: 24). 이 시기에 그는 어떤 과부와 동거했는데, 두 사람 사이에서 아들과 딸이 태어나기도 했습니다. 1530년 라블레는 몽펠리에 대학에서 의학을 본격적으로 공부하기 시작합니다. 갑자기 의학을 선택한 데에는 한 가지 계기가 있었습니다. 그것은 다름 아니라 의학생은 아무런 어려움 없이 그리스 원전을 접할 수 있기 때문이었습니다. 라블레는 히포크라테스와 갈레노스

의 그리스 원전을 읽기 시작했는데, 그 후 뒤늦게 학사 학위를 취득합니다. 1532년 여름, 리옹에서 의사, 출판업자 그리고 작가로 활동하면서, 여러 책을 간행하기 시작합니다. 『팡타그뤼엘』을 집필하기 시작한 것도 이 무렵이었습니다. 원래 이 책은 기사 소설로 완성되었으나, 처음에는 작가 미상의 민중 서적으로 소개되었습니다.

7. 라블레의 삶 (4), 정치가와 의사: 1534년에 그는 리옹에서 추기경 장 뒤벨레를 알게 됩니다. 이때 라블레는 그의 주치의로서 로마 여행에 동행합니다. 그런데 놀라운 사건이 발생합니다. 1535년 여름, 인문서 연감을 간행한 다음에 라블레가 리옹에서 잠적한 것입니다. 가족도, 친구도 그의 행방을 알 수 없었습니다. 당시 리옹의 정치가들은 프로테스탄트를 신봉하는 위그노와 그들의 친구를 대대적으로 체포하기 시작했습니다. 수많은 지식인들이 이단자로 몰려 처형당하였습니다. 다행히도 라블레는 장 뒤벨레의 도움으로 위기를 모면합니다. 뒤벨레가 다시금 그를 데리고 로마로 떠났기 때문입니다. 1537년 초부터 라블레는 교황 파울 3세의 주치의로 몽펠리에 체류합니다. 이곳에서 의학박사 학위를 받은 그는 대학에서 히포크라테스에 관해서 강연합니다. 이때 그는 고대 그리스 원전을 조목조목 언급하면서 라틴어 번역본이 얼마나 잘못되었는가 하는 점을 분명히 지적합니다. 그해 여름에 라블레는 리옹에서 직접 시체를 해부하였는데, 이는 대단한 반향을 불러일으킵니다. 시체의 해부는 가톨릭 신앙의 교리에 의해서 오랫동안 금기로 간주되었습니다. 1538년 프랑수아 1세는 신성로마제국의 황제인 카를 5세와 휴전협정을 맺었는데, 이에 일조한 사람이 바로 라블레의 친구 장 뒤벨레였습니다. 1553년 그의 책들이 출판 금지 조처를 당하자, 라블레는 공인으로서의 모든 수입금을 포기하고 다시 잠행을 떠납니다. 이후 그는 오로지 소설 집필에 몰두하다가 조용히 사망합니다.

8. 『팡타그뤼엘』과 『가르강튀아』, 라블레의 대작: 작품 『팡타그뤼엘』과 『가르강튀아』는 라블레의 대표작으로서 도합 다섯 권으로 이루어져 있습니다. 원래의 작품은 『디프소텐 왕, 위대한 거인 가르강튀아의 아들인 유명한 팡타그뤼엘의 끔찍한 전율을 일으키는 모험과 영웅적 행위』라는 긴 제목을 지니고 있습니다. 그런데 제1권은 편의상 『팡타그뤼엘』, 제2권은 『가르강튀아』라고 명명합니다. 제3권부터 5권까지는 "팡타그뤼엘 제3서," "팡타그뤼엘 제4서," "팡타그뤼엘 제5서"라고 칭해지고 있습니다. 다섯 권의 책은 1532년, 1534년, 1545년, 1552년 그리고 1564년에 차례로 간행되었습니다. 이를 고려한다면, 마지막의 책은 라블레가 사망한 다음에 발표된 것입니다. 책의 제목에는 "알코프리바스 나시어 선사에 의해서 새롭게 편찬되었다"라는 부연 설명이 첨부되어 있는데, "알코프리바스 나시어(Alcofrybas Nasier)"라는 이름은 작가 자신의 이름, "프랑수아 라블레(François Rabelais)"의 개별 음절이 즉흥적으로 뒤바뀐 표현입니다. 그 밖에 "팡타그뤼엘"이라는 이름은 프랑스어로 "식욕"을 뜻하는 "pantagruélique"라는 단어에서 유래한 것이며, "가르강튀아"라는 이름은 "멋진 식사"와 관련된 "gargantuesque"라는 단어에서 유래한 것입니다(Jens 14: 859). 사실 팡타그뤼엘주의는 "평화로이, 즐겁고 건강하게, 언제나 좋은 음식을 먹으며 사는 것(vivre en paix, joie, santé, faisant toujours grande chère)"이라고 정의를 내리고 있습니다(유석호: 89). 이를 고려한다면, 작가는 인간의 욕망의 근원을 일단 "식욕"으로 규정하고, 그 다음에 "성욕"과 "명예욕"을 설정한 게 틀림없습니다. 여기서 우리는 라블레가 인간의 원초적 욕망과 인간의 근원적 행복을 무엇보다도 중요하게 고찰했음을 짐작할 수 있습니다.

9. 오부작의 간략한 줄거리: 라블레의 소설은 루키아노스(Lukian)의 가상적인 거짓 이야기를 유추하게 합니다. 온갖 상상 속의 이야기를 동원

하여 독자를 미소 짓게 만드는가 하면, 부자유의 사회에 대한 쓰라린 독설을 마구잡이로 쏟아붓기도 합니다. 비유적으로 말하자면, 라블레의 작품은 마치 목욕탕의 물처럼 독자들의 몸에다 온갖 유머러스한 따뜻한 물, 온갖 시니컬한 찬물을 끼얹고 있습니다(Jens 14: 860). 그렇기에 작품이 — 계몽주의 시대의 독일 소설가 장 파울(Jean Paul)의 소설들이 그러했듯이 — "감정의 온탕, 풍자의 냉탕"으로 평가되는 것은 어쩌면 당연한 귀결일 것입니다. 제1권에서 팡타그뤼엘은 자신의 몸의 크기를 마구잡이로 변화시키고 있습니다. 나중에 영국의 소설가, 조너선 스위프트는 『걸리버 여행기』에서 이러한 방식의 상을 도입한 바 있습니다. 이로써 독자는 소설 속의 모든 것이 허구라는 사실을 알 수 있습니다. 팡타그뤼엘은 기상천외한 거인의 모습을 드러냅니다. 그런데 그는 보통 사람의 크기로 변신하여 어느 법정에 참석하여 재판에 귀를 기울이다가, 다시금 엄청난 거인으로 부풀어 오릅니다. 서술자는 놀랍게도 팡타그뤼엘의 입 속에서 약 6개월을 살면서 마치 암벽과 같은 이빨 위에서 생활하는 기이한 사람들과 조우하기도 합니다. 제2권은 팡타그뤼엘의 아버지 가르강튀아가 경험한 내용을 서술하고 있습니다. 여기서는 서양철학에 관한 기발한 비유가 등장하는가 하면, 말미에 우리가 다루게 될 텔렘 사원에 관한 이야기를 서술하고 있습니다.

제3권은 다시 팡타그뤼엘을 주인공으로 설정하고 있습니다. 주인공은 친구, 파누르지를 만납니다. 파누르지는 결혼이 과연 어떠한 장단점을 지니고 있는지, 혼인의 의미가 과연 무엇인지를 깊이 고심합니다. 그러나 그는 끝내 결혼을 정당화할 수 있는 묘책을 발견하지 못합니다. 그래서 팡타그뤼엘과 그의 친구는 범선을 타고 신의 물병을 찾아 나섭니다. 신탁에 의하면, 신의 물병은 결혼에 대한 궁극적 의미를 분명히 전해 준다는 것입니다. 여기서 "신의 물병"은 중세 문학에서 자주 나타나던 "성배"와 "비너스의 산"에 관한 비밀과 관련됩니다. 성배와 비너스의 산은 인간 삶의 완전한 행복을 기약해 주는 상징적 대상입니다. 그것들은 축복받은 삶과 환희와 기쁨의 에로스와 관련되기도 합니다. 그렇기에 성배와 비너스의 산은 중세 이후의 기사문학에서 끊임없이 등장하는 객관적 상관물로 사용되었습니다. 제4권은 범선 여행을 다루고 있습니다. 신의 물병을 찾는 두 사람의 여정은 오래 이어집니다. 이 와중에 팡타그뤼엘과 파르누지는 기이한 사람들과 조우하게 됩니다. 제5권에서 드디어 두 사람은 신의 물병을 발견합니다. 신의 물병은 인간의 궁극적 행복, 평화로운 축복의 삶 그리고 사랑의 삶을 느낄 수 있는 비너스 산에서의 쾌락과 관련됩니다. 소르본 대학의 보수적인 신학자들은 작품에 실린 수많은 패러디와 성서의 인용 등을 신랄하게 비난한 바 있습니다. 이로써 라블레의 작품은 오랫동안 신성모독의 혐의에서 벗어나지 못하게 됩니다.

10. 오부작의 주제: 라블레는 5부작을 통해서 인간이 얼마나 즐겁고 유쾌하게 살아갈 수 있으며, 유머와 해학이 인간의 심리에 얼마나 커다란 에너지를 공급하는가 하는 사항을 알려 줍니다. 의사, 신학자 그리고 작가로 살아간 저자는 네 가지 사항을 문학적 주제로 설정하였습니다. 첫째로 작품은 당시 스콜라 학자들의 편협한 시각과 현학주의를 예리하게 비아냥거리고 있습니다. 르네상스 초기에 스콜라 학자들은 일반 사람들을 멸시하고, 자신의 학문이 세상의 모든 사안을 포괄하고 있다고 착각하고 있었습니다. 라블레의 견해에 의하면, 중요한 것은 냉엄한 학문이 아니라, 현세의 행복을 만끽하는 일이라고 합니다. 둘째로 라블레는 감각과 현세를 적대시하거나 등한시하는 가톨릭 수사들의 자세를 야유하였습니다. 수사들은 변화된 현실을 있는 그대로 받아들이지 않고, 자연, 인간의 오관 등의 영향력을 처음부터 경시하고 있었습니다. 신에 대한 믿음은 그 자체 중요한 태도이지만, 때로는 주어진 현실을 있는 그대로 고찰하지 못하게 합니다.

셋째로 라블레의 작품은 당시의 교육 방식이 허례허식적이라고 비판하였습니다. 당시의 교육은 주어진 현실과는 아무런 상관이 없는 종교적 훈육 내지는 시대착오적 경구만을 강조했습니다. 종교적 훈육은 피교육자를 무의식적으로 계층 사회 내의 노예로 만들고, 인간의 고유한 판단력을 흐리게 한다는 것이었습니다. 한마디로 위로부터 아래로 하달되는 교육정책과 교육 방식은 일방적이고 편협하다고 합니다. 넷째로 라블레는 무조건 상대방을 윽박지르며, 무력으로 모든 것을 해결하려는 인간형을 비난하였습니다. 이를테면 일부 유럽인들은 다른 나라를 무력으로 침공하여 재화를 갈취하곤 했는데, 작품은 이러한 제국주의의 사고를 신랄하게 비판합니다. 이로써 라블레의 평화주의적인 지조가 분명히 드러나고 있습니다. 어쨌든 이러한 주제는 유머와 사타이어, 언어유희 그리고 인용의 방식으로 다루어지고 있습니다. 이를 고려한다면, 라블레만큼 고대의 루키아노스의 재미있는 이야기를 재구성해 낸 작가는 르네상스 시대에는 한 명도 없다고 해도 과언이 아닙니다.

11. 엘리트들을 위한 새로운 유토피아: 이제 라블레가 다루고 있는 텔렘 사원을 살펴보겠습니다. 제2권에서 가르강튀아는 요한 수사에게 뭔가를 선물하고 싶었습니다. 왜냐하면 피크로클로스라는 왕은 전쟁 욕구에 광분하여 인접 국가를 무력으로 집어삼키려고 했는데, 요한 수사가 사람들을 이끌고 피크로클로스 왕의 공격을 방어했던 것입니다. 가르강튀아는 요한 수사의 방어적 대응을 높이 평가합니다. 요한 수사는 한마디로 용맹스럽고, 기골이 장대하며, 활발하고, 경건한 사람이었습니다. 그래서 가르강튀아는 요한 수사에게 텔렘 사원을 선물로 바칩니다. 텔렘 사원은 어떤 이상적인 왕궁, 이상적인 대학, 혹은 이상적인 시골 별장 등과 같은 건물, 그 이상의 의미를 지닙니다. 그것은 한마디로 르네상스의 새로운 관료주의 유토피아라고 말할 수 있습니다. 텔렘 사원은 권력과 경

제적 풍요로움에 근거한 공간이 아니라, 지식과 지적 능력에 바탕을 둔 이상적인 공간으로 이해됩니다. 라블레는 이곳에서 거주하는 남자와 여자들이 지적으로 탁월하고, 여러 가지 면에서 재능을 지니고 있으며, 고결한 심성을 지닌 자들이라는 점을 서술하고 있습니다.

12. 텔렘 사원의 기하학적 구도와 비국가주의: 텔렘 사원은 르와르 강변에 위치하고 있는데, 기하학적 구도로 축조되어 있습니다. 건물은 육각형으로 이루어져 있는데, 모서리마다 둥근 탑 여섯 개가 우뚝 서 있습니다. 모든 대문은 동일한 크기의 똑같은 형태를 지니고 있습니다. 탑과 탑 사이에는 약 312걸음의 거리가 유지되는데, 텔렘 사원의 건물들은 모두 6층으로 이루어져 있습니다(Saage: 213). 이를 고려한다면, 사원은 "비-국가주의적인" 틀을 위한 오래된 대안으로 이해될 수 있습니다. 지금까지 나타난 르네상스의 유토피아는 국가라는 엄격한 기관으로 축조되어 있으며, 개별적 인간의 제반 삶에 관해서 세부적으로 규정하고 있습니다. 이에 대한 예로 우리는 모어의 『유토피아』, 캄파넬라의 『태양의 나라』, 안드레에의 『기독교 도시국가』를 들 수 있습니다. 따라서 건축과 외형을 고려한다면, 텔렘 사원은 장소 유토피아의 전형으로부터 벗어나지는 않습니다. 그러나 르네상스 시대에 나타난 다른 전통적 유토피아는 국가의 철저한 규칙과 권위에 의존하는 데 반해, 라블레의 텔렘 사원은 비-국가주의적인 유토피아의 요소를 고수하고 있습니다.

13. 비-국가주의의 생활 방식은 아나키즘의 삶의 방식이다: 외부적 강요로부터 해방된 개인들이 진정으로 자신의 뜻대로 살아가기 위해서는 일차적으로 강제적 법 규정들과 외부의 인습에 근거한 전통적 관습들이 깡그리 사라져야 합니다(Rabelais: 177). 실제로 라블레의 텔렘 사원은 위로부터의 모든 규범을 철폐하고 반-국가주의, 다시 말해서 아나키즘의

틀을 개방시키는 것처럼 보입니다. 르네상스 시대의 일련의 유토피아는 대체로 반-개인주의를 지향하는 엄격한 국가 질서에 바탕을 두고 있습니다. 그것들은 세부적인 법 규정을 설정함으로써, 가령 개별 인간의 세부적 시간까지 소상하게 기술하고 있습니다. 그러나 텔렘 사원의 법 규정은 "네가 원하는 대로 행하라"라는 단 하나의 규칙으로 축소되어 있습니다. 사람들은 자신의 의지대로 자발적으로 먹고 마시며, 일하거나 잠을 잡니다. 이곳 사람들에게 제도적인 강제적 규정은 존재하지 않습니다. 텔렘 사원에서는 심지어 시계 내지 태양 시계도 존재하지 않습니다. 그들은 시각을 알리는 종소리에 의해 종속되거나 방해받고 싶지 않습니다. 이 점에 있어서 텔렘 사원은 캄파넬라의 『태양의 나라』와는 전혀 다른 공동체입니다. 텔렘 사원에서 살아가는 자유로운 인간은 무엇보다도 미덕을 실천합니다.

14. 사원 이상의 의미를 지닌 사원: 텔렘 사원에서 살아가는 사람들은 법과 변호사를 필요로 하지 않습니다. 이곳에서는 정치가도, 설교자도 전혀 쓸모없는 존재에 불과합니다. 화폐가 유통되지 않으므로, 고리대금 업자가 주위의 사람들을 괴롭히지도 않고, 종교가 필요 없으니, 교회도 수사직도 무용지물에 불과합니다. 텔렘 사원에서 살아가는 사람들은 어떠한 법적 규정도 필요로 하지 않습니다. 왜냐하면 그들 스스로 의미 있게 그리고 편안하게 시간을 보낼 줄 알기 때문입니다. 그들은 외부 사회로부터 전해지는 도덕적 강요를 수용하지 않습니다. 그들은 원천적으로 정직하고 고결한 심성을 지니고 있기 때문입니다. 그들은 남녀 사이의 완전한 자유와 평등을 누리며 살아갑니다. 수도원에 들어올 수 있는 남자는 12세에서 18세, 여자는 10세에서 15세로 제한되고, 이곳의 수도사는 언제든지 자유의사에 의해서 자신의 고향으로 되돌아갈 수 있습니다. 그렇기 때문에 우리는 텔렘 사원에서의 삶을 자기 수련을 위한 자발적인

공간으로 이해할 수 있습니다.

15. 귀족과 같은 풍요로운 삶: 텔렘 사원은 마치 프랑스의 "투렌 성 (Château Touraine)"처럼 휘황찬란한 아름다움을 드러냅니다. 사람들은 비교적 값비싼 옷을 걸치고 있습니다. 성주는 수많은 보물을 지니고 있습니다. 그렇다고 해서 이곳 사람들이 사치를 추구하는 것은 아닙니다. 르네상스 유토피아의 경우와는 달리 텔렘 사원의 사람들은 최소한의 경제적 풍요로움을 누리면서 생활합니다. 여성들이 여가 시간을 재미있게 보낼 수 있도록, 사원 밖에는 체조실, 승마장 그리고 극장 등이 마련되어 있습니다. 게다가 수영장도 비치되어 있고, 3층 건물의 욕실도 있습니다. 강가에는 멋진 정원이 자리하고 있는데, 이곳의 한가운데에는 미로처럼 길이 닦여 있습니다. 사람들은 맑은 공기를 마시면서 산책할 수 있습니다. 두 개의 거대한 첨탑 사이에는 무도회를 개최할 수 있는 홀이 있습니다. 사원은 프랑스의 어떠한 왕궁보다 더 멋지고 휘황찬란합니다. 텔렘 사원에는 도합 9332개의 공간이 있는데, 매 공간마다 침실, 거실 그리고 옷장이 달려 있습니다. 이 공간들을 나서면 복도가 있는데, 이 복도는 음악실, 교회당으로 활용되는 거대한 홀로 향하고 있습니다.

16. 노예경제에 바탕을 두고 있는 텔렘 사원: 자유로운 인간의 삶은 다수의 일반 사람들의 헌신적인 노동에 의해서 실현 가능합니다. 텔렘 사원 내에서 편안히 살아가는 사람들은 아예 노동에 임하지 않습니다. 너무나 잘 교육 받았기 때문에, 모두가 글을 읽고 쓸 줄 알며, 노래 부르고 악기를 하나씩 연주할 줄 압니다. 문제는 텔렘 사원에서의 모든 삶이 많은 하인들의 도움에 의해서 영위된다는 사실에 있습니다(Rabelais: 175). 이 점을 고려한다면, 라블레의 유토피아는 엄밀히 말해 고대의 노예경제의 구도에 바탕을 두고 있습니다. 이곳 사람들은 대부분의 경우 많은 하

인들과 수공업자들을 거느립니다. 여성의 홀에서는 수많은 하인들이 서서 여성들을 치장하고 향수를 뿌리고 여성들의 머리카락을 단정하게 합니다. 남성들 역시 하인들의 도움으로 멋진 옷을 입고 자신을 치장합니다. 텔렘 사원에서 가까운 숲속에는 거대한 건물이 위치하는데, 이곳에서는 농부, 양치기, 정원사들이 오곡백과의 결실을 거두고 여러 가지 종류의 육류를 생산하고 있습니다. 그 밖에 금 세공업자, 보석 가공업자, 베 짜는 사람, 재단사, 양탄자 제조업자 등이 살면서, 제각기 자신의 수공업에 몰두하고 있습니다. 이들은 오로지 텔렘 사원에서 살아가는 고결한 남녀들을 보살피기 위해서 노동에 임하고 있습니다.

17. 학문과 교육 그리고 취미 활동: 텔렘 사원의 사람들은 마치 나중에 제후 내지는 고위 관리로 활약하려는 듯이 놀라울 정도로 다양한 교육을 받습니다. 한 사내는 고결한 유희에 익숙하며, 승마, 달리기, 수영, 레슬링 등을 연마합니다. 그는 놀라운 춤 솜씨를 자랑하는 댄서이며, 고풍스러운 승마를 즐기기도 합니다. 사내는 여러 가지 외국어에 능숙하며, 문학에도 조예가 깊습니다. 이렇듯 대부분의 사람들은 걱정 없는 환경에서 자신이 하고 싶은 학문과 스스로 원하는 취미 생활을 즐기며 살아가고 있습니다. 여기서 우리는 텔렘 사원의 사람들이 고위층의 교양을 위한 모든 조건을 갖추기 위해서 학문과 운동에 몰두하며, 동시에 생업을 위한 노동에 대해서는 전혀 신경 쓰지 않는다는 사실을 알 수 있습니다. 왜냐하면 그들에게는 제각기 하인들이 달려 있어서 의식주 문제를 걱정할 필요가 없기 때문입니다.

18. "네가 원하는 대로 행하라(fay ce que vouldras)!" 자유의 유토피아: 찬란하고 풍요로운 생활에도 불구하고 라블레의 텔렘 사원에서의 삶은 우리가 생각하기에는 지루함이 자리할지 모릅니다. 그렇지만 권태와 따분

함은 텔렘 수도원에서는 진히 찾아볼 수 없습니다. 왜냐하면 이곳의 사람들은 "원하는 대로 행하라!"라는 원칙에 따라서 살아가기 때문입니다. 텔렘 사원에서는 인간 삶에 있어서의 세 가지 고통이 원천적으로 배제되어 있습니다. 첫째의 고통은 "가난"입니다. 이곳 사람들은 아무런 걱정 없이 의식주의 풍요로움을 즐길 수 있습니다. 가난이 없으니, 과도하게 지속적으로 노동할 필요도 없고, 미래의 걱정도 자리하지 않습니다. 인간 삶에 있어서의 두 번째 고통은 "복종"입니다. 인간은 주어진 관습과 도덕 그리고 실정법의 노예로 자발적으로 복종합니다. 특히 사람들은 중세 시기 동안에 신앙으로 인해서 자유로운 삶을 살지 못했습니다. 종교는 때로는 인간에게 위안을 가져다주지만, 중세 시대에는 복종을 심화시키는 매개체로 활용되었습니다. 그렇기에 왕은 왕대로 백성은 백성대로 현세에서 불안을 떨칠 수 없었습니다. 텔렘 사원의 사람들은 이러한 법과 도덕 그리고 관습에 종속되지 않은 채 살아갈 수 있습니다. 이 대목에서 우리는 완전한 자유에 대한 작가의 갈망을 읽을 수 있습니다.

19. 오늘을 즐겨라(Carpe diem). 그러나 방종으로 치닫지는 마라: 인간 삶에 있어서의 세 번째 고통은 "순결"입니다. 여기서 순결함은 성의 순결을 지칭합니다. 자고로 순결과 정조는 정도의 차이는 있지만 동서고금을 막론하고 인간 사회의 미덕으로 이해되어 왔습니다. 그런데 우리는 이와 정반대되는 질문과 마주하게 됩니다. "만약 금욕이 지금까지 미덕으로 이해되었다면, 성을 즐기고 향유하는 것은 과연 악덕이란 말인가?" 현대인이라면 이러한 물음에 선뜻 동의하지 않을 것입니다. 그렇지만 당시는 르네상스 시기였습니다. 자유로운 향유의 삶은 주어진 사회적 질서를 어지럽히는 생활 방식으로 간주되었습니다. 성은 한편으로는 종족 번식과 관련되지만, 다른 한편으로는 향유와 쾌락과 관련됩니다(Berneri: 133). 라블레에 의하면, 서양의 역사에서 인간의 성적 본능을 죄악으로 단정하

고 이를 금기한 사상가와 종교인은 한 명도 없었다고 합니다. 특히 사랑하는 임 없이 살아가는 솔로들에게 누군가가 "방종하게 살지 말고 순결과 지조를 지켜라"고 말한다면, 이는 부자유의 질곡 속에서 살라는 것과 다를 바 없습니다. 라블레는 이 대목에서 어떠한 유형이든 간에 인간이라면 자신의 고유한 자유를 실천해야 한다고 설파합니다. 라블레는 『가르강튀아』를 통해서 우리에게 다음과 같이 속삭입니다. 사랑하는 사람이 있으면 임을 쟁취하라. 그 다음에 임에게 사랑을 베풀라. 설령 그것이 주어진 관습과 도덕 그리고 법의 범위에서 벗어난다고 할지라도 타인에게 피해를 주지 않는 범위에서 자유를 만끽하라고 말입니다.

20. **"반(反)-사원"으로서의 텔렘 사원:** 아이러니하게도 "가난, 순결, 복종"은 수사가 되려고 하는 사람이 신품성사에서 맹약하는 내용입니다. 라블레는 인간 삶에서 가난, 순결, 복종을 떨쳐야 한다고 설파합니다. 이를 고려한다면, 라블레의 자유주의 사상은 로마 가톨릭 계명과는 정반대되는 무엇이라고 이해될 수 있습니다. 아니, 텔렘 사원의 생활 관습은 로마 가톨릭의 규율과는 현격한 차이점을 보여 줍니다. 가령 텔렘 사원은 다른 사원과 두 가지 점에서 다릅니다. 그 하나는 성벽이 없다는 점이며, 다른 하나는 신 앞에서의 신품성사가 없다는 점입니다(Köhler: 106). 텔렘 사원은 외부인의 출입을 통제하지만, 그렇다고 해서 갇혀 있는 공간이 아니며, 가톨릭의 종교적 계율을 추종하지도 않습니다. 이 점을 고려한다면 텔렘 사원은 "반-사원"의 특성을 그대로 드러내고 있습니다. 따라서 텔렘 사원은 사원이라기보다는 하나의 별장으로 이해될 수 있습니다. 이곳의 고결한 남녀들은 명예롭게 사랑하고, 부자로 살아가며, 자유로움을 실천하며 생활하겠노라고 약속합니다. 텔렘은 그리스어로 "의지 내지 갈망(Θελημα)"을 뜻합니다. 이는 주어진 계명 그리고 시간과 무관하게, 아니, 주어진 계명 내지 시간에 역행하며 살아가겠노라는 인

간의 강력한 의지 내지 갈망을 가리킵니다. 모어의 유토피아 사람들은 시간에 맞추어 살아가는 반면에, 라블레의 사원 사람들에게는 시간 개념이 없습니다.

21. 라블레의 시대 비판: 텔렘 사원에 관한 휘황찬란한 만화경의 상의 배후에는 작가가 처한 시대에 대한 간접적인 비판이 은밀하게 자리하고 있습니다. 라블레는 특권계급을 비판하기 위해서 아이러니하게도 특권층의 유토피아를 설계하고 있습니다. 가령 텔렘 사원은 철저히 외부의 사람들을 통제하고 있습니다. 가령 위선적이고 경건한 척 하는 수사들은 신분의 고하를 막론하고 이곳에 들어올 수 없습니다. 가난한 자의 피를 빨아먹는 법률가와 법을 어기고 진리를 은폐하는 공무원들은 이곳에 발도 들여놓을 수 없습니다. 끝없이 이윤을 추구하는 고리대금업자 역시 절대로 이곳으로 들어올 수 없습니다. 여기서 우리는 사악하고 이기적인 특권계급에 대한 라블레의 통렬한 비판을 읽을 수 있습니다.

22. 찬란한 삶과 무제한적인 자유를 묘사한 명작: 혹자는 "성적 자유를 최대한으로 누리면서 살라"라는 디오니소스의 전언이 때로는 방종과 타락을 조장하는 게 아닌가 하고 지적합니다. 이와 관련하여 우리는 처음부터 비윤리적인 방향으로 사고할 필요는 없을 것입니다. 텔렘 사원의 사람들은 교양을 지니고 선한 품성을 간직하고 있는 고결한 인간군입니다. 설령 이곳의 모든 사람들이 "자신의 느끼는 바를 실천하라"는 계명을 실천한다고 하더라도 서로의 이해관계가 맞지 않는 경우에 그들은 타인에게 자신의 권한을 양보함으로써 이웃을 배려할 줄 압니다. 텔렘 사원의 사람들은 늙은 사람이든 젊은 사람이든 간에 "종심소욕(從心所欲)"을 행한다고 하더라도, 그들의 행동은 법도에 어긋나지 않습니다. 따라서 그들에게서 갈등은커녕 어떤 해결할 수 없는 고통과 질투의 감

정은 결코 출현하지 않습니다(Rabelais: 178). 기실 풍족한, 억압 없는 삶이 태고 시대부터 이어져 온 인간의 원초적 갈망이었다는 사실을 고려한다면, 라블레의 텔렘 사원은 관료주의의 찬란한 유토피아에 대한 놀라운 범례가 아닐 수 없습니다. 개인적 자아는 스스로 "자아"를 의식할 필요가 없습니다. 왜냐하면 그는 부분으로서의 공동체이며, 공동체의 일부가 자신이고 이웃이며, 가족이고 친구이기 때문입니다.

23. 요약: 라블레의 텔렘 사원은 르네상스와 종교개혁 시대의 유토피아가 내세우던 패러다임과는 반대되는 하나의 가상적 유토피아의 상입니다. 왜냐하면 이곳에서는 국가의 강령이 존재하지 않으며, 개인을 다스리는 규범이 모조리 개인에게 주어져 있기 때문입니다. 소수의 엘리트들은 위로부터의 간섭 없이 물질적 재생산의 부담을 느끼지 않은 채 개개인의 자유를 최대한 누리면서 살아갑니다. 이들의 경제적 삶과 삶의 토대를 책임지는 자들은 농부, 수공업자 그리고 허드렛일을 담당하는 단순한 사람들이지요. 그렇기에 라블레의 유토피아는 봉건적 관료주의의 토대 하에서만 성립될 수 있는 특권층의 유토피아가 아닐 수 없습니다. 단 한 가지 놀라운 사항은 작가가 특권층 가운데 선하고 양심적인 지조를 지닌 특권층을 찬양하고, 사악하고 비열한 특권층을 집요하게 비판한다는 사항입니다. 안타까운 것은 라블레가 계층의 구분을 철폐하고 만인의 행복을 문학적으로 찬란하게 묘사하지 못했다는 점입니다.

24. 텔렘 사원 공동체: 라블레의 텔렘 사원 공동체는 문학 유토피아의 범례로 이해될 수 있습니다. 인간이 공동으로 살아가는 한 인간관계에 있어서의 어떤 사회적 의무는 어쩔 수 없이 주어지기 마련입니다. 따라서 무제한의 자유는 공동체 내에서는 일부 제한당할 수밖에 없습니다. 20세기에 이르러 텔렘 사원 공동체는 하나의 기이한 조직으로서 잠시

고개를 내밀었습니다. 1920년 알레이스터 크롤리라는 사람은 시칠리아의 세팔루 근처에서 농가를 변형시켜서, 사이비 텔렘 공동체를 개설하였습니다. 이 공동체는 시골의 코뮌과 같습니다. 여기서 크롤리는 "네가 원하는 대로 행하라!"라는 계명을 실천하였습니다. 그는 이곳에서 심령학 센터를 만들어서 마법적 제식을 행하였는데, 많은 관심 있는 사람들이 이곳을 방문하였습니다. 문제는 공동체가 재정적인 어려움에 봉착했다는 점, 공동체 사람들이 마약을 복용했다는 점입니다. 어느 날 영국의 대학생이 이곳에서 마약을 복용하다가 사망했는데, 이로 인하여 공동체는 3년 만에 와해되고 맙니다. 텔렘 사원 공동체가 실제 현실에서 생존하기 위한 전제 조건은 두 가지로 요약됩니다. 그 하나는 공동체 회원들이 고결함과 신의를 지녀야 하며, 다른 하나는 경제적으로 풍족함을 누려야 한다는 것입니다. 마음대로 행하는 자유는 타인에 대한 자유를 침해하지 않는 범위에서 실천될 수 있습니다. 텔렘 사원은 노예들의 도움 없이는 경제적 어려움을 겪을 수밖에 없습니다. 비록 비국가주의 유토피아모델이라 하더라도 노예경제에 바탕을 두고 있다는 사실은 하나의 결정적인 하자로 지적될 수 있습니다. 그렇기에 고결한 신의와 경제적 특권이 주어지지 않을 경우, 텔렘 사원 공동체는 실제 현실에서 추악한 구설수에 시달리거나, 가난의 질곡에서 벗어나지 못하게 될 것입니다.

참고 문헌

라블레, 프랑수아 (2004): 가르강튀아와 팡타그뤼엘, 유석호 역, 문학과 지성사.

라블레, 프랑수아 (2017): 가르강튀아, 진형준 역, 살림.

유석호 (1995): 프랑스 르네상스 시대의 이상적 삶의 형태. 라블레의 텔렘므 수도원을 중심으로, 실린 곳: 인문과학 제72집, 연세대 인문과학 연구소. 87-104.

Berneri, Marie Louise (1982): Reise durch Utopia, Berlin.

Heintze, Horst (1974): François Rabelais, Leipzig.

Köhler, Erich (1959): Die Abtei Thélème und die Einheit des Rabelais' schen Werke, in: Germanisch- Romanische Monatsschrift 40, 105-118.

Rabelais, Francois (1974): Horst und Edith Heintze (hrsg.), Gargantua und Pantagruel, Erster Band, Frankfurt a. M..

Jens (2001): Jens, Walter (hrsg.), Kindlers neues Literaturlexikon, 22 Bde, München.

Saage, Richard (2009): Utopische Profile, Bd. 1, Renaissance und Reformation, 2. korrigierte Aufl., Münster.

3. 안드레에의 『기독교 도시국가』

(1619)

1. **칼뱅의 신앙 공동체로서의 국가:** 요한 발렌틴 안드레에(Johann Valentin Andreae, 1586-1654)는 1619년에 『기독교 도시국가』를 세상에 공개했습니다. 이 문헌은 마르틴 루터의 프로테스탄티즘의 이상을 반영한 사회 유토피아입니다. 이 작품의 제목은 "기독교도의 도시국가에 관한 서술 작업 개요(Reipublicae Christianopolitanae descriptio)"입니다. 안드레에는 무엇보다도 칼뱅이 생각한 프로테스탄티즘의 신앙 공동체로서의 도시국가를 설계하였습니다. 안드레에의 유토피아는 특히 실험과학과 응용과학을 중요하게 생각한다는 점에서 8년 후에 간행된 베이컨의 『새로운 아틀란티스』의 기술 유토피아와 유사성을 지닙니다. 그렇지만 모든 학문과 기술은 무엇보다도 신앙의 토대 하에 축조되어야 한다는 게 안드레에의 지론이었습니다. 이 점에 있어서 안드레에의 유토피아는 기술이 아니라 정치 유토피아의 속성을 강하게 표방합니다.

2. **캄파넬라의 작품과의 관련성:** 안드레에는 모어의 『유토피아』를 익히 알고 있었으며, 나중에 1555년에 스위스 바젤에서 간행된 슈티블린의 『행복 공화국』을 독파한 적이 있습니다. 아마도 캄파넬라의 문헌 역

시 잘 알고 있었을 것으로 추론됩니다. 당시 사람들은 캄파넬라를 반-아리스토텔레스의 입장을 제기하는 영웅적 투사로 간주하였고, 그의 문헌들을 높이 평가했기 때문입니다. 안드레에는 출판업자 토비아스 아다미에 의해 간행된『태양의 나라』를 입수하였으며, 친구의 권유로 인하여 캄파넬라의『태양의 나라』의 라틴어 원고를 독파한 것 같습니다. 그렇지만『기독교 도시국가』가 모어와 캄파넬라의 직접적인 영향을 받았다는 흔적은 드러나지 않으며, 그들의 작품과는 다른, 독자적인 특성을 보여주고 있습니다(Swoboda: 37). 이를테면 작품은 베이컨의『새로운 아틀란티스』처럼 1인칭 화자에 의해서 서술되고 있습니다. 이를 고려한다면, 우리는 다음의 사실을 확인할 수 있습니다. 즉, 안드레에는 구조 상으로 그리고 주제 상으로 모어와 캄파넬라의 작품을 답습하지 않았다는 사실 말입니다.

3. **안드레에의 이력**: 독일의 신학자, 작가, 수학자인 요한 발렌틴 안드레에는 1586년 8월 17일에 독일의 헤렌부르크에서 태어났습니다. 할아버지, 야콥 안드레에는 튀빙겐 대학교 신학 교수로서, "뷔르템베르크의 루터"라고 불리었습니다. 안드레에의 아버지는 루터 교회의 목사였다가, 나중에는 쾨니히스브론의 신학 수련원의 원장으로 일합니다. 그는 직장과 가정을 소홀히 할 정도로 연금술에 심혈을 기울였습니다. 1601년 안드레에의 아버지가 사망했을 때, 어머니, 마리아 모저는 식솔들을 데리고 튀빙겐으로 돌아갑니다. 그미는 의학과 약초에 능통하여, 여성 신분으로 왕립 약사로 봉직하기도 하였습니다. 처음에 안드레에는 뷔르템베르크 지방의 기독교 경건주의에 침잠했는데, 기독교의 비밀 교단인 "장미십자단(Rosenkreuzer)"에 지대한 관심을 기울였습니다. 그는 연금술과 관련된 서적을 읽고, 직접 연금술에 관한 책을 저술하기도 하였습니다. 16세의 나이에 튀빙겐 대학에 입학한 그는 유약한 신체적 조건에도 불

구하고, 문학, 수학, 역사, 철학 등을 열심히 공부하였습니다. 그가 읽은 책은 3000권이 넘고, 6개 국어를 익히기도 하였습니다.

안드레에는 신체적으로 연약하였으나 두뇌가 비상하여, 어린 시절부터 자신의 명민함을 드러내었습니다. 18세의 나이에 그는 친구들을 직접 가르칠 정도였다고 합니다. 이를 위해서 엄청난 양의 독서를 마다하지 않았습니다. 법학, 의학은 물론이고 여섯 개의 외국어를 통달한 것도 이 무렵이었습니다. 1601년 튀빙겐 대학에 입학했을 때, 안드레에는 천문학, 수학, 동력학, 음악 그리고 미술의 영역에도 놀라운 식견을 드러내었다고 합니다. 그는 대학에서 특히 루터의 신학과 자연과학 연구에 몰두했습니다. 대학에서 공부한 지 불과 2년 만에 학사 학위를 취득한 것은 자신의 노력 때문이었습니다. 그런데 한 가지 놀라운 추문이 대학 내에 퍼지기 시작합니다. 1605년에 21세의 안드레에는 주위에 살던 처녀와 사랑에 빠져, 결국 살을 섞었던 것입니다. 이로 인해 신학교에 추문이 퍼지게 되었고, 결국 그는 학교를 떠나야 했습니다.

유럽 여행 후에 그는 대부분의 독일 지식인들처럼 가정교사로서 생계를 이어 갔습니다. 안드레에는 베이컨과는 달리 수학을 매우 중요하게 생각한 진취적인 학자였습니다. 16세기 초에 그는 요하네스 케플러와 마찬가지로 수학자이자 천문학자인 미하엘 메스틀린(Michael Mästlin)에게서 수학을 배웠습니다. 안드레에는 여러 명의 학자들과 교우했는데, 그들 가운데에는 크리스토프 베솔트(Christoph Besold)라는 학자도 있습니다. 크리스토프는 법학을 전공한 사람이었지만, 제반 학문에 통달해 있었습니다. 특히 히브리어, 아라비아어도 능통했으며, 르네상스의 휴머니즘과 독일 신비주의 사상에 관해서 해박한 지식을 습득하였습니다. 따라서 크리스토프가 파라켈수스, 라몬 룰(Ramon Llull), 쿠자누스 등에 열광했으며, 친구인 안드레에에게 영향을 끼친 것은 당연한 귀결이었습니다. 안드레에는 크리스토프의 도서관을 활용했는데, 이는 나중의 저술 작업에 결정적인 영향을 끼치게 됩니다.

안드레에는 1611년부터 1612년 사이에 프랑스, 독일, 북부 에스파냐, 이탈리아, 스위스 등지를 여행하였습니다. 당시 대부분의 로마가톨릭교회는 참담할 정도로 부패했습니다. 가톨릭교회는 그에게 더 이상 희망이 없는 수구적인 종파로 비쳤습니다. 여기서 언급되어야 하는 것은 안드레에가 1611년 제네바에서 개혁적 신학자, 칼뱅을 만났다는 사실입니다. 이로써 그는 구태의연한 교회 체제와 독일 전역에 만연해 있던 수구 보수주의를 표방하는 가톨릭 수사들로부터 등을 돌렸습니다. 대신에 임격한 자세로 성서를 해석하는 일을 마다하지 않았습니다. 안드레에는 1612년 튀빙겐으로 돌아온 뒤에 바이힝겐의 목사가 되었습니다. 그 후 그는 아그네스 엘리자베트 그뤼닝거라는 여성과 결혼하여 슬하에 아홉 명의 자식을 거느렸습니다. 안드레에는 일신의 안일을 위해서 살아간 학자는 아니었습니다. 그는 30년 전쟁 당시에 설교자로서 죽음을 무릅쓰고 전쟁터를 전전하였습니다.

4. 안드레에와 장미십자단: 안드레에는 장미십자단원으로 알려진 인물입니다. 그런데 그가 장미십자단의 창설자라는 가설은 사실로 확인된 바 없습니다. 실제로 그는 젊은 시절에 연금술의 전통을 계승한 장미십자단의 창립에 일조한 것은 분명한 사실입니다. 가령 장미십자단이 요한 발렌틴 안드레에 가문의 문장(紋章)을 사용하였다는 사실은 이를 뒷받침하고 있습니다. 장미십자단원들은 14세기에 유럽 대륙에서 활동했다고 하는 크리스티안 로젠크로이츠라는 신비로운 인물을 숭상하였습니다. 이들 모임은 연금술, 점성술, 유대교의 카발라 신비주의, 프로테스탄트의 개혁 사상 등을 결합시킨 비밀결사 조직이라고 말할 수 있습니다. 그들은 고대와 중세의 비주류의 학문을 수용하여, 학문, 기독교 그리고 윤리를 함께 통합시키자는 이념을 추구하는 단체로 출범하였습니다. 17

세기 초에 이들은 겉으로는 프로테스탄트 정신을 따르는 교단이라고 표방했으나, 내적으로는 프리메이슨이라든가 고딕 건물의 건축에 종사하는 석공들의 비밀스러운 조합과 은밀히 조우하였습니다. 왜냐하면 봉건 제후들은 동지애를 바탕으로 하는 사해동포주의의 집단 자체를 체제 파괴적이라고 단정했기 때문입니다.

5. **장미십자단의 영향:** 장미십자단의 사상은 독일에서 영국으로 그리고 다시 폴란드로 전파되었습니다. 이들을 이끈 인물 가운데 미하엘 마이어 (Michael Maier), 존 디(John Dee), 로버트 플러드(Robert Fludd), 토마스 보언(Thomas Vaughan) 등이 있습니다. 이들의 운동은 나중에 데카르트, 코메니우스, 스피노자, 뉴턴, 라이프니츠 등으로 이어졌다고 하는데, 이에 관해서는 학자들 사이에 의견이 분분합니다. 장미십자단원들은 대부분의 경우 파라켈수스의 의학 서적과 연금술 책자들을 소지하고 있었으며, 환자를 무료로 치료해 주는 등 여러 가지 뜻 깊은 박애 활동을 펼쳤습니다. 그러나 1614년 이후에 칼뱅 교회의 목사가 된 다음에 안드레에는 노골적으로 장미십자단과의 관련성을 부인하였습니다. 왜냐하면 기독교 사상이 일반 사람들에게 이른바 천년왕국이라는 허황된 꿈을 부추기고 있다고 판단되었기 때문입니다. 여기서 나타나듯이, 안드레에는 오랜 기간 일반 대중 사이에 퍼져 나가던 천년왕국설을 부인하고, 깊은 신앙과 훈육에 근거하는 칼뱅의 신학적 가르침을 추종하였습니다.

6. **(부설) 연금술의 유토피아:** 참고로 말씀드리면, 안드레에는 연금술을 단순히 금속 제련의 방법 내지 야금술로 이해하지 않았습니다. 연금술은 안드레에에 의하면 사회적 죄악으로 더럽혀진 세상을 기독교 사상이라는 황금으로 변화시키려는 노력을 가리킵니다. 이 경우 금은 순수하고 고결한 믿음에 대한 객관적 상관물이지요. 안드레에가 익명으

로 발표한 「수도사의 보고(Fama Fraternitatis)」(1614)와 「수도사의 고백(Confessio Fraternitatis)」(1615)을 읽으면 우리는 다음의 사실을 이해할 수 있습니다. 즉, 연금술은 일주일간의 축제를 통하여 아름다운 신부 "알키미아(Alchimia)"를 납치하여 그미와 만나는 과정으로 비유될 수 있다고 말입니다(Andreae 2001: 157). 일주일 동안의 축제는 연금술의 실험 방식과 관련됩니다. 그것은 "증류(destillatio)," "용해(solutio)," "순화(purefactio)," "검게 태우기(nigredo)," "태양광으로 강도 높이기(albedo)," "정제(fermetatio)," "의학적 구성(projectio medicinae)"이 바로 그 일곱 가지의 실험 방식입니다(블로흐: 1298). 이를 위해서 필요한 세 가지 기본적 매개물은 모든 것들을 용해시키는 수은(Mercur), 모든 것들을 불태워 결합시키는 황(Sulphur) 그리고 모든 것들을 응고시키는 소금(Sal)입니다. 결국 연금술이란 기독교 사상이라는 황금의 빛으로 "인간 사회(societas humana)"를 건립하기 위한 실험과도 같습니다. 바로 이러한 방식을 통해서 중세의 연금술은 과학기술의 실험이라는 단순한 영역을 벗어나서, 하나의 이상 추구라는, 의미심장한 역사철학적인 의미를 획득하게 됩니다.

7. (부설) 연금술의 유토피아가 지니는 개혁적 특징: 안드레에가 생각했던 보편적 의미의 종교개혁은 그리스도의 도시국가에 찬란한 태양의 빛을 퍼뜨리겠노라는 각오에서 출발합니다. 세계를 기독교 사상의 황금빛으로 정화하겠다는 생각은 연금술과 일맥상통하는 것입니다. 세계가 태양의 빛에 의해서 밝아지듯이, 그리스도의 도시국가에서 살고 있는 사람들의 마음 역시 빛(황금)의 지속적인 열정으로 끊어오르게 되기를 안드레에는 갈구하였습니다. "계몽(Enlightenment)"이 빛과 관계된 것은 그 때문입니다(블로흐: 1300). 그렇지만 안드레에가 꿈꾸는 찬란한 사회는 결코 막연하게 천년왕국을 갈구하는 사이비 집단의 신앙에 의해서 이룩

되는 게 아니었습니다. 그것은 오히려 성서의 근본을 깨닫고, 이에 근거한 신앙을 실천하는 방법을 통해서 가능하다고 합니다. 이 점을 고려한다면 『기독교 도시국가』는 계몽주의가 아직 꽃 피기 이전 시대에 기독교 사상으로 착색된 인간다운 사회를 설계하고 있다는 점에서 근본적으로 연금술의 목표와 일맥상통하고 있습니다. 왜냐하면 안드레에의 유토피아 역시 가치가 전도된 썩은 세상의 진창으로부터 어떤 대립의 과정을 거쳐, 그곳을 빠져나온 가상의 공간이기 때문입니다(블로흐: 1300).

8. 모어의 『유토피아』와 아른트의 『진정한 기독교』의 합작품: 『기독교 도시국가』에 지대한 영향을 끼친 문헌으로 우리는 모어의 『유토피아』와 요한 아른트(Johann Arndt)의 『진정한 기독교에 관하여(Vom wahren Christentum)』를 들 수 있습니다. 실제로 안드레에는 요한 아른트에게 자신의 책을 헌정하고 있습니다. 요한 아른트는 1605년 그 책을 발표하였는데, 이 책은 당시에 상당한 물의를 불러일으켰습니다. 왜냐하면 이 책은 종교개혁의 사상을 표방하고 있으나, 정통 루터 사상으로부터 벗어난다는 비판을 받았기 때문입니다. 그러나 실제로는 아른트의 책은 종교적 문제보다는 정치적 문제로 인하여 구설수에 올랐습니다. 사실인즉 그 책은 세속의 권력이 상업을 중시하는 도시의 부호들에게 주어져야 한다고 역설하였기 때문에 비판을 당했던 것입니다. 요한 아른트는 자신의 책에서 삶의 개혁을 통해서 종교개혁이 완성되어야 한다고 굳게 믿었습니다. 이후에 그는 자신의 책을 개작하여, 1610년 마그데부르크에서 4권으로 발표하였습니다. 안드레에는 일찍이 요한 아른트의 책을 접한 바 있는데, 이 책은 모어의 『유토피아』와 함께 안드레에에게 가장 커다란 영향을 끼친 문헌인 셈입니다. 아니나 다를까, 안드레에는 "기독교 도시국가"가 "거대한 예루살렘의 유일한 식민지"이기를 바란다고 기술합니다(Andreae 1975: 491). 그렇지만 저자는 서문에서 모어를 명시적으로 언

급하고 있습니다. 자신의 책은 모어가 용인하지 않는 내용을 유희적으로 다루고 있다고 했습니다.

9. 캄파넬라의 『태양의 나라』의 영향: 우리는 또 한 가지 영향을 끼친 책으로 캄파넬라의 『태양의 나라』를 들 수 있습니다. 물론 안드레에는 캄파넬라의 『태양의 나라』를 이미 알고 있었습니다. 나폴리의 감옥에 갇혀 있던 캄파넬라는 자신을 면회한 토비아스 아다미에게 자신의 원고 뭉치들을 건네주었는데, 그는 1623년 독일 프랑크푸르트에서 『태양의 나라』를 발간하였습니다. 1618년에 아다미는 튀빙겐에서 직접 안드레에를 만나, 캄파넬라의 라틴어 친필 원고를 보여 준 적도 있었습니다. 이로써 우리는 다음의 사항을 확인할 수 있습니다. 즉, 캄파넬라의 사상과 문헌에 깊이 감동한 안드레에는 뷔르템베르크의 어느 작은 도시를 바탕으로 자신의 도시국가를 설계하였다는 사항 말입니다. 이로써 우리는 다음과 같이 추론할 수 있습니다. 안드레에의 『기독교 도시국가』는 모어의 작품 내용과 아른트의 작품 내용을 합성한 것이라고 말입니다. 그렇지만 안드레에의 작품은 모방에 그친 것이 아니라, 새롭고 참신한 도시국가를 형상화하는 데 성공을 거두고 있습니다. 이 작품이 없었더라면, 프랜시스 베이컨의 『새로운 아틀란티스』의 내용은 많이 달라졌을 것입니다.

10. 안드레에의 시대 비판: 당시 유럽에서는 신교와 구교 사이의 갈등이 국가 간의 분쟁으로 비화되고 있었습니다. 안드레에는 모든 것을 프로테스탄티즘의 시각으로 고찰하려 했습니다. 비록 루터가 기독교 신앙을 개혁하는 불씨를 당겼지만, 당시의 교회, 왕궁 그리고 대학에는 여전히 이기심, 인색함, 탐욕 그리고 시기 등이 온존했습니다. 국가는 악덕을 사고파는 시장으로 전락하고 말았으며, 삶의 수준은 깊이 추락하고 있었습니다. 이로 인해 피해를 입는 사람들은 오로지 일반 백성이었습니

다. 그렇기에 안드레에의 시대 비판이 ― 비록 간접적이기는 하지만 ―
지배계급으로 향한 것은 당연했습니다. 서문에서 작가는 다음과 같이
주장합니다. 즉, 보다 순수한 신앙의 빛은 마르틴 루터에 의해서 환하게
타올랐지만, 왕궁과 교회 그리고 대학은 질투, 탐욕, 인색함, 시기, 나태
함 그리고 그 밖의 지도층이 지니고 있는 온갖 악덕으로부터 자유롭지
못하다는 것입니다(Andreae 1975: 8). 유럽의 국가는 온갖 악덕을 매매하
는 시장이나 다름이 없다고 합니다. 여기서 우리는 작가의 완강한 현실
비판을 읽을 수 있습니다(Schölderle: 74). 그 밖에 안드레에의 비판은 이
른바 기독교 신자들에게 반드시 천년왕국을 기약해 준다고 하는 (요한
계시록에 언급된 바 있는) 허황된 약속으로 향하고 있습니다. 기독교 사상
의 진면목은 성서에 기술된 진정한 의미의 이웃 사랑과 자유로운 신앙의
삶을 추구하는 것이지, 내세를 빌미로 현세에 살아가는 민초들에게 천국
에 관한 망상을 심어 주는 게 아니라는 것입니다. 요약하건대, 빈부 차이
로 인한 사회적 양극화 현상과 도덕의 파괴가 『기독교 도시국가』의 집
필 계기로 지적될 수 있습니다.

　저자의 시대 비판은 그 밖의 다른 곳에서 발견됩니다. 안드레에는 무
엇보다도 법을 관장하는 재판소에 비판의 화살을 겨누었습니다. 법정은
신을 우롱한 자, 간음한 자들에게 가벼운 형벌을 내리는 반면에, 빵을 훔
치는 좀도둑에게 과도한 형벌을 가해 왔습니다. 심지어 몇 가지 식량을
훔친 죄로 사형선고를 당하는 일까지 벌어졌습니다. 법정은 무고한 자
들을 피 흘리고 고통 받게 한 반면에, 정작 끔찍한 처벌을 받아야 하는
사람들에게는 죄에 합당한 형벌을 내리지 않는다는 것입니다. 법관들은
폭력, 거짓말 그리고 위선을 무기로 삼아서, 어처구니없을 정도로 부당
한 판결을 내렸습니다. 그들은 무차별적으로 사형을 집행하게 하였지만,
스스로는 법을 준엄하게 지키는 신하일 뿐이라고 만천하에 공언하였습
니다(Andreae 1975: 39). 안드레에의 비판은 경제적 문제로 인한 도덕의

타락과 믿음의 상실로 향하고 있습니다. 수많은 하층민들은 굶주린 배를 움켜쥐며 쓰라린 고통을 호소하는 반면에, 일부의 상류층들은 끝없이 재화를 축적하고 있었습니다. 특히 사악한 고위 사제의 횡포는 심각하기 이를 데 없고, 이들은 부자들과 결탁하여, 가난한 민초들을 교묘하게 착취하고 있습니다. 안드레에는 이러한 사항을 예리하게 통찰하였고, 『기독교 도시국가』를 서술함으로써 나름의 대안을 마련하려고 하였습니다.

11. **일인칭 화자의 보고:** 『기독교 도시국가』의 내용은 다음과 같습니다. 첫 번째 여섯 장은 난파 사건을 보고합니다. 화자인 나는 범선을 타고 어디론가 여행하는 남자인데, 폭풍으로 인하여 자신의 배가 난파되는 것을 경험합니다. 승객들과 선원들은 모두 사망하고, 주인공 혼자 살아남아서, 기독교 도시국가인 섬에 당도하게 된 것입니다. 화자는 새로 발견된 섬에 머물면서 "기독교 도시국가"의 경제, 정치, 법, 군사, 학문, 예술, 특히 종교의 영역을 세밀하게 서술합니다. 이곳 사람들은 유럽인의 신앙을 거부하는 게 아니라, 유럽인들의 기독교 전파 방식을 신랄하게 비판합니다. 왜냐하면 유럽인들은 기독교의 미명하에 장검, 단도 그리고 화살로써 타 지역을 정복했기 때문입니다.

12. **삼각형의 이념, 원의 사원, 정사각형의 도시 구도:** 기독교 도시국가는 수학을 바탕으로 축조되어 있습니다. 수학적 이성은 기독교 도시국가의 외부적 특성뿐 아니라, 내부적 건축 모든 것을 규정합니다. 섬의 중심에는 "카파르살라마(Capharsalama)"라는 공간이 있습니다. 카파르살라마는 히브리어에 의하면 "하늘과 땅이 결합하여 영원한 평화가 자리하는 곳"이라는 의미를 지닙니다. 사원이 둥근 원으로 이루어진 반면에, 도시는 정사각형으로 이루어져 있으며, 제각기 높은 성벽과 탑으로 둘러

싸여 있습니다. 도시를 둘러싼 외곽의 공간은 네 개의 산업 지역으로 이루어져 있습니다. 동쪽은 농업과 축산을 위한 지대입니다. 각 부분에는 제각기 건물이 있는데, 건물과 건물 사이에는 거대한 탑이 있습니다. 탑 아래에는 아치 모형의 입구가 있으며, 이곳을 통하여 사람들은 기독교 도시국가로 들어갈 수 있습니다. 남쪽에는 식료품, 제지업, 섬유 등을 가공하는 공장이 있습니다. 이곳에는 그 밖에 제지 공장, 제재소, 무기 및 도구 제조 공장이 있습니다. 이 지역에는 사람들이 함께 이용하는 식당과 이와 관련된 부대시설 그리고 거대한 세탁소가 자리합니다. 서쪽에는 금속과 광업을 다루는 공장이 있습니다. 사람들은 주로 불을 이용하여 유리, 벽돌, 도자기 그리고 금속 제품 등을 제조해 내고 있습니다. 특히 공업의 경우, 사람들은 모든 일감을 중공업과 경공업으로 구분하여, 모든 업종을 균형 있게 발전시키고 있습니다(김영한: 199).

13. 상행위의 근절과 공동소유 제도: 북쪽에는 제반 생산품의 분배를 관장하는 상업 지역이 위치하고 있습니다. 안드레에의 유토피아는 산업의 균형 있는 발전과 자발적 협동을 도모합니다. 특히 『기독교 도시국가』가 농업과 공업의 균형 있는 발전을 추구한다는 점에서, 나중에 출현하게 되는 로버트 오언의 "평행사변형의 사회 모델"의 이전 모습을 방불케 할 정도입니다. 기독교 도시국가에서 상업이 차지하는 위치는 그렇게 크지 않습니다. 왜냐하면 이곳 사람들은 이윤을 추구하는 상행위를 중시하지 않기 때문입니다. 따라서 자기 자신의 재화를 더욱 확장시키기 위해서 상업에 종사하는 사람은 없습니다. 왜냐하면 상업의 목적은 기독교 도시국가에서는 돈을 버는 게 아니라, 지역 공동체 사람들이 물품을 자유롭게 활용할 수 있도록 공급하기 위함입니다. 기독교 도시국가의 경우 사유재산이라는 개념 자체가 결코 중요하지 않습니다. 가령 도시국가 내에서는 공동의 소유라는 원칙이 있지만, 이곳 사람들은 외부 사람

들과의 관계 때문에 금과 은을 소유할 수 있습니다. 그렇지만 모든 것은 공동소유의 원칙에 입각해 있습니다. 이를테면 개인소유의 거주지는 존재하지 않습니다.

14. 사유재산의 철폐와 화폐의 폐지: 사유재산의 철폐는 개인들이 사적으로 사유물과 생산도구를 소유할 수 없음을 가리킵니다. 어느 누구도 돈을 소유할 수 없습니다. 왜냐하면 화폐는 불필요한 사행심을 부추기기 때문이라고 합니다. 이상적인 도시국가에서는 교환가치로서의 화폐가 필요하지 않습니다. 안드레에의 유토피아의 경우, 상행위는 처음부터 금지되고 있습니다. 돈은 오로지 다른 나라와의 교역에만 사용될 뿐, 도시국가 내에서는 무용지물입니다. 돈이 사라지면, 인간의 의식 또한 선량하고 순수하게 바뀌리라고 안드레에는 굳게 믿었습니다. 『기독교 도시국가』는 어떠한 유형의 시장도 용인하지 않으며, 자유로운 경쟁을 통한 이윤 추구 역시 용납하지 않습니다. 기독교 도시국가의 경제는 이익을 극대화시키는 일이 아니라, 최소한의 욕망을 최대한 충족시키는 일로 요약될 수 있습니다. 이로써 사람들 사이에는 이윤 추구를 위한 경쟁심이 사라지게 되며, 부를 추구하기 위한 욕망 역시 떨칠 수 있다고 안드레에는 믿었습니다. 사치, 노동 없이 놀고먹는 삶 그리고 구걸 행위 등은 이곳에서는 금지되어 있습니다. 모든 사람들은 기본적으로 일정 시간 동안 노동해야 합니다.

15. 노동에 대한 가치 부여: 안드레에는 어떤 일감이든 간에 노동의 가치를 매우 중요하게 여겼습니다. 이에 관한 범례는 약 네 가지로 설명될 수 있습니다. 첫째로 기독교 도시국가에서는 천박한 노동은 존재하지 않습니다. 노동에 익숙한 사람들은 결코 특정한 일을 싫어하지 않습니다. 북쪽에는 14개의 건물이 존재하는데, 이곳에서는 동물들이 도살

되곤 합니다. 그럼에도 그곳에서는 도축 행위를 비천하게 여기지 않습니다. 짐승을 도살하고 내장을 꺼내는 일을 결코 불쾌하게 생각하지 않습니다. 둘째로 안드레에는 노동자들의 능력이 다양하게 마련되어야 한다고 주장하였습니다. 기독교 도시국가의 수공업자들은 무언가를 배우는 학자들로 구성되어 있습니다. 수공업과 학문은 필수적으로 관련된다고 저자는 생각하였습니다. 셋째로 기독교 도시국가의 사람들 가운데 어느 누구도 아무런 생각 없이 노동에 임하지는 않습니다. 모든 사람들은 자신의 일감에 대해서 자부심을 느낍니다. 광산에서 일하는 사람들은 마지 못해서 억지로 광부로 일하는 게 아니라, 자연과 금속에 관한 지식을 습득하는 자세로 노동에 임합니다. 넷째로 안드레에는 직업병을 극복할 수 있는 방법을 제시합니다. 예컨대 한 가지 일을 과도하게 행하는 사람은 별도로 스포츠 활동을 행할 수 있습니다. 이로써 노동자들은 육체적으로 강건하고 균형 잡힌 몸과 건강을 지킬 수 있습니다.

16. 가족제도와 결혼: 기독교 도시국가에서는 가족제도 역시 존재합니다. 그렇지만 도시국가에서 살아가는 약 400명의 사람들은 공동체를 가장 우선시하고, 그 다음으로 가족을 중시합니다. 따라서 사생활은 공동체의 노동과 교육으로 인하여 어느 정도 제한받습니다. 남자는 24세, 여자는 18세가 된 이후에 기독교의 의식에 따라서 결혼식을 올릴 수 있습니다. 결혼하는 남녀들이 배우자를 고를 때 중요한 기준은 오로지 인품입니다. 결혼의 과정에서 부모의 동의는 필요 없습니다. 왜냐하면 결혼의 기능은 안드레에에 의하면 자식의 출산이기 때문입니다. 결혼식 후의 피로연은 간소하게 치러집니다. 이곳 사람들은 지참금의 문제라든가 혼수 비용으로 걱정하지 않습니다. 신혼부부는 국가로부터 거주지와 가구를 받게 됩니다. 이들 부부는 때로는 부모와, 때로는 자식과 함께 살 수 있습니다. 그렇지만 대부분의 가족의 수는 4명에서 6명 사이로 제한됩니

다. 결혼한 부부는 미혼 남녀들의 공동 식사와는 달리 제각기 자신의 집에서 개별적으로 식사할 수 있습니다. 대부분의 사람들은 공동의 부엌에서 식사하기 때문에 별도의 요리 시간을 할애하지 않습니다. 가재도구가 간소하고 식사가 소박하게 치러지기 때문에 요리하는 사람의 수는 많지 않습니다. 자식이 태어나면, 일단 부모가 아이를 키웁니다. 아이의 나이가 6세가 되면, 교육 공동체가 아이의 양육을 담당합니다.

17. "남자의 직업과 여자의 직업은 달라야 한다." 남녀의 불평등한 생활 관습: 안드레에의 남녀관은 전통적 보수주의에 바탕을 두고 있습니다. 여기서는 기독교의 남존여비 사상이 엿보입니다. 그는 다음과 같이 말합니다. "여자들은 물레를 돌리고, 바느질, 뜨개질, 옷감 만들기 등과 같은 자신에게 주어진 일을 수행해야 한다. 양탄자 제조, 의복 제조 그리고 빨래하는 일은 그들의 의무와 같다. 그 밖에 여자들은 주로 가사에 매진해야 한다"(Andreae 1975: 32). 그런데 다음과 같은 말은 남녀 불평등을 당연시하는 발언으로서 현대인으로서는 전적으로 수긍하기 어렵습니다. "여자들이 비밀리에 나라를 다스리고, 남자들이 이에 복종하는 것만큼 위험한 일은 없을 것이다. 모든 남자와 여자가 자신의 직분에 맞는 일을 행하는 것만큼 좋은 것은 없을 것이다"(Andreae 1975: 124). 여자들이 나라를 다스리면 나라의 질서가 문란해진다는 말인데, 이는 16세기 초의 시대적 현실과 관련하여 비판적, 역사적 관점으로 수용될 필요가 있습니다.

18. 교육 및 교육 환경: 기독교 도시국가는 무엇보다도 교육을 중시합니다. 인품과 지식 습득은 기독교 도시국가의 정체성을 깨닫는 데 필수적이기 때문입니다. 모든 학생은 교육 받을 때 "신, 자연, 이성 그리고 공공의 안녕"을 염두에 두어야 합니다. 신을 공경하고, 자연을 이해하며,

이성의 올바름을 가꾸어 나가야 하고, 공동체 전체의 안녕을 도모하는 것이 기독교 도시국가의 교육목표입니다. 6세가 넘어서면 모든 아이들은 정규교육을 받습니다. 교사들은 사회에서 가장 유능한 인재들로 구성됩니다. 이들은 학식과 인품을 겸비한 자들로 사람들의 존경을 받습니다. 아이들은 남학생, 여학생으로 구분되어 제각기 공동으로 생활합니다. 이들이 누리는 의식주의 혜택은 일반 사람들보다 더 큽니다. 남학생은 오전에, 여학생은 오후에 학교 수업을 받습니다. 남학생은 오후에, 여학생은 오전에 수공업, 가사, 자연과학 등을 바탕으로 실습합니다. 학생들에게는 여가 시간이 충분히 주어지므로, 운동장에서나 공터에서 체력을 단련하거나 산책할 수 있습니다. 부모들은 여가 시간을 이용하여 학교를 방문할 수 있습니다.

카파르살라마의 중심부에는 수많은 실험실, 도서관, 인쇄소 등이 있고, 각 분야를 효율적으로 가르칠 수 있는 특별 교육 시설이 마련되어 있습니다. 도시의 중앙에는 학원이 위치하고 있습니다. 안드레에는 학문 연구뿐 아니라 교육의 부분을 특히 강조하였습니다. 학원은 정사각형의 4층 건물로 이루어져 있는데, 여덟 개의 학과가 있습니다. 첫 번째 학과는 히브리어, 라틴어, 그리스어를 관장합니다. 두 번째 학과는 사고를 담당하는 논리학, 신지학을 다루고 있습니다. 세 번째 학과는 수와 공식을, 네 번째 학과는 음악을 관장합니다. 음악을 공부하기 위해서는 산술과 기하학이 선결 조건입니다. 다섯 번째 학과는 천문학과 점성술을 관장하며, 여섯 번째 학과는 물리학과 역사학을 다룹니다. 일곱 번째 학과는 윤리학을 관장하고, 마지막 여덟 번째 학과는 신학을 다루고 있습니다. 법학과 의학은 응용 학문으로서 별개의 영역에서 연구되고 교육됩니다.

19. 교육과 교육 방법: 안드레에의 유토피아는 무엇보다도 교육과 교육 방법을 강조합니다. 작가는 학생들을 위해서 다섯 가지 강령을 내세

웠습니다. 1. 젊은이들이 배워야 하는 바를 한 가지 외국어만으로 가르치지 말라. 2. 젊은이들이 이해하지 못하고 그 옳고 그름을 판단할 수 없는 내용을 가르치지 말라. 3. 수업 시간에 학생들의 나이에 적당한 사항에 관해서만 다루어라. 4. 변화불측하고 다양한 내용을 가르치지 말라. 젊은이들이 너무나 다양한 학문적 내용을 배우면, 그들의 정신은 혼란하고 산만해진다. 5. 너무 개별화된 내용을 가르치지 말고 젊은이들에게 합당한 내용을 제시하라(Hahn: 3). 이러한 가르침은 나중에 보헤미안의 철학자, 코메니우스(Comenius)에게 지대한 영향을 끼쳤습니다. 기독교 도시국가에서는 "아비다(Abida)"라고 명명되는 선생이 선발되는데, 아비다는 검소하고, 친절하며, 깊은 신앙심을 지니고 있어야 하며, 학생들로 하여금 모든 반기독교 서적을 금지하는 의무를 지키도록 인도해야 합니다. 이렇듯 안드레에는 교사의 개인적 역할을 매우 중시하였습니다. 교사는 자신의 지식을 피력하는 데 있어서 숙련된 특성을 지녀야 하고, 날카로운 시각을 견지해야 하며, 탁월한 판단력을 지니지 않으면 안 된다고 합니다.

20. 실험실과 연구: 실험실의 공간에는 화학 실험실, 약제 실험실, 자연 과학관, 수학 실험실 등이 위치하고 있습니다. 약제 실험실에서는 건강을 위해 자연에서 얻어낸 모든 물건들이 실험의 대상으로 활용됩니다. 해부학 실험실에서는 인체 해부를 위한 이론과 실제가 다루어지고 있습니다. 나아가 천문학이 발달되어, 이곳 사람들은 코페르니쿠스의 태양중심설을 적극적으로 수용하고 있습니다. 모든 실험실에는 작은 도구들, 수많은 모형, 기하학에 근거한 도형이라든가 공학용 기계들로 가득 차 있습니다. 프랜시스 베이컨은 솔로몬 연구소에서의 학자들 사이의 협력과 협동 연구를 강조한 바 있는데, 안드레에는 학자뿐 아니라, 만인들로 하여금 개별적으로 학문을 익히도록 조처하였습니다. 모든 사람들은 제

각기 다른 수준과 관심으로 인하여 협동하여 학문을 연구하기에는 부적절하다는 게 안드레에의 지론이었습니다. 루터교의 목사였던 안드레에는 나중에 루터와 등을 돌렸는데, 그 이유는 루터가 코페르니쿠스의 이론에 적대적이었기 때문입니다. 루터가 자연과학에 둔감한 태도로 일관한 반면에, 안드레에는 자연과학의 연구가 실제 현실에 커다란 도움을 주리라고 확신하였습니다. 수학 실험실에는 천체의 운동과 지상의 기계 속에서 작동되는 모든 수학적 원리가 설명되고 있습니다.

21. 기독교 도시국가의 법과 행정: 기독교 도시국가의 법과 행정은 복잡하지 않습니다. 왜냐하면 신앙심이 돈독한 도시국가 사람들에게 굳이 법과 행정을 세밀하게 만들어서 이를 시행할 필요가 없기 때문입니다. 앞에서도 언급했듯이, 네 개의 동업조합이 지역마다 존재합니다. 사람들은 자신이 속해 있는 구역에서 동업조합의 공동 집회를 개최합니다. 공동 집회는 도시 전체에서 24명의 회원과 세 명의 대표자를 선발합니다. 그런데 여자들에게는 선거권이 주어지지 않습니다. 세 명의 대표자는 "트리움비라트"라고 명명되는데, 성직자, 재판관, 교육장관을 가리킵니다. 말하자면 행정부는 이 세 명의 회원에 의해서 운영됩니다. 첫째로 성직자는 "양심"에 따라 "사랑(Mor)"을 베풀고, 둘째로 재판관은 "이성"에 따라 "권력(Pon)"을 행사하며, 교육장관은 "진리"에 입각하여 "지혜(Sin)"를 가르칩니다. 세 명의 트리움비라트는 각각 8명의 보좌관을 거느립니다. 성직자, 재판관 그리고 교육장관은 제각기 이상적인 여인과 혼인합니다. 이는 프로테스탄트의 윤리와 일맥상통하는 것입니다 (Schölderle: 74). 첫째로 성직자는 교회 업무를 관장하고, 청소년의 종교 교육을 담당합니다. 재판관은 기독교 도시국가 내에서 신에 대해 악행을 저지른 사람을 가장 끔찍한 엄벌에 처합니다. 그 다음으로 끔찍한 엄벌에 처해지는 자는 살인자이며, 남의 재산을 탐한 자는 가장 가볍게 처벌

합니다. 그렇지만 사형 제도는 철폐되어 있습니다. 기독교인들은 피 흘리는 것을 싫어하므로, 형벌의 형태로 범죄자를 사형에 처하는 것을 찬성하지 않습니다. 이와 관련하여 안드레에는 다음과 같이 말합니다. "누구든 범죄자를 단죄할 수 있지만, 오로지 선함만이 인간을 다시 올바른 길로 들어서게 할 수 있다"(Andreae 1975: 39). 재판관은 그 밖에 경제 영역을 관장하며, 재화의 공정한 분배를 책임집니다. 셋째로 교육장관은 도서관, 문서 보관소 그리고 박물관을 관장하며, 청소년 교육을 주요 업무로 삼고 있습니다.

22. 신에 대한 믿음의 유토피아: 기독교 도시국가의 기본적 법은 신에 대한 경외감을 내용으로 합니다. 이곳에서 살아가는 사람들은 한 명도 빠짐없이 밤에 항성들을 관측해야 합니다. 그렇게 해야만 신앙이 학문적 결실을 도출해 낼 수 있다고 합니다. 여기서 안드레에는 사람들로 하여금 학문을 익히고 노동하는, 이른바 전인적 삶을 영위하도록 조처하였습니다. 교회에서는 석 달에 한 번씩 교훈을 주제로 한 종교 연극이 공연되기도 합니다. 교회당은 매우 거대합니다. 지름이 360피트 높이가 71피트에 달한다고 하니, 그야말로 요사이 우리나라 대형 교회의 엄청나게 큰 예배당과 같은 규모입니다. 예배에 참가하는 것은 당연한 의무이며, 사치와 낭비는 부도덕한 태도라고 비판당합니다. 특히 값비싼 의복은 비난의 대상이 됩니다.

23. 사랑과 자비의 이상을 실천하는 작은 나라 사람들:『기독교 도시국가』에서는 기독교적 사랑과 온화한 자비의 행위가 강조되고 있습니다. 학문과 기술의 개발도 중요한 일감으로 수용되지만, 이 모든 것은 기독교 사상의 도덕적 목표 하에서 행해집니다. 학문의 추구와 과학기술의 개발은 무엇보다도 도시국가에서 살아가는 사람들의 행복과 안녕에 이

바지해야 합니다. 당시의 유럽은 봉건 제후의 핍박이 극에 달해 있었으며, 일반 사람들은 가난과 강제 노역 그리고 조세 수탈 등으로 극도의 궁핍함 속에서 목숨을 연명하고 있었습니다. 지배 계층은 신교와 구교의 갈등으로 인하여 증오, 박해 그리고 피의 살육 등을 자행하곤 하였습니다. 바로 고위층 내지 유한계급에 대한 비판이 작가로 하여금 자신의 고유한 유토피아를 설계하게 하였던 것입니다(멈퍼드: 105). 안드레에의 문헌이 발표된 2년 후에 유럽 전역에서 30년 전쟁이 발발한 것은 결코 우연이 아닙니다. 『기독교 도시국가』에 설계된 유토피아 그리고 그 속에 은폐되어 있는 연금술의 의미는 이러한 배경 하에서 태동하였습니다. 물론 사유재산제도라든가 가족제도의 문제에 있어서 구체적인 개혁 프로그램은 생략되어 있습니다만, 안드레에의 유토피아는 교육과 노동을 중시하면서 살아가는 기독교 공동체의 이상을 훌륭하게 설계하고 있습니다.

24. 전쟁에 관하여: 안드레에는 전쟁과 평화에 관해서 모어와 캄파넬라의 경우보다 더 경미하게 다루고 있습니다. 그렇지만 그 내용에 있어서는 『유토피아』와 『태양의 나라』와 별반 다르지 않습니다. 이곳 사람들은 전쟁으로 인한 갈등 자체를 싫어합니다. 그럼에도 그들은 국가를 방어하기 위해서 전쟁을 준비합니다. 세상 사람들이 살상 무기와 대포 등을 개발하면서 자신을 뽐내려고 하는 반면에, 이곳 사람들은 모든 종류의 끔찍한 무기들을 모아두고 있습니다. 그들 스스로 살상 무기를 바라보면서 경악에 사로잡히곤 하지만, 무기를 비치하고 군사훈련을 감행하는 것이 이웃의 안위를 위해서 필수적 조처라고 굳게 믿고 있습니다. 이웃나라와의 무기 판매 등을 제외한다면, 기독교 도시국가는 외부 세계로부터 고립되어 있으므로, 평화를 보장받을 수 있습니다. 도시에 잠입하려는 사람은 반드시 하나의 입구를 통해야 합니다. 사람들은 외부 손

님들을 극진히 영접하지만, 이들이 내국인들에게 외부의 상황을 전하면서 전쟁에 참여하라고 부추긴다면 처벌당합니다.

25. 기독교 도시국가의 취약점: 안드레에의 기독교 도시국가의 결함은 두 가지로 요약할 수 있습니다. 그 하나는 종교적 유일 신앙을 강조한다는 것입니다. 따라서 기독교 도시국가는 토머스 모어의 『유토피아』에서 엿보이는 종교적 관용을 생략하고 있습니다. 그렇기에 안드레에의 유토피아에는 이슬람 종교와 유대교가 발붙일 공간이 없습니다. 더욱이 무신론자는 당연히 당국으로부터 핍박당한 뒤에 추방될 수밖에 없습니다. 이러한 신앙은 근본주의적 독단론을 부추기고 강화합니다. 기독교 도시국가의 결함 가운데 다른 하나는 모든 서적이 사전에 철저하게 검열당한다는 사실입니다. 특히 문학과 예술의 책자들은 당국의 검열을 받게 되므로, 위대한 작가와 예술가가 탄생할 토양은 마련되지 않고 있습니다. 이는 앞에서도 언급했듯이 주어진 현실의 타락을 극복하기 위하여 유토피아의 국가를 설계했기 때문입니다. 당시에는 교회, 궁정, 대학, 어디든 간에 탐욕, 호색, 사기 그리고 나태함 등과 같은 악덕이 온존해 있었습니다. 그렇기에 안드레에로서는 더욱 깊고도 경건한 신앙을 강조해야 했습니다. 특히 당시는 30년 전쟁이 시작될 무렵이었습니다. 안드레에는 어지러운 세상에서 필요한 것이 공동체의 강인한 단결력과 첨예한 정체성이라고 굳게 믿었습니다. 이러한 사항을 고려한다면, 안드레에의 『기독교 도시국가』는 국가주의에 바탕을 둔 신앙의 질서 공동체에 속한다고 잠정적으로 결론을 내릴 수 있습니다.

26. 후세의 평가: 요약하건대, 안드레에의 『기독교 도시국가』는 르네상스 시대에 출현한 독일의 기독교 유토피아를 표방하고 있습니다. 이로써 루터의 프로테스탄티즘이 추구하는 사랑의 이상은 안드레에의 사회

유토피아의 틀 속에 반영되어 있습니다. 안드레에의 문헌에 대한 후세의 평가는 다양합니다. 루이스 멈퍼드는 이 작품을 높이 평가하며, 캄파넬라의 『태양의 나라』가 오히려 작위적이라고 폄하하였습니다. 이에 비하면 클라인베히터라든가 민코프스키라는 학자는 『기독교 도시국가』가 캄파넬라의 유토피아에 뒤쳐진다고 혹평하였습니다. 이상적 도시국가는 안드레에가 거주했던 엔츠 강 근처의 바이힝겐 지역을 모델로 삼았을 뿐이라고 했습니다(Kleinwächter: 55-58). 그렇지만 『기독교 도시국가』는 근본적으로 이론적 논문도 아니고, 실천을 위한 행동 지침서도 아닙니다. 여기에는 기독교 신앙을 중심으로 하는 인류 공동체의 이상이 처음부터 반영되어 있습니다. 따라서 우리는 다음과 같이 말할 수 있습니다. 즉, 안드레에의 작품은 어떤 찬란한 세상에 관한 유희적인 상과 모티프를 담고 있는 유토피아의 문헌이라고 말입니다. 다시 말해서, 어떤 실현 가능한 국가에 관한 설계라기보다는, 오히려 우화를 바탕으로 한 갈망의 상의 설계로 이해될 수 있을 것입니다.

참고 문헌

김영한 (1989): 르네상스의 유토피아 사상, 탐구당, 1989.

멈퍼드, 루이스 (2010): 유토피아 이야기, 박홍규 역, 텍스트. Mumford, Lewis(1950): The History of Utopias, New York.

블로흐, 에른스트 (2004): 희망의 원리, 5권, 열린책들.

Andreae, Johann Valentin (1975): Christianopolis (hrsg.) Wolfgang Biesterfeld, Stuttgart.

Andreae, Johann Valentin (2001): Chymische Hochzeit des Christian Rosencreutz. Urachhaus: Stuttgart.

Hahn, Wilhelm (2004): "Mein Blick in die Gegenwart wird zur Sorge für die Zukunft"; Johann Valentin Andreae als Reformer in Kirche und Gesellschaft. In: Kreiszeitung/Böblinger Bote. Ausgabe vom 26. Juni 2004.

Kleinwächter, Friedrich (1891): Die Staatsromane. Ein Beitrag zur Lehre vom Communismus und Socialismus, Wien.

Schölderle, Thomas (2012): Geschichte der Utopie, Wien/Köln/Weimar.

Swoboda (1987): Swoboda, Helmut(hrsg.), Der Traum vom besten Staat. Texte aus Utopien von Platon bis Morris, 3. Aufl. München.

4. 캄파넬라의 『태양의 나라』

(1623)

1. **캄파넬라와 『태양의 나라』:** 토마소 캄파넬라(Thommaso Campanella, 1568-1639)의 『태양의 나라(La citta del sole)』(1602)는 질서 유토피아로 명명될 수 있습니다. 그 까닭은 이 작품 속에 사유재산제도의 철폐, 가족 제도의 철폐 등이 설계되어 있으나, 모든 삶이 마치 사원에서의 생활처럼 점성술의 원칙에 의해 일사불란하게 영위되기 때문입니다. 이 작품의 초안은 처음에는 이탈리아어로 구상되었습니다. 『태양의 나라』는 1602년에 집필되었으나, 20년이라는 오랜 시간이 흐른 뒤 1623년에 비로소 세상에 소개되었습니다. 1612년 겨울, 독일의 인문학자, 토비아스 아다미(Tobias Adami)는 제자와 함께 그리스, 예루살렘 그리고 몰타를 여행한 다음에 나폴리에 도착했습니다. 그는 나폴리의 감옥에 토마소 캄파넬라가 수감된 사실을 접하고 그를 면회하였습니다. 아다미가 간수에게 뇌물을 주었는지, 아니면 당시의 분위기가 어수선했는지는 몰라도, 캄파넬라와의 면회는 극적으로 이루어졌습니다. 이때 캄파넬라는 우연한 방문객에게 이탈리아어로 집필된 시편들과 라틴어 원고들을 몰래 전해 주었습니다. 따라서 『태양의 나라』가 세상에 공개된 것은 아다미의 숨은 노력의 결과였습니다(Flasch: 9). 이 문헌에는 이탈리아어로 "태양의 나

라. 신께서 성 카타리나와 브리기다에게 약속한 바 있는 기독교 국가의 혁신에 관한 이념이 기술되어 있는 문헌"이라는 부제가 붙어 있습니다. 아다미가 어째서 원고를 거의 10년 동안 묵혀 두었다가 1623년에 공개했는가에 관해서 정확히 알려진 바는 없습니다. 당시는 30년 전쟁으로 유럽 전역이 종교 갈등으로 황폐화되었음을 감안한다면, 우리는 출판의 어려움을 유추할 수 있습니다.

2. **놀라운 학문적 재능을 지닌 청년 수도사:** 토마소 캄파넬라는 1568년 칼라브리엔의 마을에서 가난한 구두 수선공의 아들로 태어났습니다. 그는 허기진 배를 채우고 무언가 배우기 위하여 도미니크 수도원에 들어갔습니다. 그곳에서 알베르투스 마그누스와 토마스 아퀴나스의 사상을 접하게 됩니다. 그의 마음을 흔들어 놓은 것은 무엇보다도 신앙을 자아 인식의 과정에서의 고통으로 이해한 도마의 가르침이었지요. 그만큼 도마 복음은 현대인의 신앙생활에 큰 지침을 내려주고 있습니다(김용옥 제1권: 220). 캄파넬라는 당시에 사상의 혁명적 전사로 알려진 텔레시오(Telesio, 1509-1588)의 문헌, 『자연 존재에 관하여(De rerum natura)』에 깊이 매혹당합니다. 그리하여 그는 스콜라 학문의 영향을 배제한 채 고대의 자연철학을 다시 수용하려는 텔레시오의 학문적 의향을 대폭 수용하려 했습니다. 캄파넬라는 1588년 가을에 텔레시오를 찾아가서 직접 가르침을 받으려고 했지만, 이는 안타깝게도 실패로 돌아가고 맙니다. 왜냐하면 텔레시오는 1588년 10월에 콘스탄사에서 사망하고 말았기 때문이지요. 나중에 캄파넬라는 계속 연구하여 『감각이 가리키는 철학(Philosophia sensibus demonstrata)』(1589)을 집필하여 텔레시오의 사상적 타당성을 증명해 냅니다.

3. **캄파넬라에게 가해진 냉대와 핍박:** 당시 대부분의 대학은 전통적으

로 스콜라 학문을 중시하였고, 새로운 학문을 지지하지 않았습니다. 캄파넬라는 학문적 좌절과 핍박의 고행 길을 어렵사리 헤쳐 나가야 했습니다. 도미니크 수도원은 토마스 아퀴나스의 영향으로 고대 철학 가운데 오로지 아리스토텔레스만을 긍정적으로 평가하였습니다. 이로써 소크라테스 이전의 철학자들은 비판의 대상이 되었지요. 수도원 사람들은 이탈리아 출신의 고대 철학자인 파르메니데스와 엠페도클레스마저 무시했으며, 텔레시오의 광학을 좌시하였습니다. 캄파넬라는 이러한 교단의 편협성을 도저히 납득할 수 없었으며, 선생들과 언쟁을 벌이기도 했습니다. 캄파넬라의 이러한 저항적 태도로 인하여 수도원 사람들은 그를 이단아라고 단정했습니다(Hiebel: 25). 1589년 캄파넬라는 교단의 허락도 받지 않은 채 나폴리로 떠납니다. 얼마 동안 가정교사 일을 전전하다가, 뜻있는 학자들을 찾아다니게 됩니다. 심지어 1593년 갈릴레이를 찾아가 그와 면담합니다. 그러나 갈릴레이 역시 호구지책으로 수학을 가르치면서 연명하고 있었으므로, 젊은 수도사에게 경제적 도움을 줄 수 없었습니다. 어느 날 참을 수 없는 고난의 시기가 찾아옵니다. 당시 이탈리아는 에스파냐의 속국이었고, 이탈리아의 젊은이들은 정치적, 문화적 그리고 경제적 식민 상태로부터 나라를 독립시키려고 모반을 일으키려 했습니다. 1599년 캄파넬라는 정치 세력에 연루되어 그해 9월 6일에 감옥에 수감됩니다.

4. 고통스러운 고문도 인간의 영혼을 완전히 망치게 하지는 못한다: 1600년의 유럽의 정치적 분위기는 그야말로 혹독했습니다. 1600년 2월 17일, 조르다노 브루노는 이단 혐의로 로마에서 화형당해 죽었습니다. 바로 이때 캄파넬라는 나폴리의 감옥에서 일곱 번이나 끔찍한 고문을 당하게 됩니다. 가령 벌겋게 달아오른 인두에 캄파넬라의 어깨에서는 살점 타는 연기가 피어올랐습니다. 특히 마지막 고문은 무려 40시간 동

안 지속되었는데, 이때 쏟은 피는 감옥의 코너에 설치된 물통을 가득 채웠다고 합니다(Schölderle: 69). 얼마나 고통스러웠는지, 캄파넬라는 매 시간 혼절했으며, 정신착란 증세를 보였습니다. 어느 날 자살하기 위해서 자신의 감방에 불을 질렀습니다. 결국 캄파넬라는 1600년 1월 18일에 이단과 반역의 혐의로 사형을 선고받습니다. 그러나 어느 의사가 그에게 정신착란이라는 진단을 내렸고, 캄파넬라에게 내려진 사형선고는 종신형으로 전환됩니다. "만민법(ius gentium)"에는 "정신착란자는 이단자로 처형되지 않는다"라는 규정이 있습니다. 캄파넬라는 왜 감옥에 불을 질렀을까요? 처형을 피하기 위해서였을까요? 아니면 고문의 고통을 참지 못해서였을까요? 어쨌든 캄파넬라가 풀려난 해는 1626년이었습니다. 31세의 나이에 수감되어 58세의 나이에 석방되었으니, 무려 27년 동안 옥살이를 한 셈입니다. 감옥에서 풀려났지만, 권력은 캄파넬라에게 무시무시한 탄압의 발톱을 감추지 않았습니다. 당시에 그의 제자 한 사람이 에스파냐 부왕의 암살 사건에 연루되었으며, 교황 울바노 8세는 비밀리에 출간된 캄파넬라의 천문학 서적에 대해 불편한 심기를 감추지 않았습니다. 결국 캄파넬라는 이탈리아에서는 도저히 뜻을 펼칠 수 없다는 것을 깨닫게 됩니다. 캄파넬라는 66세의 나이에 비밀리에 로마를 탈출하여 리브노트 항에서 배를 타고 프랑스의 마르세유로 망명하게 됩니다.

5. 문헌학적 관점에서 이해되는 명작: 캄파넬라는 감옥에서 수십 년간 영어의 삶을 보내면서도 자연과학, 천문학, 의학, 신학, 윤리학, 법학 등을 연구하였습니다. 이러한 노력으로 약 80권의 저서가 탄생했습니다. 나아가 그의 철학 시편은 감옥에서의 절망적 쓰라림을 치유하기 위한 수단으로 집필된 것이었는데, 오늘날에도 회자될 정도로 신에 대한 믿음과 사악한 인간에 대한 분노로 가득 채워져 있습니다. 『태양의 나라』 또한 감옥에서 집필된 것입니다. 캄파넬라는 오로지 독서와 집필에 몰두함

으로써 죽음의 고통과 싸워 나갈 수 있었습니다. 수많은 원고들은 간수들에 의해서 몰수되었으며, 몇 편은 완전히 불에 타서 사라지기도 하였습니다. 바로 이 점이야말로 어째서 캄파넬라의 글들이 여러 개의 다른 판으로 간행되었는가 하는 점의 이유이기도 합니다. 나중에 자유의 몸이 되었을 때 캄파넬라는 자신의 기억을 더듬으면서, 과거에 집필했던 글을 재구성해야 했습니다.

『태양의 나라』는 1623년에 라틴어판으로 간행되었습니다. 원래 캄파넬라는 1601년에 집필된 논문 「짤막한 경구로 이루어진 정치학(Politica, in aphorismos digesta)」을 보완하기 위해서 『태양의 나라』를 착수했다고 합니다. 이때 참고한 작품 가운데 안토니오 F. 도니의 『이성적인 세계(Mondo savio)』(1552)도 있습니다. 도니의 작품에는 엄정할 정도의 평등한 삶이 묘사되고 있습니다(Doni: 205ff). 이를 바탕으로 캄파넬라는 수정된 판본을 1630년에 다시금 간행하였습니다. 이상 국가에 관해서는 이전에 플라톤과 모어에 의해서 다루어진 바 있습니다. 물론 캄파넬라의 작품은 독창성과 강렬하고 색채감 넘치는 묘사에 있어서 플라톤의 『국가』, 모어의 『유토피아』를 압도하지는 못합니다. 게다가 모어의 고상한 라틴어에 비해, 캄파넬라의 라틴어 문체는 생경하고 투박하기 이를 데 없습니다. 유머와 아이러니 또한 결여되어 있습니다. 이는 아무래도 작가가 오랫동안 감옥에서 생활하다 보니, 미처 독자의 관심을 면밀하게 고려하지 않았기 때문에 드러나는 작은 결함입니다.

6. 대화체로 기술된 『태양의 나라』: 또 한 가지 문제점은 캄파넬라의 사상에서 나타나는 모순적인 입장입니다. 그는 작품 속에서 자유를 열광적으로 추구하였으며, 거의 광신적으로 질서를 준수하려 했습니다. 가령 세계를 정화시키기 위해서는 황제가 아니라 교황이 모든 실권을 장악해야 한다고 주장하였습니다. 이러한 입장은 "시대착오적 판단"으로 이해

될 수 있습니다. 그럼에도 우리는 다른 한편으로 캄파넬라의 진취적 사고를 결코 무시할 수 없습니다. 즉, 인민은 고결한 주권으로서의 자기 결정권을 지녀야 한다는 것이었습니다. 민주주의가 아직 꽃봉오리조차 피우기도 전에 인민의 자결권을 인정한다는 것은 참으로 놀라운 것입니다. 또 한 가지 기억해야 할 사항은 캄파넬라의 작품이 대화체의 형식으로 서술되어 있다는 사실입니다. 대화체의 형식은 독자의 생동감을 부추기기에 충분합니다. 제네바의 선원 한 사람은 어느 기사수도원의 원장에게 자신이 보았던 내용을 세부적으로 보고하고 있습니다. 제네바 출신의 선원은 어느 날 어떤 섬에 당도했는데, 그곳의 원주민에게 체포되어 그곳으로 잠입하게 되었다고 합니다. 작품은 수도원장이 질문을 던지면 선원이 답변하는 형식으로 구성되어 있습니다.

7. 태양의 나라와 관료주의의 이상: 캄파넬라는 타프로바나(Taprobana)라고 불리는 섬을 언급합니다. 이 섬은 지정학적으로 오늘날 스리랑카 섬에 해당하는데, 신화적으로 고찰하자면 지상의 천국이 이곳으로 이전된 것 같습니다. 그 섬에는 신권주의적 사회주의 체제의 국가가 존재합니다. 여기에는 행정관청이 있는데, 수사들이 모든 행정을 관할합니다. 이들을 다스리는 수장, "메타피지쿠스"는 최상의 권력을 지닌 고위 수사입니다. 그는 세상의 가장 높은 지혜를 구현하고 실천하는 태양과 다를 바 없지요. 태양의 나라의 수장은 출생과 신분에 의해 처음부터 확정되어 있는 게 아니라, 인품과 덕망을 지닌 자로 나중에 정해집니다. 수장을 보좌하는 사람은 세 사람의 통치자입니다. 이들은 제각기 "권력," "지혜" 그리고 "사랑"의 영역에서 자신의 능력을 수행합니다. 수장은 이성의 법칙이 기술하는 대로 나라를 다스립니다. 이 점을 고려한다면 우리는 캄파넬라가 수직적 사회구도의 질서, 구상적으로 표현하자면 마치 원뿔과 같은 계층 사회의 시스템을 설계하려고 하였음을 간파할 수 있

습니다.

8. **캄파넬라의 시대 비판:** 캄파넬라는 17세기의 이탈리아가 근본적으로 양극화되어 있다고 믿었습니다. 노동은 불공평하게 배분되고 있습니다. 노동자들이 열심히 일해도, 이득을 챙기는 자는 높은 계층의 사람들입니다. 수공업이 천시당하고 경멸당하는 것은 그 때문입니다. 귀족들은 노예를 부리면서 유유자적하게 살아갑니다. 그렇기에 누구든 게으름을 피우며 죄악을 행하는 유한계급이 되려고 합니다. 빈부 격차는 끔찍할 정도인데, 사회적 황금 숭배의 분위기는 도덕의 몰락을 초래할 정도입니다. 이와 관련하여 캄파넬라는 다음과 같이 말합니다. "끔찍한 가난은 인간을 비열하고 교활한 시기심을 들끓게 만든다. 가난한 자는 먹을 것을 마련하려고 세상을 방랑하며, 온갖 거짓을 일삼는다. 그러나 이들은 결국 감옥에 갇히게 된다. 다른 한편, 부유함은 인간을 교만하게 변화시키고, 무지와 나태 속에 갇히게 한다. 돈 많은 자들은 자신의 생각이 모조리 옳다고 확신하는 깍두기가 되어, 남을 무시하고 논쟁만 부추기곤 한다"(Campanella 1986: 136). 사회의 빈부 차이는 결국 사회 전체의 생산력을 약화시키고 공동체의 외적인 조건을 허물어뜨리게 합니다. 가령 농사일, 군 복무 그리고 수공업 등은 철저히 외면당하고 있습니다. 소수의 귀족이 왕의 지지를 통해서 권력을 장악하고, 인민에게 온갖 폭정을 자행합니다. 캄파넬라는 무능한 엘리트들이 권력을 쥐고 있는 한 어떠한 정의도 구현되지 못할 것이라고 확신합니다.

9. **주어진 현실의 비참함에 대한 세 가지 논거:** 세계가 비참함 속으로 나락하게 된 데에는 세 가지 문제점 때문이라고 합니다. 그 하나는 사유재산제도입니다. 사람들이 가난하고 천하게 사는 까닭은 각자 사적 소유물 내지 가족에 집착하기 때문이라고 합니다. 이는 이기심을 부추기

게 합니다. 사유재산제도가 사회적 질서로 고착되는 한, 인간은 모두 상도로 돌변할 수밖에 없습니다. 권력과 재화 그리고 가문을 위해서 타인에게 인색하고, 비열하며, 자기기만을 철칙으로 삼으면서 살아갈 수밖에 없다는 것입니다. 둘째로 캄파넬라는 주어진 현실의 비참함이 아담의 원죄에서 기인한다고 생각하였습니다. 그렇다고 그가 아담의 원죄설을 도저히 피할 수 없는 신학적 숙명론으로 받아들인 것은 아닙니다. 캄파넬라는 사회적 차원에서 유산의 문제점에 주목합니다. 가령 아버지는 자신보다도 육체적으로나 정신적으로 더 나은 자식을 생산하지 못하도록 조처한다는 것입니다. 아버지 세대는 좋은 자식을 생산하기 위하여 성행위의 시간, 장소 그리고 파트너의 선택을 면밀하게 고려해야 하는데, 실제로는 그렇지 못하다는 것입니다. 셋째로 이러한 취약점은 자식의 교육에 있어서도 그대로 드러납니다. 세계는 질서 대신에 우연에 의해서 좌지우지되고, 무질서로 인하여 사람들은 평화롭고도 행복하게 살지 못합니다. 주어진 현실이 비참하고 혼란스러운 까닭은 세상이 올바른 질서가 아니라, 우연에 의해 요동하기 때문이라고 합니다(Campanella 1986: 161).

10. 세 가지 근본 규칙. 지혜, 권력 그리고 사랑: 상기한 세 가지 사항은 이른바 "지혜, 권력 그리고 사랑"과 위배되는 것들입니다. 캄파넬라는 세계의 무질서, 가치의 전도 그리고 죄악 등을 척결하기 위해서 "지혜, 권력 그리고 사랑"을 내세웠습니다. "캄파넬라는 세 가지 '우선권'인 '지혜, 권력 그리고 사랑'을 위한 질서를 강조했다. 이것은 이른바 '우연, 경우, 변화'로 일컫는 혼돈과는 대칭되는 것이다. 질서는 적극적인 것으로 이해된 반면, '우연, 경우 그리고 변화'는 결국 '무(無)에서 동화된 것(a nihilo contracta)'이어야 한다는 것이다. 이러한 것들은 사장된 무(無)의 집적체로서, 이를 통하여 신은 세상을 창조한 바 있다. 캄파넬라는 '존재(Ens)'와 '태양(Sol)'에다 빛을 부여함으로써, 세상에서의 무(無)와

비존재를 '유출시켜' 구출하였다"(블로흐 2004: 1068). 이 문장에서 우리는 다음과 같은 두 가지 사실을 깨달을 수 있습니다. 첫째로 캄파넬라의 세계관은 언제나 세 가지 유형의 근본 규칙에 의해서 체계화되어 있는데, 이러한 근본 규칙의 영역은 맨 아랫부분에 하나의 커다란 원을 구성하고 있으며, 위로 올라갈수록 작은 원을 형성하고 있습니다. 이를 고려할 때, "태양의 나라의 수직적 구도는 마치 원뿔의 면모를 보여 준다. 이와 관련하여 플라톤의 국가와 멕시코의 몬테주마의 궁정의 모습을 답습하고 있다"라는 멈퍼드의 주장은 타당성을 지닙니다(멈퍼드: 100).

11. 배격되어야 하는 세 가지 규칙. 우연, 경우, 변화: 캄파넬라는 태양의 빛을 통해서 인간의 정신을 밝히려 하였으며, 태양신의 에너지를 모든 인간의 마음속에 불어넣으려 하였습니다. 이는 태양 숭배의 종교관에 근거하는 것입니다. 그렇기에 "지혜, 권력 그리고 사랑"은 비유적으로 말하자면 태양의 빛을 받쳐 주는 원 속의 삼각대와 같습니다. 그것들은 제각기 "인과성(necessitas)," "운명(fatum)" 그리고 "조화(harmonia)"로 확장된다고 합니다. "권력, 지혜 그리고 사랑"에 반대되는 개념들은 "무능, 무지 그리고 증오"입니다. 이것들은 제각기 "우연(contingentia)," "개별성(casus)" 그리고 "운명(fortuna)"으로 확장된다고 합니다. 태양 숭배의 정신, 위대한 신으로서의 빛의 개념은 과거의 플로티노스의 신플라톤주의적 유출 이론과 결코 무관하지 않습니다. 이에 반해서 "무" 내지 "비존재"는 배격되거나 수정되어야 하는 존재로서 "우연, 경우, 변화"라는 특성 속에 차단되어 있습니다. 캄파넬라가 검은색을 부정하고, 흰색과 붉은색을 좋게 여기는 이유는 검은색이 지니는 무와 비존재의 특성 때문입니다(블로흐 2008: 321).

12. 인간의 세 가지 악덕. 나태, 자만, 그리고 이기심: 캄파넬라는 일반

사람들이 지닌 악덕을 세 가지로 규정합니다. 그것은 나태, 자만 그리고 이기심입니다. 제1권에서 우리는 토머스 모어가 지적한 세 가지 악덕인 나태, 자만 그리고 탐욕을 살펴본 바 있습니다. 캄파넬라가 탐욕 대신에 이기심을 채택한 것을 제외하면 두 사람의 견해는 동일합니다. 캄파넬라는 인간의 타락과 죄의 원천이 무조건 아담의 원죄에 기인한다고 단정하지는 않습니다. 죄의 원인은 오히려 인간의 의지가 결핍되어 있기 때문이라고 합니다. 인간의 의지는 힘과 지혜에서 유래하기 때문에, 의지가 결핍되면, 무기력과 무지가 창궐하는 법입니다. 바로 이러한 무기력과 무지가 인간들로 하여금 죄를 저지르게 한다는 것입니다. 따라서 인간이 죄악으로부터 벗어나 선함을 되찾기 위해서는 신의 은총도 필요하겠지만, 그보다는 인간의 내면에 도사린 이성의 힘을 회복하는 게 급선무라고 합니다. 태양의 나라의 모든 규범은 인간 이성을 회복하겠다는 근본적 의도에서 파생된 것입니다. 인간 삶에서 비이성적 요소가 제거된 올바르고 타당한 사회의 시스템이 정착된다면, 인간의 이성은 회복되고 사람들은 죄를 저지르지 않게 될 것이라고 확신합니다. 캄파넬라는 인간의 이기심이 사유재산제도와 전통적 가족제도에서 비롯한다고 파악하였습니다. 만약 한 나라에서 공유제가 시행되고, 전통적 가족제도와는 반대되는 공동체 생활이 활성화될 수 있다면, 인간의 이기심은 자연적으로 사라지리라는 것입니다(김영한: 89).

13. 네 시간 노동과 사유재산의 철폐: 태양의 나라는 사유재산제도를 철폐하고, 전통적 가족제도를 파기하고 있습니다. 개별적 인간은 사회 전체의 공동 선에 봉사해야 합니다. 개인의 자유보다도 중요한 것은 사회의 규율과 질서입니다. 사람들은 제각기 모임을 결정하여, 사회의 재산을 나누어 갖습니다. 그렇기에 태양의 나라 내부에는 항상 화해와 평화가 자리하고 있습니다. 물론 외부로부터 무력 침공이 있을 경우 사람들

은 힘을 합하여 공동체를 방어합니다. 또한 외부의 인민들이 어느 독재자에게 억압당하고 있을 때, 태양의 나라의 사람들은 그들을 도와줍니다. 태양의 나라에서는 매일 네 시간만 노동하게 되어 있습니다. 모어의 『유토피아』에 거주하는 사람들이 하루 여섯 시간 노동하는 것을 고려한다면, 태양의 나라 사람들은 그보다 더 적게 일합니다. 자유 시간에 사람들은 읽기, 토론, 학습, 산책, 육체 단련 등을 행하며 유익한 시간을 보냅니다. 모든 사람들은 유사시에는 군인으로서 나라를 수호하며, 평상시에는 자신의 생업에 종사하며 살아갑니다. 국가는 누구보다도 재화나 상품을 생산하는 사람들을 중히 여깁니다. 가령 농부라든가 수공업자들은 어느 정도의 범위에서 다른 일에 종사하는 사람들보다도 더 귀하게 대접받습니다. 사람들은 여러 가지 노동의 능력을 동시에 지닌 사람을 존경합니다.

14. 노예의 철폐, 감옥과 고문의 철폐 그리고 네 시간 노동의 이유: 모든 사람들이 네 시간만 일해도 풍요롭게 수확하고 충분한 물품을 생산해 낼 수 있는 까닭은 노예제도가 철폐되어 있기 때문입니다. 태양의 나라에서는 노예가 한 명도 존재하지 않습니다. 모어가 『유토피아』에서 무엇보다도 노동력을 확보하기 위해서 노예제도를 용인한 데 비하면, 캄파넬라는 노예제도 자체를 처음부터 근절시키고 있습니다. 그 대신에 모든 사람이 한 명도 빠짐없이 하루 네 시간만 노동하면, 이것으로 충분하다고 합니다. 노예제도의 철폐와 감옥의 철폐는 캄파넬라에게서 과히 처음으로 나타나는 진취적인 사고가 아닐 수 없습니다. 죄를 지은 사람들은 "태양의 나라"에서는 절대 고문을 당하지 않습니다. 캄파넬라는 고문 제도가 한 인간을 극도로 황폐화시키는 불필요한 방식임을 뼈저리게 느낀 바 있습니다. 왜냐하면 고문당하는 자는 오로지 고통을 피하기 위해서 무작정 거짓을 말하기 때문입니다. 실제로 캄파넬라는 고문이 개개인의

유체만 고통스럽게 할 뿐, 진실을 밝히는 데 아무런 도움을 주지 못한다는 사실을 깨달은 바 있습니다. 『태양의 나라』에는 고문도 감옥도 없지만, 그 대신에 사람들은 엄격한 국가의 법을 따라야 하며, 이를 어길 시에는 죽음의 형벌을 감수해야 합니다.

15. 무역과 물물교환: 국경 안에서는 오로지 재화나 상품의 물물교환만 허용됩니다. 그렇다고 해서 캄파넬라 사람들이 외부와 철저하게 차단되어 살아가는 것은 아닙니다. 외부 사람들과의 물물교환도 부분적으로 허용됩니다. 캄파넬라는 사유재산을 인정하지 않습니다. 그렇기에 이곳 사람들은 공동체 외부에서 살아가는 이웃들에게서 어떠한 무엇도 착취하지 않고, 이윤 또한 남기지 않습니다. 그러므로 공동체 내의 사람들은 재화에 대해 사리사욕을 품지 않습니다. 모든 게 공동으로 주어져 있으므로, 사적인 탐욕이 사람들의 마음에서 싹틀 리 만무합니다.

16. 전통적 가족제도의 철폐: 『태양의 나라』는 전통적 가족제도가 철폐된 사회입니다. 가족제도가 폐지되면, 사람들은 더욱더 공동으로 협력하게 된다는 게 캄파넬라의 생각이었습니다. 이는 마치 성직자가 자신의 친지에 대한 집착이나 지위에 대한 야심을 포기할 때 더욱 신실한 믿음을 지니는 것과 같은 논리입니다. 모든 일정은 해시계에 의해서 처음부터 확정되어 있습니다. 당국은 사람들의 식생활과 성생활에 관해서 세심한 규칙을 마련해 놓고 있습니다. 가령 당국은 종족 보존을 위해서 가장 아름다운 선남선녀를 미리 선택합니다. 21세 이상의 남자, 19세 이상의 여자들이 이에 해당합니다. 당국에 의해서 선택된 젊은 남녀들은 두 개의 거대한 방에 모입니다. 공동체는 점성술에 따라 교접에 적합한 시간을 택합니다. 이 시간이 되면, 두 개의 방 사이의 문이 열리고 남자와 여자 들은 제각기 자신의 파트너를 골라, 짝짓기를 위해서 어둠 속으로 사

라집니다. 캄파넬라는 이러한 내용을 다음과 같이 기술합니다. "남자와 여자들은 각각 두 개의 구분된 방에서 잠자며, 임신을 위한 동침의 시기를 기다린다. 어느 순간 늙은 귀부인이 나타나 두 개의 문을 열어젖힌다. 이 시간을 정하는 자는 의사와 점성술사인데, 이들은 금성과 수성이 태양으로부터 약간 동쪽에 위치하며, 목성이 행복을 가져다주는 일치 시점을 찾는다"(블로흐 2004: 1068).

17. 결혼 제도는 없다: 태양의 나라에서는 가족 자체가 처음부터 파기되어 있습니다. 점성술에 의한 짝짓기는 임신과 출산을 위한 것입니다. 후손을 잇는 문제는 국가를 경영하는 일과 직결되므로, 개인의 결정에 맡길 수는 없습니다. 따라서 최고의 자질을 지닌 남자와 여자가 최적의 시점에 결합하여 우량아를 낳게 하는 것은 국가의 중요한 임무라는 것입니다. 고위 공직자 내지 학자들은 생각을 많이 하기 때문에 대체로 성충동이 약해서 허약한 아이를 출산합니다. 따라서 학자들에게는 천성적으로 활기 넘치고 쾌활하고 아름다운 여자가 짝짓기의 대상으로 적격이라고 합니다. 그런데 당국에 의해서 선택되지 않은 자들은 점성술에 입각한 짝짓기의 규칙을 따를 필요가 없습니다. 다만 성을 즐기려는 자들 그리고 자신의 건강을 위해서 불임 남녀 내지 남창 혹은 창녀와 성관계를 맺는 자들이 있는데, 이들에게는 상기한 점성술의 규칙이 통용되지 않습니다(캄파넬라: 193). 이와 관련하여 한 가지 재미있는 사항이 있습니다. 상기한 방법과 같은 남녀의 동침을 통해서도 임신이 되지 않을 경우가 있습니다. 여자는 다시 몇 번의 동침의 기회를 가지게 되는데, 그래도 불임일 경우 여러 남자와 관계를 맺는 여성의 신분으로 전락하게 된다고 합니다. 그렇게 되면 그 여자는 식당과 사원에서 어머니가 된 여자로서의 명예로운 대우를 못 받게 됩니다. 이러한 조처는 여자가 처음부터 쾌락을 위해서 일부러 불임을 자청하는 것을 방지하기 위함이라고

합니다.

18. 전통적 가족제도가 폐지되어야 하는 이유: 캄파넬라는 세 가지 이유에서 전통적인 가족제도를 폐지하였습니다. 첫째로 가족이 사라지면, 사회적 차별 또한 사라진다는 것입니다. 왜냐하면 만인이 자신의 부모를 알지 못하므로, 가문과 혈통이 존재하지 않기 때문입니다. 둘째로 가족이 사라지면, 개인적이고 사회적인 범죄가 사라진다고 합니다. 왜냐하면 결혼을 둘러싼 사회적 문제, 가문과의 갈등, 혼인 자금 문제, 간통, 강간, 치정 살인 등이 제거될 수 있기 때문입니다. 셋째로 가족이 사라지면 짝사랑의 괴로움도 자취를 감추고, 애정 없는 결혼의 비극 역시 출현하지 않게 된다고 합니다. 『태양의 나라』에서는 가족이 사라지면 두 가지 현상이 모습을 드러낸다고 합니다. 그 하나는 사람들의 마음속에 자라고 있는 이기심이 근절되며, 다른 하나는 보다 질서 잡힌 인구 정책 및 우량아 생산이 가능하다는 사실입니다(김영한: 107).

19. 건강한 자식 출산을 위한 국가의 조처: 태양의 나라에서의 사랑과 결혼 그리고 성의 문제, 그리고 이와 관련되는 규정 등은 오로지 건강한 자식을 얻기 위한 노력을 가장 중요하게 생각합니다. 이 점에 있어서 캄파넬라의 서술은 플라톤의 『국가』보다도 더욱 정교합니다. 가령 캄파넬라의 경우 사랑과 결혼 그리고 성을 담당하는 관리들은 의사와 점성술사의 도움을 받고 있습니다. 놀라운 것은 캄파넬라가 인간의 성행위에 오로지 종족 보존의 의미를 부여하지 않았다는 사실입니다. 출산을 전제로 하지 않는 성적인 결합의 경우, 사람들은 점성술의 규칙을 따를 필요가 없습니다. 당시 가톨릭교회의 계명에 의하면, 종족 보존을 위한 게 아니라, 성적 쾌락을 위한 성교는 한마디로 저주의 대상이었습니다. 그러나 캄파넬라는 성적인 쾌락을 인정하고, 쾌락을 위한 남녀의 동침을

자식 출산을 위한 동침과 별개의 사항으로 규정하고 있는데, 이는 현대적 시각이라 아니할 수 없습니다.

20. 교육의 강화, 성벽 박물관:『태양의 나라』는 교육을 중시합니다. 태양의 나라의 수장과 높은 관직을 차지하고 있는 사람들은 학자들입니다. "태양의 나라"는 일곱 개의 고리 모양의 지역으로 구분됩니다. 각 지역마다 외벽과 내벽의 견고한 성벽이 위치하고 있습니다. 성벽에는 모든 분야의 지식이 그려져 있습니다. 제1성의 내벽에는 유클리드와 아르키메데스 이후로 전해진 모든 수학 공식이 새겨져 있고, 외벽에는 세계 지리와 지역의 풍습이 새겨져 있습니다. 제2성의 내벽에는 광물학과 금속학에 관한 지식, 외벽에는 액체에 관한 지식, 가령 주류와 유류 등이 각인되어 있습니다. 제3성의 성벽에는 식물과 어류에 관한 지식이 새겨져 있으며, 제4성벽에는 모든 조류와 파충류 그리고 곤충에 관한 사항들이 빼곡히 새겨져 있습니다. 제5성벽에는 지상에서 살아가는 동물들의 모든 생활 방식이 세밀하게 새겨져 있으며, 제6성벽의 내부의 벽에는 인간이 발명한 기계와 기술 그리고 기계의 조작 방법 등이 설명되어 있습니다. 외부의 벽에는 예수, 무함마드, 솔론 등과 같은 사람들의 일대기가 기록되어 있습니다. 이 모든 것은 태양의 나라에서 살고 있는 사람들로 하여금 지식을 습득하게 하려는 의도 때문입니다. 캄파넬라는 모든 지식이 인간의 감각에서 비롯한다고 생각했습니다.

21. 자연과학의 활용:『태양의 나라』에는 점성술을 보조하는 풍향기가 즐비하게 설치되어 있습니다. 해시계는 이곳에서 필수품입니다. 왜냐하면 이곳의 생활은 시간에 의해서 엄격하게 규정되어 있기 때문입니다. 따라서 우리는 캄파넬라의 유토피아에서 자연과학의 기술이 얼마나 적극적으로 도입되는가 하는 사항을 감지할 수 있습니다. 하루의 일과가

명확한 시간으로 철저하게 분할되어 있다는 점은 현대사회의 기차 시간과 공장에서의 상품 생산을 위한 시간을 연상시킵니다. 나아가 태양의 나라의 시설들은 어디서든 간에 위생적으로 비치되어 있습니다. 하수도 시설은 물론이며, 상수도 시설 역시 체계적으로 갖추어져 있습니다. 이곳 사람들은 펌프를 이용하여 목욕물을 조달합니다. 태양의 나라는 여러 가지 스포츠를 장려하기 때문에, 육체적 아름다움을 가꾸기 위한 제반 시설을 마련하고 있습니다.

22. 자녀의 공동 교육: 태양의 나라의 사람들은 자식들을 부모로부터 떼 내어 공동으로 키웁니다. 물론 처음 2년 동안 어머니들은 자신의 자식과 함께 지냅니다. 이는 두 사람의 관계를 돈독하게 만들기 위해서가 아니라, 오로지 젖먹이는 일 때문입니다. 그 이후에 아이들은 부모로부터 떨어져서 육아원이라는 시설에서 다른 아이들과 함께 공동으로 교육받습니다. 여자아이는 보모에게, 사내아이는 남자 선생님에게 제각기 배치됩니다. 남자와 여자는 대체로 성의 차별 없이 동등하게 일하면서 살아갑니다. 아이들은 읽기 쓰기, 벽화 그리기, 달리기, 씨름하기 등을 연습합니다. 6세가 되면 아이들은 자연과학과 수공업을 배웁니다. 재능이 없는 아이들은 시골로 보내고, 재능이 있는 아이들은 도시로 보내집니다. 아이들에게 이름을 붙여 주는 사람은 수장입니다. 수장은 아이의 특징과 생김새를 바탕으로 하여 여러 가지 이름을 지어 줍니다. 아이들의 이름 가운데에는 "코," "큰 발," "뛰어난 자," "충실한 아이," "위대한 승리자" 등이 있습니다.

23. 메이크업은 사형의 요건이다: 태양의 나라의 젊은이들은 모두 아름답고 늠름합니다. 젊은이들 가운데 팔방미인이 아닌 자는 거의 드뭅니다. 모두가 체조와 무용 등으로 몸을 가꾸기 때문입니다. 특히 여성들은

피부가 참으로 미끄럽고 튼실하며, 사지는 날씬합니다. 규칙적인 생활과 영양 공급 등으로 인하여 대부분이 팔등신 미인입니다. 놀라운 것은 여성들에게 메이크업, 즉 화장이 금지되어 있다는 사실입니다. 만약 누군가 어떤 유형의 화장품으로 얼굴을 가식적으로 예쁘게 만들면, 사형이 구형될 수 있습니다. 또한 키를 높이기 위해서 굽이 높은 신발을 신는다든가, 못생긴 발을 가리기 위해서 질질 끌리는 원피스를 착용하는 것도 철저하게 금지되어 있습니다. 이는 근엄한 조처 같지만, 불필요한 재화 낭비를 차단하려는 의도에서 비롯한 조처입니다.

24. 의복과 식사: 태양의 나라 사람들은 자신의 직분에 따라서 유니폼을 걸칩니다. 도시에서 사는 사람들은 낮 시간에는 모두 흰색의 옷을 입습니다. 이 옷은 한 달에 한 번 세탁되고, 일 년에 네 번 교체됩니다. 그렇지만 도시 바깥에서 사는 사람들은 이러한 규칙을 따르지 않습니다. 그렇지만 도시 사람들은 밤 시간에는 비단 혹은 목화로 만든 붉은색의 옷을 입습니다. 태양의 나라 사람들은 검은색의 옷을 혐오합니다. 검은색은 사람의 기분을 어둡게 하고, 주어진 사물을 은폐시킨다는 것입니다. 그렇기에 이곳의 사람들은 이를테면 검은 옷을 즐겨 입는 일본인들을 좋아하지 않을 겁니다(Campanella 1986: 135). 태양의 나라에서 살아가는 사람들은 오만함과 신성 모독을 가장 끔찍한 악덕으로 간주합니다. 자만과 건방진 행동을 행한 사람들은 처벌로서 가해지는 온갖 굴욕을 달게 받아야 합니다. 태양의 나라에서는 건강을 매우 중요하게 여깁니다. 의사와 영양사가 식품의 종류와 양을 관리합니다. 주민들은 고기, 야채 그리고 생선 등을 매일 골고루 먹습니다. 어른들은 하루에 두 번 식사하고, 아이들은 하루에 네 번 식사하는데, 이는 청소년들의 고른 발육을 위한 것입니다. 대신에 청소년은 19세가 될 때까지 술을 마셔서는 안 되며, 성인들은 50세가 될 때까지 물에 탄 포도주만 마실 수 있습니다.

50세가 넘은 사람들만이 포도주를 자신의 뜻대로 마실 수 있습니다.

25. 법과 공동 집회: 태양의 나라에서 적용되는 법은 엄격합니다. 함무라비 법전에서 유래한 "눈에는 눈, 이에는 이"라는 철저한 보복의 법칙이 형법으로 정해져 있습니다. 죄를 저지른 자는 자신의 죄에 합당한 처벌이 주어집니다(Jens 4: 551). 재판 절차는 간단합니다. 소송에 관한 법적 서류는 존재하지 않습니다. 모든 재판은 공개적으로 거행됩니다. 판사 앞에는 피고가 앉아 있고, 증인이 출석합니다. 피고는 변론을 제시하고, 심문이 진행됩니다. 맨 마지막에 판사는 판결을 내립니다. 판결이 내려지면, 범법자는 즉시 태양의 나라의 인민들에 의해서 처벌 받게 됩니다. 태양의 나라에는 감옥이 존재하지 않습니다. 그 대신 하나의 탑이 있어서 그곳에다 죄인, 혹은 적국의 포로들을 구금해 놓습니다. 놀라운 것은 태양의 나라에서 만인의 공동 집회가 개최된다는 사실입니다. 공동집회는 일종의 직접민주주의 체제로서 누구나 여기에 참석할 수 있습니다. 공동 집회가 개최되면 어느 누구나 할 것 없이 자신의 정치적 입장을 토로할 수 있으며, 자신이 겪고 있는 불만 사항을 털어놓을 수 있습니다.

26. 민주적 절차를 밟는 사형 제도 그리고 과학기술: 모어의 『유토피아』에서는 몇 가지 예외 조항을 전제로 사형 제도가 거의 철폐되어 있는 반면에, 『태양의 나라』에서는 사형 제도가 온존하고 있습니다. 그렇지만 사형수가 정해진 시간 내에 마구잡이로 처형당하는 경우는 없습니다. 당국은 사형수가 자신의 죄를 뉘우치고 스스로 죽어야 한다고 확신할 때까지 형 집행을 무기한 연기합니다. 이것은 인간의 고유한 권리를 고려할 때, 인권을 고려한 놀라운 법 집행으로 이해될 수 있습니다. 태양의 나라 사람들은 과학기술에 심혈을 기울이며, 이미 일상생활에서 발전된 기술을 활용하며 살아갑니다. 그들은 아주 훌륭하게 짜 맞춘, 페달 달린

자전거를 타고 다닙니다. 기계로 작동시킨 배를 운행할 수 있습니다. 인공적으로 전기를 만들어 내며, 기후를 인위적으로 조절할 수 있는 놀라운 능력을 보유하고 있습니다. 날개를 달고 하늘 위로 날아가는 실험을 게을리 하지 않습니다. 또한 우주개발을 위해서 망원경을 만들어 놓고 있으며, 인간의 오장육부의 소리를 들을 수 있도록 기이한 청진기를 개발했습니다.

27. **태양 신앙:** 태양의 나라 사람들이 신봉하는 종교는 하나이지만, 결코 독단적이 아닙니다. 사람들은 두 가지 형이상학적 기본 원칙을 준수합니다. 그 하나는 현존하는 존재로서 고귀한 신 내지 "태양(sol)"을 지칭하며, 다른 하나는 현존하지 않는 존재로서 모든 변화의 전제 조건이 되는 무엇을 지칭합니다. 동양학의 표현을 사용하자면, 후자는 일종의 귀신을 가리킨다고나 할까요? 어쨌든 신의 존재는 그들에게는 거대한 태양의 모습을 보여 줍니다. 태양은 점성술을 고려할 때 일곱 개의 행성에 의해 둘러 싸여 있습니다. 마찬가지로 태양의 나라는 일곱 개의 성문으로 둘러싸여 있지요. 캄파넬라는 이렇듯 인간의 국가 역시 천체의 운행과 병행하여 자연에 합당하게 영위되기를 갈구하였습니다. 태양의 나라의 주민들은 태양을 숭배하며, 점성술의 신앙을 믿습니다. 그리고 특정한 수사들은 과학자의 자세를 취하며, 천체를 탐구하는 임무를 수행합니다.

28. **전쟁에 관하여:** 태양의 나라에서는 개개인이 국가의 체제에 봉사해야 합니다. 이는 이를테면 전쟁이 발발할 경우 출현할 수 있는 덕목입니다. 캄파넬라는 토머스 모어와 마찬가지로 침략 전쟁을 거부합니다. 그렇지만 다른 나라가 태양의 나라를 침공한다면, 이를 방어하지 않을 수 없습니다. 만약 이상 국가에서 살아가는 사람들이 사냥 등을 통해서 전

쟁의 기술을 익힌다면, 외부인과의 전쟁을 마냥 피하지는 않을 것이라고 캄파넬라는 주장합니다. 만약 이웃 나라가 낯선 침략자에 의해 주권을 빼앗긴 채 핍박당하고 있다면, 태양의 나라 사람들은 이웃 국가에게 도움을 주기 위해서 출병할 수 있습니다(Campanella 1643: 139). 전쟁에는 미성년자들도 무기를 들고 참전할 수 있습니다. 그렇게 해야 그들도 전쟁을 경험할 수 있고, 나라를 위해서 용맹스럽게 싸울 수 있다고 합니다. 나아가 여성들도 무기를 거머쥐고 군대의 뒤를 이어야 한다고 합니다. 이렇듯 자원해서 전선에 나가려는 사람들이 많으면 많을수록, 그 나라는 더욱 강건해지고 단결된 모습을 보여 줄 수 있습니다.

29. 찬란한 질서 유토피아, 혹은 전체주의의 의혹을 드러내고 있는가?:

캄파넬라는 이탈리아의 도미니크 수도사인 사보나롤라(Savonarola)와 칼뱅이 추구하는 신정주의의 이상 국가의 상을 세밀하게 설계하였습니다. 캄파넬라의 작품에서는 수도원의 책임자인 수장이 모든 권한을 거머쥔 채, 기독교의 기본 원칙에 따라 국가 질서를 실천합니다. 이러한 방식으로 캄파넬라는 사제 한 사람에 의해 영위되는 질서 유토피아를 묘사할 수 있었습니다. 20세기 연구자들은 캄파넬라의 유토피아에서 히틀러 내지 무솔리니의 파시즘의 흔적을 발견하려고 했습니다. 그러나 이는 결과론적인 발상에 불과합니다. 문학 유토피아를 하나의 특정한 현실적 사건 속에 포함시키는 태도는 그 자체 단순하며, 일방적일 수 있습니다. 어쩌면 캄파넬라는 감옥에 살면서, 한 명의 권위적인 선한 지도자를 갈구했는지 모릅니다. 캄파넬라는 1623년 이탈리아의 참혹한 현실을 비판하기 위해서 어떤 역설적인 사원 유토피아를 설계했지만, 그의 질서 유토피아는 시대 비판 이상의 의미를 담고 있습니다. 캄파넬라는 이 문헌 외에도 1605년에 『메시아의 제국(Monarchia messiae)』이라는 작품을 탈고하였습니다. 여기서 그는 교황이 다스리는 신권주의에 입각한 관료주의 국가를 하나의 이상으로 표현하였습니다. 그럼에도 『태양의 나라』는 기본적 원칙에 있어서 기존의 교회에 대해 적대적 입장을 취하고 있습니다. 캄파넬라는 전체적으로 고찰할 때 중세의 봉건적 세계관 대신에, 왕정 체제에 대해서 우호적인 태도를 취했습니다.

30. 『태양의 나라』의 영향: 캄파넬라의 유토피아 시스템은 실제 현실에 적용되었습니다. 예수회는 17세기에 파라과이에서 캄파넬라의 기독교 사원 공동체를 건립하여, 아메리카 인디언들로 하여금 기독교 신앙을 믿게 하였습니다. 예수회 도시국가는 1610년부터 1767년까지 이어졌는데, 그 구조에 있어서 캄파넬라의 『태양의 나라』에 묘사된 여러 가지 특성이 그대로 반영되어 있습니다. 가령 예수회 국가가 설계한 도시의 구조는 캄파넬라의 도시계획의 틀에 입각해 있습니다. 또한 사회구조 역시 『태양의 나라』에 담겨 있는 그것과 거의 동일합니다. 즉, 공산제 공동체에 근거한 사회계층을 용인하는 지배 구조가 바로 그러합니다. 파라과이에 있던 예수회 국가는 교육제도에서 캄파넬라의 유토피아를 답습하였습니다. 파라과이 인디언들은 요람에서 무덤까지 반개인주의적 세계관의 교육을 통해서 함께 협동적으로 살아가는 것을 삶의 목표로 삼았습니다.

31. 캄파넬라의 소네트 한 편: 마지막으로 캄파넬라가 남긴 소네트 「나라를 지닌 자가 왕이 아니라, 다스릴 줄 아는 자가 왕이다(Non è re chi ha regno, ma chi sa reggere)」를 인용하려고 합니다. "붓과 물감을 가진 자가 괴발개발 그림 그려/벽과 먹지 더럽힌다면, 그는 화가가 아니리./설령 먹, 펜, 필통이 없더라도, 그림 그릴 능력을/지니면 그가 참다운 화가이리라.//삭발한 머리, 성의가 성직자를 만들지 않듯이/거대한 왕국과 땅을 지닌 자는 왕이라 할 수 없지/예수, 파라오 마야스와 같이 천한 노

예 출신이라도/그들은 차제에 반드시 왕이 되겠지//현명함의 관을 쓰고 세상에/태어나면, 나중에 왕이 되지만, 인간은 처음부터/왕관 쓰고 태어나지 않는 법이야.//그렇기에 우리는 왕 없는 공화국을 만들든가,/어리광과 꿈으로 살아온 자 대신에 시련을 겪은,/역량 있는 왕을 꼭 선택해야 하리라"(Flasch: 128). 시 작품은 캄파넬라의 정치관을 그대로 보여 줍니다. 캄파넬라의 시는 말하자면 왕 없는 공화국을 예찬한다는 점에서 자연법사상을 선취하고 있습니다. 자고로 인간은 비록 힘들고 어려운 여건 속에서도 자신이 갈구하는 바를 성취해 내는 존재입니다. 인간 가운데 처음부터 왕관을 쓰고 태어나는 자는 없습니다. 여기서 우리는 특권층과 귀족에 대한 캄파넬라의 강력한 비판을 읽을 수 있습니다. 능력과 품성이 한 인간을 높은 자리에 앉게 하는 기준이 되어야 하는데, 권력과 금력은 언제나 다음 세대로 세습되곤 합니다. 그렇기에 흙수저는 "입신 (立身)"하는 데 어려움을 겪을 수밖에 없습니다(박설호: 217). 우리는 처음부터 특권을 누리면서 높은 자리에 오른 인간에게 허리를 굽혀서는 안 될 것입니다. 가난과 불운이라는 역경을 딛고, 자신의 불리한 환경을 극복하고 끝없이 노력하여 찬란하게 입신한 분들이야말로 존경의 대상이 될 수 있습니다.

참고 문헌

김영한 (1989): 르네상스의 유토피아 사상, 탐구당.

김용옥 (2010): 도마복음 한글 역주, 3권, 통나무.

박설호 (2015): 생존과 저항은 꿈을 위한 것이다. 토마소 캄파넬라의 옥중 시편을 중심으로, 실린 곳: 김영승 외, 한번 날아보고 싶어라, 하룻강아지 범 무서운 줄 모르고, 도요 문학 무크 7. 저항, 제7호, 200-219.

에른스트 블로흐 (2004): 희망의 원리, 4권, 열린책들.

에른스트 블로흐 (2008): 서양 중세 르네상스 철학 강의, 열린책들.

캄파넬라, 토마소 (2012): 태양의 나라, 임명방 역, 이가서.

Campanella, Tomasso (1986): Sonnenstaat, in; Heinisch, Klaus(hrsg.), Der utopische Staat, Reinbek bei Hamburg, 115-169.

Campanella, Thomasso (1643): Civitas Solis Poetica. Idea Republicae Philosophicae, Waesberge.

Doni, Antonio Francesco (1583): Le Monde Sage. in: Les Mondes Célestes, Terrestres et Infernaux etc. Tirez des oeuvres de Doni Florentin, Lyon, 204-236.

Flasch (1996): Flasch, Thomas (hrsg.), Campanella, Thomasso: Philosophische Gedichte, Frankfurt a. M..

Hiebel, Friedrich (1980): Campanella, Stuttgart.

Jens (2001): Jens, Walter (hrsg.), Kindlers neues Literaturlexikon, 22 Bde., München.

Mumford Lewis (1950): The Story of Utopias, New York. 멈퍼드, 루이스(2010): 유토피아 이야기, 박홍규 역, 텍스트.

Schölderle, Thomas (2012): Geschichte der Utopie, Stuttgart.

5. 프랜시스 베이컨의 기술 유토피아

(1627)

1. 프랜시스 베이컨, 정치가 그리고 자연과학자: 프랜시스 베이컨(1561-1626)은 영국의 케임브리지 대학에서 공부한 다음에 오랫동안 영국의 정치가로서 활약했습니다. 그는 안드레에와 캄파넬라를 직접 만나지는 못했지만, 그들과 같은 시대에 살았습니다. 물론 간간이 경험철학과 자연과학의 연구에 관심을 기울이기는 하였지만, 그의 임무는 정치에 국한되었고, 1618년 대영제국의 엘리자베스 1세 치하에서 대법관의 영예를 누렸습니다. 이 점은 토머스 모어의 경우와 흡사합니다. 베이컨은 모어와 마찬가지로 왕족들의 사생활에서 기인하는 여러 가지 암투와 권력투쟁과 관련된 갈등에 시달렸고, 정적과의 헤게모니 싸움에 연루되었습니다. 1621년에 베이컨은 비리와 금품 수수 혐의로 인하여 하마터면 처형을 당할 뻔했습니다. 따라서 우리는 다음과 같이 말할 수 있습니다. 즉, 프랜시스 베이컨은 토머스 모어와 같은 도덕주의자가 아니었고, 안드레에처럼 올곧은 종교개혁가가 아니었으며, 캄파넬라처럼 우주론적 철학자도 아니었다고 말입니다(Berneri: 122). 놀라운 것은 그가 오로지 말년의 시기에 열정적으로 자연과학에 몰두하였다는 사실입니다. 그의 책 『새로운 아틀란티스』는 과학과 권력이 놀라운 방식으로 조화를 이룬 갈망

의 꿈이라고 말할 수 있습니다.

2. 베이컨의 삶, 끝없이 이어지는 찬란한 비상과 순간적 추락: 프랜시스 베이컨은 1561년 1월 22일 변호사의 아들로 런던에서 태어났습니다. 아버지, 니콜라스 베이컨은 엘리자베스 1세의 재위 시절에 고위 법관으로 활동한 사람이었는데, 앤 쿠크라는 여성과 재혼하여 베이컨과 그의 동생 앤서니를 아들로 거느리게 됩니다. 프랜시스는 동생과 함께 1573년에 케임브리지의 명문 트리니티 대학에 다녔습니다. 그런데 당시 그는 무척 병약했으므로, 대학 내에서 놀라운 성적을 취득하지 못했습니다. 학교에서 베이컨은 아리스토텔레스의 철학에 심한 거부감을 느꼈는데, 사변철학에 대한 그의 부정적 입장은 평생 지속되었습니다. 1576년 그는 프랑스 주재 영국 대사 아미아스 폴레를 대동하여 파리로 떠납니다. 그러나 그 후 3년 뒤에 아버지가 사망하자 급히 런던으로 되돌아옵니다. 아버지가 물려준 돈으로 경제적 문제에 어려움이 없었던 그는 그레이 인에서 변호사 자격을 취득하고 젊은 변호사로서 활약합니다. 학문과 정치, 두 가지 기로에 선 프랜시스 베이컨은 정치가로 살기로 결심합니다. 정치가로서 성공 가도를 걷던 그는 1618년 대영제국의 수상의 직위까지 오릅니다. 그동안 프랜시스 베이컨은 학문으로부터 완전히 등을 돌린 것은 아니었습니다. 그의 열정은 『새로운 아틀란티스』와 『거대한 혁신(Instauratio magna)』이라는 문헌으로 출현하게 됩니다.

3. 말년의 자연과학 연구: 베이컨은 모어와는 달리 다소 씀씀이가 헤픈 정치가였습니다. 모어가 청렴하고 깊은 신앙심을 지닌 사람이라면, 프랜시스 베이컨은 뇌물이든 정상적인 수입이든 가리지 않고 재화를 벌어들였습니다. 이는 끔찍한 결과를 낳게 됩니다. 1621년 3월 14일, 그의 정치적 적대자는 베이컨을 대영제국의 수상으로서 뇌물을 수수했다고 고발

합니다. 이로 인하여 그는 하루아침에 권력을 내놓고 감옥에 수감되었습니다. 다행히도 베이컨은 왕으로부터 사면을 받을 수 있었습니다. 1621년 5월 3일, 40,000파운드의 벌금을 납부한 그는 당국으로부터 모든 관직을 박탈당했고, 영원히 의회 활동을 할 수 없다는 통보를 받았으며, 왕궁으로부터 12마일 이내 접근 금지 처분을 받았습니다. 모든 관직에서 물러난 뒤 자신의 고향으로 돌아갔을 때는, 그의 나이 육십이었습니다. 베이컨은 그곳에서 죽기까지 약 6년간 오로지 학문에 몰두하였습니다. 비록 짧은 기간이었지만, 그는 자신이 평소에 연구해 둔 바를 문헌으로 정리할 수 있었습니다. 그런데 베이컨의 죽음은 극적으로 찾아왔다고 합니다. 1626년 3월 베이컨은 닭을 얼음 속에 꽁꽁 얼리면 소금에 절이는 것보다 더 오래 보관할 수 있는지 실험하던 중에 독감에 걸려 사망합니다. 브레히트는 단편 「실험」에서 말년의 베이컨을 문학적으로 형상화한 바 있습니다(Brecht: 264ff). 물론 과거에도 학문에 전념하지 않은 것은 아니었지만, 베이컨이 지상의 행복을 위한 많은 결실을 맺은 것은 말년의 시기였습니다. 작품 『새로운 아틀란티스』 역시 그 가운데 하나입니다. 이 작품은 추측컨대 1624년에 맨 처음 영어로 집필되었다고 합니다. 세계적으로 잘 알려진 라틴어판은 베이컨이 사망한 뒤인 1627년에 간행되어 유럽 전역에 퍼지게 되었습니다.

4. 미완성으로 남은 『새로운 아틀란티스』: 만약 베이컨의 비서이자 출판사 사장이었던 윌리엄 롤리(William Rawley)가 없었더라면, 베이컨의 글들은 오늘날 전해지지 않았을지 모릅니다. 롤리가 보고한 바에 의하면, 처음에 베이컨은 어떤 이상적인 국가의 구체적인 형상 및 이상 국가의 법령들을 설계하려 했다고 합니다. 베이컨은 다음과 같이 확신했습니다. 즉, 이상적인 국가는 그 본성에 있어서 인류의 번영을 가장 깊이 폭넓게 추구해야 하는 무엇이라고 말입니다. 베이컨의 작품은 의도와는 달리 미

완성의 문헌으로 남게 됩니다. 즉, 완성된 부분이라고는 다만 작품의 틀로서 작용하는 서언과 자연과학적 연구의 일부에 해당하는 연구 체계의 조직에 관한 대목밖에 없습니다. 왜냐하면 베이컨은 작품을 완성하기 이전에 (책의 핵심 사항에 해당하는) 자신의 본격적 연구에 몰두해야 했기 때문입니다. 베이컨의 연구 결과는 나중에 『새로운 아틀란티스』와 함께 『실바 실바룸(Sylva sylvarum)』에 실리게 됩니다. 참고로 말씀드리면, 『실바 실바룸』은 자구적으로는 "숲의 숲"이라는 뜻을 지니고 있는데, 1626년 베이컨이 사망한 다음에 윌리엄 롤리가 베이컨의 연구 문헌을 모아서 간행한 방대한 책입니다. 이 책에는 천 년 동안의 자연의 역사를 다루고 있을 뿐 아니라, 의학 연구에 관한 글도 실려 있습니다. 특히 베이컨은 생명 연장의 가능성과 육신의 보존에 관해서도 지대한 관심을 기울인 바 있습니다. 특히 이 책에는 질산칼륨과 아편의 여러 가지 효능도 세밀하게 기술되어 있다고 하니, 베이컨의 자연과학 연구는 전문가 이상의 수준에 달해 있었습니다.

5. 베이컨 사상의 토대: 베이컨의 사상은 두 가지로 요약할 수 있습니다. 그 하나는 전통적으로 내려오는 잘못된 견해 내지 오류를 폭로하는 일이며, 다른 하나는 자연의 연구를 통해 새로운 학문을 발전시키는 일이었습니다. 베이컨이 자연과학을 발전시켜야 한다고 믿은 까닭은 자연 연구를 통해서 자연의 지배권이 전지전능한 신으로부터 인류에게 되돌려져야 한다고 확신했기 때문입니다. 인간은 아담의 타락으로 인하여 자연에 대한 지배권을 상실했습니다. 그럼에도 인간은 이를 되찾기 위해서 노력하지 않고 있습니다. 그 이유는 자연이 불가해의 특징을 지닌 복잡한 객체이기 때문이 아니라, 대부분의 인간이 무지하고, 편견에 사로잡혀 있으며 그리고 어떤 미신을 맹신하고 있어서, 자연 속에 도사리고 있는 어떤 암호를 인지할 수 없기 때문입니다.

여기서 무지, 선입견 그리고 미신은 베이컨이 파악한 세 가지 죄악과 같습니다. 첫 번째 죄악은 무지라고 합니다. 인간은 베이컨에 의하면 자연에 관해서 제대로 알지 못합니다. "자연은 순응을 통해서 정복할 수 없다면 존재하지 않는다(Natura enim non nisi parendo vincitur)"고 합니다. 베이컨의 이러한 발언은 『노붐 오르가눔』의 제1장에 언급되고 있는데, 자연을 파악하고 탐색하기 위해서 조심스럽게 접근해 나가야 한다는 의미로 받아들일 수 있습니다(Jens 2: 43). 두 번째 죄악은 편견이라고 합니다. 기실 편견이란 잘못된 선입견으로 인해 미리 지레짐작한 가정 내지는 가설입니다. 대부분의 사람들은 이러한 인습적 가정을 무턱대고 불변의 진리로 단언하고, 이와 관련되는 어떤 은폐된 진리에 대해 더 이상 알려고 하지 않습니다. 세 번째 죄악은 미신이라고 합니다. 미신은 전통적 인습이나 종교적 망상에 속하는, 어떤 치기 어린 사고를 가리킵니다. 미신은 하나의 고정관념으로서 사람들의 탐구욕을 처음부터 차단시키도록 교묘하게 작용합니다. 인간의 마음은 베이컨에 의하면 나쁘게 염색되어 있다고 합니다. 이는 묵자(墨子)가 염색이 안 된 명주실을 보고 눈물을 흘린 경우와 같습니다(墨子悲.染). 잘못된 습관은 본성을 그르치게 하고 인간을 혼란 속에 사로잡히게 만듭니다. 따라서 인간의 감각적 관념은 대상 자체의 허상이라기보다는 대상과 인간의 본성이 결합되어 나타난, 잘못된 상과 다를 바 없습니다. 따라서 인간의 마음은 신이 창조한 자연의 진면목을 왜곡하여 인지하고 있다는 것입니다.

6. 네 가지 우상 이론: 베이컨은 무지, 편견, 미신으로부터 파생된 것을 네 가지 우상 이론에서 다루고 있습니다. 이것은 베이컨의 사상을 이해하고 그의 문학 유토피아를 파악하는 데 도움이 되므로 약술하도록 하겠습니다. 첫 번째 그룹은 "동굴의 우상(idola specus)"을 가리킵니다. 이는 고유의 사적인 동굴 속에 고립되어 있는 존재를 지칭합니다. 이것들

은 애호하는 성향이며, 기이한 개성, 고집 내지 성벽 등과 관계됩니다. 우리는 호불호에 관해서는 다투지 말아야 하며, 우리 자신의 편협하고도 고루한 자세를 버려야 합니다. 그렇게 해야만 우연이라는 편협한 관점으로부터 벗어나서 보편적이고도 공정하게 모든 것을 정확히 판단할 수 있다고 합니다(블로흐 2007: 378). 두 번째 그룹은 "종족의 우상(idola tribus)"을 가리킵니다. 이것은 "인간 유형의(generis humani)" 우상이라고 표현될 수 있습니다. 인간의 유형, 즉 인간 존재로부터 인간의 일반적 특성으로 이전되는 우상들을 지칭합니다. 가령 인간이 외부로부터 받아들이는 감각적 인상들은 처음부터 제한되고 편협한 것들입니다. 태양이 동쪽에서 떠서 서쪽으로 지는 것을 바라보며 우리는 태양이 움직인다고 착각하는데, 이것이 말하자면 종족의 우상에 해당합니다. 그렇기에 우리는 감각 기관의 기능을 향상시키고, 여러 가지 기구들을 발명해야 합니다. 그렇게 해야만 인간은 자연을 보다 정확하게 유추할 수 있다는 것입니다.

세 번째 그룹은 "시장의 우상(idola fori)"입니다. "시장의 우상"은 공공연한 견해 내지 경솔한 유행어 속에 담긴 편견을 지칭합니다. 이러한 견해 내지 유행어들은 주위에 널리 퍼져서, 우리 자신이 그것들의 전리품으로 기만당하게 됩니다. 여기서 중요하게 드러나는 것은 언어 비판 내지 인식론적으로 생각된 언어 비판입니다. 언어는 이러한 이데올로기를 넘어서서, 나중에는 다른 맥락 속에서 보다 과장되고 과잉된 무엇을 아울러 표현합니다. 이로 인하여 어떤 사상이 멋진 문장으로 잘 표현되었다 하더라도, 언어는 이러한 사상의 내용을 나중에 달리 숙성시켜, 본래 지니고 있던 사상적 함의를 완전히 개방시킵니다. 네 번째 우상은 "극장의 우상(idola theatri)"입니다. 이것은 문학적 무대, 전통적으로 전해 내려오는 권위 그리고 권위적 전통에서 유래하는 망상 등에서 드러나는 우상입니다(블로흐 2007: 381). 여기서 베이컨은 일체의 권위주의를 거절하고, 스콜라 학문을 혁신하는 모든 일들을 과감하게 배격합니다. 스콜라 학문은 베이컨에 의하면 더 이상 누구도 발을 들여놓지 않는 군용 도로와 다름이 없습니다. 극장의 우상에 해당되는 것은 무엇보다도 전해 내려오는 종교적 예식이라고 합니다.

이 가운데 극장의 우상은 인위적으로 발생한 것이므로 완전히 파기되어야 한다고 베이컨은 확신했습니다. 이에 반해서 종족의 우상, 동굴의 우상 그리고 시장의 우상은 인간의 본성에서 파생되는 것이므로 완전히 근절될 수는 없으며, 인간은 다만 이로 인한 오류를 최소화하도록 노력할 뿐이라고 합니다. 이렇듯 베이컨은 인간이 편견과 선입견 그리고 독단과 억측으로부터 벗어나기 위해서는 마치 갓 태어나 세상을 처음으로 바라보는 어린아이의 순진무구함을 답습해야 한다고 설파하였습니다. 따라서 베이컨이 추구하는 바는 자명합니다. 그것은 무지, 선입견 그리고 미신을 지니지 않은 채 새로운 과학과 지식을 추구하는 일입니다. 인간은 관찰과 실험을 통하여 무엇보다도 감각적 경험을 발전시켜야 합니다. 그렇게 하면 보다 많은 재화를 창출해 낼 수 있으며, 인간 삶은 더욱더 윤택하고 편리해질 것이라고 합니다. 베이컨이 추구하는 귀납법의 진정한 목표는 자연 자체, 다시 말해서 자연의 형상을 인식하는 일에 있다고 합니다.

7. 베이컨 사상의 한계: 그럼에도 우리는 베이컨 사상의 한계를 언급하지 않을 수 없습니다. 첫째로 모든 실험은 가설로부터 출발해야 하는데, 베이컨은 모든 가설 가운데 일부만을 채택하였습니다. 일견 추상적이며 모호하게 여겨지는 가설들은 처음부터 연구에서 배제되고 말았습니다. 이는 특히 천문학 영역에서 두드러지게 나타납니다. 베이컨은 천문학의 가설들의 옳고 그름을 밝힐 수 없다고 지레짐작하였습니다. 왜냐하면 연구 대상 자체가 지상으로부터 너무 멀리 동떨어져 있고, 이를 포착

한 천문학적 기계 내지 기구가 아직 개발되지 않았기 때문입니다. 가령 베이컨은 요하네스 케플러(Johannes Kepler)와 갈릴레오 갈릴레이의 천문학에 대해 관심을 기울이지 않았습니다. 예컨대 확실한 경험적 증거가 없다는 이유로 코페르니쿠스의 태양중심설을 하나의 사실 가능성으로 인정하지 않았던 것입니다. 둘째로 베이컨은 수학의 중요성을 간과하였습니다. 수학이야말로 근대 자연과학을 발전시키는 데 가장 중요한 기본적 초석이었는데, 베이컨은 이를 처음부터 좌시하였습니다. 셋째로 그가 즐겨 활용했던 귀납법의 개념은 자연의 형상에 집중되어 있었을 뿐입니다. 그가 사물의 상호작용에 관해서 둔감한 태도로 일관한 것은 당연한 귀결입니다. 따라서 근대과학을 획기적으로 발전시킨 물리적 운동 법칙이라든가 수학적 사고는 베이컨에게서 거의 찾아볼 수 없습니다.

8. 과학기술을 중요시했지만, 기술 유토피아로 못 박을 수는 없다: 흔히 말하기를 베이컨의 『새로운 아틀란티스』는 정치적 의미의 유토피아가 아니라, 과학기술 유토피아의 범주에서 벗어나지 않고 있다고 합니다. 그러나 이러한 견해는 엄밀히 따지면 사실이 아닙니다. 왜냐하면 베이컨은 과학기술의 영역뿐 아니라, 새로운 삶의 사회적 형태를 서술하고 있기 때문입니다. 물론 베이컨의 작품에서는 일반 대중의 바람직한 사회적 삶이 상세하게 언급되지는 않습니다. 그렇기에 그의 관심사는 일견 오로지 상류층의 바람직한 삶으로 향하는 것처럼 보입니다. 베이컨은 학문 연구 공동체로서의 "솔로몬 연구소"에 관해서 지대한 관심을 기울였습니다. 이웃을 위해서 언제나 "더 많은 지식"을 추구하지만, 과도해서는 안 된다고 경고합니다(Höffe: 189). 베이컨은 전문 과학자로서의 엘리트 연구에 대해 상세하게 서술하고 있지만, 부분적으로 노동자들의 일감에 관해서도 구체적으로 언급하였습니다. 따라서 베이컨의 『새로운 아틀란티스』가 상류층의 관료주의 유토피아라고 단언할 수는 없습니다.

9. 시대 비판: 베이컨의 시대 비판은 사회의 전체적 빈곤, 빈부 차이, 사치 풍조, 과도한 세금, 사회적 방종 등에 대한 비판으로 요약됩니다. 베이컨은 사회 전체의 궁핍함, 빈부 차이의 극복 그리고 상류층의 사치 풍조 등에 대해 깊이 고뇌한 바 있습니다. 그러나 그는 빈부 차이라든가, 사유재산제도 등을 명시적으로 비판하지는 않았습니다. 대신에 그는 사회 전체의 부를 도모하고, 상류층의 사치 풍조를 없애며, 일반 사람들의 세금이 완화되어야 한다고 굳게 믿었습니다. 나아가 베이컨은 당시의 도덕적 혼란에 대해서 매우 커다란 우려를 표명하였습니다. 특히 남자들은 지위 고하를 막론하고 홍등가를 찾아다녔습니다. 이로 인하여 매춘 사업은 근절되지도, 완화되지도 않았습니다. 베이컨은 결혼 제도가 실제 현실에서 거의 유명무실한 의미를 지닌 데 대해 개탄하였습니다. 베이컨은 『새로운 아틀란티스』에서 일부일처제를 강하게 부르짖는데, 이것은 작가의 정치적, 도덕적 보수성에 기인한다기보다는, 오히려 17세기 영국 사회의 퇴폐적인 사회 분위기와의 관련성 속에서 이해되는 게 온당할 것입니다.

10. 아틀란티스와 새로운 아틀란티스: 작품의 제목인 『새로운 아틀란티스』는 전설적인 섬, 아틀란티스와 관련됩니다. 이에 관해서는 플라톤이 자신의 대화체의 저서 『티마이오스』와 『크리티아스』에서 이미 언급한 바 있습니다. 그렇지만 베이컨은 — 플라톤과는 달리 — 콜럼버스가 발견한 신대륙을 "오래된 아틀란티스"라고 이해했습니다. 『크리티아스』에 의하면, 아틀란티스는 지하자원이 풍부해서 광산업이 매우 번창한 대륙이었습니다. 수많은 동식물이 존재했는데, 심지어는 그곳에 코끼리도 살았다고 합니다. 토양이 비옥해서, 가을이면 많은 농작물이 수확되었습니다. 왕들은 막강한 폴리스를 구축하기 위하여 도로를 닦고 궁궐을 지었습니다. 사원이나 신전 역시 이와 병행하여 웅장하게 건설되었지요. 심

지어 운하도 만들어졌는데, 그 길이가 10킬로미터나 되었다고 합니다. 문제는 권력자의 오만과 탐욕에 있었습니다. 제우스신은 이러한 오만과 탐욕을 징벌했습니다. 그리하여 아틀란티스는 대서양의 깊은 곳에 가라앉았다고 합니다. 플라톤은 기원전 9570년에서 8570년경의 사건이라고 기술하는데, 이는 후세의 연구에 의하면 사실일 가능성이 희박합니다(이인식: 157f). 대서양 아래로 가라앉은 전설적인 섬은 실용주의의 경향을 지닌 베이컨에게는 관심 밖의 사항이었습니다. 당시 프랜시스 베이컨은 에스파냐 출신의 신부인 라스카사스를 통해서 새로운 땅과 그곳에서 살아가는 원주민들에 관한 소식을 접했고, 이탈리아의 시인이자 의사인 지롤라모 프라카스토로(Girolamo Fracastoro)를 통해서 신대륙에서 나타나는 여러 가지 전염병, 천연두, 홍역 그리고 매독 등에 관한 정보를 수용할 수 있었습니다.

11. 남태평양의 섬: 베이컨이 사변적으로 추론해 낸 "오래된 아틀란티스"는 다음과 같이 이해됩니다. 약 2000년 전에 남북 아메리카는 당시보다 훨씬 큰 대륙이었으며, 그곳의 고대 사람들은 막강한 부와 권력을 과시하며 세계의 여러 국가를 상대로 무역을 행했다고 합니다. 이들은 호화로운 물질적 이득으로 인하여 나태하고 오만해졌습니다. 그들은 다른 지역을 침략하여 식민지로 만들기 위하여, 태평양과 대서양으로 군함을 보냈습니다. 바로 이때 그들의 군함은 벤잘렘 섬 출신인 알타빈이라는 장수에 의하여 모조리 격퇴되었습니다. 아틀란티스 사람들은 신의 노여움으로 인해 대홍수라는 끔찍한 파국을 맞게 되었는데, 대륙의 거대한 부분이 물에 잠기고, 일부 주민들만 높은 지역으로 피신할 수 있었습니다. 그리하여 남은 것이 남북 아메리카이며, 살아남은 주민의 후손들은 무지하고 야만스러운 인디언들이라는 것입니다. 이러한 맥락에서 베이컨은 1567년 에스파냐 사람들에 의해서 발견되었다는, 남태평양에 있다

고 하는 땅을 "새로운 아틀란티스"로 규정합니다.

12. 이상 국가, 새로운 아틀란티스: 문학작품 『새로운 아틀란티스』는 미완성으로 전해지고 있습니다. 소설의 틀에 해당하는 이야기는 어떤 선박에 관해서 보고합니다. 사람들은 페루에서 배를 타고, 태평양을 지나 중국과 일본으로 향했는데, 풍랑을 만나게 됩니다. 온갖 고초 끝에 선박은 남태평양의 가상적인 섬, 벤잘렘(Bensalem)에 당도합니다(참고로 말씀드리면 벤잘렘은 히브리어로 "평화의 아들"이라는 의미를 지니는데, 실제 남태평양에 이러한 섬은 존재하지 않습니다). 모어와 캄파넬라의 작품은 대화체로 이루어져 있는데, 『새로운 아틀란티스』는 1인칭 화자에 의해서 서술되고 있습니다. 선원들은 커다란 환대를 받으면서 벤잘렘 섬에 기거합니다. 섬은 하나의 이상 국가로 설계되어 있습니다. 약 1900년 전에 살로마나(Salomana) 왕이 이곳에 와서 도시국가를 건설했다고 합니다. 지난 37년 동안 이곳을 방문한 외부인들은 한 명도 없었습니다. 섬사람들은 외부 세계에 관한 소식을 잘 알고 있지만, 외부 세계는 벤잘렘 섬의 삶에 관해서 아무것도 모르고 있습니다. 이 작품 역시 선원의 보고를 통하여, 이상 국가를 서술하고 있습니다. 여기에는 당시의 영국의 사회질서가 하나의 배경으로 설정되어 있습니다. 베이컨의 이상 국가는 정치적, 사회적 측면에서는 그다지 신선한 내용을 보여 주지는 않으나, 기술 유토피아의 측면에서 이상 국가의 놀라운 내용을 보여 줍니다. 주인공은 이곳의 역사 그리고 정치체제 및 제반 삶에 관해서 하나씩 접해 나갑니다.

13. 엘리트 중심의 군주 국가: 『새로운 아틀란티스』는 정치적, 사회적 측면에서는 전혀 새로울 게 없습니다. 도시국가는 1900년 전의 살로마나 왕의 법적 체제를 고스란히 유지하는 점으로 미루어 철저히 보수적 성향을 드러냅니다. 도시국가는 계층, 즉 계급 차이를 처음부터 인정하

고 있습니다. 사람들은 자신의 능력과 직성에 따라 각자의 직업을 선택하며 살아갑니다. 그렇다고 해서 사람들이 돈과 재화에 혈안이 되어 있는 것은 아닙니다. 그 까닭은 재화가 합리적인 방법으로 배분되어, 사람들이 굶주림과 거주 환경에 대해 걱정할 필요가 없기 때문입니다. 국가는 공갈, 사기, 협박 내지 부정부패를 철저하게 차단시키려고 애를 씁니다. 이를테면 관리들은 월급 외의 어떠한 금품도 받지 않습니다. 베이컨은 금품 수수가 얼마나 한 인간을 망치게 하는지 누구보다도 잘 알고 있었습니다. "새로운 아틀란티스"는 엘리트 중심의 군주 국가로 이해됩니다. 모든 정책은 최고 원로원에 의해서 출현하고 집행됩니다. 그렇기에 일반 사람들은 정치와 경제 문제에 골머리를 앓을 필요가 없습니다. 군주 국가 내의 전문가 수준을 갖춘 현명한 엘리트들이 대부분의 문제를 해결해 주기 때문입니다. 인간은 누구나 이성적 판단에 있어서 개인 차이를 지닙니다.

14. 사유재산제도의 용인과 가부장주의적 일부일처제: 도시국가에서는 사유재산제도가 허용되고 있습니다. 게다가 제임스 해링턴(J. Harrington)의 『오세아나 공화국(The Commonwealth of Oceana)』(1656)에 서술된 바 있는, 사유재산제도를 부분적으로 제한하는 정책 역시 존재하지 않습니다. 사람들은 과학기술을 이용하여 생산력을 증대시키려고 노력하며 살아갑니다. 나아가 새로운 아틀란티스에서는 가부장적 가족 구조가 강조되고 있습니다. "티르사누스(Tirsanus)"라고 명명되는 가장이 개별 가정들을 이끌고 있습니다. 세 살 이상의 후손을 거느린 가장만이 이틀 동안의 가족 축제를 개최할 수 있습니다. 모든 가족 축제는 법에 따라 국가로부터 재정적 지원을 받습니다. 티르사누스는 가정 내의 다툼을 조정하고, 게으른 자, 잘못을 저지르는 자에게 벌을 가할 수 있습니다. 결혼에 커다란 발언권을 지니는 자 역시 티르사누스입니다.

15. 결혼: 개별적 가정은 일부일처제를 준수하지만, 이를 어길 시에는 커다란 벌금이 부과됩니다. 국가는 많은 자식을 거느린 가정을 찬양합니다. 여성의 지위가 낮다는 점에서 가부장 중심의 남존여비의 사고가 체제의 저변에 깔려 있습니다. 모어의 『유토피아』에서는 결혼하려는 남녀들이 상대방의 나체를 직접 보고 파트너와의 결혼을 결정합니다. 그런데 "새로운 아틀란티스"에서는 이와는 약간 다릅니다. 결혼을 앞둔 남녀는 자신의 알몸을 각자 그들의 친구로 하여금 바라보게 합니다. 그 이유는 결혼할 남녀가 알몸을 보여 준 뒤에 퇴짜를 맞게 되면, 참으로 창피한 일이기 때문입니다. 나라의 모든 도시에는 아담의 연못과 이브의 연못이 서로 가까이 위치합니다. 연못에서 남녀가 개별적으로 목욕을 하는 동안에 남자의 친구 한 명이 여자를, 여자의 친구 한 명이 남자를 세심하게 관찰하게 됩니다. 남자의 친구와 여자의 친구는 자신이 바라본 바를 솔직하게 친구에게 전해 줍니다. 남자의 경우 발달된 근육과 신장이 중요한 변수로 작용하고, 여자의 경우는 젖가슴과 엉덩이의 크기가 중요합니다. 왜냐하면 남자의 경우는 가장으로서의 에너지와 능력이 중시되고, 여자의 경우 자식 출산이 중시되기 때문입니다. 이러한 과정이 끝난 뒤에 티르사누스가 동의하면 결혼식이 거행될 수 있습니다(Bacon: 107).

16. 기독교로 합법화된 종교: 새로운 아틀란티스는 종교를 기독교 하나로 제한하고, 이에 상응하는 도덕적 바탕을 내세우고 있습니다. 모어의 『유토피아』 사람들이 자연신을 숭상하는 반면에, 『새로운 아틀란티스』의 사람들은 처음부터 기독교 신앙을 준수하는 셈입니다. 그렇지만 국가는 유대교를 믿는 소수 사람들의 권익을 보호해 줍니다. 이는 타종교에 대해 관용 정신을 드러내기 위함이 아니라, 오로지 종교적 갈등을 사전에 차단하기 위한 예외적 조처로 이해될 수 있습니다. 기독교 종교는 사람들로 하여금 가족에 대한 사랑을 공고하게 하고, 가족 간의 신뢰와

화목을 도모하도록 유도합니다. 그렇다고 해서 종교인들이 식섭 정치에 개입하는 경우는 매우 적습니다. 신정 분리의 원칙은 여기서도 확립되어 있습니다. 여기서도 베이컨이 종교의 영역 대신에 학문, 즉 자연과학의 영역을 중시한 사실은 분명히 드러납니다.

17. 과학기술의 유토피아: 『새로운 아틀란티스』는 다른 문학 유토피아와는 달리 과학기술의 유토피아를 강조합니다. 사람들은 학문을 염두에 두면서, 특정 동물을 사육하고 특정 식물을 재배합니다. 여러 질병으로부터 구제하기 위하여 아틀란티스 사람들은 여러 가지 유형의 동물실험, 심지어 동물들의 생체 해부도 시행하고 있습니다. 연구자들은 질적으로 우수한 욕실을 설치하여 병자들의 병을 치유하려고 합니다. 게다가 의족 등을 개발하여 신체의 장애를 보충하는 것은 물론이고, 신체의 장기 또한 개발하려고 합니다. 사람들은 생화학을 연구하며, 식료품과 육류 등의 영양성분을 탐구합니다. 상기한 연구는 무엇보다도 생명 연장을 위해서 추진되는 것입니다. 이곳 사람들은 놀라운 성능을 발휘하는 화약을 생산하여, 굴삭기 작업을 대신하게 하거나 광산에서의 채굴 작업에 활용하고 있습니다. 『새로운 아틀란티스』에는 발파 내지는 폭발 기계도 이미 생산되어 있습니다. 베이컨은 증기기관에 관해서 자세하게 기술합니다. 거대한 터빈이 빙빙 돌아가며 모든 일을 대신하므로, 힘센 사람의 노동이라든가, 말이나 소 등을 더 이상 필요로 하지 않습니다.

18. 악기, 현미경, 망원경, 전화기, 지열 에너지: 또한 사분의 일 음으로 연주되는 악기가 이곳에서 생산되고 있습니다. 『새로운 아틀란티스』에는 현미경도 있고, 어떤 유형의 망원경도 개발되어 있습니다. 사람들은 심지어 마이크로폰도 생산해 내었습니다. 아틀란티스 사람들은 놀라운 기구들을 사용하여, 우리의 청력을 넘어설 정도의 강력한 소리를 생산해

낼 수 있습니다. 가령 베이컨은 지하에다 긴 관을 설치하여 일종의 전화선을 만들 수 있다고 생각했습니다. 지하에다 연결된 파이프를 묻어서, 그 속의 공기에 압력을 가하면, 음성이라든가 여러 가지 소리가 쉽게 이전될 수 있다고 추측했던 것입니다. 자동기계의 생산이라든가 에너지 문제에도 커다란 관심을 기울이고 있습니다. 가령 태양과 지열을 이용한 에너지 생산을 예로 들 수 있는데, 약 500년 전에 이러한 착상을 떠올렸다는 것 자체가 놀랍기 이를 데 없습니다.

19. 과학의 발명 기술(Ars inveniendi): 베이컨은 전기 내지 전류의 사용에 관해서는 전혀 언급하지 않았습니다. 베이컨의 시대에는 전기의 흐름을 이야기한다는 것 자체가 불가능했습니다. 그렇지만 어떻게 하면 사람들이 수백 마일 떨어진 곳으로 목소리를 전달할 수 있을까 하고 고뇌하면서, 이에 관한 가능성을 고민하였습니다. 『새로운 아틀란티스』에는 심지어는 하늘을 날아다니는 기구, 즉 비행선도 발명되어 있습니다. 연속적으로 움직이는 "자동기계들(perpetua mobilia)"이 생산되어 실제 현실에서 활용되고 있는데, 이는 중세의 로저 베이컨(Roger Bacon)의 사상과 자연과학의 관심을 실천한 결과입니다. 모든 발명품들은 그 자체로 목표에 합당한 것들이고 방법론적으로도 적절한 "발명 기술(ars inveniendi)"이 가져다주는 열매들입니다. 베이컨은 이러한 내용을 자신의 문헌에서 일목요연하게 묘사합니다. 발명 기술의 열매들은 나중에는 결국 "인간의 나라"를 건설하기 위한 초석이 되는 것들이라고 합니다. 18세기의 백과전서파의 학자인 달랑베르(D'Alembert)는 베이컨의 작품을 "미래에 등장할 발명품들에 관한 엄청난 카탈로그"라고 규정한 바 있습니다(블로흐: 392).

20. 솔로몬 연구소: 섬의 한복판에는 "솔로몬의 연구소" 내지 "여섯 날

작업의 학원(The College of the Six Day's Works)"등이 위치하고 있습니다. 이것은 36명의 과학자로 구성된, 자로 잰 듯이 명징하게 조직화된 연구 공동체입니다. 솔로몬 연구소는 그야말로 도시국가의 눈이며 등불과 같습니다. 사람들은 다음과 같이 주장합니다. "우리의 단체가 지향하는 목표는 자연 속에 도사리고 있는 에너지를 인식하고, 그 원인과 움직임 등을 연구하는 일이다. 이를 통해서 인간은 가능한 범위 내에서 자연을 지배해 나가고, 그 한계를 인식할 수 있을 것이다"(김영한: 163). 사회의 면모는 이런 식으로 솔로몬과 연구 공동체를 중심으로 집결되어 있습니다. 이는 국가 내의 핵심적인 작은 국가입니다. 특히 놀라운 것은 연구 공동체가 모든 자연 연구에 있어서 어떤 기발할 정도로 새로운 학문적 기구들을 활용한다는 사실입니다. 필요하다면 연구자들은 연구의 진행 과정을 비밀스럽게 진행합니다. 연구자들은 꼭 필요한 경우를 제외하면 설령 군주에게도 함부로 연구 결과를 발설하지 않습니다. 프랜시스 베이컨은 하나의 이론이 형식 논리적으로 하나의 "참"으로 도출된다고 하더라도 이를 완전히 용인하지 않았습니다. 하나의 참으로 느껴지는 이론은 그 자체 "거대한 혁신(Instauratio magna)"에 해당하지만 실험을 통해서 실제 현실에 적용되어야 한다는 게 베이컨의 지론이었습니다.

21. 솔로몬 연구소의 시설과 연구 내용: 연구소는 삼층 구조로 축조되어 있습니다. 지하의 하계, 지상의 중계 그리고 공중의 상계로 나누어져 있습니다. 하계는 지하 동굴로 이루어져 있고, 가장 깊은 곳은 지표로부터 2마일 떨어져 있습니다. 이곳에서는 물체의 응고, 압축, 냉장 그리고 저장 등에 관한 연구가 진척됩니다. 하계에서는 건강과 생명 연장을 위한 인공 금속물 등이 생산되고 있습니다. 상계는 높은 탑으로 축조되어 있습니다. 이곳에서는 대체로 기상 현상과 천문학에 관한 사항이 연구되고 있습니다. 중계에는 수많은 실험실이 폭넓게 비치되어 있습니다. 동식물

의 생태를 연구하는 동물원과 식물원, 광물질 연구소, 담수와 염수를 만들어 내는 호수, 동력 실험을 위한 수력기와 풍력기가 강변과 해변에 설치되어 있습니다. 베이컨은 심지어 인공 강우를 실험하기도 하였습니다. 또한 공기 중에서 어떻게 생물이 자연적으로 생성되는가 하는 문제가 연구되기도 합니다.

22. 생물학, 식품 영양학, 기계와 기술: 생물학에서 가장 괄목할 만한 업적으로서 유전공학과 육종학을 들 수 있습니다. 야생수를 유실수로 변화시키는 방법, 과실의 맛, 색, 향기 그리고 크기를 조절하는 방법, 동물의 교배와 합성의 원리도 실험 방법이 됩니다. 의학의 영역에서 솔로몬 연구소는 고도의 마취술과 해부학을 발전시켰습니다. 식품 영양학 영역에서 연구자들은 빵을 제조할 때도 곡물, 채소, 견과류, 고기, 생선 등을 효모와 적당하게 배합합니다. 모든 고기류는 마치 신의 음식, 암브로시아처럼 소화가 잘 되도록 가공 처리되어 있고, 음료수는 무려 40년까지 보존할 수 있습니다. 기계 기술 분야에서 열역학, 광학, 유체역학, 기계공학이 발달되어 있습니다. 이곳에서는 안경, 쌍안경, 망원경 그리고 현미경을 만들 수 있습니다. 음향관에서는 확성기, 보청기, 멀리서 대화할 수 있는 전화기 등의 제작이 가능합니다. 기계관에서는 화약, 총, 대포와 같은 전쟁 무기가 제작되며, 사람들은 하늘을 날 수 있는 비행기와 바다 속을 운행할 수 있는 잠수함 등의 설계도를 만들어 내었습니다.

23. 연구자들의 일감과 협동 작업: 솔로몬 연구소에 소속된 연구자들은 이 세상에서 발견되지 않은 비밀스러운 법칙을 연구합니다. 그들은 12년에 한 번 자신의 연구 결과를 세상에 발표해야 합니다. 다른 일부 연구자들은 새로운 학문적 토대와 규칙을 발견하기 위하여 문헌을 파헤칩니다. 솔로몬의 집의 또 다른 연구자들은 응용과학 분야에서 여러 가지 필

요한 실험을 행해 나갑니다. 연구 발표회는 세 가지 분과로 나누어집니다. 첫 번째 분과는 실험의 개별적 진행 과정을 감독 관리하는 임무를 맡습니다. 두 번째 분과는 실험 과정에서 나타나는 여러 가지 결과들을 분석하고 정리하는 임무를 맡습니다. 세 번째 분과는 실험 결과를 실제 현실에 적용하여, 그게 유익한지 아닌지를 도출해 내는 임무를 맡습니다. 네 번째 마지막 분과의 연구자 그룹은 실험을 통한 연구 결과를 하나의 시도로 채택합니다. 이때 연구 결과는 그야말로 결과로 끝나는 게 아니라, 자연의 본질 속으로 파고들어서 더 커다란 의미를 찾아내고 이끌어 내기 위한 출발점으로 활용되고 있습니다. 이것이야말로 베이컨이 추구한 학문적 귀납법의 실천이라고 말할 수 있습니다. 결론적으로, 베이컨은 어떤 연구 결과는 실험을 통해서 특정 부분의 개별적 공리로서 확정될 수 있다고 주장합니다.

24. 학문 아카데미의 출발지: 『새로운 아틀란티스』는 다음의 사항을 분명히 드러냅니다. 즉, 자연과학의 연구는 처음부터 무엇보다도 인류를 위한다는 목적을 지니고 있다는 사항 말입니다. 베이컨은 진보에 대한 믿음을 분명히 지니고 있었습니다. 즉, 인간 삶이 발전되기 위해서는 우리는 학문의 조직적 연구를 추구해야 하며, 이러한 학문 연구를 통해서 어떤 새롭고도 혁신적인 경험을 도출해 낼 수 있다고 말입니다. 베이컨은 인간 삶에서 나타나는 수많은 문제가 개별적인 해답을 통해서 해결되는 게 아니라, 개별적 해결책을 축적시켜서(연구자들이 서로 힘을 합쳐서) 어떤 조직적이고 통합적인 해결 방법을 산출해 내어야 비로소 근본적으로 해결될 수 있다고 확신하였습니다. 바로 이러한 까닭에 베이컨은 『새로운 아틀란티스』를 통해서 어떤 학문적 협동 작업의 틀을 설계하였습니다. 실제로 이러한 틀은 오늘날 "팀워크"를 실천하는 연구 공동체의 본보기로서, 현대의 학문 아카데미를 창설하여 결실을 맺는 데에 상당히

좋은 자극을 가했습니다.

25. (요약) 철저하게 구획된, 국가주의에 근거하는 기술 유토피아: 프랜시스 베이컨의 『새로운 아틀란티스』는 르네상스에 출현한 다른 유토피아와 비교할 때 내용상으로 두 가지 점에서 차이를 드러내고 있습니다. 그 하나는 정치권력과 자연과학 연구를 통합한 모델이라면, 다른 하나는 귀납적 실험 방식을 준수하는 자연과학 연구의 분과 내지 방법론적 구분을 강조하는 모델입니다. 『새로운 아틀란티스』는 이 두 가지 가능성을 모두 충족시키고 있으며, 구조상으로는 르네상스 시대의 유형적인 공간 유토피아의 틀을 갖추고 있습니다. 바로 이러한 까닭에 베이컨의 유토피아는 르네상스 시대에 간행된 다른 유토피아와 비교할 때, 단편적 특성을 드러내고 있습니다(Mohl: 189). 우리는 다음과 같이 요약할 수 있습니다. 즉, 베이컨의 유토피아는 어떤 사회 유토피아에 관한 설계인데, 과학기술이 가장 세밀하게 서술되어 있다고 말입니다. 에리히 프롬은 베이컨의 유토피아가 "다다익선(多多益善)을 지향하는 소유의 왕국"이라고 명명한 바 있습니다(김종갑: 116).

26. 다른 문학 유토피아와의 차이점: 라르스 구스타프손(Lars Gustafsson)은 유토피아의 근본적 특성을 플라톤의 『국가』에서 찾고 있습니다. 가령 플라톤은 (1) 사유재산 내지 개인소유의 기본권 철폐, (2) 화폐경제의 철폐, (3) 성의 도덕적 제한 철폐, (4) 동일한 계층 내에서의 다양한 직업 분배, (5) 동일한 의복 등을 유토피아의 공통적 특징으로 부각시키고 있습니다(Gustafsson: 289). 그러나 베이컨의 유토피아는 엄밀히 말해 구스타프손이 지적한 첫 번째 세 가지 사항들과는 근본적으로 다릅니다. 물론 『새로운 아틀란티스』에서 빈부 차이에서 비롯되는 사회적 갈등이라든가, 사유재산제도에 대한 통렬한 비판 등은 명시적으로

언급되지는 않습니다. 베이컨의 작품은 구조적 특성, 즉 제도적 체제의 관점에서 고찰할 때, 르네상스 유토피아의 어떤 전형적 특징을 보여 줍니다. (1) 최상의 국가에 관한 구도, (2) 미지의 섬을 바탕으로 하는 공간 유토피아, (3) 국가로 하여금 수많은 분과의 체제 및 기관을 나누어 관리하게 하는 점, (4) 작품 내에서 제도적인 구분과 분할은 너무나 철저하고도 엄격하게 정해져 있기 때문에 개개인들이 자발적으로 무언가 시도할 수 있는 가능성이 거의 없다는 점, (5) 베이컨의 편집자, 윌리엄 롤리가 강조한 바 있듯이, 이른바 주어진 현실과는 구별되는 가상적 특성 등을 생각해 보십시오(Saage 163). 이는 르네상스 유토피아의 전형적인 특징에 해당합니다. 베이컨의 『새로운 아틀란티스』는 철저하게 구획된, 국가주의에 근거하는 기술 유토피아로 명명될 수 있습니다.

27. 이후의 영향: 『새로운 아틀란티스』는 16세기와 17세기의 문학 유토피아에 속하는데, 모어의 『유토피아』와 캄파넬라의 『태양의 나라』와 마찬가지로 중세 봉건적 경제 질서로부터 산업 시대로 이행되는 과도기에 커다란 영향을 끼쳤습니다. 이 작품으로 인해서 유럽 내에서 많은 학문 아카데미가 생겨났습니다. 1645년 영국의 자연과학자들은 프랜시스 베이컨의 연구에 자극을 받아서 하나의 자연과학 학회를 만들었습니다. 이 학회는 1662년 영국의 발전된 학문 아카데미에 해당하는 왕립학회 (Royal Society)로 거듭나게 됩니다. 1652년에는 자연과학자의 아카데미가 발족되었는데, 사람들은 이 학회를 "레오폴디나(Leopoldina)"라고 명명했습니다. 1666년에는 프랑스 과학 아카데미가 창설되었고, 1700년에는 베를린 과학 아카데미가, 1724년에서 1725년 사이에는 러시아의 상트페테르부르크에서 과학 연구 아카데미가 발족되었습니다. 요약하건대, 모어와 캄파넬라가 사회 유토피아, 즉 인간답게 살아갈 수 있는 터전으로서의 사회적 정치의 토대를 설계했다면, 프랜시스 베이컨은 『새로

운 아틀란티스』에서 기술 유토피아, 즉 학문과 과학기술의 발전을 통한 더 나은 세계를 선취하였습니다. 이와 관련하여 베이컨의 작품을 사이언스 픽션의 선구적 작품으로 이해하는 것은 당연합니다.

28. 욕망 충족의 기술 유토피아: 모어의 유토피아가 인간이 인생에서 추구해야 할 궁극적 목표를 시사하고 있다면, 베이컨의 유토피아는 그러한 목표에 어떻게 도달할 수 있는가 하는 학문 연구의 방향을 제시해 주고 있습니다(Mumford: 108). 베이컨의 유토피아에서는 섬에 존재하는 정치, 경제, 사회 그리고 문화의 측면에서 제기되는 새로운 사회질서가 중요한 게 아닙니다. 오히려 여기서 중요한 것은 인간의 가치와 어떤 완전한 삶의 형태가 어떻게 실현될 수 있는가 하는 물음입니다. 토머스 모어의 『유토피아』 사람들이 최소한의 욕구를 미리 설정하고 이를 충족시키는 방향으로 살아간다면, 베이컨의 『새로운 아틀란티스』에서 살아가는 사람들은 자신의 욕망을 최대한 충족시키려 합니다. 전자의 사람들이 검소하게 살고 금은보화를 경멸한다면, 후자의 사람들은 엘리자베스 1세 시대의 화려한 궁전을 방불케 할 정도의 호화로운 복장, 예절과 격식을 준수하면서 살아갑니다. 물론 『새로운 아틀란티스』에서 살아가는 사람들의 행복 추구의 삶이 19세기 카베의 『이카리 여행』에 묘사된 사람들에 비하면 휘황찬란한 풍요로움을 누리지는 못하지만 말입니다. 어쨌든 새로운 아틀란티스의 삶은 『유토피아』의 향락의 생활보다도 더욱더 많은 욕구 충족의 생활로 규정될 수 있습니다.

참고 문헌

김영한 (1989): 르네상스 휴머니즘과 유토피아니즘, 탐구당.

김종갑 (2002): 후기, 실린 곳: 프랜시스 베이컨, 새로운 아틀란티스, 김종갑 역, 에코
리브르.

블로흐, 에른스트 (2007): 서양 중세, 르네상스 철학 강의, 열린책들.

이인식 (2007): 유토피아 이야기, 갤리온.

Bacon, Francis (2009): Neues Organon, Hamburg.

Berneri, Marie Luise (1982), Reise durch Utopia, Berlin.

Brecht, Bertolt (1968): Das Experiment, in: ders., Gesammelte Werke, Bd. 11,
Frankfurt a. M., 264-275.

Gustafsson, Lars (1985): Negation als Spiegel. Utopie aus epistemologischer
Sicht, in: (hrsg.) W. Vosskamp, Utopieforschung, Bd. 1. Stuttgart, 280-292.

Höffe, Otfried (2017): Das Haus Salomons, in: ders(hrsg.), Politische Utopien
der Neuzeit, Berlin, 185-204.

Jens (2001): Jens, Walter(hrsg.), Kindlers neues Literaturlexikon, 22 Bde.,
München.

Mohl, Robert von (1855): Die Geschichte und Literatur der Staatswissen-
schaften, 1 Bd. Teil III, Die Staatsromane, Erlangen.

Mumford, Lewis (1950): The Story of Utopias, New York.

Saage, Richard (2009): Utopische Profile, Bd. 1. Renaissance und Reformation,
2. korrigierte Aufl. Münster.

6. 계몽주의, 라이프니츠의 「우토피카 섬에 관하여」

1. **계몽주의 유토피아:** 정신 사조로서의 계몽주의는 유토피아에 가장 근접한 사고일 수 있습니다. 그 이유는 계몽주의가 찬란한 미래를 갈망하는 낙관주의의 자세를 취하는데, 이는 유토피아의 보편적 의향과 일치되기 때문입니다(Heyer 56). 놀라운 것은 계몽주의의 사고가 절대왕정의 폭력과 병행하여 싹이 텄다는 사실입니다. 그렇지만 계몽사상은 정치적, 경제적 개혁의 실천으로 이어지지는 못했습니다. 그러나 프랑스 혁명이 발발할 때까지 시민들은 절대군주에게 모든 힘을 강탈당해 있었습니다. 지식인들 역시 자신의 지조와 이론을 사적인 영역 내지 문학, 철학과 같은 형이상학적 영역에서 연마할 수밖에 없었습니다. 그들은 절대주의 시스템을 직접적으로 공격하는 대신에, 겉으로는 미덕과 이성을 추구한다고 공언할 수밖에 없었습니다. 지식인들은 절대주의의 정치체제 내지 비합리적인 사회적 토대를 직접적으로 강하게 비판할 수 없었으므로, 그 대신에 계몽주의 운동에서 일차적으로 나타난 것은 종교적 관용이라는 도덕적 자세였습니다.

2. **체제 파괴적인 사상:** 칸트는 계몽이 "자기 자신의 잘못에서 비롯된

미성년의 상태로부터의 출구"라고 정의를 내린 바 있습니다. 미성년의 상태의 인간은 주인, 혹은 신의 뜻에 굴복하며 살아갑니다. 무소불위의 권력을 휘두르는 왕의 명령에 따라, 혹은 전지전능한 신의 계명에 따라 허리를 굽히는 자가 바로 미성년 상태의 인간이라는 것입니다. 이를 타파하기 위해서 필요한 것은 "스스로 (현명하게) 생각하라(Sapere aude)"는 슬로건을 따르는 일이라고 합니다(Kant: 482). 계몽주의자들은 내심 왕권과 신권이라는 상부의 이데올로기를 타파하는 게 가장 중요하다고 믿었습니다. 그러나 절대왕정의 시대에 왕권을 비판한다는 것은 위험천만한 일이었습니다. 그렇기에 볼프(Wolff), 라이프니츠, 레싱, 디드로 등은 최소한 종교적 관용을 학문적, 예술적 관건으로 이해했으며, 토마지우스(Thomasius)는 자유주의의 관용을 부르짖었을 뿐입니다. 볼테르와 같은 냉정하고도 직선적인 계몽주의자도 신의 권한을 강렬하게 비난했을 뿐, 절대왕정의 폭력에 직접 이의를 제기하지는 못했습니다. 그러나 그 의향은 신권에 대한 비판 속에 은밀히 도사리고 있었습니다. 계몽주의가 독일과 프랑스가 아니라, 러시아, 폴란드 그리고 발트해 지역에서 특히 비밀결사 단체인 프리메이슨 운동과 함께 구체적 정치성을 드러낸 것은 바로 그 때문입니다(Krauss: 16).

3. 이신론, 범신론 그리고 기계적 유물론이 지니는 혁명적 특성: 우리는 가장 급진적 계몽주의 철학자로서 스피노자(Spinoza)를 지적할 수 있습니다. 스피노자는 왕권을 뒷받침해 주는 결정적 토대가 신의 권능이라고 믿었습니다. 어쩌면 신의 권능이 자연의 힘과 동일하다는 것을 증명하는 것이야말로 스피노자에게 가장 중요한 관건이었습니다. 그게 바로 절대주의의 허구적 이데올로기를 타파할 수 있는 첩경이라고 확신하였던 것입니다. 계몽주의자들 가운데는 유대인들이 많은데, 이들은 주로 스피노자 사상을 신봉하였으며, 프리메이슨 단체와도 긴밀한 관계를 맺고 있

었습니다(장세룡 A: 523). 계몽주의가 종교적 관용을 전면으로 내세울 때, 그에 대한 논거로 작용한 것은 바로 이신론 내지 범신론이었습니다. "신의 존재가 인간사에 직접적 영향을 끼치지 않는다"라고 주장하는 이신론은 간접적으로 왕의 이른바 천부적인 권리를 약화시킬 수 있는 논거로 활용되었습니다. "신 혹은 자연(Deus sive natura)"이 바로 스피노자의 범신론의 핵심 사항이었습니다. 그 밖에 이신론의 근본 자세는 결국 권력을 비호하는 사제들의 힘을 약화시키기에 충분한 것이었습니다. 여기서 우리는 이신론과 범신론의 혁명적 특성을 명징하게 파악할 수 있습니다. 그 밖에 우리는 기계주의 유물론이 계몽주의 시기와 병행하여 출현했다는 사실을 지적할 수 있습니다. 이를테면 라메트리(La Mettrie), 돌바크(d'Holbach) 등의 유물론적 사고는 싫든 좋든 간에 종교의 이데올로기의 권한을 약화시키는 데 기여했습니다.

4. 사회계약의 이론: 왕이 지니고 있는 권력이 신의 뜻이 아니라면, 그것은 과연 어디서 비롯되는 것일까요? 만약 권력이 하나의 독자적인 자연법칙과 동일하다면, 그것은 어쩌면 사회적 합의에 의해서 정해질 수밖에 없습니다. 그럼에도 불구하고 권력은 오랫동안 이른바 사제들에 의해 하늘의 뜻으로 이해되었습니다. 권력은 어쩌면 운명론적 철칙에 의해서 확정된 것처럼 간주되어 왔던 것입니다. 이와 관련하여 사회의 계약에 관한 이론은 무엇보다도 인간의 관점에서 추구해 나가는 기본적 사고라고 말할 수 있습니다. 사회계약의 이론에서 가장 중점적으로 다루어지는 것은 다음과 같은 질문입니다. 과연 인간이 그룹을 지어 함께 생활하던 최초의 자연 상태는 어떠했는가? 개별적 인간들은 어떠한 이유로 공동체를 형성하게 되었을까? 험난한 자연 속에서 생존하기 위해서 개개인들이 협동해야 했는데, 이는 인간의 본성 속에 도사린 협동심의 발로인가? 아니면 인간의 본성은 이기적인 속성으로 가득 차 있는가? 등의

물음을 생각해 보세요. 이러한 질문은 하나의 결론으로 수렴되기 어려운 추상적 난제입니다. 왜냐하면 우리는 이에 관한 사실적 고증을 경험적으로 찾아낼 수 없기 때문입니다. 그렇지만 최소한 확실한 것은 인간 사회의 공동체가 자연적으로 주어져 있거나 신에 의해서 만들어진 게 아니라, 개별 인간이 합리적인 생각을 지닌 채 이성적으로 만들어진 인위적 질서 체계라는 사실입니다.

5. **기하학적 구도와 평등 사회:** 모어, 캄파넬라, 안드레에 등의 유토피아는 르네상스 시대 이후에 출현하였으며, 모두 정확한 기하학에 입각한 국가 구도에 의해서 축조된 것이었습니다. 기하학적 구도의 건축물은 기능주의를 고려한 만인 평등의 사회 구도를 전제로 한 것이었습니다. 그것은 수직적 계층 구도에 입각한 중세 도시의 범례와는 기능적으로 그리고 미학적으로 이질적인 특성을 표방하고 있습니다. 여기서 문제가 되는 것은 근대에 출현한 국가의 기하학적 모델입니다. 근대국가의 기하학적 구도는 데카르트의 『기하학(Le Géométrie)』(1637)에 의해서 더욱더 적극적이고 역동적인 면모를 드러냅니다. 왜냐하면 데카르트는 모든 유토피아의 건축물에서 수학의 토대를 중시했기 때문입니다. 이로써 르네상스 시대의 정태적 기하학은 데카르트의 수학적 사고가 가미되어, 역동적이고 개방적인 기하학적 틀로 정착됩니다. 그 밖에 토머스 홉스는 구체적인 기하학적 구도에 의해서 자신의 사회계약 이론을 설계하지는 않았지만, 다음과 같은 한 가지 사실을 확신하고 있었습니다. 즉, 국가란 인간에 의해서 만들어진 임의적이고 인위적인 모델이라는 사실 말입니다. 따라서 국가의 윤리라든가 정치 역시 기하학적 모델에 의해서 얼마든지 인위적으로 축조될 수 있다고 생각했습니다.

6. **계약으로서의 국가:** 사람들은 국가도 계약에 의해서 성립될 수 있다

고 생각했습니다. 계약으로서의 국가는 신에 의해 예정된 것이 아니라, 인간에 의해서 임의적으로 축조된 것이라고 합니다. 만약 자유롭고 평등한 개별 인간들이 공동으로 합의한다는 전제 하에서 지배 구도는 얼마든지 합법적일 수 있다는 게 홉스의 확신이었습니다. 이러한 사고는 자연법의 정신에 의거한 사회계약 이론의 저변에 깔린 것입니다. 국가가 지배자와 피지배자 사이의 계약에 의해서 성립될 수 있다는 말은 어쩌면 세습되는 왕권을 무조건 용인할 수 없다는 함의를 포괄할 수 있습니다. 바로 이 점이야말로 사회계약의 이론이 어째서 민주주의의 초석이 되는지의 근본적인 이유이기도 합니다. 칸트의 표현을 빌면, 국가의 법적 이상은 하나의 계약에 의해서 규정될 수 있습니다. 그렇게 되면 인간은 사회계약으로써 국가의 이상을 정립하고 실현시킬 수 있을 것이며, 나아가 사회 유토피아와 사회계약 이론 사이의 공동성을 재확인할 수 있을 것입니다.

7. 계몽주의의 문제점. 계몽이 지닌 야누스의 얼굴: 계몽주의 시대는 절대왕권이 지배하던 시기였지만, 놀랍게도 자연법의 정신과 사회계약 이론이 만개하던 시기였습니다. 계몽주의의 사고는 왕의 권한 자체가 결코 신으로부터 하달된 절대적인 것이 아니라는 생각을 강화시켜 주었습니다. 그렇다고 해서 모든 자연법 학자들이 군주에 대해 무작정 저항한 것은 아니었습니다. 자연법 사상가, 알투시우스(Althus)가 군주에 대한 무조건적인 저항의 행위에 어떤 법적 정당성을 부여한 반면에, 돌바크는 체제 옹호적인 태도로 계몽적 군주 내지 "시민 왕"을 갈구하였습니다 (장세룡 B: 427). 사실 계몽주의는 스피노자의 급진 사상으로부터 돌바크의 온건 보수주의적 사고에 이르기까지 폭넓은 스펙트럼으로 구성되어 있습니다. 바로 이러한 계몽주의의 폭넓은 스펙트럼이 오히려 역설적으로 계몽주의가 당시 사람들에게 찬란한 자유를 구가하게 하지 못했고,

오히려 새로운 강제적 국가를 보조하는 데 기여했습니다(Grimminger: 128f). 물론 안젤름 포이어바흐(Anselm Feuerbach)와 세자레 베카리아 (Cesare Beccaria) 등과 같은 자연법 학자들은 만인의 평등을 주창하면서 사형 제도를 비난하였지만, 볼프, 푸펜도르프(Pufendorf) 등과 같은 자연법 학자들은 왕권을 더욱더 공고히 하는 데 앞장섰습니다(블로흐: 229). 계몽주의는 종교적 관용 사상을 실천하고 정치적으로 진보적 영향을 끼쳤지만, 부분적으로 왕권 통치를 더욱더 강화시키는 데 기여했습니다. 계몽주의의 추상적 전언은 시간이 흐름에 따라 현실 사회에서 반동적 정치관과 접목되었으며, 현실의 개혁에 직접적인 도움을 주기는커녕, 이를 파기하거나 무조건 미래로 연기하게 하였습니다. 현실의 개혁과 혁명적 의지를 무조건 먼 미래로 연기해 버리는 계몽주의의 머뭇거림이 "영원히 도래하지 않는 성스러운 날(St. Nimmerleinstag)"과 연동되어 추후에 하나의 취약점으로 기능한 것은 바로 그 때문입니다. 이는 결국 정치적 영역과 미적, 철학적 영역으로 분리된 사고를 낳았으며, 이후에 질풍과 노도라는 열광적 급진주의의 사고를 태동하게 하는 결과를 초래하였습니다.

8. 계몽주의 유토피아의 10가지 유형: 레이몽 트루송(Raymond Trousson) 은『없는 곳의 나라에로의 여행. 유토피아적 사고의 문학사(Voyages aux pays de nulle part: histoire littéraire de la pansée utopique)』(1999)에서 17세기, 18세기에 유럽에서 출현한 유토피아의 특성을 10가지로 제시했습니다(Trousson: 121f). 첫째는 주어진 현실과 시대를 풍자하고 비아냥거리는 유형입니다. 이는 문학작품에서 권력 지향적 인간 내지 나쁜 체제에 대한 풍자로 출현했습니다. 둘째는 이른바 정치적 보수주의자들의 문학 유토피아인데, 주어진 현실을 약간 수정하여 이를 문학적으로 반영한 유형입니다. 셋째는 역사적 진보와는 방향이 다른 지상의 낙원을 묘사하

는 경우입니다. 디드로의 『부갱빌 여행기 보유(Supplément ou voyage de Bougainville)』(1796) 내지는 페늘롱의 『텔레마코스의 모험(Les Abentures de Télémaque)』(1699)에 나타난 베타케의 유토피아가 여기에 해당합니다. 넷째는 족장 체제의 지상낙원을 다룬 문학 유토피아입니다. 폭정을 피해서 어디론가 숨어서 살아가는 사람들의 도피적 유토피아가 여기에 해당합니다. 가령 사이먼 배링턴(Simon Barrington)의 『고덴치오 디 루카 공의 회상록(The Memoirs of Sig. Gaudenzio di Lucca)』(1737)을 예로 들 수 있습니다. 다섯째는 공산제 내지 무정부주의의 사상을 담은 지상의 낙원을 다룬 유형입니다. 모렐리의 「바실리아드(Naufrage des Isles flottantes ou Basiliade du célébre Pilpaï)」(1753)와 레티프 드라 브르통의 크리스틴 섬을 예로 들 수 있습니다. 여섯째는 중농주의에 근거하는 입헌군주제의 유형을 가리킵니다. 일곱 번째는 사드가 서술한 남태평양의 타모에 섬과 같은 프리섹스의 사회를 다룬 유형입니다. 예컨대 사드는 공화주의의 문제점을 역으로 기술하기도 하고, 무신론의 폐해를 지적하기도 합니다. 여덟 번째는 유토피아의 공유제를 부정하고 철저히 개인의 사적인 이익을 추구하는 소규모 사회의 유형을 가리킵니다. 가명으로 발표된, 볼테르의 『캉디드, 혹은 낙관주의(Candide ou l'optimisme)』(1776)와 루소의 『줄리, 혹은 새로운 엘로이즈(Julie ou la Nouvelle Héloïse)』(1761) 등이 여기에 해당합니다. 아홉 번째는 유토피아의 낙관론적 사고를 부정하고, 이를 비판하는 유형의 작품을 가리킵니다. 버나드 맨더빌(Bernard Mandeville), 조녀선 스위프트 등이 이러한 유형의 작가에 해당합니다. 열 번째는 "시간 유토피아"를 문학적 현실로 설정한 작품 유형을 가리킵니다(정해수: 389-403).

다만 우리가 가장 중요하게 다루어야 할 것들은 상기한 유형들 가운데 세 가지 사항으로 요약될 수 있습니다. 첫 번째는 역사적 진보와는 방향이 다른 지상의 낙원을 휘황찬란하게 묘사하는 경우를 가리킵니다.

우리는 여기서 천년왕국의 찬란한 생활상 내지 아르카디아의 꾸밈없는 유토피아의 상을 도출해 낼 수 있습니다. 앞에서 언급한 디드로, 페늘롱의 문학 유토피아가 여기에 해당합니다. 두 번째는 공산제와 무정부주의의 사상을 다루는 경우를 가리킵니다. 모렐리의 유토피아에서 부분적으로 엿보이듯이, 유토피아의 이상은 무엇보다도 자유와 평등의 조화로운 사회적 삶의 구현에서 비롯되고 있습니다. 세 번째는 시간 유토피아를 중점적으로 다룬 경우입니다. 예컨대 메르시에의 작품, 『서기 2440년, 모든 꿈들 가운데 하나의 꿈(L'An 2440, rêve s'il en fut jamals)』(1771)은 찬란한 이상적 삶이 미래의 이곳에서 실현될 수 있다는 가능성을 담고 있습니다.

9. 17세기와 18세기 유토피아의 세 가지 특징: 그렇다면 계몽주의가 만개하던 절대왕권 시대에 출현한 유토피아의 특징은 어떻게 이해될 수 있을까요? 계몽주의 시대의 유토피아들은 과거의 정태적, 합리적 구도의 틀을 파괴하고, 주체의 의지가 담긴 능동적이고 역동적인 변화의 의향을 강하게 드러내고 있습니다. 이러한 역동적 특성은 다음과 같은 세 가지 사항으로 요약됩니다. 첫째로 사람들은 주로 여행을 통해서 조우할 수 있는 새로운 땅을 하나의 유토피아의 공간으로 설정하였습니다. 절대왕정 시대에 출현한 몇몇 문학 유토피아는 먼 곳으로 방향을 설정하였습니다. 물론 과거 르네상스 시대에도 섬의 모티프가 출현하는 것은 사실입니다. 이 경우, 주로 여행기만 언급되고 있을 뿐, 범선을 타고 수개월 동안 여행하는 이야기는 출현하지 않았습니다. 콜럼버스의 신대륙 발견과 부갱빌의 타히티 섬의 발견은 문학 유토피아에 커다란 자극을 가했습니다. 먼 곳으로의 여행이 강조된 까닭 가운데 하나는 무엇보다도 "지금 그리고 여기"에 횡행하는 절대왕정의 막강한 힘과 폭력으로부터 벗어나고 싶은 욕구와 관련됩니다. 자고로 주어진 현실이 부자유의 질곡

에 묶여 있으면, 자유에 대한 갈망은 더욱더 먼 곳의 현실에서 충족될 수 있는 법입니다. 가령 우리는 가브리엘 드 푸아니의 남쪽 대륙에 관한 유토피아라든가 슈나벨의 『펠젠부르크 섬』과 디드로의 『부갱빌 여행기 보유』 등을 예로 들 수 있습니다. 오랫동안 지속되던 절대왕정의 끔찍한 횡포는 작가들로 하여금 유토피아의 장소를 먼 미래, 심지어는 우주의 공간까지 확장시키게 하였습니다. 특히 우리는 프랑스의 작가, 사비니엥 시라노 드 베르주라크(Savinien Cyrano de Bergerac)의 작품 『다른 세계, 혹은 국가들과 달에 관한 제국(L'Autre Monde ou les états et Empires de la Lune)』(1657/62)을 예로 들 수 있습니다.

둘째로 17세기와 18세기의 유토피아는 이미 언급했듯이 계몽주의에 입각한 자연법사상의 영향을 받고 있습니다. 17세기와 18세기의 유토피아에서 자주 거론되는 것은 "근엄한 법(ius strictum)"이 존재하지 않는 태고 시대의 삶입니다. 실정법이 필요 없는 무위의 시대가 마치 황금 시대처럼 어떤 이상적인 아르카디아로 자리매김하게 된 것입니다. 자연법사상이 절대주의 시대에 중요한 화두로 등장하게 된 계기는 "짐이 국가다(L'état c'est moi)"라는 철권통치자의 발언에서 발견할 수 있습니다. 황제의 말이 바로 법이며 철칙인 곳에서 인민의 주권을 이야기하는 것은 아무 소용이 없었습니다. 그렇기에 지배자 없고 법이 없는 고대의 삶을 막연하지만 지속적으로 동경한 것은 당연한 귀결이었습니다. 계몽주의의 영향으로서, 우리는 제후의 교육을 들 수 있습니다. 루이 14세의 철권 정치와는 반대로 선한 왕의 정치를 기대하려면, 왕이 되려는 자의 교육이 처음부터 올바르게 진행되어야 한다는 것이었습니다. 물론 선한 왕을 갈구하는 것은 그 자체 봉건적 성향이지만, 최소한 억압과 독재를 어느 정도 완화시킬 수 있는 차선책이라는 게 당시 지식인의 생각이었습니다. 제후의 교육은 결국 교양소설의 필요성을 요청하였고, 교양소설은 무엇보다도 선한 왕을 길러내는 일을 중점적으로 다루고 있습니다. 이러한 특징은 페늘롱의 『텔레마코스의 모험』에서 명확하게 드러납니다.

셋째로 17세기와 18세기 유토피아의 세 번째 특징은 우크로니아
(Uchronia), 즉 시간 유토피아의 특징을 지니고 있다는 것입니다. 16세
기와 17세기 중엽까지 유럽인들은 종교 분쟁으로 갈등과 전쟁을 치러
야 했다면, 17세기 중엽부터 프랑스 혁명이 발발하기 전까지의 시기에
는 종교가 아니라, 전제 군주의 폭정과 억압으로 힘든 삶을 영위했습니
다. 따라서 이 시대의 이슈는 두말할 나위 없이 억압과 강제 노동 그리고
계층 사회의 문제 해결로 향하고 있었습니다. 사람들은 계몽주의의 영향
으로 인간의 주권을 분명하게 인지하게 되었고, 더 나은 삶은 멀리 떨어
진 섬에서가 아니라, "미래의 바로 이곳"에서 실천될 수 있다고 굳게 믿
었습니다. 이는 라이프니츠 사상의 급진성과 접목되어 이후 시대에 지대
한 영향을 끼쳤습니다. 우리는 요한 크리스티안 에델만(Johann Christian
Edelmann)과 테오도르 루드비히 라우(Theodor Ludwig Lau) 등을 예로
들 수 있습니다(Israel: 652-664). 사실 마젤란의 세계 일주가 끝난 뒤부
터 사람들은 지구상에는 더 이상 발견될 공간이 없다는 것을 깨달았으
며, 미래의 어느 시점에 지상의 천국이 건설될 수 있으리라고 확신하였
습니다. 바로 이러한 까닭에 사람들은 더 나은 사회적 삶을 미래의 어느
시점으로 연기하게 된 것입니다. 이로써 장소를 중심으로 설계되던 "유
토피아"는 이른바 시간을 중심으로 설계되는 "우크로니아"로 패러다임
의 전환을 이루게 됩니다.

10. 라이프니츠의 잘 알려지지 않은 문헌: 마지막으로 라이프니츠의 잘
알려지지 않은 문헌 「보편 과학에 대한 서문. 우토피카 섬에 관하여(Ad
scientiam generalem Praefatio. De Insula Utopica)」를 약술하려고 합니다.
1688년과 그 이듬해에 라이프니츠는 짤막한 문헌을 통하여 계몽과 관
련된 동시대인들의 잠재적인 갈망을 글 속에 반영하였습니다. 그가 서술

하는 내용은 모어의 『유토피아』와 유사합니다. 대서양에는 섬이 하나 있는데, 거기에서 선택받은 인간들이 가장 우아하고 가장 찬란하게 살아간다는 것입니다. 이는 지상의 천국과 같은 황금빛 찬란한 삶과 유사합니다. 놀라운 것은 우토피카 섬이 대부분의 사람들의 눈에 보이지 않는다는 사실입니다. 혹시 누군가 그 섬을 일순간 주시할 수 있는데, 우토피카는 안개 속으로 순식간에 사라집니다. 그 섬은 한 번 바라본 사람에게 두 번 다시 눈에 띄지 않는다고 합니다. 온화한 기후로 인하여 섬에서 살아가는 사람들은 언제나 건강을 유지하고, 놀라운 정신적 에너지를 지닙니다. 많은 영양분이 가득 찬 음식과 향신료 등은 일반 사람들이 접할 수 있는 약재보다도 훨씬 뛰어난 성분을 지니고 있습니다. 음식은 사지의 힘을 키우게 해 주며, 신체의 감각기관이 최상으로 작동되도록 영양을 공급합니다.

11. 우토피카의 자연스러운 법과 죽음: 라이프니츠는 플라톤 이래로 언제나 반복되는 유형을 제시하고 있습니다. 거주민 사이에는 동지애가 넘치므로, 서로 사랑하고 애틋하게 여기는 것은 당연합니다. 그들은 질투와 시기 그리고 혐오의 감정이 무엇인지 모릅니다. 거주민들은 아무것도 소유하지 않기 때문에, 인위적인 법을 중시하지 않습니다. 말하자면 자연스러운 법이 그들의 삶의 기준이 됩니다. 거주민들은 주위 사람들에게 어떠한 고유한 권한을 요구하지 않습니다. 그럴 필요가 없기 때문입니다. 거주민 모두가 언젠가는 죽기 때문에 죽지 않으려고 발버둥치는 경우는 거의 없습니다. 우토피카 사람들은 죽는다는 것을 당연히 그리고 자연스럽게 받아들입니다. 그들은 생전에 육체적으로 그리고 심리적으로 최상의 행복을 누렸다고 여기기 때문에 노년에 이르러 삶에 대한 미련을 지니지 않습니다. 그렇기 때문에 자신의 혼이 육체를 벗어날 때 이를 편안하게 받아들입니다(Leibniz: 1328).

12. 중요한 것은 학문과 우정을 도모하는 일이다: 섬은 라이프니츠에게는 결코 도달할 수 없는 망상 속의 환영이 아닙니다. 누군가 한 사람은 우토피카 섬의 해안에 정박할 기회가 있었다고 합니다. 빛이 환하게 비치는 운명적 순간에 그는 해안을 지나서 자욱하게 안개 낀 절벽의 길을 따라 걸어갔는데, 마침내 축복의 고향에 도달했다는 것입니다. 라이프니츠는 이렇게 서술하면서도 다음의 사항을 분명히 지적합니다. 즉, 섬은 지리학적으로 발견된 장소가 아니라, 오로지 우리 자신의 마음속에 발견될 수 있는 공간이라고 합니다. 축복의 섬은 고대에서 지금까지 사람들이 끝없이 갈구하는 이상적 고향과 같은데, 하필이면 라이프니츠에 의해서 찬란한 빛으로 서술되고 있습니다. 집필 시에 라이프니츠는 두 개의 갈림길 앞에 서성거리는 인류를 고찰한 게 틀림없습니다. 사실 라이프니츠는 학문과 우정을 도모하라는 요구 사항을 은밀히 전하기 위해서 우토피카 섬을 다룬 게 분명합니다. "학문은 우리에게 세계의 근원을 개방시키고, 자연을 다스릴 수 있는 힘을 부여할 것이며, 특히 해로운 것들로부터 우리를 지키게 할 것이다. 다른 한편, 우리는 우정을 가꿈으로써 서로의 결함을 보완하게 될 것이다. 그렇게 되면 사람들은 자신의 생각과 힘을 서로 나누며, 나아가 우리의 외부 세계에 더욱더 훌륭하게 순응할 수 있게 될 것이다"(Leibniz: 1331).

13. 오만, 죄악 그리고 이기심에 대한 라이프니츠의 비판: 요약하건대, 라이프니츠는 자신의 유토피아 문헌에서 학문을 추구하고 이웃과 정을 나누길 권장하였습니다. 만약 이러한 제안이 사회적으로 거절당하면, 그 사회는 잘못 발전된다고 합니다. 그렇게 되면 사람들은 모든 것을 잘못 판단하고, 나약하게 변하며, 무절제하게 살아갈 수밖에 없습니다. 이로 인하여 인간은 세계의 창조주에 의해 주어진 고유한 에너지마저 지니지 못하게 됩니다. 이를테면 오만은 다른 사람이 힘들게 살아갈 때 스스로

쾌재를 부르게 자극합니다. 만인에 대한 만인의 죄악은 제도 때문이 아니라, 인간의 이기심 때문에 행해지는 것이라고 합니다. 예컨대 혹자는 주어진 법 때문에 타인의 재산이나 신체를 취할 수 없습니다. 이때 그는 다른 비열하고도 은폐된 방식으로 나쁜 짓을 저지를 수 있습니다. 이기심은 양심을 저버리게 자극합니다. 사람들이 불과 소수만이 지닌 과도한 재물을 열성적으로 탐하며, 모든 사람에게 이득이 되는 길이 있다는 것을 뻔히 아는 데도 불구하고 이러한 길을 외면하곤 합니다. 다른 사람이 가난으로 힘들게 살아가는데, 우리 자신이 재물을 자랑하는 것은 뻔뻔스러운 일이라고 합니다(Leibniz: 1330).

14. 학문에 대한 지원과 보편 과학: 국가는 라이프니츠에 의하면 학자들로 하여금 학문을 진작시키도록 많은 도움을 주어야 합니다. 왜냐하면 더 나은 삶과 행복을 위해서는 자연과학을 포함한 모든 학문적 결실이 중요하다고 판단되기 때문입니다. 라이프니츠는 여기서 프랜시스 베이컨의『새로운 아틀란티스』의 학문 공동체, 즉 솔로몬 연구소를 염두에 둔 것 같습니다. 라이프니츠는 가장 중요한 지식의 체계적 목록화의 작업을 매우 중요한 관건으로 생각하였습니다. 그렇게 되면 궁극적으로는 "보편적 과학(Scientia generalis)"이 완성되어, 새로운 진리를 발견하기 위한 하나의 방법론이 논리적으로 체계화되리라는 것입니다. 라이프니츠는 많은 대중들 또한 학문을 접하게 해야 하고, 학문적 교류가 활발하게 진척되도록 애써야 한다고 주장합니다. 나아가 학문적 분화 작업도 병행해 나가야 한다고 합니다. 익히 알려진 사실을 수집하는 사람과 새로운 지식을 발견하는 사람은 구분되어야 한다는 것입니다. 그 밖에 국가는 도서관을 확충하고, 강연을 활성화시키며, 정원, 동물 사육, 모델을 개발하기 위한 관찰 및 실험실을 지원해야 합니다.

15. 교육 개혁을 위한 제언: 그런데 「우토피카 섬에 관하여」가 사회 정
치적으로 필요한 당면한 몇 가지 요구 사항을 제시하기 위해서 집필된
것은 아니었습니다. 이보다도 중요한 것은 동시대의 학문의 풍토가 전
폭적으로 개혁될 수 있도록 제후들을 자극하는 일이었습니다. 제후들
은 근시안적으로 자신의 권력을 유지하는 데 혈안이 되어 있었으므로,
당면한 미래조차 투시하지 못한다는 것을 잘 알고 있었던 것입니다. 그
렇기에 라이프니츠는 더 나은 사회는 학문의 진작과 교육 개혁을 통해
서 가능하다는 점을 지적하려고 했던 것입니다. "만약 모든 게 그런 식
으로 제대로 추진된다면, 지금까지 별 생각 없이 학문에 몰두한 사람들
이 100년에 걸쳐 완수할 수 있었던 연구 결과를 단 10년 안에 완수해 낼
수 있게 될 것이며, 이로써 인류는 현세의 행복을 만끽하게 될 것이다"
(Leibniz: 1333). 요약하건대 라이프니츠의 문헌은 예컨대 토마스 뮌처의
「제후들을 위한 설교(Fürstenpredigt)」와 유사한 의향을 드러내고 있습니
다. 그것은 사랑과 우정을 인성적으로 강조하고, 학문 추구를 통한 진리
함양으로써 인류의 행복을 만끽할 수 있다는 계몽주의의 목표 지향성과
관련이 됩니다. 우토피카 섬은 이를 설명하기 위한 하나의 비유에 다름
이 없습니다.

한 가지 아쉬운 대목은 라이프니츠의 문헌에서 강력한 현실 비판이 생
략되어 있다는 사실입니다. 그렇기에 「우토피카」 속에는 문학 유토피아
가 유형적으로 내재하고 있는 현실 비판이라는 특성이 부각되고 있지 않
습니다. 실제로 라이프니츠는 미래의 낙관주의에 함몰한 나머지, 유럽에
서 횡행하는 폭정과 강제 노동 그리고 계급 차이로 인한 갈등 등에 대한
비판을 등한시했습니다. 바로 이러한 이유에서 볼테르의 『캉디드, 혹은
낙관주의』(1759)는 라이프니츠의 이른바 순진무구한 발상을 은근히 풍
자한 바 있습니다.

참고 문헌

블로흐, 에른스트 (2011): 자연법과 인간의 존엄성, 열린책들.

장세룡 A (2007): 장세룡, 급진계몽주의 론과 계몽주의 지성사의 전망, 실린 곳: 역사학 연구, 제29집, 513-545.

장세룡 B (2013): 장세룡, 프랑스 계몽주의 지성사. 지적 실천 운동으로서의 계몽주의의 재해석, 길.

정해수 (2011): 18세기 대혁명 전후의 프랑스 문학과 사상 연구, 유토피아에 관한 글쓰기, 실린 곳: 한국프랑스학 논집, 제76집, 373-425.

Grimminger, Rolf (1985): Die nützliche gegen die schöne Aufklärung, in: Utopieforschung, (hrsg.) Wilhelm Vosskamp, 3 Bd. Frankfurt a. M., 125-145.

Heyer, Andreas (2008): Der Stand der aktuellen Utopieforschung, Bd. 1, Die Forschungssituation in den einzelnen akademischen Disziplinen, Hamburg.

Israel, Jonathan I (2001): Radical Enlightenment. Philosophy and the Making of Modernity 1650-1750, Oxford.

Kant, Immanuel (1784): Beantwortung der Frage: Was ist Aufklärung? In: Berlinische Monatsschrift, H. 12, 481-494.

Kraus (2008): Kraus, Alexander: u.a. (hrsg.), Europäische Aufklärung jenseits der Zentren, Frankfurt a. M..

Leibniz, Gottfried Wilhelm (1987): De Insula Utopica, in: ders. Vorausedition zur Reihe VI, Philosophische Schriften in der Ausgabe der Akademie der Wissenschaften der DDR, Münster, 1328-1333.

Nipperdey, Thomas (1975): Reformation, Revolution, Utopie. Studien zum 16. Jahrhundets, Göttingen.

Trousson, Raymond (1999): Voyages aux pays de nulle part: histoire littéraire de la pansée utopique. Université de Bruxelles.

7. 윈스탠리의 『자유의 법』

(1652)

1. **윈스탠리의 직접적인 개혁을 위한 외침:** 제라드 윈스탠리(Gerrard Winstanley, 1809-1676)의 유토피아는 주어진 현실의 직접적 개혁을 추구한다는 점에서 분명히 17세기 유럽에 출현한 여러 유토피아와의 차별성을 보여 줍니다. 그것은 19세기 초 산업혁명의 시대적 요청을 떠올릴 만큼 노골적으로 현실 개혁을 요구합니다. 윈스탠리의 유토피아는 17세기 유럽의 시대적 분위기를 훨씬 뛰어넘는 요구 사항을 내세웁니다. 그 이유는 17세기 중엽의 영국의 정치적 분위기가 당시의 유럽 본토의 절대왕정의 그것과 구별되기 때문입니다. 영국은 일찍이 시민혁명을 거쳐서 다른 나라와는 달리 민주주의의 토대를 굳건히 다진 바 있었습니다. 그렇기에 윈스탠리가 추구한 소작농의 자유의 부르짖음은 혁명적 퓨리턴주의라는 좌파 진영의 개혁안에 힘입어서 상당 부분 실천될 수 있었습니다. 물론 윈스탠리의 개혁과 혁명의 의지 속에는 르네상스 유토피아의 어떤 한 가지 특징이 도사리고 있지만 말입니다. 가령 그의 개혁안은 무엇보다도 기독교의 천년왕국에 관한 갈망에 토대를 두고 있습니다.

2. **참담한 현실에 대한 비판과 유토피아의 설계:** 윈스탠리는 영국의 정

치가로서 프로테스탄트의 신앙에 근거하여 자유로운 인간이 만들고 지켜야 하는 정의로운 법을 강조하였습니다. 그는 토머스 홉스의 사회계약 이론을 마치 증명해 내기라도 하듯이, 『자유의 법(The Law of Freedom)』(1652)을 집필하였습니다. 그렇지만 영국의 초기 사회주의자, 윈스탠리는 홉스의 견해 그 이상을 추적하였습니다. 홉스는 『리바이어던(Leviathan)』(1651)에서 자연 상태가 "만인에 의한 만인의 전쟁(bellum omnium contra omnes)"으로 이루어져 있다고 주장했는데, 이러한 갈등은 윈스탠리에 의하면 자연 상태에서뿐만 아니라, 실제 현실의 외부적 상태에서 출현한다는 것이었습니다. 이로써 윈스탠리는 홉스보다도 더 첨예한 견해를 드러낸 셈입니다. 가령 그는 다음과 같이 주장합니다. "영국 국가는 개개인의 관심사 내지 요구 사항들을 전혀 반영하지 않고, 전 세계 사람들로 하여금 서로 다투게 한다. 이로 인하여 지구상에는 수많은 전쟁, 학살 그리고 싸움과 갈등이 출현하고 있다"(Winstanley: 32f).

3. 문제는 실천이다: 윈스탠리는 지금까지 유토피아 사상가들이 한 번도 시도하지 않은 일을 처음으로 추진합니다. 그것은 다름 아니라 새로운 사상을 과감하게 실제 현실에 혁명적으로 적용하는 과업이었습니다. 윈스탠리는 다음과 같이 말했습니다. "말과 글이 아니라, 오로지 실천만이 인간의 올바른 심성을 증명해 줄 것이다"(Schölderle: 90). 그때까지 유토피아주의자 가운데 어느 누구도 자신이 설계한 이상적 사회 구도를 하나의 실질적인 정치적 프로그램으로 실천하려고 하지 않았습니다. 전통적 유토피아주의자들은 어떤 급진적 전복을 요구하기는커녕 어떠한 신선한 정책이 실제 현실에 나타나기를 조금도 기대하지 않았던 것입니다. 유토피아의 실천에 관한 문제는 윈스탠리에 의해서 처음으로 제기되었습니다. 놀라운 것은 당시에 전쟁 외에는 어떠한 정치적 개혁도 세상에 출현한 바 없었다는 사실입니다. 그럼에도 불구하고 윈스탠리의 놀라

운 발언을 통해서 처음으로 새로운 사상을 혁명적으로 실천하는 문제가 논의되기 시작했습니다.

4. 천년왕국설과 사회혁명: 윈스탠리의 사상이 비록 사회계약 이론과 접목되어 있다고는 하지만, 그가 살던 현실은 봉건주의의 잔재를 완전히 떨치지 못했습니다. 왕이 저지르는 무소불위의 권력은 하늘을 찌를 기세였고, 일상의 삶은 중세의 봉건적 분위기에서 벗어나지 못했습니다. 다행스러운 것은 사회를 개혁하려는 혁명적 퓨리턴주의가 17세기 영국에서 서서히 고개를 들었다는 사실입니다. 당시 영국 사람들은 천년왕국의 가능성을 믿고 있었습니다. 폭정과 가난으로 이루어진 현실은 하루아침에 전복되고, 우주의 질서는 새롭게 바로 잡히게 되리라는 게 천년왕국설을 갈망하는 사람들의 기대감이었습니다. 만약 우주의 질서가 하루아침에 무너지면 신의 사랑은 지구를 환하게 밝히게 되고, 기존 국가의 법과 군대의 체계는 일순간 종언을 고하게 되리라는 것이었습니다. 이러한 기대감은 결코 사회체제의 패러다임의 형식적 변환이 아니라, 근본적으로 새로운 사회를 위한 질적인 변환과 관련되는 것이었습니다. 이러한 혁명적 사고는 1642년부터 1649년 사이에 영국에서 발발한 오랜 내전과도 깊은 관련성을 지니고 있습니다. 윈스탠리가 혁명적 퓨리턴주의의 좌측 진영에 포진하게 된 것도 따지고 보면 당시 횡행했던 천년왕국설과 무관하지 않습니다.

5. 윈스탠리의 삶 (1): 제라드 윈스탠리는 1609년 랭커셔의 위건에서 가난한 면직물 노동자의 아들로 태어났습니다. 윈스탠리는 가난한 삶에도 불구하고 "라틴어 학교"를 다닌 것으로 알려져 있습니다. 그 후에 그는 런던으로 건너가 어느 면직물 노동자의 과부인 사라 케이터의 집에서 기식하며, 테일러 회사에서 일자리를 얻어서 그곳의 직원으로 일했습니다.

1637년에 윈스탠리는 런던의 시민권을 취득하였으며, 대도시에서 독자적으로 모직을 판매하면서 생계를 이어 갔습니다. 17세기 중엽에 영국에서는 왕당파와 의회파 사이에 7년 동안 내전이 치러졌는데, 이로 인하여 윈스탠리는 경제적으로 완전히 파산하게 됩니다. 정치적 혼란으로 인하여 이곳저곳에서 빌린 사업 자금을 갚을 수 없었던 것입니다. 내전이 발발했을 때, 그는 혁명적 퓨리턴주의의 좌파에 가담하였습니다. 사업에 실패한 다음에 윈스탠리는 런던 남동쪽에 위치한 슈리의 어느 백작의 영지에서 임금노동자로 잠시 생활합니다. 추측컨대, 그는 당시까지 런던 침례교회의 공동체에서 평신도의 설교자로 활동하였습니다. 1648년 윈스탠리는 신앙 공동체인 "탐구자들(Seekers)"에 가입하였습니다. 탐구자 공동체는 성서 외에는 어떠한 문헌, 어떠한 체제도 용인하지 않는 급진적 종교 단체였습니다.

바로 이 시기에 윈스탠리는 봉건주의를 급진적으로 타파하고 사회질서를 개혁하려는 "평등파(Leveller)" 내지 "채굴당(Digger)"에 가담하였습니다. "평등파"와 "채굴당"의 좌측 진영은 1648년에 함께 뭉쳐서 급진적 사회 개혁을 요구하였습니다. 그들은 정치 개혁을 위하여 새로운 제도를 만들자고 과감하게 제안했으며, 어떤 놀라운 사항을 요구하기도 했습니다. 그것은 사유재산제도의 철폐와 화폐의 폐지, 바로 그것이었습니다. 사유재산제도가 없어지고 화폐가 철폐되어야만 진정한 혁명이 실현될 수 있는 토대가 마련된다는 것이었습니다. 이때 공동체의 대변인을 맡은 사람은 윌리엄 에버러드(William Everard)였습니다. 윈스탠리는 에버러드와 함께 수많은 팸플릿을 작성했는데, 그 가운데에는 「정의의 새로운 법(The New Law of Righteousness)」(1649)도 있습니다. 이것들은 차제에 지속적으로 진정한 평등파의 프로그램으로 활용됩니다. 그러나 유감스럽게도 의회를 장악한 세력은 대지주들이었습니다. 그들이 자신의 기득권을 포기하지 않으려 했으므로, 평등파 내지 채굴당 사람들은 자신들의 개혁 의지를 실천할 수 없었습니다. 윈스탠리는 혁명적 입장을 견지했지만, 인민에게 결코 폭력을 사용하자라든가, 부자들의 재산을 강탈하자고 한 번도 요구하지는 않았습니다. 그가 바란 것은 오로지 가난한 농부들이 다만 자그마한 자투리땅이라도 차지하여 농사를 짓게 하는 일이었습니다.

6. 윈스탠리의 공동체 실험과 당국의 탄압: 1649년에 찰스 1세는 의회파의 크롬웰에 의해서 공개적으로 처형당했습니다. 이때 윈스탠리는 동지들과 함께 성 조지 힐 근처에서 농업 공동체를 영위하려고 계획합니다. 그것은 바로 "평등파" 내지는 "채굴당"의 농업 공동체였습니다. 농업 공동체 사람들은 농사에 필요한 사항만을 인근 대지주에게 요구하였습니다. 이로써 대지주 한 사람은 스스로 자신의 땅을 포기하고 공동체에 모든 권리를 이양합니다. 처음에는 농업 공동체가 순탄하게 영위될 수 있을 것 같았습니다. 윈스탠리는 다음과 같이 말했습니다. "우리는 합법적으로 일하고 땅에 하나의 초석을 박을 것이다. 거기에는 땅이 (부자들과 가난한 자들을 막론한) 만인을 위한 공동의 보물 창고라고 기록될 것이다. 이 땅에 태어난 모든 사람들은 어머니인 땅으로부터 영양을 공급 받을 것이다. 땅은 창조자의 이성에 합당하게 인간을 출산시킨 어머니가 아닌가?"(Berneri: 138). 그러나 윈스탠리의 실험은 실패로 돌아갑니다. 영국의 중앙정부가 전국의 대지주와 합세하여 윈스탠리가 속해 있던 30명의 노동자와 농부 들을 탄압하였던 것입니다. 경찰이 들이닥쳐 그들의 마차와 농기구를 모조리 파괴하고 거주지를 몰수하였으며, 농부들의 수확물을 불태워 버렸습니다. 1650년 결국 농부들 가운데 주동자 모두가 체포되자, "평등파" 내지 "채굴당" 사람들이 추구하던 공동체의 삶이라는 실험은 해체의 위기를 맞이합니다. 윈스탠리와 에버라드는 법정에서 벌금형을 선고받게 됩니다. 그래도 그들은 이에 굴하지 않고, 자

신의 공동체의 삶을 영국 사람들에게 알리려고 백방으로 노력합니다. 그들은 삐라를 뿌리거나 영국 하원에 들어가 자신의 뜻을 호소하였습니다. 그러나 이 모든 것은 기득권 계층의 몰이해로 헛수고가 되고 맙니다.

7. **윈스탠리의 삶 (2):** 윈스탠리는 도주할 수밖에 없었습니다. 지인의 도움으로 그는 자신의 방대한 문헌을 집필하여 발표합니다. 이것이 바로 윈스탠리의 『자유의 법』(1652)입니다. 여기서 우리는 그의 사상이 종교적 신비주의에서 합리적 무신론으로, 농업 개혁의 대안으로부터 완전한 공동체 유토피아로 변했음을 알 수 있습니다. 처음에 윈스탠리는 소작농들이 자투리땅이라도 마련하여 약간의 곡물이라도 수확하게 되면, 대지주들은 황폐한 땅을 개간한 소작농들에게 토지를 선사하리라고 막연히 생각하였습니다. 그러나 이러한 기대감은 그야말로 순진한 발상이었습니다. 적어도 군대가 인민에게 적대적 자세를 취하는 한, 소작농들이 땅을 소유한다는 것은 불가능했습니다. 윈스탠리가 『자유의 법』을 집필하여, 누구보다도 올리버 크롬웰에게 직접 보내려 한 것은 바로 그 때문입니다. 이 문헌은 찰스 1세의 처형 이후의 영국 사회가 어떠한 방향으로 정책을 추진해 나가야 하는가 하는 문제가 서술되어 있습니다. 물론 윈스탠리는 크롬웰 장군이 자신의 구상안을 실천에 옮기리라고 기대하지는 않았습니다.

8. **영국의 끔찍한 빈부 차이:** 모어의 『유토피아』와 윈스탠리의 『자유의 법』이 간행된 시기는 150년이라는 시간적 차이가 있습니다. 그러나 유럽의 경제적 상황은 조금도 나아지지 않았습니다. 윈스탠리 역시 영국의 끔찍한 빈부 차이를 지적합니다. 부유한 대지주들은 그들의 농장에서 양과 가축들을 배불리 먹이는데, 가난한 사람들은 가축들의 먹이를 구할 수 없어서, 소 한 마리조차 제대로 키울 수 없다는 것입니다. 거지와 부

랑자들은 굶주림 때문에 영국 전역을 떠돌아다니는데, 추노꾼들은 그들을 처음 체포하게 되면, 그들의 팔에다 문신을 새깁니다. 두 번째 체포될 경우, 거지와 방랑자들은 교회나 성당의 축복 없이 즉시에 처형당합니다. 이러한 조처에도 불구하고 거지와 방랑자의 수는 줄어들지 않았습니다. 유럽 경찰의 전신은 바로 이러한 추노꾼들이었습니다. 다시 말해, 돈이 없어서 숙식을 마련할 길이 없는 거지와 부랑자를 체포하던 사람들이 오늘날 경찰 신분으로 자리매김하게 되었던 것입니다(블로흐: 418). 농민 폭동은 끊임없이 발생하였는데, 폭동은 그때마다 국가의 정규군에 의해서 무차별적으로 진압되곤 하였습니다.

9. 윈스탠리가 설계한 유토피아의 세 가지 특성: 윈스탠리의 유토피아는 세 가지 특징을 지니고 있습니다. 첫 번째는 저자가 문학적 가상이라는 수단을 과감히 포기했다는 점입니다. 윈스탠리는 모든 사항을 있는 그대로 직설적으로 서술하고 있습니다. 그렇기에 『자유의 법』은 어떤 가상적 공간을 설정하는 문학 유토피아와는 거리가 멉니다. 두 번째는 저자가 자신의 사회 설계를 주어진 사회에 직접적으로 적용하려고 한다는 점입니다. 윈스탠리에게 중요한 것은 무엇보다도 영국의 농부들에게 농사를 지을 수 있는 작은 땅을 차지할 권한을 마련하는 일이었습니다. 세 번째는 자신의 사고가 어떤 종말론적인 기대감에 기본적 토대를 두고 있다는 점입니다. 지금까지 문학 유토피아는 하나의 가상적 현실을 토대로 설계되었는데, 윈스탠리는 이를 거부하고 있습니다.

저자는 자신이 살고 있는 17세기의 영국이라는 "지금 그리고 여기"의 현실을 직접적으로 채택하고 있습니다. 윈스탠리의 작품은 유희적이고 긍정적인 삶에 관한 문학적 실험과는 거리가 멉니다. 저자는 즐겁고 유희적인 표현으로 모든 것을 교육적으로 서술하려고 하지 않습니다. 중요한 것은 윈스탠리에 의하면 말이 아니라 행동이며, 이론이 아니라 실천이라고 합니다. 그렇다고 해서 윈스탠리가 주어진 현실을 무작정 무력으로 전복시키자고 주장하는 것은 아니었습니다. 그는 생전에 평화로운 방법으로 사회가 변화되기를 갈구하였습니다. 이를 위해서는 왕이나 인민의 무력 내지 권력이 아니라, 올바른 규칙과 올바른 법질서가 절실하게 필요하다고 생각했습니다. 그의 저서 『자유의 법』 역시 이러한 요구의 결과로 이해됩니다.

10. 종말론적 구원과 유토피아의 설계: 윈스탠리가 고찰하는 바람직한 현실 상 속에는 어떤 종말론적인 구원의 전략이 부분적으로 남아 있습니다. 1649년에 그는 「정의의 새로운 법」이라는 문헌에서 정의로움이 자리하고 있는 새로운 천국에 관해서 언급한 바 있습니다. "주께서는 신속하게 행동할 것이다. 바빌로니아는 한 시간 내에 몰락하고, 이스라엘은 한 시간 내에 형성될 것이다. (⋯) 전지전능한 분의 힘만이 지상의 모든 저주를 사라지게 할 것이다"(Saage 2009: 169). 물론 3년이 지난 후에 윈스탠리는 이러한 전통적 종말론의 자세로부터 거리를 둡니다. 『자유의 법』에서 윈스탠리는 사회적 질서를 엄밀하게 설계하고 있는데, 이러한 질서는 오로지 인간의 변화 의지에 바탕을 둔 것입니다. 여기서는 신앙의 믿음 내지 신의 의지가 아니라, 이성의 인식 내지는 인간의 개혁 의지가 강조되고 있습니다. 이로써 윈스탠리는 놀랍게도 종교적 신비주의에서 합리적인 무신론으로 입장을 바꾸었으며, 농업 개혁의 운동으로부터 완전한 공동체주의로 자신의 입장을 전환하게 됩니다. 『자유의 법』은 세계가 어떤 구체적인 시스템에 의해서 재축조 될 수 있음을 지적하고 있습니다. 윈스탠리는 주어진 현실에 대한 하나의 가상적인 모델에서 삶의 여러 영역들을 고찰합니다. 종교, 가정, 교육, 학문, 정치 그리고 경제 등이 바로 그 영역들입니다.

11. 윈스탠리의 기독교 사상: 윈스탠리는 종교적 믿음으로부터 완전히 등을 돌리지는 않았습니다. 그의 사회 이론은 사려 깊은 기독교 사상에 근거한 것입니다. 윈스탠리는 사회가 제대로 변모하려면, 개개인의 의식이 사전에 바뀌어야 한다고 생각했습니다. 만약 그리스도가 자신의 빛을 인간의 영혼 속으로 들어오게 하여, 탐욕과 자만 그리고 억압을 종식시킨다면, 새로운 사회는 그때 비로소 출현하리라고 생각했습니다. 윈스탠리는 "지상에서 굴욕당하는 사람들에게 승리의 환호를 안겨 주고, 부자들에게 눈물과 비명을 명하리라"는 예언자의 말씀을 자주 인용하였습니다. 그렇다고 윈스탠리가 무조건 성서의 내용을 모방한 것은 아닙니다. 성서의 강력한 영향에도 불구하고 윈스탠리는 정통 교회의 가르침을 부분적으로 인정하지 않았습니다. 언젠가 그는 "신의 말씀 대신에 이성의 말씀을 이용하라"라는 글을 집필하려고 했으나, 이를 실행하지는 못했습니다. 그가 선취한 것은 사회주의의 붉은 영웅인 그리스도 상이었습니다. 윈스탠리는 기적, 천당과 지옥 등을 사실로 받아들이지 않았으며, "죽은 영혼은 다른 세계에서 살아간다"는 영혼불멸설을 의심했습니다. 인간은 원죄로 이 세상에 태어난 게 아니라 선하고 자유로운 영혼으로 태어난다고 그는 확신하였습니다. 그는 "인간 내면의 빛의 정신은 자유를 사랑하고, 예속을 증오"한다고 말하곤 하였습니다(Saage 1998: 79).

12. 자본주의 화폐경제에 대한 근본적인 비판: 17세기 중엽 영국의 수많은 소작인들은 청교도혁명에 참가하여 힘들게 살았습니다. 이들에게 필요한 것은 최소한의 경작지, 거주지 그리고 생필품이었습니다. 따라서 모든 정책은 윈스탠리에 의하면 소작농, 임금노동자 들의 삶의 질을 향상시키는 방향으로 설정해야 한다고 주장합니다. 윈스탠리는 다음의 사실을 통찰하고 있었습니다. 즉, 찰스 1세는 처형되었지만, 군주제는 온존하며, 자본주의 화폐경제는 변화되지 않고 있다는 사실 말입니다. 왕

이 처형되었지만, 사회 정치적 억압 기제는 남아 있습니다. 윈스탠리는 가난한 농부와 시골 노동자를 가난에서 구해 내지 못하게 하는 것이 무엇보다도 자본주의에 입각한 화폐경제라는 점을 분명하게 파악하였습니다. 따라서 군주제와 자본주의 화폐경제로 인한 난관이 해결되지 않으면, 소작농과 임금노동자들은 과거와 마찬가지로 폭정과 수탈에 의해서 힘든 삶을 살아가게 될 것이 뻔했습니다. 이를 위해서 윈스탠리는 자본주의 화폐경제를 전복시키고 시장의 유통 구조를 철폐하는 방향으로 자신의 견해를 명확하게 피력합니다.

13. 단위 조합 운동: 가장 커다란 문제점으로 제기되는 것은 물품의 매매를 통한 상인들의 이윤 추구입니다. 적어도 상인들이 이윤 추구에 혈안이 되어 있는 한, 주어진 사회는 변화되지 않을 것 같았습니다. 이와 관련하여 윈스탠리는 화폐의 기능 약화, 시장의 철폐를 강하게 요구합니다. 화폐의 기능은 재화의 축적이 아니라 물품 교환의 수단으로 축소되어야 합니다. 새로운 사회의 경제 구조는 단위 조합을 중심으로 이루어져 있습니다. 매매를 위한 시장은 철폐되고, 모든 가족 구성원들은 자신이 필요한 만큼의 물건을 공적인 물품 보관소 내지 저장소에서 얻을 수 있습니다. 공동체 내에서는 감독관이 존재하므로 공동체 사람들은 그를 통해서 자신에게 적합한 일자리를 얻게 됩니다. 이러한 과정을 거쳐서 기존 사회에서 나타나는 구걸 행위라든가, 놀고먹는 생활 습관은 사라지게 되리라고 합니다(Winstanley: 268). 윈스탠리는 학문과 수공업의 기술을 신속하게 활용함으로써 각 단위 조합들이 가급적이면 많은 이익을 창출해야 한다고 주장합니다. 그는 사치스러운 삶을 강하게 비판합니다. 사람들이 충분한 음식, 편안한 거주 공간 그리고 마음에 드는 옷 등을 얻게 되면, 더 이상 다른 무엇도 소비하지 말아야 합니다. 그렇게 해야만 공동체가 물품의 품귀 현상을 겪지 않고 순조롭게 영위될 수 있다

고 합니다.

14. 경제적 문제와 관련하여 나타나는 르네상스 유토피아와의 유사성: 윈스탠리가 모어의 『유토피아』를 독파했는지는 밝혀진 바 없습니다. 그렇지만 그는 르네상스 유토피아가 주어진 현실을 간접적으로 비판하기 위하여 가상의 찬란한 현실을 도입했다는 사실을 잘 알고 있었습니다. 경제적 문제와 관련하여 윈스탠리는 모어, 캄파넬라 그리고 안드레에의 유토피아와 유사한 사항을 내세우고 있습니다. 첫째로 금은과 같은 보석은 철저하게 거부되고 있습니다. 사치스러운 물품의 생산과 소비는 비합리적이라고 규정됩니다. 따라서 소비는 의식주와 관련된 물품에 한해서 용납되고 있을 뿐입니다. 둘째로 윈스탠리는 노동의 잠재적 욕구를 끌어올리는 데에 골몰했습니다. 국가의 감독관은 거지와 놀고먹는 사람들을 독려하여 그들로 하여금 노동하도록 조처해야 합니다. 만약 노동의 의무를 행하지 않는 사람은 윈스탠리에 의하면 12개월 동안 채찍을 맞으면서 강제 노동에 임해야 합니다. 셋째로 사회는 경제적 생산력을 극대화시키기 위해서 과학기술에 근거한 실험 도구의 개발을 권장하고 있습니다. 윈스탠리는 군주제도가 몰락하게 되면, 학문과 기술은 급속도로 발전하리라고 확신하였습니다.

15. 사유재산제도의 부분적 용인 그리고 거대한 중앙 관리소: 윈스탠리는 땅을 사유재산으로 인정하지 않았으나, 거주지로서의 주택, 가재도구 그리고 생필품 등에 한해서는 사유재산으로 인정하였습니다. 그 이유는 다음과 같습니다. 인간이 경제적 자유를 지니지 않는 한 어떠한 경우에도 진정한 자유를 향유할 수 없다는 것입니다. 진정한 자유는 무엇보다도 땅의 공동소유를 통해서 누릴 수 있기 때문입니다. 대신에 생산에 필요한 토대, 땅, 기계, 공장 그리고 그 밖의 공공 부동산 등은 정부의 감독

관으로 하여금 관리하도록 조처하였습니다. 국가는 거대한 중앙 관리소를 마련하여, 1년 동안 생산되는 모든 농업 생산품을 모아 두며, 이를 지방의 방방곡곡으로 분배합니다. 물론 인접 지역과의 물물교환은 얼마든지 가능합니다. 밀을 생산하는 마을은 치즈를 생산하는 마을과 일정한 기준에 의하여 서로 교환합니다. 윈스탠리의 새로운 공동체는 공적인 삶과 사생활 사이의 엄격한 분리를 용인하지 않습니다. 이상적인 공동체는 어떤 정치적 가치를 공유하는 공간이어야 하므로, 공적·사적 공간의 구분이 필요 없다고 합니다. 대부분의 사회 유토피아가 몇 년에 걸쳐서 주민들의 거주 공간의 교체를 강조하지만, 윈스탠리의 유토피아는 이를 채택하지 않습니다.

16. 부동산의 공유화 정책: 소유의 문제가 해결되면, 모든 정치적 부자유, 예컨대 폭정과 강제 노동은 종언을 고하게 된다고 합니다. 물론 윈스탠리의 유토피아에서는 인간의 평등 외에도 자유의 중요성이 부각되고 있습니다. 이를 위해서는 강력한 제도가 반드시 정착되어야 합니다. 가령 부동산의 철저한 공유화 정책이 그러합니다. 공동체 사람들 가운데 누군가 땅을 자기의 사유지로 삼으려고 할 경우, 공동체는 이를 제지하고 당사자에게 죽음의 형벌을 내릴 수 있다고 규정하고 있습니다. 금과 은은 결코 교환 수단이 되어서는 안 되며, 오로지 그릇이라든가 가정집의 치장을 위해서 활용되어야 한다는 게 윈스탠리의 지론이었습니다. 물론 윈스탠리의 공동체에서는 그릇과 치장을 위한 경우에 한해서만 사유재산이 예외적으로 허용됩니다. 외국과의 무역을 위한 자금 조달에 있어서 재화는 정부 차원에서 축적되어 있어야 합니다. 금과 은이 교환가치의 물품으로 사용되는 경우는 외국과의 교역에 국한될 뿐입니다.

17. 권력의 분산, 1년마다 교체되는 관리: 윈스탠리가 가장 중요하게 생

각한 것은 공동체 내의 권력의 분산이었습니다. 그는 영국에는 고위 공직자와 변호사의 수가 많다고 판단했습니다. 이들은 사회의 상류층을 형성하면서, 사유재산을 공고히 하는 현행 군주제도를 지탱하는 사람들이라는 것이었습니다. 윈스탠리가 왕 내지 독재자 외에도, 특히 신하들을 비판한 것은 어쩌면 당연한 귀결입니다. 공동체의 정부는 한 명의 입법자 내지 권력자에 의해서 좌지우지되는 기관이 되어서는 안 됩니다. 새로운 공동체의 법은 공동의 이익을 추구하고 인민의 상호부조의 정신을 실현하도록 도와주어야 합니다. 윈스탠리는 전제주의 체제를 부인하고, 공동체의 정부를 새롭게 설계하였습니다. 새로운 공동체에서는 한 명의 왕 내지 독재자가 존재하지 않습니다. 공동체는 오로지 행정만을 담당하는 무실권자들을 필요로 합니다. 이들은 매년 선거를 통해서 선출됩니다.

매년 선거를 치르는 이유는 다섯 가지로 요약될 수 있습니다. 첫째로 관리가 오랫동안 자신의 관직을 행사하면, 자신이 공동체의 봉사자라는 사실을 망각합니다. 둘째로 관리가 오랫동안 자신의 권한을 지니면, 의식적으로나 무의식적으로 부를 축적하려고 합니다. 셋째로 관리의 교체는 후세 사람들에게 권력 분산의 장점을 가르칠 수 있습니다. 넷째로 관리가 1년마다 교체되면, 사람들은 초심을 잃지 않고 정직하게 임무를 완수합니다. 왜냐하면 그는 후임자를 의식하여 실수를 저지르려 하지 않기 때문입니다. 다섯째로 관리가 1년마다 교체되면, 그들은 법과 도덕에 따라 처신하고, 자신의 명예를 더럽히지 않는다고 합니다. 새로운 사회는 어떠한 경우에도 관료주의 엘리트의 매너리즘에 빠져서는 안 됩니다. 예컨대 윈스탠리가 구상하는 나라에서는 변호사의 직종이 처음부터 근절되어 있습니다. 왜냐하면 새로운 사회에서는 복잡하고 현학적인 법 규정이 불필요하기 때문에 이를 유권해석하거나 적용하는 전문가가 필요 없다고 합니다.

18. 관리의 유형과 임무: 관리의 유형에는 다섯 가지가 있습니다. 평화 수호자, 감독관, 군인(경찰), 훈육관 그리고 형리가 그들입니다. 모든 관리들은 권력의 남용을 막기 위하여 1년마다 교체됩니다. 첫째로 평화 수호자는 도시마다 3명에서 6명 정도 존재합니다. 이들은 공동체의 평의회에 속하는데, 모든 갈등과 싸움을 사전에 방지합니다. 만약 갈등이 중재되지 않을 경우, 평화 수호자는 당사자를 법정으로 소환할 수 있습니다. 둘째로 감독관은 60세 이상의 남자로 구성되어 있습니다. 이들은 식량, 의복 등의 소유물과 관련된, 비교적 사소한 갈등을 중재하고 해결합니다. 그 밖에 젊은이들은 약 7년간 장인에게서 기술을 전수받거나, 생업과 관련된 일이라든가 학문을 습득하는데, 감독관은 이들의 교사가 되어 활동하기도 합니다. 그 밖에 감독관은 생산물의 이송과 분배에 관여하여 문제를 해결하는 직권을 지니고 있습니다. 셋째로 군인은 평화기에는 경찰로 근무합니다. 경찰은 국가의 명령에 무조건 복종하지 않고, 오로지 자신의 판단에 의하여 행동합니다. 가령 그들은 범죄자를 체포하는 일을 담당합니다. 넷째로 훈육관은 간수의 역할을 담당하는데, 그들의 일감은 오늘날 감옥에서 일하는 간수와는 약간 다릅니다. 그들은 죄인들에게 노동을 시키고, 옷과 음식을 제공합니다. 훈육관은 죄인들이 더 나은 사람으로 거듭나도록 성심껏 도와줍니다. 다섯째로 형리들은 죄인들에게 채찍을 가하거나 구금시키고, 죽음의 형벌을 실행하는 자입니다.

19. 교육: 지금까지 특권층의 자녀들만 교육 받을 수 있었지만, 이제는 모든 아이들이 자신의 특성과 자질에 따라 교육을 받습니다. 아이들은 글을 익히고, 수공업 등 생업을 위한 여러 가지 교육을 받게 됩니다. 종교인들은 새로운 공동체에서 더 이상 자신의 권한을 과도하게 사용할 수 없습니다. 신부, 목사 그리고 수사들은 인민 위에 군림하는 존재가 아니라, 교회나 성당을 떠나서 인민을 가르치는 교육자로 봉사해야 합니

다. 윈스탠리의 새로운 나라에서 신앙은 커다란 영향을 끼치지 못합니다. 이는 프랜시스 베이컨의 경우와 거의 동일합니다. 그렇다고 종교가 교육의 내용에서 배제되는 것은 아닙니다. 정부는 1년에 한 번씩 젊은 평신도를 선발하여서 교육시킵니다. 이를 담당하는 사람은 종교인들입니다. 평신도들은 나라에서 발생하는 최신 정보들을 접하게 되며, 역사, 예술, 학문(의학, 외과 수술, 천문학, 해양학, 농업 등)을 익히게 됩니다. 성당과 교회는 더 이상 천당과 지옥을 언급하면서 일반 사람들에게 공포감을 심어 주지 말아야 합니다.

20. 일부일처제의 고수와 가부장주의: 윈스탠리는 플라톤과 캄파넬라가 강조한 여성 공동체 내지 유아의 공동 교육을 처음부터 거부하였습니다. 만약 사람들이 플라톤이나 캄파넬라의 경우처럼 가족을 인정하지 않고 여성 공동체의 삶을 영위하게 되면, 인간은 본능적으로 동물과 다를 바 없다는 것입니다(Winstanley: 184). 일부일처제는 윈스탠리에 의하면 오래 전부터 존속되는 체제입니다. 물론 명시적으로는 남녀평등이 언급되고 있지만, 가정을 이끄는 자는 가장인 남자의 몫이라고 합니다. 부부는 서로의 소유라고 규정되어 있지만, 남존여비의 입장이 어느 정도 엿보입니다. 윈스탠리는 사회의 부정과 불의의 문제에 관심을 기울였으므로, 남녀평등에 대해서는 깊이 생각할 겨를이 없었습니다. 그렇지만 한 가지 사항을 지적하지 않을 수 없습니다. 남자는 자신의 아내를 고를 때 국가에 의해서 방해받지 말아야 한다고 합니다(Winstanley: 275). 결혼에 있어서 중요한 것은 무엇보다도 당사자의 고유한 자기 선택권이라고 합니다. 나아가 남자는 가족을 다스리고 자식을 교육시키며, 이들의 노동을 관장하는 의무를 수행해야 합니다.

21. 가장의 정치 참여권: 가장은 자신의 가족을 이끌기 위해서 7년 동안

특별 교육을 받아야 합니다. 가족 가운데 가장 한 사람만이 정치에 직접 참여할 수 있습니다. 인구의 절반인 여성들에게는 선거권과 피선거권이 없습니다. 왕년에 권력을 휘두른 군국주의자 내지 귀족, 향락주의자, 사기꾼 그리고 범법자들 역시 정치에 관한 아무런 권한을 지니지 못합니다. 오로지 20세에서 40세에 이르는 남자들만이 선거권과 피선거권을 지니고 있습니다. 그런데 여기에는 예외 사항이 존재합니다. 군주제와 같은 과거의 시스템을 예찬하는 자, 술꾼과 부랑자, 투기꾼 그리고 기회주의자 등은 피선거권은커녕 선거권도 박탈당합니다. 성적으로 방종한 자도 투표권이 없습니다. 요약하건대, 모든 성인 남자들은 하자 내지 결격사유가 없는 경우 선거권을 소유하고 있습니다. 20대 이상의 성인 남자는 반드시 투표에 참여해야 하고, 40대의 성인 남자는 자신이 원하는 대로 자유롭게 투표에 임할 수 있습니다(Winstanley: 206f).

22. 의회의 역할: 이상 국가에서 입법, 행정, 사법을 관장하는 체제는 의회입니다. 의회는 정의를 구현하는 최상의 기관으로서 억압당하며 힘든 삶을 살아가는 일반 사람들의 권익을 보호하기 위해서 존재합니다. 의회 의원은 매년 새롭게 선출되는데, 주로 네 가지 일을 행합니다. 첫째로 의회는 모든 사람들이 자유롭게 생업을 행하도록 그들의 노동 행위를 국가적 차원에서 보호합니다. 둘째로 의회는 왕권에 의한 이전의 법체계를 허물고 새로운 법을 만듭니다. 새로운 법은 만인에게 평등한 것이라야 합니다. 예컨대 이곳의 소작농들은 새로운 법을 통해서 농사지을 수 있게 되었습니다. 셋째로 의회에서 마련된 법은 인민의 동의를 얻게 되어 있습니다. 만약 의회가 인민의 권익에 위배되는 정책을 추진한다면, 인민들은 투표를 통해서 이를 차단시킬 수 있습니다. 이는 민주주의가 출현하기 이전의 사회에서 나타난 규정이므로, 무척 참신합니다. 넷째로 외부로부터 전쟁의 위협이 발생하거나 국내에 폭동이 발생할 경우,

의회는 군대 조직을 결성할 권한을 가집니다. 상기한 사항들은 17세기 절대왕정의 시대를 종결시키고 민주주의를 정착시키게 되는 출발점으로서의 규정이 아닐 수 없습니다. 윈스탠리의 사고가 오늘날 의원내각제의 특성을 선취하고 있다는 사실은 무척 놀랍습니다.

23. 교육제도와 법: 윈스탠리는 모어, 캄파넬라, 안드레에보다 교육의 문제를 더욱더 중요하게 다루었습니다. 중요한 것은 종교교육에 대해서 커다란 의미를 부여하지 않는다는 사실입니다. 신앙과 믿음의 중요성을 부인하지는 않지만, 이보다 더 중요한 것은 실제 현실에서 직접적으로 활용되는 자연과학과 기술 교육이라는 게 윈스탠리의 지론이었습니다. 여기서 우리는 윈스탠리가 교육에 있어서 프랜시스 베이컨의 귀납적 실험 방법을 중시한다는 점을 간파할 수 있습니다. 한마디로 교육은 실천적이고 적용 가능한 무엇이어야 한다는 것입니다. 피교육자는 책을 막연하게 인용하는 대신에 어른이 되어 자신의 지식을 전적으로 활용해야 한다고 합니다. 그 밖에 윈스탠리는 변호사의 직업을 처음부터 금지시켰습니다. 왜냐하면 바람직한 국가 공동체에서는 짤막한 법만이 존재하기 때문에, 굳이 변호사가 필요 없다는 것입니다. 자고로 올바른 법은 더 이상의 유권해석을 필요로 하지 않는 그 자체 명백하고 이해하기 쉬운 무엇이라야 합니다.

24. 사형 제도는 존속되고 있다: 토머스 모어가 몇 가지 예외 사항을 전제로 하여 사형 제도를 폐지했다면, 윈스탠리는 사형 제도를 용인하였습니다. 물론 공동체는 가급적이면 죄인을 사형시키는 것을 무척 조심스럽게 결정합니다. 왜냐하면 인간은 기독교의 가르침에 의하면 죄인으로 하여금 갱생할 수 있도록 도움을 줄 수 있을 뿐, 피조물로서 다른 피조물을 함부로 처단할 권한은 지니지 않기 때문입니다. 한 인간의 목숨을 끊

어 낼 수 있는 자는 오로지 신밖에 없습니다. 그럼에도 불구하고 함무라비 법전에 기술된 사항은 윈스탠리 공동체에서는 엄연히 유효합니다. 살인자는 반드시 처형되어야 공동체의 기강이 바로 잡힐 수 있다는 것입니다. 이 점에 있어서 윈스탠리의 공동체는 엄격함을 준수하고 있습니다. 그리하여 채택되는 것은 함무라비 법전에 언급되고 있는, "눈에는 눈, 이에는 이"라는 "보복의 법(ius talionis)"입니다. 특히 성폭력을 저지른 자는 대부분의 경우 사형에 처해집니다(블로흐: 435).

25. 성폭력과 혼외정사의 문제: 성폭력은 힘없는 여자들을 보호한다는 차원에서 엄격하게 처벌 받습니다. 한 남자가 한 여자를 겁탈할 경우, 여성은 소리를 지르면서 위기를 모면하려고 합니다. 이때 가해 사실이 밝혀진 남자는 심의 과정을 거쳐서 교수형의 판결을 받게 됩니다. 이 경우, 피해 여성은 처벌 받지 않습니다. 누군가 어느 유부녀를 열정적으로 사랑하면서 그미의 몸을 열망할 수 있습니다. 이때 평화 수호자가 중재를 맡으면서 그의 태도를 훈계할 수 있습니다. 이때 가해 남자는 평화 수호자의 경고를 충실하게 따라야 합니다. 만약 그가 이를 어기고 다시금 그 유부녀, 혹은 다른 여인을 탐할 경우, 12개월 동안 감독관의 감시를 받습니다. 재미있는 것은 놀랍게도 혼외정사가 범죄로 인정되지 않는다는 사실입니다. 다시 말해, 특정 남녀가 서로 합의 하에 성교할 경우, 이는 범죄로 인정되지 않습니다. 만약 처녀 총각의 간음이 발각되면, 이들은 이웃 사람들에게 이 사실을 알리고 반드시 혼인을 서약해야 합니다. 이 점을 고려할 때, 윈스탠리는 민법상의 전통적 판례와 명문화되지 않은 전통적 관습을 조합하여, 가족과 성에 관한 법적 규칙을 마련한 것 같습니다.

26. 윈스탠리의 유토피아: 요약하건대, 윈스탠리는 당시 영국의 비참한

경제적 상황을 해결하려고 했습니다. 모든 것은 이러한 경제적 핵심 문제에 집중되어 있으므로, 윈스탠리의 유토피아가 사회의 제 방면에 있어서 체계상의 하자를 드러내는 것은 사실입니다. 이 점에 있어서 그의 사회 설계는 고전적 유토피아에 담겨 있는 그것과는 현격한 차이점을 보여 줍니다. 이미 언급했듯이, 윈스탠리는 실제로 노동자 내지 소작인들을 위한 어떤 실천적 정책을 중요하게 생각했습니다. 왜냐하면 소작농의 가난을 떨치게 해 주는 일이 무엇보다도 시급했기 때문입니다. 예컨대 윈스탠리는 지식인 엘리트의 능력에 기대하기보다는(Brinton: 67), 법과 시민으로 구성된 군대를 중시하고 있습니다. 왜냐하면 영국 사회에는 내외적으로 수많은 적들이 도사리고 있기 때문이라고 합니다. 그렇다고 해서 윈스탠리가 주어진 비참한 현실적 상황을 해결하기 위한 방책으로서 과도한 폭력을 동원한 것은 아니었습니다. 그의 구성적인 사회 설계는 무엇보다도 실천과 실현의 의향을 강하게 드러내기 때문에, 그 밖의 다른 사항은 부차적으로 다루어졌으며, 실제 현실의 실질적 변화와의 관계 속에서 추진되었습니다.

27. 제임스 해링턴의 『오세아나 공화국』과의 비교: 마지막으로 윈스탠리의 유토피아와 관련하여 제임스 해링턴의 『오세아나 공화국(The Commonwealth of Oceana)』(1656)을 언급하지 않을 수 없습니다. 이 작품은 『자유의 법』이 발표된 지 4년 후에 공개되었습니다. 영국의 철학자, 해링턴은 17세기 초 영국의 무질서한 현실을 극복하고 어떤 바람직한 정치적 질서를 위해서 사회 경제적 원리에 관한 작품을 집필하였습니다. 『오세아나 공화국』은 더 나은 영국을 위한 사회 정치적 논문이므로, 문학 유토피아에 해당하는 것은 아닙니다. 그렇기에 해링턴의 문헌은 지금까지 유토피아의 역사의 테마에서 지엽적으로 다루어졌습니다. 모든 국가의 형태는 해링턴에 의하면 재산, 특히 토지의 분배에 바탕을 두고

있습니다. 국가 토지의 4분의 3을 소유한 계급이 국가의 통치권을 쥐어야 한다고 합니다. 자고로 재산이란 법과 제도에 입각한 것이며, 국가는 왕과 같은 인간이 아니라 법의 지배를 받아야 한다고 합니다. 이로써 해링턴은 정치 원리가 되는 여러 가지 사항을 세밀하게 지적하고 있습니다. 가령 성문헌법, 선거제도, 비밀투표, 권력의 분립, 종교적 관용 그리고 국민 교육에 관한 여러 가지 사항이 빼곡하게 언급되고 있습니다.

28. 『오세아나 공화국』의 결함: 물론 『오세아나 공화국』이 미국과 유럽의 정치와 법의 영역에서 먼 훗날에 영향을 끼친 것은 사실입니다. 그러나 해링턴은 당시 영국 현실의 정황에 맞추어서 귀납적인 방식으로 모든 것을 서술하였습니다. 1700년에 해링턴의 문헌을 출판한 존 톨랜드(John Toland)의 주장에 따르면, 문헌이 크롬웰의 검열을 거쳤기 때문에 비판의 가시가 꺾였다고 합니다. 어쨌든 작품은 바람직한 미래 사회를 위한 유토피아적 대안으로 적절하다고 말할 수는 없으며, 문학 유토피아에 속하지도 않습니다. 게다가 『오세아나 공화국』에는 한 가지 치명적 결함이 나타납니다. 그것은 다름 아니라 해링턴이 여유 있고 교양을 갖춘 귀족이 나라를 다스려야 한다고 주장한 사실에 있습니다 (Kirchenheim: 131). 모든 정치는 귀족에 의해 영위되어야 하며, 인민의 정치 참여 내지 의사 표현은 부차적이라는 것입니다. 이는 토머스 모어에서 윈스탠리로 이어지는 만인의 자유와 평등의 이념과는 완전히 어긋나는 사항으로서, 귀족의 관료주의를 미화시키고 있습니다.

29. 윈스탠리의 사상적 영향: 윈스탠리의 사상은 18세기 말에 이르러 토머스 스펜스의 "지대 공유론(地代共有論)"으로 이어지게 됩니다. 윈스탠리가 대지주에게 억압당하는 소작농의 권익을 무엇보다도 중요하게 생각했다면, 스펜스는 전체적 관점에서 토지의 사회화를 강조하였습니

다. 그는 1775년 뉴캐슬에서 "토지의 공동소유"라는 제목으로 강연했는데, 이로 인하여 철학 학회에서 제명당하게 됩니다. 이 사건은 토지 공유의 사고가 18세기 후반의 영국에서는 거의 불가능했음을 반증합니다. 스펜스는 유토피아의 사상이 아니라, 개인주의적 자연법의 사고에서 자신의 사상적 출발점을 찾았습니다. 모든 개인은 자연 상태를 전제로 하면, 자신의 소유물과 토지를 소유할 권리를 지녀야 마땅하다고 합니다. 그렇지만 실제 현실에서 땅은 일부 부유층의 소유로 되어 있습니다. 이는 잘못이며, 만인이 주어진 구역에서 동등하게 나누어진 토지를 소유해야 마땅하다고 합니다. 이를 위해서 스펜스는 부동산 매매를 금지해야 한다는 조처를 내세웁니다. 그렇게 되면 땅에 대한 개개인의 소유권은 사라지게 되리라는 것입니다(Spence: 52). 스펜스는 자본을 극대화시키는 산업의 메커니즘을 이해하지 못했습니다. 그는 사회주의의 사고를 견지했으나, 르네상스의 유토피아주의자들처럼 사치의 금지 내지는 병역의 의무 등과 같은 작은 대안만을 강조했을 뿐입니다. 어쨌든 스펜스의 사상은 나중에 오언과 푸리에의 연방주의 유토피아 사상에 지대한 영향을 끼쳤습니다. 스펜스는 다음과 같이 갈구하였습니다. 즉, 작은 공동체, 연방주의의 코뮌 운동은 아래로부터 위로 이어질 것이고, 결국에는 국가 전체의 사안을 다룰 수 있는 국민의회의 탄생을 기약할 수 있다고 말입니다.

참고 문헌

블로흐, 에른스트 (2011): 자연법과 인간의 존엄성, 열린책들.

Berneri, Marie Luise (1982): Reise nach Utopia, Berlin.

Brinton, Crane (1979): Utopia and Democracy, in: Edited by Frank Manuel, Utopian Thought in the Western World, Cambridge (Mass.), 50-68.

Harrington, James (1992): The Commonwealth of Oceana and A System of Politics, London.

Kirchenheim, Arthur von (1892): Schlaraffia politica. Geschichte der Dichtungen vom besten Staate, Leipzig.

Saage, Richard (1998): Utopie und Revolution: Zu Gerrard Winstanleys Das Gesetz der Freiheit, in: Utopie kreativ, H. 94, 71-82.

Saage, Richard (2009): Utopische Profile, Bd. 1. Renaissance und Reformation, Münster.

Schölderle, Thomas (2012): Geschichte der Utopie, Wien/Köln/Weimar.

Spence, Thomas (2012): The Pioneers of land reform: Thomas Spence, William Ogilvie, Thomas Paine, London.

Winstanley, Gerrard (1988): Das Gesetz der Freiheit als Entwurf oder die Wiedereinsetzung wahrer Obrigkeit, in: ders., Gleichheit im Recht der Freiheit, Frankfurt a. M..

8. 베라스의 세바랑비 유토피아

(1675)

1. 17세기 이후의 유토피아: 지금까지 르네상스 시대의 유토피아의 설계 속에는 반개인주의의 요소가 담겨 있었습니다. 모어와 캄파넬라의 유토피아의 경우, 사람들은 동일한 의복을 착용하고 있습니다. 국가와 개인 사이에는 어떠한 갈등도 자리하지 않을 정도로 어떤 이상적 시스템이 하나의 평등 관계 속에서 원활하게 작동되고 있습니다. 당시에는 국가와 개인을 하나로 파악하여, 서로 소통하려는 공감대가 형성되어 있었습니다. 사회의 발전은 어떤 전체적 계획에 의해서 얼마든지 훌륭하게 행해질 수 있다고 믿은 것은 바로 그 때문입니다. 또한 개인의 자기 주체성은 전체적인 이상의 요구 사항에 파묻혀 있었고, 17세기 이후에 서서히 자신의 모습을 드러내기 시작합니다.

2. 보편적, 정태적 전체성의 상실: 르네상스 시대의 정태적 유토피아의 패러다임은 17세기 후반부터 무너지기 시작합니다. 개인과 사회 사이의 아우르기 내지 상호 입장의 소통은 절대주의 왕권에 의해서 차단되었기 때문입니다. 이로써 개개인은 더 이상 국가로부터 보호받는 계층이 아니라, 폭군에 의해서 경제적으로 착취당하고 군사적으로 희생당하는 노

예로 전락합니다. 개인은 절대왕정의 국가로부터 수탈당하고 전쟁터의 총알받이 내지 성 노예가 되었던 것입니다. 17세기 이후로 모습을 드러낸 계몽주의 사상 역시 초기 자본주의의 현실적 조건 속에서 태동하였습니다. 개인은 더 이상 국가의 강령에 따라 수동적으로 행동해서는 안 되는 존재로서, 사회적으로 이용당하는 객체로 전락해 있었습니다. 그렇기에 개인은 자신의 처지를 극복하고 자의식을 획득하기 위해서는 칸트의 말대로 오로지 "자신의 오성을 사용할 용기(Mut, sich sein eigenes Verstandes zu bedienen)"를 지녀야 했습니다. 계몽주의 사상가들은 사회계약 이론을 숙고하였으며, 찬란한 고대의 상을 떠올리기도 하였습니다. 이는 태고의 삶을 막연하게 동경하는 것이라기보다는 주어진 현실을 긍정적으로 변화시키기 위한 방법론으로 이해됩니다.

3. 드니 베라스의 유토피아: 르네상스 이후로 출현한 유토피아 가운데에서 드니 베라스(Denis Vairasse)의 『세바랑비 이야기(Histoire des Sevarambes)』(1675)만큼 작가의 이력과 밀접하게 결부된 사회 유토피아는 아마 없을 것입니다. 사실 베라스의 소설은 자전적 요소를 강하게 드러내고 있습니다. 소설의 주인공인 "나," "시든(Siden) 선장"의 이름 역시 "드니(Denis)"를 바꾸어 쓴 것입니다. 이와 관련하여 이상 국가의 최고 입법자인 "세바리아" 역시 베라스(Vairasse)에서 유래하는 것은 결코 우연이 아닐 것입니다. 작품에 등장하는 세바리아는 어린 시절에 군사훈련을 받았으며, 법학을 공부했는데, 이 역시 작가와 거의 일치하는 대목입니다. 세바리아는 여러 나라를 여행하면서 학문적 식견을 넓혀 나갔으며, 고대 및 현대의 작가들의 많은 작품을 독파하였습니다. 그런데 작가가 더 나은 이상 사회를 설계한 것은 분명히 그가 처한 비참한 현실 때문이었습니다. 베라스는 프랑스와 영국에서 개인적으로 자신의 꿈을 실현하려고 했는데, 이는 실패로 돌아갔습니다.

4. 드니 베라스는 누구인가?: 지금까지 전해 내려오는 드니 베라스의 삶에 관한 정보는 완전하지 못합니다. 그의 파편적인 사항만이 전해질 뿐입니다. 그의 성이 이를테면 "Veiras," "Veirasse," "Vairasse," 혹은 "Vayrasse"로 기술되는 것을 생각해 보세요. 드니 베라스는 추측컨대 남부 프랑스 랑그독의 북부 지역에 위치한 아예, 혹은 알레 출신인 것 같습니다. 그는 1623년에서 1639년 사이에 세상에 태어난 것 같습니다. 그가 시민계급인지 아니면 귀족계급이었는지는 불확실합니다. 확실한 것은 그의 부모가 프랑스 루이 14세 치하에서 억압당하던 프로테스탄트, 즉 위그노에 속했다는 사실입니다. 드니 베라스는 처음에 군인으로서 이탈리아 북서부 지역에서 벌어진 피에몽 전투에 참가한 다음에, 법학을 공부하기 위해서 제대하였습니다. 드니 베라스는 법학 박사 학위를 취득했으나, 『세바랑비 이야기』에서 암시되고 있듯이, 수많은 잘못된 판례 내지 잘못된 법 적용에 무척 실망한 나머지, 법과 관련된 직업을 처음부터 포기했습니다.

베라스는 탐험가로서 유럽 전역을 방랑합니다. 확실한 것은 그가 1655년 무렵에 마침내 영국에서 정주했다는 사실입니다. 영국에서 프랑스어를 가르치는 교사로 일하면 생활비를 벌 것 같았습니다. 나중에 베라스는 버킹엄 공작과 같은 고위 정치가와 친분을 쌓게 됩니다. 추측컨대 수많은 여행 경력과 외국어 능력으로 인하여 그가 통역사 내지 버킹엄 공작의 조언자로 일한 것 같습니다. 이 와중에 그는 영국의 정치에 가담하여, 1665년에 요크 공작의 함선을 타고 프랑스와의 해전에 참가하였습니다. 보고서에 의하면, 드니 베라스는 1672년에 헤이그에서 개최된 평화협정에도 참여했다고 합니다. 나중에 해군 행정 책임자인 새뮤얼 피프스(Samuel Pepys)와 친분을 쌓기도 하였습니다. 피프스는 존 로크와 함께 일기를 발표하여 문학적 명성을 쌓은 자였는데, 권력 암투에 연루되었습니다. 결국 드니 베라스는 피프스와의 교분으로 인하여 영국에서 정치적 경력을 쌓기는커녕 투옥될 위험에 처하게 되자, 긴급히 프랑스로 되돌아오게 됩니다.

학자들은 1675년부터 1683년 사이의 드니 베라스의 삶을 문헌에 자세히 기록한 바 있습니다. 이후 드니 베라스는 생제르맹에서 전업 작가로 살아갑니다. 간간이 통역을 하면서, 때로는 지리와 역사에 관한 강의로 생활비를 법니다. 생제르맹에서 전해지는 문헌에 의하면, 볼테르 이전에 베라스만큼 영어를 완벽하게 구사한 프랑스인은 없었다고 합니다. 게다가 수많은 지식인들과 교우할 수 있었던 것은 베라스가 해박한 지식과 다양한 여행 경험을 지니고 있었기 때문입니다. 이를테면 지리학자들, 장세니슴 추종자들 그리고 선원들이 그의 친구였습니다. 프랑스에 머물면서도 존 로크와 존 스콧 등과의 교우 관계를 지속하였습니다. 존 로크는 그의 인품에 반하여 1675년에서 1679년 사이에 세 번이나 베라스의 집에 머물렀다고 합니다. 드니 베라스는 언어학에도 조예가 있었으며, 1683년에 프랑스어 문법에 관한 책을 간행한 바 있습니다. 그렇지만 그가 어떻게 말년을 보냈는가에 관해서는 자세히 알려진 바 없습니다. 1685년 낭트 칙령이 철회된 뒤에 드니 베라스는 신변의 위협을 느끼고 네덜란드로 도주했다고 전해지고 있습니다. 그가 몇 년도에 사망했는지는 불분명합니다.

5. 주인공 시든 선장: 『세바랑비 이야기』는 자전적인 요소를 강하게 풍깁니다. 주인공, 시든 선장은 드니 베라스의 삶을 연상하게 합니다. 작가는 젊은 시절에 군인으로서 거대한 해전에 참가하였고, 아버지가 사망한 다음에 유산으로 물려받은 영지를 직접 관장하기도 하였습니다. 뒤이어 시든 선장은 늦은 나이에 법학을 공부하여, 법학 박사 학위를 취득한 다음에 프랑스 왕궁에서 왕실 변호사로 근무한 바 있습니다. 작품 내에서는 법학적 내용과 국가 이론에 관한 이야기가 언급되고 있는데, 이 역시

시든 선장의 과거 삶에서 축적된 지식 때문이기도 합니다.

6. 세바랑비 이야기의 구성: 『세바랑비 이야기』는 도합 2권으로 이루어져 있으며, 다섯 장으로 나누어져 있습니다. 다섯 장은 "모자이크 텍스트," 다시 말해서 이야기 속의 이야기로 구성되어 있습니다(정해수: 382). 제1장은 시든 선장과 그의 선원들, 항해와 난파 그리고 세바랑비 사람들과의 만남 등의 내용을 차례로 담고 있습니다. 제2장에서 선장과 선원들은 세바랑비의 수도, 세바린데를 시찰합니다. 여기서 독자는 오스트레일리아 근처에 위치한 세바랑비가 어떠한 문명을 일으켰는지 감지할 수 있습니다. 도시의 계획, 건축 그리고 위생 시설 등이 언급되고 있습니다. 제3장에서 이곳 사람들은 페르시아 출신의 입법자, 세바리아에 관해서 이야기를 들려줍니다. 여기서 시든 선장과 선원들은 세바리아의 생애, 그가 건립한 국가 및 "기본법들(Loi fondamentales)" 그리고 세바리아의 후계자들이 국가를 어떻게 운영했는가 하는 사항을 접하게 됩니다. 제4장은 세바랑비의 일상의 삶, 특히 이곳 사람들의 사랑의 삶을 자세히 다루고 있습니다. 그 밖에 세바랑비 왕궁의 상황과 군사, 법, 종교 그리고 외교 등과 관련된 정책 등이 언급됩니다. 제5장에서 베라스는 사제들의 속임수를 거론합니다. 세바리아가 출현하기 오래 전에 스토카라스라고 불리는 거짓 사제가 세바랑비를 다스렸다고 합니다. 스토카라스가 이곳의 사람들을 기만하고 조종하는 등 폭정을 행사할 수 있었던 것은 마법과 주술을 사용했기 때문입니다. 그 밖에 세바랑비 사람들의 고유한 언어가 기술되고 있습니다.

7. 베라스의 작품은 모어의 『유토피아』의 모작인가?: 베라스의 작품은 유럽의 국가를 비판적으로 염두에 두면서 설계한 이상 국가의 문헌으로 이해될 수 있습니다. 작품은 1675년에 『세바리트 사람들의 이야기

(The History of the Sevarites)』라는 제목으로 런던에서 간행되었지만, 18
세기 초에 수많은 언어로 번역되어 유럽 전역에 소개되었습니다. 문제는
베라스의 『세바랑비 이야기』가 토머스 모어의 모작인가 하는 물음입니
다. 혹자는 드니 베라스의 작품이 사회적이고 종교적인 관점에서 고찰할
때 토머스 모어의 입장을 그대로 따르고 있다고 주장하였습니다(Berneri
164). 이에 반해 혹자는 드니 베라스의 작품을 잉카 문명과의 관련성 속
에서 분석하면서, 작품이 지니고 있는 고유성을 추적해 나간 바 있습니
다(Mühll 38: 173).

8. 불공정한 유럽 사회 비판: 드니 베라스의 작품에 묘사된 가상적 내
용은 모어의 『유토피아』의 그것과는 약간의 차이가 있습니다. 그렇지만
두 작품은 한 가지 사항에 있어서 공통점을 지닙니다. 그것은 주어진 현
실에 대한 비판을 부분적으로 담고 있다는 사실입니다. 세바랑비의 유토
피아는 학교 체제, 군대 그리고 청년들의 일터 등을 세밀하게 묘사하며,
도시와 시골 사이의 생필품 교류 등을 통하여 이른바 만인의 안녕을 위
한 이상 국가의 모습을 보여 줍니다. 특히 놀라운 것은 명령하는 인간과
복종하는 인간 사이에 아무런 구분이 없다는 점입니다. 유럽에서는 소
수의 사람들이 넘쳐나는 재물과 곡식을 소유하는 반면에, 다수의 사람
들은 계속 굶주림에 허덕이고 있었습니다. 폭정에 의한 조세 부담은 극
에 달했고, 남자들은 전쟁에 강제로 동원되었습니다(모르네: 266). 유럽
사회에서 일부는 능력도 없으면서 높은 직위를 차지하고 있으며, 일부는
놀라운 재능을 지니고 있음에도 불구하고 사회의 밑바닥에서 기어야 했
습니다. 하루 여덟 시간 이상 일해도 가족을 부양하기는커녕 자신의 입
에 풀칠도 하지 못합니다. 일부는 열심히 일하는 데도 세금 내기가 빠듯
하고, 딸의 결혼 지참금은커녕, 영리한 자식 한 명을 교육시킬 수도 없었
습니다.

9. **고결한 야생과 서구 문명 비판:** 빈부 차이와 계층 차이는 베라스로 하여금 평등한 국가를 유추하게 하였습니다. 미지의 섬에 건립된 이상 국가, 세바랑비는 프랑스의 참담한 현실을 극복하기 위한 대안으로 설정되어 있습니다. 세바랑비의 사람들이 유럽인이 아니라는 점은 무척 특이합니다. 사실 콜럼버스의 신대륙 발견 이후로 유럽 사람들은 서구 문명과 반대되는 야생의 세계를 인지하게 되었습니다. 그들은 야생에서 살아가는 아메리카 인디언들의 삶을 접했고, 식인종의 이야기를 장난삼아 들려주기도 하였습니다(Mühll: 269). 대부분의 사람들이 비-유럽인들의 야만을 언급하고 야유한 반면에, 16세기 초에 몇몇 지식인은 이러한 서구 중심적 자세를 역으로 비판하기 시작했습니다. 예컨대 미셸 몽테뉴는 자신의 에세이에서 유럽인들의 오만한 태도를 비판하였습니다. 다른 세계의 사람들은 비록 인육을 뜯어먹지만, 타인을 착취하고 경제적으로 수탈하지 않습니다. 그들은 재화를 공동으로 소유하고 금과 은을 귀중품으로 간주하지 않는다고 합니다. 그들은 계층의 구분을 지키지만 명예로울 정도의 미덕을 지니고 있다는 것입니다(Montaigne: 111). 고결한 야생에 관한 사고는 푸아니, 페늘롱, 라옹탕, 모렐리 그리고 드니 디드로 등의 유토피아에서 다시 한 번 등장하게 됩니다.

10. **세바랑비의 과거와 사회적 변화:** 드니 베라스의 유토피아의 핵심 사항은 다음과 같이 요약됩니다. 즉, 노동, 굶주림 그리고 거주지와 같은 사회적 근본 문제는 오로지 재화의 공정한 분배에 의해서 해결되어야 한다는 사항 말입니다. 베라스는 사회적 평등을 무엇보다도 중요한 사항으로 다루고 있습니다. 특히 놀라운 것은 세바랑비의 과거에 대한 작가의 개괄적인 설명입니다. 세바리아가 이곳에 당도하기 전에 세바랑비 사람들은 참담한 사회적 환경 속에서 생활하고 있었습니다. 세바리아는 고대와 현대의 책을 읽고 이에 영감을 얻었을 뿐 아니라, 여행을 통하여 박

식한 견해를 축적한 지식인이었습니다. 그는 이성의 원칙에 근거하여 훌륭한 사회 모델을 구상합니다. 세바리아의 사회 모델은 이곳을 야만의 상태에서 문명의 상태로 바꾸어 놓았습니다. 세바리아가 도입한 인민의 교육은 세바랑비 사람들을 도덕적으로 훌륭한 사람으로 변화시켰는데, 이는 과거의 모든 악덕을 사라지게 작용했습니다. 새로운 훌륭한 법체계 그리고 학문과 예술은 세바랑비 사람들의 생활수준을 더욱 향상시켰습니다. 이를 고려한다면, 세바랑비는 야만의 상태에서 벗어난 문명의 사회라고 말할 수 있습니다.

11. 세바랑비의 수도, 세바린데의 외부적 조건: 세바랑비의 수도, 세바린데는 철저하게 어떤 기하학적인 구도를 드러내고 있습니다. 왕궁을 제외하면 수도에는 267개의 사각형 건물이 위치합니다. 건물들은 모두 4층이며, 건물의 옆면은 약 250미터로 확정되어 있습니다. 건물에는 네 개의 대문이 있어서 인접한 건물과 평행선상에 위치하고 있습니다. 대문 안으로 들어서면 사람들은 잔디가 덮인 거대한 내부 정원을 바라보게 됩니다. 건물을 감싸고 있는 성벽은 하얀 돌이나 대리석 혹은 하얀 암석으로 축조되어 있습니다. 넓은 도로는 직선 구도로 뻗어 있습니다. 이곳에서는 공적이거나 사적인 위생 시설이 중요한 것으로 간주됩니다. 상하수도가 잘 설비되어 있어서, 사람들은 욕실, 부엌에서 깨끗한 물을 사용하며, 분수대의 물로 충당합니다. 사람들은 도시의 더러운 골목을 물로 깨끗이 청소하곤 합니다. 날씨가 무더울 경우 사람들은 도로 위에 채양을 설치하여 강력한 햇빛을 차단시킵니다. 요약하건대 눈에 띄는 것은 철저할 정도로 정교하게 기하학적으로 축조된 건축물들입니다.

12. 데카르트의 건축 유토피아: 사실 모어와 캄파넬라가 제각기 축조한 건축물들의 형태는 서로 대조를 이룹니다. 모어가 1층 내지 2층으로 이

루어진 집을 선호했다면, 캄파넬라는 다층으로 구성된 집을 선호했습니다. 모어가 개별 가옥을 설계했다면, 캄파넬라는 공동의 삶을 고려한 거주지를 축조하였습니다. 모어가 꽃이 만발한 정원 도시를 구상했다면, 캄파넬라는 마치 궁궐과 같은 찬란하고 권위적인 면모가 드러나는 고층 건물을 구상하였습니다. 이는 자유의 유토피아와 질서의 유토피아를 구분하는, 신뢰할 만한 기준이 됩니다(Freyer: 131). 상기한 사항은 여러 가지 면에서 데카르트의 영향에서 비롯한 것입니다. 이와 관련하여 드니 베라스의 사회 설계는 "데카르트의 (건축) 유토피아(cartesische Utopia)"라고 명명됩니다. 그것은 엄밀한 방식으로 직선 내지 수직을 중시하는 기하학적 모델로서, 17세기 이후의 유토피아에서 현저하게 나타난 특징입니다. 세바랑비의 건축물 외곽에는 어떠한 곡선도 발견되지 않으며, 도로 역시 직선 내지 사각형의 틀에 의해서 설계되어 있습니다. 중요한 것은 베라스가 모어의 건축 구도 대신에 캄파넬라의 건축 구도를 적극적으로 도입하였다는 사실입니다. 이러한 특성은 나중에 푸리에의 팔랑스테르와 벨러미의 중앙집권적 건축 유토피아에 커다란 영향을 끼치게 됩니다.

13. 국유제의 장단점, 군주제와 민주제를 혼합한 정치제도: 베라스의 국가 모델과 내외적인 기능을 고찰하면, 그것은 초기 르네상스의 정태적인 유토피아를 답습하고 있습니다. 기실 베라스의 사회 경제적 모델은 잘 구획된 틀에 의해서 축조된 것입니다. 실제로 베라스는 자신이 처한 비참한 현실의 근본적 이유를 찾으려고 골몰했습니다. 이로써 그가 발견해 낸 것은 사람들의 나쁜 습성에 해당하는 교만, 탐욕 그리고 게으름이었습니다. 이러한 나쁜 습성이 자리하게 된 근본적 배경에는 사유재산제도가 자리하고 있었습니다. 세바리아가 맨 처음 실행한 것은 사유재산제도의 철폐였습니다. 세바랑비에 사는 모든 사람들은 사용 도구를 제

외한 나머지 물품을 사적으로 소유할 수 없습니다. 모든 재화의 소유권은 국가에 귀속되고 있는데, 이를 관장하는 사람들은 부왕(副王) 그리고 그의 신하입니다. 이곳은 군주제도에 바탕을 두고 있지만, 귀족 정치와 민주주의의 혼합체라고 말할 수 있습니다. 세바랑비의 건물들은 궁궐처럼 지어져 있는데, 사람들은 이곳을 "오스마시"라고 명명합니다. "오스마시"에서 거주하는 사람들의 수는 약 1000명입니다. 말하자면 1000명이 세바랑비에서 가장 작은 정치 조직인 셈입니다. 주민 공동체, "오스마시(Osmasie)"의 주민들은 책임자인 "오스마시옹트(Osmasionte)"를 직접 선출합니다. 베라스의 유토피아에서는 통치 형태에 따라 인간의 본성이 변화된다는 점이 매우 중요합니다. 인간은 사악하게 태어났으나, 사려 깊은 법 제정 및 법 집행으로 마음속에 도사린 악덕이 싹트지 않게 된 것입니다(정해수: 383).

14. 공동으로 행하는 노동: 문제는 독일의 계몽주의자, 크리스티안 토마지우스의 다음과 같은 물음에 있습니다. 만약 국가가 모든 재화를 관장하게 되면, 부지런하게 일하는 사람들은 자신의 혜택을 누리지 못하고, 편안하게 노는 사람들이 이득을 챙기게 된다는 것입니다. 그렇게 되면 사회는 다시금 노동의 가치가 약화되고 사회악이 창궐한다는 것입니다(Thomasius: 961). 사실 국가가 경제적 측면에서의 모든 결정권을 장악하게 되면, 개개인의 노동의 욕구는 저하되기 마련입니다. 이는 현대의 사회주의 국가에도 해당되고, 세바랑비 국가의 경우에도 해당되는 말입니다. 노동 욕구의 저하를 막기 위해서 세바랑비 국가 공동체가 채택한 것은 인민이 함께하는 공동 노동 정책입니다. 모두가 하루 여덟 시간 함께 일하게 되면, 게으른 자라고 하더라도 사람들 보는 앞에서 자신의 태만을 공공연하게 드러내지는 않을 것입니다.

15. 여러 가지 우여곡절 끝에 정착된 공유제: 세바리아는 국가가 재화를 관장하는, 이른바 공유제를 도입하였습니다. 이로써 그는 재화를 더욱 많이 소유하려는 개인의 사적 욕망을 잠재우고, 국가의 재산을 강화시키려 합니다. 가난을 이 땅으로부터 사라지게 할 수 있는 유일한 방안은 바로 그것이었습니다. 교환 수단으로서 화폐의 사용은 금지됩니다. 금화의 생산은 세바랑비에서는 결코 가능하지 않습니다. 금은 심지어 외국과의 무역에도 활용될 수 없습니다. 이 점에서 베라스의 유토피아는 모어의 그것과는 다릅니다. 세바랑비에서 사용되는 외국과의 교역 물품은 포도주나 섬유 제품에 한정되어 있습니다. 그런데 시간이 흐름에 따라 문제가 발생합니다. 세바리아 다음의 부왕, 브론타스가 등극한 다음에 페르시아 사람들이 이곳으로 이주해 왔습니다. 브론타스는 이들의 금은보화를 재화로 취급하는 등 사유재산제도를 일시적으로 인정하였고, 이로 인하여 세바랑비 사람들은 혼란스러워했습니다. 그 때문에 브론타스는 외부와의 관계를 단절함으로써 외부로부터의 나쁜 영향을 차단시켰습니다. 물론 오랜 시간이 지난 다음에 세바랑비는 원래의 질서를 재정비합니다.

16. 세바랑비에서의 생산과 분배: 세바랑비에서의 물품의 생산과 분배는 모어의 『유토피아』의 경우와 마찬가지로 어떤 계획경제의 틀에 의해서 영위됩니다. 경제의 토대는 무엇보다도 농업에 바탕을 두고 있습니다. 그 밖에 수공업자들은 섬유, 가죽, 금속 분야에 종사하는데, 이러한 생산 체제는 매뉴팩처(가내수공업)의 방식으로 영위됩니다. 베라스는 생산과정에 관해서 자세히 언급하지는 않습니다만, 대부분의 노동자들은 함께 일하면서 물건을 생산합니다. 그들은 노동을 지도하는 사람의 계획에 의해 제각기 맡은 임무를 다하면서 노동에 임합니다. 거주지 근처에는 거대한 물품 저장고가 위치하고 있습니다. 사람들은 필요한 만큼

의 곡식, 포도주, 기름, 과일 등을 저장고에서 꺼내서, 그것들을 자신이 속한 "오스마시"로 가지고 갑니다(Manuel: 370). 재고품들은 인접한 매뉴팩처나 일반 저장소로 이전되어 그곳에서 보관됩니다. 일반 저장소는 특정 지역에서 생산되지 않는 물품들을 저장해 놓고 다른 지역의 일반 저장소의 물품들과 교환합니다. 물품의 생산과 분배 그리고 교환 등의 일을 담당하는 사람들은 감독관들입니다.

17. 휴식과 노동으로 이루어진 여덟 시간의 노동: 베라스는 국가가 조합의 형태로 물품을 생산하고 분배하는 것이 최상이라고 확신했습니다. 모든 사람들은 하루 여덟 시간 일하면, 자신과 가족이 굶주리지 않고 살아갈 수 있으리라고 믿었던 것입니다. 세바랑비 사람들은 과거에 노예가 행하던 일감을 직접 맡아서 행했습니다. 가령 광산 채굴 작업이라든가, 성벽을 쌓는 일 등을 생각해 보십시오. 모어는 『유토피아』에서 노예들을 활용하여 일반인들보다 더 오래 일하게 했습니다. 베라스의 경우에도 노예들은 힘들고 더러운 일을 수행합니다. 요약하건대 세바랑비의 모든 사람들은 반드시 노동을 의무적으로 행해야 합니다. 여덟 시간 노동을 면제받는 사람들은 임산부, 아이들, 60세 이상의 노인들, 병자들 그리고 정치적 엘리트들입니다. 노동력을 극대화시키기 위해서 국가는 노동시간의 준수를 법으로 확정하고 있습니다. 그런데 만인의 노동은 결코 강제적 사항이 아닙니다. 만약 사람들이 언제나 억지로 일하게 되면, 노동의 결과가 좋지 않기 때문입니다. 노동시간을 엄수한다는 것은 바꾸어 말하면 충분한 휴식 시간이 주어진다는 것을 뜻합니다. 노동자들은 여덟 시간 동안 쉬지 않고 일하는 것은 아닙니다. 여덟 시간 동안에는 간간이 자유 시간과 휴식이 주어집니다(Vairasse 1717: 326). 쉬는 시간에 노동자들은 쉬거나 춤을 추며, 산책을 할 수도 있습니다. 또한 특정한 시간 동안 연극을 관람할 수도 있습니다. 노동자들이 그런 식으로 휴식을 취하

면, 노동에 대한 즐거움을 느낄 수 있습니다.

18. 자연의 개발과 과학기술: 베라스는 자연의 자원을 최대한 활용해야 한다고 생각했으며, 지상의 행복한 삶을 위하여 자연과학과 기술을 개발해야 한다고 믿었습니다. 이러한 믿음은 작품에서도 그대로 드러납니다. 가령 세바리스타스는 47년간 세바랑비를 다스리는 동안에 예술과 정치 그리고 학문을 강조하였습니다. 그의 후계자인 케마스 역시 사람들로 하여금 지하자원을 개발하게 하였습니다. 시든 선장이 이곳에 도착했을 때, 부왕(副王) 미나스는 선원들에게 수로(水路, aquaeductus)의 사업에 관하여 언급합니다. 세바랑비의 운하와 건축 등은 모두 기하학적 구도에 의해서 건설되어 있습니다. 기술자들은 산을 뚫어서 터널을 만들 수 있습니다. 세바랑비 사람들은 늪지대의 수분을 제거함으로써 대지로 변화시킬 수 있으며, 거름을 활용하여 황무지를 옥토로 개간할 능력을 지니고 있습니다. 납과 구리를 녹여서 관을 만들고, 이것을 상수도 시설에 도입합니다. 그렇게 되면 물이 부족한 지역에 식수를 공급할 수 있다고 합니다. 이를 고려할 때, 베라스가 베이컨의 『새로운 아틀란티스』를 기술 유토피아의 모범으로 수용한 것은 분명합니다.

19. 세바랑비의 의식주: 세바랑비의 건축학적 골격으로서 루이 14세의 왕궁을 채택했다고 해서 드니 베라스가 무조건 왕궁의 화려함을 강조한 것은 아닙니다. 의복의 경우, 모든 사람들이 그저 좋은 의복을 입고 품위 있게 생활하기를 바랐을 뿐입니다. 이와 관련하여 다음의 사항은 매우 중요합니다. 즉, 베라스는 사치가 아니라 절제를 중요한 덕목으로 여겼다는 사항 말입니다. 베라스는 주어진 재화를 낭비하고 남용하는 행위 자체를 사악한 것으로 간주하였습니다. 세바랑비에서는 사람들이 비록 좋은 옷을 걸치지만, 옷감을 함부로 낭비해서는 안 된다고 합니다. 귀족

신분의 사람들과 여성들은 비단옷을 입을 수 있지만, 대중들은 털옷, 무명옷을 걸치고 다닙니다. 의복의 색깔은 나이에 따라 달라지는데, 7년마다 한 번 교체됩니다. 세바랑비에 술집은 없습니다. 포도주와 알코올은 일부 계층 사람들에게만 허용됩니다. 이곳 사람들은 굶주리지 않고 스포츠를 즐기면서 살아가기 때문에, 건강한 생활 습관을 유지하며, 병에 잘 걸리지 않습니다.

20. 가족과 일부일처제의 결혼: 세바랑비의 가족은 공동체의 기본적인 토대로 작용합니다. 이 점에 있어서 베라스의 유토피아는 토머스 모어의 그것과 다르지 않습니다. 기본법이 있기 때문에 세바랑비는 인구 증가를 사전에 차단시킬 수 있으며, 개인의 사생활의 영역에서도 조화로움과 평화가 자리할 수 있습니다. 가령 혼외정사라든가, 결혼 전의 성 관계는 법으로 엄격하게 금지됩니다. 나아가 동물과 간음하는 짓거리라든가, 혼음은 법에 의해 부도덕한 짓거리로 규정됩니다. 왜냐하면 특정한 아이가 태어날 때 아버지가 누구인가를 밝히는 것이 중요하기 때문입니다(Vairasse 1702, Bd. 1: 104). 세바랑비의 공동체에서 거주하는 일반 사람들은 일부일처의 윤리를 고수해야 합니다. 이와는 달리 높은 직위를 지닌 관리는 예외적으로 여러 명의 여성을 거느릴 수 있으며, 국가의 수상은 자신이 원할 경우 12명의 여자를 아내로 맞이할 수 있습니다. 일반적으로, 남자는 20세, 여자는 18세가 되어야 결혼할 수 있습니다. 결혼은 사랑의 공동체를 합법적으로 인정하는 통과의례입니다. 일반적으로, 젊은 남녀들은 18개월을 사귄 다음, 약혼 내지 결혼을 할 수 있습니다. 결혼식은 1년에 네 번 공동으로 치러집니다. 결혼했다고 해서 무조건 부부 사이에 동침이 허락되는 것은 아닙니다. 신랑 신부는 처음 몇 년 동안에는 3일에 한 번, 28세의 나이가 되면 이틀에 한 번 동침할 수 있습니다. 그 다음에는 그들이 원하는 대로 함께 지낼 수 있습니

다.

21. 여성의 노동과 지위: 세바랑비에서는 여성들 또한 전사로서 훈련받으며 전선에 투입되곤 합니다. 이 점은 플라톤, 모어, 캄파넬라의 경우와 다를 바 없습니다. 그 밖에 여성들에게는 아무런 제한 없이 남편을 고를 수 있는 선택권이 주어져 있습니다(Vairasse 1702, Bd. 1: 174). 여성들은 정치적 야망을 지닌 남자보다는 오히려 평범하고도 단순한 남자를 선호하는 경향을 드러냅니다. 왜냐하면 그들은 자신의 남편을 절대로 다른 여자들과 나누려 하지 않기 때문입니다. 예컨대 고위층의 남자가 여러 명의 여성을 거느릴 수 있다는 점을 생각해 보세요. 고위층은 특정한 남녀들이 상대방을 일시적으로 원할 경우 얼마든지 사랑의 파트너를 교체할 수 있습니다. 그렇지만 이러한 일로 인하여 혼인 관계가 파기되거나 자식이 생기게 되면, 높은 직위의 사람들은 이를 창피하게 여깁니다. 이혼한 다음에 어머니는 자식들의 나이가 7세 미만일 경우 — 국가가 아이들의 교육을 맡을 때까지 — 아이들을 자발적으로 돌봅니다. 그럼에도 베라스의 유토피아에서는 가부장주의의 요소가 부분적으로 드러납니다. 가령 길쌈이라든가 바느질 그리고 의복 제조 등의 일감은 주로 여성들이 담당합니다. 여자들은 차제에 남편에게 봉사하고, 조국을 위해서 자식을 많이 낳는 것을 하나의 명예로 생각합니다.

22. 세바랑비 사람들의 사생활과 일상적인 삶: 세바랑비에서의 개별적인 삶 내지 사생활은 무엇보다도 국익과의 관련성 속에서 이해될 수 있습니다. 세바랑비 사람들은 궁전에서 함께 거주합니다. 아침 식사와 점심 식사는 공동으로 치러집니다. 그렇지만 그들은 저녁 식사만큼은 가족이나 친구들과 개별적으로 행합니다. 한 가지 놀라운 것은 이곳 사람들의 사랑의 삶에 관해서는 최소한 국가의 강제성으로부터 완전히 벗어

나 있다는 사실입니다. 가령 캄파넬라의 경우는 성생활의 시간이 엄격하게 제한되고 점성술에 의해서 짝짓기가 거행되는 반면에, 베라스의 경우는 많은 예외 조항이 마련되어 있습니다. 국가는 사랑의 삶에 있어서는 개개인에게 최대한의 자유를 허용합니다. 그렇기에 세바랑비의 공립학교에서는 가끔 에로틱한 사건이 발생하여, 이에 관한 소문이 사람들 사이에 오르내리며, 부왕(副王)이 젊은 처녀를 사랑하게 되어 물의를 일으킨 적도 있었습니다.

23. 세 가지 자연법적 권리, (1) 자기 보존, (2) 행복 추구, (3) 종족 보존: 베라스의 유토피아는 공동 이성의 체계에 의해서 축조된 것으로서, 오래된 자연법의 요소를 드러내고 있습니다. 베라스는 존 로크와 친하게 지낸 바 있는데, 그를 통해서 홉스의 사회계약 이론을 접한 바 있었습니다. 이를 고려하면 베라스의 유토피아에서 자연법의 특징이 드러나는 것은 거의 당연해 보입니다. 베라스의 경우, 국가의 기본법과 자연법은 동일합니다. 국가의 기본법은 만인의 자유와 평등에 기초하고 있습니다. 베라스는 국가가 형성되기 이전의 개개인의 권리를 다음과 같이 세 가지 사항으로 규정합니다. 첫째로 모든 피조물은 자기 보존의 권리를 지니고 있습니다. 만약 먹고, 마시며, 잠잘 수 있는 등의 기본적 삶의 토대가 마련되어 있다면, 개별 인간들의 자기 보존의 권한에 대한 요구는 이 경우에 한해서만 파기될 수 있습니다. 둘째로 모든 피조물은 행복 추구의 권한을 지닙니다. 행복을 실천하는 일은 베라스에 의하면 "감정과 본능이라는 무질서"로부터 등을 돌릴 때 가능하게 됩니다. 따라서 개별 인간들은 공동의 행복을 누릴 체제 내지는 기관을 필요로 합니다. 바로 여기서 선을 행하는 단체인 국가의 기능이 출현합니다. 셋째로 모든 피조물은 종족 보존의 권리를 지닙니다. 이는 개별 인간들의 사랑의 삶을 전제로 하는 무엇입니다. "종족을 보존하는 행위는 모든 생명

체의 사멸을 사전에 차단하는 행위이다. (…) 만약 그것이 이성에 의해서 주도적으로 시행된다면, 그것은 차제에 오로지 선한 영향력을 발휘하게 될 것이다. 이를테면 인간의 생명을 보존하고 확장시키는 일 말이다"(Vairasse 1702, Bd. 1: 100). 여기서 우리는 베라스가 생각해 낸 세 가지 평등을 유추할 수 있습니다. 첫째는 출생의 평등권이고, 둘째는 자연적 자유의 평등권이며, 셋째는 자유롭게 자신의 견해를 표현할 수 있는 평등권입니다. 이러한 권리들은 베라스에 의하면 어떠한 종교적 계율 내지 이데올로기의 구실로 은폐되거나 차단될 수 없다고 합니다.

24. 베라스의 유토피아에는 폭동이 자리하지 않는다: 부왕과 백성들은 자신에게 주어진 자연법의 고유한 법칙을 천부적인 것이라고 믿으면서 생활합니다. 사람들은 모든 정책이 보편적인 안녕을 위해서 제정되고 실행된다는 것을 잘 숙지하고 있습니다. 그렇기에 그들은 특별위원회의 허락 내지 태양의 "명령" 없이는 어떠한 인위적인 정책도 실천해서는 안 된다고 믿습니다. 따라서 부왕은 국가 내에서 행여나 반대 세력 내지 상류층에 불만을 품은 사람들이 폭동을 일으킬까 전혀 두려워할 필요가 없습니다. 혹시 누군가 지배 세력을 무찌른다고 하더라도, 그들은 처음부터 인민들의 지지를 받을 수 없습니다. 국가는 거대한 체계의 어떤 감독 시스템을 갖추고 있습니다. 실제로 모든 삶의 영역이 이러한 시스템 속에 편입되어 있습니다. 생산, 분배, 교육, 공공의 축제 그리고 건물 등 제반 영역에서 국가의 감독관이 활동하고 있는데, 이들은 일반 사람들의 일거수일투족을 관찰하며, 사랑의 삶에 관여합니다. 그렇다고 모든 사람들이 감독관의 감시 하에 있는 것은 아닙니다. 일부 사람들은 감독관의 감시를 따돌리고 사랑하는 사람과 동침하는데, 이는 사회적으로 비난당할 만큼 큰 잘못이 아닙니다. 왜냐하면 국가는 인민들에게 무엇보다도 출산을 장려하기 때문입니다. 사람들은 함께 모여 군사훈련을 행하는데,

여자들 역시 훈련에 참가합니다. 12명 가운데 한 사람은 장검 혹은 창과 같은 무기를 소지하고 있습니다.

25. 외국 여행과 출간의 문제: 외국 여행 역시 철저하게 통제됩니다. 학문이라든가, 어떤 혁신적 사항을 개발하라는 국가의 특명을 받고 외국으로 향하는 사절단 역시 철저하게 통제의 대상이 됩니다. 그들이 나라를 떠나려면, 반드시 자신에게 달린 세 명의 아이를 나라에 맡겨야 합니다. 그렇지 않을 경우 그들은 출국할 수 없습니다. 이러한 조처로써 국가는 대규모의 망명 사태를 사전에 차단하려고 했습니다. 또한 언론의 자유 역시 부분적으로 통제를 받습니다. 만약 누군가 책을 출간하려고 할 때, 그는 인쇄하기 전에 검열관에게 원고를 보여야 합니다. 세바랑비에서는 오로지 수준 높은 원고만이 책으로 간행될 수 있습니다.

26. 정부의 권위주의와 인종주의 정책: 물론 제반 정책의 수행에 있어서 의견의 대립이 발생할 수 있습니다. 그렇지만 사람들은 국시로 명시되어 있는 이성적 판단을 수미일관 추종합니다. 그렇기에 소수의 견해가 공개적으로 비난당할 때가 있습니다. 베라스의 유토피아에서는 국가적 차원에서의 보건 위생 정책 내지 인간의 차별 등이 자세히 언급되지는 않습니다. 예컨대 세바랑비의 사람들은 건강한 육체를 선호하는데, 수도인 세바린데에서는 육체적으로 그리고 심리적으로 병든 사람들이 살지 않습니다. 장애인들은 어떤 특별한 공간에서 고립된 채 생활합니다. 이러한 차별은 교육정책에서도 반복됩니다. 국가는 건강하고 힘이 넘치는 남녀들이 동침하게 하여, 가급적이면 훌륭한 자식들을 많이 낳도록 조처하고 있습니다. 그러니 많은 아이들을 키운 여자가 사회적으로 존경을 받으며, 아이를 낳지 못하는 여자는 사회적으로 천대당할 수밖에 없습니다. 결혼한 지 5년이 되는 남자는 과부나 처녀를 성의 파트너로 맞이할

수 있습니다. 그렇게 할 수 없으면, 그는 노예 가운데 한 명의 여자를 택할 수도 있습니다. 여기서 우리는 남성 중심적 사회 관습을 감지할 수 있습니다.

27. 베라스 유토피아의 특성: 세바랑비의 유토피아는 플라톤의 『국가』, 모어의 『유토피아』 그리고 베이컨의 『새로운 아틀란티스』의 특징들을 조금씩 수용하고 있습니다. 그렇지만 전체적으로 고찰할 때, 베라스는 정치, 경제, 사회 그리고 문화적인 측면에서 역사적으로 이미 출현한 사회 시스템을 거의 반영하지 않았습니다. 이 점을 고려할 때, 베라스의 유토피아는 거의 독창적인 상상에 의존하여 창안된 것이라고 말할 수 있습니다. 작가는 고대로부터 근대로 이어지는 모든 자료에다 자신의 상상력을 가미하였습니다. 놀라운 것은 베라스의 유토피아에서 가상적인 요소가 발견되지 않을 정도로 현실성을 드러내고 있다는 사실입니다. 베라스는 한마디로 주관적 자연법에 근거를 둔 공산제 공동체를 구상했습니다. 지배자는 수많은 백성들의 풍요로운 물질적 삶을 보장해 주고 그들로 하여금 정신적, 도덕적으로 일치감을 느끼게 할 의무감을 지니고 있습니다.

28. 베라스의 시대 비판: 베라스의 시대 비판은 그 자체 자명합니다. 베라스의 유토피아는 첫째로 루이 14세의 절대주의의 폭정을 비판합니다. 작품에서 정치가는 "태양의 부왕"으로 등장하는데, 여기서 거론되는 "태양의 왕(roi soleil)"은 "짐이 국가다"라고 일갈한 루이 14세를 암시합니다. 말하자면, 작가는 세바랑비의 국가를 통해서 절대주의의 폭정을 은밀히 야유하고 있습니다. 둘째로 작품 내에서 입법기관에 종사하는 사람들은 국민에 의해서 선출되는데, 이 점은 무척 중요합니다. 왜냐하면 의회 의원을 민주적으로 선출하는 일은 부분적으로 국가의 독재를 견제할

수 있기 때문입니다. 세바랑비의 찬란한 삶은 17세기 프랑스에서 살아가는 일반 사람들의 고통스럽고 가난한 생활에 대한 반대급부의 상으로 이해될 수 있습니다. 특히 사유재산을 처음부터 "사회적 불행"으로 규정하고 철폐한 것은 놀라운 대목입니다. 물론 『세바랑비 이야기』가 다른 사회 유토피아에 비해서 가상적인 문학적 특성을 부각시키고 있어서, 사회 및 시대 비판의 요소는 비교적 약화되어 있는 게 사실입니다만, 우리는 상기한 두 가지 사회 비판적 요소를 결코 배제할 수는 없습니다.

29. 가상적인 이상 국가, 세바랑비의 취약점: 베라스는 유토피아의 구상에 있어서 어떤 분명한 혁명적 요소를 배제하였습니다. 가령 장소 유토피아의 유형적 특징인 섬의 모티프를 생각해 보세요. 게다가 사회적 변화를 위한 강력한 의향 또한 약화되어 있습니다. 세바랑비의 법과 도덕은 완전무결함에 가까운 정태적인 시스템 속에서 작동되고 있습니다. 우리가 베라스의 유토피아에서 그저 하나의 계몽된 절대주의의 사회상을 접하게 되는 것도 그 때문입니다. 베라스는 비록 세바랑비의 지나간 역사를 서술하고 있다고 하지만, 공동체의 전체적 구도를 염두에 둘 때, 과정으로서의 변화 내지 역동성을 강조하지는 않았습니다. 그렇기에 국가는 인간의 끝없는 노력을 달성해 낼 수 있는 능동적 모델로 비치지 않습니다. 우리는 세바랑비를 처음부터 하나의 완전성으로서의 자연법적 이상을 표방하는 이상적 사회의 정태적 모델로 규정할 수 있습니다.

베라스의 『세바랑비 이야기』는 당시 프랑스 사회체제에 대한 강도 높은 비판을 노골적으로 드러내지 않습니다. 그렇기에 작품 내에서는 일견 작가의 은근한 혹은 명시적인 시대 비판이 결여되어 있는 것처럼 보입니다. 실제로 드니 베라스는 당국으로부터 출간으로 인한 여러 제약에 시달리지 않았지만, 오랫동안 자기 검열에 시달린 것 같습니다. 오랫동안 책상 서랍에 묵혀 둔 그의 책은 비교적 수월하게 유럽에서 차례로 간행될 수 있었습니다. 바로 이러한 이유로 인하여 우리는 다음의 사항을 분명하게 간파할 수 있습니다. 즉, 세바랑비의 유토피아 속에는 토머스 모어, 캄파넬라 등이 묘사한 르네상스의 정태적 유토피아의 특성과 17세기 후반부에 드러나는 자연법사상의 유토피아의 특성이 기묘하게 혼합되어 있다는 사항 말입니다. 결론적으로, 『세바랑비 이야기』는 르네상스의 정태적 유토피아와 17세기 이후의 자연법 유토피아를 서로 연결시켜 주는 가교 역할을 담당하고 있습니다.

참고 문헌

모르네, 다니엘 (1995): 프랑스 혁명의 지적 기원, 곽광수 역, 일월서각.

정해수 (2011): 18세기 대혁명 전후의 프랑스 문학과 사상 연구 3, 유토피아에 관한 글쓰기, 실린 곳: 한국 프랑스학 논집, 제76집, 373-425.

Berneri, Marie Luise (1982): Reise durch Utopia, Aus dem Amerikanischen übersetzt von Renate Orywa, Berlin.

Freyer, Hans (2000): Die politische Insel. Eine Geschichte der Utopien von Platon bis zur Gegenwart, Wien.

Manuel (1971): Manuel, Frank (Ed.), French Utopias. An Anthology of Ideal Societies, New York.

Montaigne, Michel de (1996): Essais, Frankfurt a. M..

Mühll, Emanuel von der (1938): Denis Veiras et son Histoire des Sévarambes 1677-1679, Paris.

Thomasius, Christian (1689): Freymüthiger jedoch vernunft- und gesezmäßiger Gedancken uber allerhand/fürnehmlich aber Neu Bücher. Augustus des 1689, Halle.

Vairasse, Denis (1702): Histoire des Sévarambes, peubles qui habitent une Partie du troisième Continent, communément appellé La Terre Australe, Amsterdam.

Vairasse, Denis (1717): Histoire der Neu-gefundenen Völker, Nürnberg.

9. 푸아니의 양성구유의 아나키즘 유토피아

(1676)

1. **절대왕정 시대에 출현한 유토피아:** 17세기 프랑스에서는 절대군주가 조세를 갈취하고 가난한 백성들에게 강제 노동을 강요하였습니다. 당시는 왕의 절대적 권한이 모든 인간 삶을 장악하고 있었으므로, 국가의 설계는 물론이고 지상의 왕국을 "지금 그리고 여기"라는 현실적 배경으로 서술하는 일은 위험하기 이를 데 없었습니다. 17세기, 18세기의 절대왕정 시대에 유토피아의 공간이 먼 나라, 혹은 우주의 공간으로 이전된 것 역시 바로 그 때문입니다. 1676년 제네바에서『자크 사뒤르의 모험(Les Avantures de Jacques Sadeur)』이라는 제목의 기이한 소설 한 편이 작자 미상으로 발표되었습니다. 나중에 소설을 집필한 사람은 가브리엘 드 푸아니(Gabriel de Foigny, 1630-1692)로 밝혀지게 됩니다. 푸아니의 소설 제목 역시 나중에『남쪽 대륙 알려지다(La Terre Australe connue)』로 수정됩니다. 이 작품은 남쪽의 찬란한 나라를 묘사하고 있다는 점에서 드니 베라스의『세바랑비 이야기』(1675)와 같은 유형의 유토피아 소설입니다.

2. **작품에 대한 혹평:** 지금까지 고전적인 유토피아는 강력한 국가 체제

를 강조했습니다. 그렇지만 푸아니의 유토피아는 구체적 시스템으로서의 질서가 아니라, 인간이 누릴 수 있는 절대적 자유를 거리낌 없이 설계하고 있습니다. 게다가 작품은 자웅 양성을 지닌 기이한 인종을 등장시키고 있습니다. 작품 내에 반영된 아나키즘의 요소 그리고 양성 인간의 묘사 등으로 인하여 『남쪽 대륙 알려지다』는 20세기 초반에 이르기까지 언제나 비난의 대상이었습니다. 이를테면 로베르트 몰은 19세기 중엽에 푸아니의 소설이 빈약한 내용을 담고 있으며, 문체 역시 경직되어 있다고 비판했습니다. 기상천외한 성에 관한 판타지가 독자들을 비현실적인 세계로 몰아넣는다는 것이었습니다(Mohl 86). 20세기 초반에 이 작품은 독일에서 혹평의 대상이었습니다. 19세기 말에 키르헨하임은 『놀고먹는 정치적인 나라(Schlaraffia politica)』에서 푸아니의 작품이 인간의 신체 구조를 변화시켜 국가를 황당하게 묘사한 졸작이라고 노골적으로 비난하였습니다(Kirchenheim: 145). 1892년에 클라인베히터는 『남쪽 대륙 알려지다』를 끔찍할 정도로 황당무계하다고 폄하하였습니다(Kleinwächter: 23f).

3. **무정부주의 유토피아:** 푸아니 문학의 진가를 예리하게 발견한 사람은 20세기 초의 연구가, 안드레아스 보이크트(Andreas Voigt)입니다. 푸아니의 작품은 순수한 무정부주의의 사고를 처음으로 주제화한 작품이라고 하였습니다. 푸아니는 놀랍게도 크로포트킨 이전에 무정부주의의 사상적 가능성을 처음으로 타진한 작가라는 것입니다(Voigt: 89). 보이크트는 "지배 구조"와 "반지배 구조"라는 두 개의 방향을 설정하고, 전자를 "국가주의 유토피아 모델"로, 후자를 "무정부주의 공동체 모델"로 설정한 바 있습니다. 그러나 무정부주의 공동체 모델은 나중에 다시 언급되겠지만 드니 디드로의 『부갱빌 여행기 보유』(1775)에서 다시 출현하였으며, 윌리엄 모리스의 『유토피아 뉴스』(1890)에서 다시 한 번 모습을

드러내게 됩니다.

4. 자웅 양성의 인간: 푸아니의 소설은 국가의 제재나 간섭을 받지 않는 인간 사회를 묘사하고 있을 뿐 아니라, 유토피아의 논의에서 항상 문제가 되는 두 가지 핵심적 질문을 담고 있습니다. 그 하나는 토머스 모어 이후의 시대에 이성이 과연 절대적으로 신뢰의 대상인가 하는 문제이며, 다른 하나는 과연 유토피아의 설계가 실현 가능성에 있어서 어느 정도 적절한가 하는 문제입니다. 특히 푸아니의 소설은 기존의 성도덕에 어긋나는 내용을 전해 주고 있습니다. 소설 속의 남쪽 대륙의 원주민들은 어떤 강제적 성윤리로써 인간의 성을 제한하지 않고 자웅 양성의 삶을 누립니다. 이러한 유형의 묘사로 인하여 초창기의 유토피아 연구자들은 푸아니의 작품을 저열하고 신을 모독하는 이야기로 매도하였습니다. 양성구유(兩性具有)는 인간으로서 도저히 상상할 수 없는 가장 추악한 문학적 서술이라는 것이었습니다. 물론 푸아니의 작품이 부분적으로 외설적이며, 성적 향락을 거침없이 묘사한 것은 사실입니다. 그럼에도 푸아니의 작품은 미지에 관한 상상 문학이라기보다는, 고전적 유토피아의 반열에 올려야 하는 명작입니다. 왜냐하면 그것은 여러 측면에서 이성을 중시하는 17세기의 가부장적 사회를 문학적으로 풍자하고 있기 때문입니다.

5. 푸아니의 삶: 푸아니의 파란만장한 삶은 엄격한 가톨릭주의와의 끝없는 대립으로 점철되었습니다. 푸아니는 1630년 라임에서 인쇄업자의 아들로 태어났습니다. 부모는 가난했으나 자식 교육에 남다른 열정을 보였습니다. 푸아니는 일찍이 프란체스코 교단에 들어가서 수련생이 됩니다. 그는 일찍부터 황금의 혀, 즉 탁월한 언변을 지니고 있었습니다. 어느 날 밤 그는 수련생의 신분으로 라임에서 살던 몇몇 처녀들과 몰래

만나 밤새도록 흥청망청 놀았다고 합니다. 그의 애정 행각이 어느 정도 진척되었는지는 분명하지 않았습니다. 그런데 교단은 그의 행각을 성적 방종으로 규정하였습니다. 푸아니는 수련생 신분을 박탈당하고, "출교 (黜敎)"당했습니다. 문제는 이것이 하나의 처벌로 끝나지 않았다는 데 있습니다. 교단으로부터 자초지종을 입수한 프랑스 당국은 일사부재리의 원칙을 무시하고(하기야 17세기 프랑스에 일사부재리의 원칙이 정착되어 있을 리 만무합니다), 그에게 지속적으로 가혹한 형벌을 내립니다. 그것은 국외 추방이라는 조처였습니다. 그래서 그는 스위스의 제네바로 떠나지 않을 수 없었습니다.

푸아니는 프로테스탄트로 개종한 다음, 1666년에 칼뱅 교단에 들어갑니다. 이는 오로지 생계를 위한 결정이었습니다. 몇 개월 후에 그는 다시 구설수에 오르게 됩니다. 소문에 의하면, 푸아니가 술집에서 카드놀이를 즐기다가 여러 명의 동네 처녀를 유혹하여 차례대로 그들의 순결을 빼앗았다는 것입니다. 이는 약간 과장된 감이 없지 않습니다. 사실인즉 푸아니는 레아 라 마이송이라는 여성과 사랑에 빠져, 그미를 임신시키고 말았던 것입니다. 칼뱅 교단은 1666년 10월 1일에 그에게 8일 내에 제네바를 떠나라고 통보합니다. 이로써 푸아니는 재차 추방당합니다. 14일 후에 푸아니는 레아와 함께 로잔으로 가서 결혼식을 올립니다. 푸아니에 관한 나쁜 소문은 이미 로잔에도 퍼져 있었습니다. 다행히 1669년 3월에 생활비를 벌 수 있는 기회가 주어집니다. 로잔에 있는 모르그 학교는 월급과 숙식을 제공할 테니 학생을 가르쳐 달라고 제안했던 것입니다. 푸아니는 감사하는 마음으로 이를 수락하고 열심히 일합니다. 가령 찬가에 해당하는 작품 「주님을 모시는 일에 대한 매혹(Les attraits au service divin)」은 이 시기에 완성된 작품이었습니다. 몇 달 후에 모르그 학교에서 다시 문제가 발생합니다. 예배에 참가한 푸아니는 제단 앞에서 술에 취해서 그만 정신을 잃고 말았던 것입니다. 모르그 학교에서 쫓겨난 그는 아내와 두 자식을 데리고 스위스의 제네바로 돌아가려고 합니다. 싫든 좋든 간에 그는 제네바에서 뼈를 묻으려고 결심합니다. 지속적으로 칼뱅 교단에 용서를 구합니다. 푸아니는 가요와 시편을 써서, 칼뱅 교단에게 작은 보탬이 되려고 하였습니다. 그가 호구지책으로 행한 일은 프랑스어와 라틴어를 가르치는 가정교사 일이었습니다. 그러나 칼뱅 교단은 푸아니의 가요와 시편 들을 몰수하여 모조리 불태워 버립니다. 작품이 신앙심을 불러일으키기는커녕, 오히려 신자들의 마음을 미혹에 사로잡히게 만든다는 것이었습니다.

1676년 제네바에서 유토피아 소설, 『자크 사뒤르의 모험』이 간행됩니다. 책에는 저자의 이름이 "G. d. F"로 표기되어 있습니다. 저자의 이름을 정확히 아는 사람은 출판사 사장밖에 없었습니다. 조만간 제네바의 신학자들은 두 명의 교수로 하여금 이 책을 심사하게 합니다. 두 교수는 푸아니의 책을 "수치스럽고 위험하며, 신을 모독하고 있다"고 평가합니다. 예컨대 저자는 계시의 가르침을 부정하며, 영혼불멸설을 비아냥거리고 있다는 것이었습니다. 결국 푸아니와 출판업자인 라 피에르는 3개월 후에 당국에 의해 체포됩니다. 재판정에 초췌한 모습을 드러낸 푸아니는 자신이 저자임을 솔직하게 털어놓고 선처를 바랍니다. 감옥에서 풀려나게 되었으나, 푸아니의 고행은 이것으로 그치지 않습니다. 1680년에 푸아니의 아내는 세상을 떠납니다. 그런데 1679년에 푸아니는 진 베얼리라는 하녀를 유혹하여 셋째 아이를, 1681년에 넷째 아이를 낳게 합니다. 푸아니는 1684년에 사회적 풍기 문란이라는 죄목으로 다시 투옥됩니다. 이듬해에 그는 다시 임신한 진 베얼리와 자식 네 명을 거느리고 제네바를 떠나야 했습니다. 마지막 시기에 그는 다시 가톨릭으로 개종하여 어느 수도원에서 칩거하여 살다가 1692년에 사망합니다.

6. 가상적인 섬을 배경으로 하는 문학 유토피아: 오스트레일리아는 실

제로 1606년 네덜란드의 선원인 빌렘 얀츠에 의해서 처음으로 발견되었습니다. 푸아니는 1610년 에스파냐 왕에게 보내는 보고서를 접했는데, 여기서 자신의 놀라운 착상을 떠올렸다고 합니다. 작품은 도합 14장으로 이루어져 있습니다. 푸아니는 유토피아 구성에 있어서 일단 가상적인 구도를 선택하였습니다. 푸아니의 남쪽 대륙은 오스트레일리아와 동일하지는 않습니다. 독자는 작품의 첫 번째 세 단락을 통해서 주인공 자크 사뒤르가 어디에서 출생했으며, 젊은 시절을 어떻게 보냈는지 그리고 어떠한 교육을 받았는지 파악하게 됩니다. 베라스의 『세바랑비 이야기』의 내용이 비록 가상적이기는 하지만 실제 사건과의 어떤 관련성을 드러내는 데 비해서, 푸아니의 작품은 역사적 신빙성 대신에 오로지 작가의 주관적 상상력에 의존하고 있습니다. 자크는 범선을 타고 아프리카의 통고까지 갔는데, 이에 만족하지 않고 남쪽 대륙까지 항해합니다. 작가는 모든 것을 서술하는 데 있어서 기상천외한 상상력을 도입합니다. 화자인 "나"는 범선이 난파된 다음에 여러 번의 죽을 고비를 넘겨야 했는데, 그때마다 거대한 새가 나타나서 주인공을 남쪽 대륙의 땅으로 데리고 갔다는 것입니다.

7. 남성 여성의 구분이 없는 새로운 대륙: 자크가 정신이 들었을 때, 그는 벌거벗은 몸으로 남쪽 대륙의 원주민들 사이에 누워 있었습니다. 이곳 사람들에게는 남성과 여성의 구분이 존재하지 않습니다. 왜냐하면 이곳 사람들은 자웅동체의 인간들이기 때문입니다. 따라서 이성애와 동성애가 모두 통용되는 것은 말할 나위가 없습니다. 결혼이라는 체제 역시 처음부터 불필요합니다. 자고로 결혼이란 일부일처제에서 나타난 규칙으로서 가정을 꾸리기 위한 조건으로 거행되는 예식입니다. 거대한 남쪽 대륙에서는 아이들을 공동으로 키우는 여성 집단이 있습니다. 그곳의 땅은 어떠한 외부 사람도 발을 들여놓지 않은 지역이었습니다. 원래 원주

민들은 당시까지 기질, 출생지 그리고 고향 등을 알지 못하는 어떠한 외부 사람도 영접하지 않는다는 불문율을 준수하고 있었습니다.

8. 주인공과 노인의 대화: 이어지는 장에서 자크 사뒤르는 남쪽 대륙 원주민과의 첫 만남과 주위 환경을 서술합니다. 작품의 대부분은 주인공과 수아이우스라는 이름을 지닌 노인과의 대화로 이루어져 있습니다. 노인은 주인공이 이곳에서 정신을 차렸을 때 그를 보호해 준 사람입니다. 대화를 통해서 주인공은 여러 가지 사항을 알게 됩니다. 예컨대 남쪽 대륙의 기후, 인민의 구조, 지정학, 원주민들의 교육제도라든가, 정치와 경제의 시스템 그리고 이성 신에 대한 숭배와 기술적인 개발 등이 바로 그 사항입니다. 이로써 작가, 푸아니는 고전적 유토피아에서 나타나는 바람직한 국가의 공간 구도를 세밀하게 그리고 폭넓게 축조하고 있습니다. 게다가 푸아니의 유토피아는 작가가 처했던 시대와는 완전히 동떨어진 구도로 구성되어 있습니다. 이는 유럽의 비합리적인 현실적 상황을 간접적으로 비판하기 위함입니다.

9. 문제는 만인이 이성적으로 사고하고 행동하는 데 있다: 남쪽 대륙에는 거친 맹수들이 살고 있지만, 유럽에는 동족을 급습하여 살육하는 인간 동물들이 살고 있습니다. 그 까닭은 유럽 민족들에게는 모든 것을 공정하게 인식하는 이성이 결핍되어 있기 때문입니다. 이를테면 소설의 주인공은 다음과 같이 말합니다. "사람들은 부귀영화에 대한 갈망을 달랠 수가 없으며, 언제나 반대 의견을 내세우며, 음험하고 비열한 방법으로 배신을 일삼으며, 피비린내 날 정도로 잔인하게 살상을 저지르고 있습니다. 유럽 사람은 언제나 그런 식으로 서로 싸우며 살아가지요. 이를 생각한다면, 우리는 이성보다는 열정에 이끌려서 살아간다고 생각되지 않는가요?"(Foigny 1982: 185). 결국 유럽인들은 궁핍함과 괴로운 삶을 계속

이어 나가게 된다는 것입니다. 사람들은 어쩔 수 없이 억압적인 체제를 만들어야 했으며, 이로 인하여 사람과 사람 사이의 갈등은 끝없이 지속되고 있다고 합니다. 17세기 유럽에서는 비참한 정치적 상황과 병행하여 남자들이 여자들을 지배하며 살아가고 있습니다. 이는 푸아니에 의하면 폭력을 자행하는 위계적 질서로 이루어진, 가부장적 수직 구도의 사회가 아닐 수 없습니다. 국가의 체제는 이 경우 불필요합니다. 이를 고려하면, 푸아니가 서술한 남쪽 대륙의 사람들과 그들의 생활 방식은 17세기 프랑스의 절대왕권 속에서 자행되는 끔찍한 현실 상에 대한 반대급부의 상이라고 말할 수 있습니다.

10. 양성구유의 인간: 푸아니는 남쪽 대륙의 사람들을 남녀추니의 양성 인간으로 묘사하였습니다. 유럽인들은 남쪽 대륙의 사람들의 눈에는 아직 완전한 사람이 되지 못한 "반인(半人)"과 같습니다. 왜냐하면 그들은 불완전하게 발전된 한 가지 성을 지니고 있으며, 여러 가지 실수를 저지르기 때문입니다. 이에 반해서 남쪽 대륙의 공동체의 삶은 인간과 인간 사이에 아무런 마찰 없이 영위되고 있습니다. 왜냐하면 모든 것이 이성의 힘에 의해서 이행되기 때문입니다. 남쪽 대륙의 사람들은 유연하며 매우 민첩합니다. 피부는 불그스레하며, 상당히 긴 얼굴을 지니고 있습니다. 머리카락은 까만데, 사람들은 일부러 시간을 내어 머리카락을 자르지 않습니다. 왜냐하면 머리카락이 많이 자라지 않기 때문입니다. 그들의 턱은 길며, 두 갈래로 나뉘어져 있습니다. 몇몇 부족의 팔은 길어서 허리까지 내려올 정도입니다. 이곳 사람들에게는 나의 것과 너의 것과 같은 소유에 대한 관념이 없습니다. 남쪽 대륙의 사람들은 습관적으로 발가벗은 채 이리저리 돌아다닙니다. 옷을 걸쳐야 할 필요성을 느끼지 못하기 때문입니다. 푸아니는 이렇게 묘사함으로써, 17세기 프랑스의 관습, 도덕 그리고 법이 너무나 엄격하고 편협하다는 점을 은근히 드러

내려고 하였습니다.

11. 완전한 삶, 완전한 인간: 남쪽 대륙의 사람들은 위에서 아래로 외치는 명령조의 말을 싫어합니다. 그들은 이성이 명하는 대로 자연스럽게 그리고 당당하게 행동합니다. 다시 말해서, 이성이 법이요, 규칙이며, 인간 삶의 유일한 척도입니다. 완전한 인간과 반인 사이에는 차이가 있습니다. 이곳 사람들은 자신의 사고와 갈망을 가급적이면 일치시키면서 살아갑니다(Foigny 1676: 183f). 남쪽 대륙의 사람들에게는 정부와 중앙 관청이 없으며, 무언가를 명령하는 자와 이를 이행하는 사람이 존재하지 않습니다. 그 까닭은 이성이 자신의 힘을 발휘하기 때문입니다. 이성은 사람들로 하여금 자신의 원하는 바와 행동을 일치시키게 합니다. 그렇게 되면 공동체는 혼란으로 인하여 엉망진창이 되지 않으리라는 것입니다. 개인적 자유와 평등은 사람들로 하여금 아무런 제한 없이 조화롭게 살아가게 하고, 공동체의 동질성을 영위하게 해 줍니다. 자크 사뒤르는 이를 알아차립니다. 그는 언어, 예절, 건축 그리고 그 밖의 사항에 관한, 놀라울 정도로 동일한 규칙을 언급하고 있습니다. 우리는 주인공에게서 모어의 『유토피아』에 등장하는 라파엘 히틀로데우스의 면모를 감지할 수 있습니다.

12. 사유재산은 남쪽 대륙 원주민들에게는 불필요하다: 푸아니는 공동체의 경제적 문제에 관하여 토머스 모어가 기술한 범례를 따르고 있습니다. 남쪽 대륙 사람들은 내 것과 너의 것을 구분하지 못할 정도로 사유재산에 대한 개념은 아예 존재하지 않습니다. 모든 것은 만인의 소유물입니다. 사람들은 모든 것을 공동으로 소유하고 필요에 따라 분배합니다. 이를테면 그들에게는 재화 생산의 과정이 불필요합니다. 온화한 기후와 자연의 혜택으로 인하여 사람들에게 필요한 모든 것은 풍족하게

주어져 있습니다. 따라서 필요한 물건들을 반드시 조달해야 한다는 필연성 자체가 처음부터 주어져 있지 않습니다. 남쪽 대륙의 사람들은 탐욕이 무엇인지 전혀 알지 못합니다. 만약 누군가가 필요하지 않은 물건을 수집하는 데 혈안이 되어 있다면, 이는 당사자가 심리적으로 나약하기 때문이라고 합니다. 남쪽 대륙의 사람들은 금과 은이 어째서 귀한 물건인지 전혀 이해하지 못합니다.

13. 인공적으로 만들어진 자연환경: 남쪽 대륙에는 산이 하나도 없으므로 사람들은 광활한 초원을 멀리 바라볼 수 있습니다. 사람들은 합심하여 이곳의 땅을 평평하게 골라 놓았습니다. 나아가 그들은 주거지를 기이한 방식으로 축조해 놓았습니다. 집 한 채에는 제각기 네 명이 살 수 있는 네 개의 공간이 있습니다. 25채의 집은 하나의 거주 구역으로 정해지며, 사람들은 16개의 거주 구역을 하나의 "세차인(Sezain)"이라고 명명합니다. 남쪽 대륙에는 도합 15,000개의 "세차인"이 존재합니다. 말하자면, 이곳 사람들은 점성술의 합리적 이상에 의거하여, 거주지를 놀라운 기하학적 모형으로 축조한 셈입니다. 점성술에 조예가 깊은 이들의 집은 기하학에 바탕을 두고 축조된 것입니다. 건물들은 화려하지는 않으나 질서 잡혀 있습니다. 이곳 사람들은 가부장적 가족의 개념을 지니지 않습니다. 사랑하는 남녀는 서로 만나서 일정 기간 동안 살다가 다시 헤어집니다. 따라서 이곳 사람들에게는 결혼과 이혼은 물론이요, 만남과 이별이라는 개념 자체가 처음부터 존재하지 않습니다. 왜냐하면 그들은 적어도 하나의 부락 내에서 그들 자신을 한 명의 큰 자아(Atman, 大我)라고 생각하기 때문입니다. 공동체 구성원들은 정치적, 문화적 혹은 교육적 목표에 따라 제각기 독특한 이름을 지닙니다. 그리고 약 6만 개의 학교에서 사천육백만의 학생들과 교사들이 활동하는 것을 고려하면, 광활한 남쪽 대륙의 전체 인구수는 약 1억 4천4백만에 달합니다.

14. 남쪽 대륙 사람들의 노동과 식사: 남쪽 대륙 사람들의 노동은 매우 단순합니다. 기후가 온화하여 1년 365일 과일과 곡식이 풍부하기 때문에, 사람들은 힘들게 일하지 않아도 좋습니다. 그들의 노동은 열매와 곡식을 채취하는 일이며, 서너 시간만 할애하면, 며칠 분량의 음식을 장만할 수 있습니다. 이들이 음식을 요리하는 경우는 거의 없습니다. 왜냐하면 이들은 생식에 길들여져 있기 때문입니다. 그들은 음식과 음료수를 낭비하지 않습니다. 분에 넘치는 향연 자체를 거부합니다. 그들은 공동 식사를 지양하고, 개별적으로 식사합니다. 커다란 열매 한두 개만 먹으면 포만감을 느끼고, 개울에 흐르는 청량음료는 그야말로 신의 음료수, 넥타와 같습니다. 푸아니는 이러한 자연환경을 인류가 천국에서 추방당하기 이전의 현실로 비유하고 있습니다. 야채 위주의 식습관으로 인하여 이곳 사람들은 비만 내지 당뇨병에 시달리지 않습니다. 이는 이곳 사람들이 소식(小食)하는 습관을 지니고 있기 때문입니다. 그들은 금과 은이라는 단어가 무엇을 뜻하는지조차 모르고 있습니다.

15. 검소한 삶과 명상: 남쪽 대륙의 사람들은 전혀 옷을 걸치지 않습니다. 그렇기에 집 안에 가구가 거의 없습니다. 그들은 주인공이 걸친 명주 옷을 바라보고 매우 신기하게 생각합니다. 이들의 의식주를 접하면서 주인공은 이곳 사람들이 검소하게 살아간다는 것을 감지합니다. 푸아니는 다음과 같이 서술합니다. "모든 좋은 것들(재화)로부터 거리(détachment des tous les biens)"를 취함으로써 개개인들은 이기주의 내지 사특한 마음을 저버릴 수 있었다고 합니다. 그들은 근검절약을 생활화하고 있지만, 그렇다고 해서 무턱대고 재화를 아끼는 것은 아닙니다. 이를테면 이곳 사람들은 "인색함(l'avarice)"이라는 단어를 알지 못합니다. 나아가 남쪽 대륙의 사람들은 하루의 삼분의 일의 시간을 명상으로 보냅니다. 명상의 시간에는 어느 누구도 다른 사람을 방해해서는 안 됩니다. 명상이

끝나면, 사람들은 한 가지 주제를 놓고 토론을 벌입니다.

16. 남쪽 대륙 사람들의 사랑과 출산: 남쪽 대륙 사람들은 사생활에 관해서 이야기하는 것을 하나의 금기로 생각합니다. 자크 사뒤르는 다음과 같이 말합니다. "오랫동안 그들을 관찰했는 데도, 그들의 성행위에 관해서 아무것도 알아내지 못했다. 그저 각자가 특정 인간에 대해 연정을 느끼고 있다는 것만 알아차렸을 뿐이다. 나는 한 번도 이들이 치정으로 인한 싸움 내지 시기와 질투 등을 표출하는 것을 접하지 못했다"(Foigny 1982: 59f). 푸아니의 거대한 공동체에는 결혼 제도가 없습니다. 존재하는 것은 오로지 아이와 어머니의 일시적 관계입니다. 그럼에도 자식과 어머니 사이에는 깊은 관계가 성립되지 않습니다. 왜냐하면 3세가 되면 아이는 어머니의 품을 떠나 첫 번째 교육자로부터 교육을 받기 때문입니다. 모두가 양성으로 살아가므로, 자식을 임신하고 출산할 수 있습니다. 임신한 사람은 "헵(HEB)"이라는 건물의 조산소에 머물면서 출산일까지 편안하게 지냅니다. 푸아니 공동체에서 아이를 낳은 사람은 사회적으로 대접을 받습니다. 의무 조항에 따르면, 모두가 한 명의 자식을 낳아야 합니다. 만약 사내아이 혹은 계집아이가 태어나면, 사람들은 아이를 즉시 목 졸라 죽입니다. 오로지 양성을 지닌 인간만이 공동체의 일원이 될 수 있습니다. 산모는 아이를 위하여 기저귀를 사용하지도, 요람을 사용하지도 않습니다. 영아가 2살이 될 때까지 산모는 오로지 모유만을 먹입니다. 세 살이 되면, 영아들은 공동으로 키웁니다. 24개월 된 영아들은 엄마의 품을 벗어나서 8개월간 탁아소에서 자랍니다. 이때부터 이유식으로 열매와 곡식을 섭취합니다. 따라서 자식과 부모, 더 정확하게 말하면 자식과 어머니의 애틋한 관계는 성립되지 않습니다. 왜냐하면 그들은 불과 2년간 함께 살기 때문입니다.

17. 국가적 정치 기관은 없다: 남쪽 대륙에서는 정치 기관, 다시 말해 정치권력을 수행하는 단체는 처음부터 존재하지 않습니다. 개개인은 자신의 성적, 경제적 욕망을 상부에 위탁하지 않기 때문에, 국가의 행정기관이 설치될 필요성을 느끼지 못합니다. 어쩌면 푸아니는 성에 관한 기독교의 입장을 조소하고 비아냥거리기 위해서 작품을 집필했는지 모릅니다(Berneri: 147). 만약 개별적 인간의 성관계가 종족 보존을 위한 수단만으로 기능이 축소된다면, 성에 대한 여러 가지 규정들은 양성 인간에 의해서 얼마든지 철폐될 수 있기 때문입니다. 실제로 양성 인간들은 거대한 체제의 국가기관을 알지 못합니다. 어떤 문제가 발생할 경우, 그들은 "HAB"이라고 불리는 공동의 장소에 모여서 특정 사안에 관하여 토론을 벌입니다. 대부분의 경우 문제점은 이러한 토론 과정을 통해서 해결됩니다.

18. 언어와 교육: 이곳에는 가장 단순한 알파벳이 언어로 사용됩니다. "a"는 불, "i"는 물, "o"는 소금, "u"는 땅을 가리킵니다(에코: 122). 학교는 다섯 단계로 나누어져 있습니다. 이는 현대적 의미의 유치원, 기초학교, 중학교, 고등학교 그리고 대학교로 이해될 수 있습니다. 만 3세의 아이들은 이성적으로 사고하는 방법을 배웁니다. 3세의 아이는 어머니가 떠난 뒤에 첫 번째 교사에게 인계되는데, 이때부터 읽고 쓰는 것을 배우기 시작합니다. 첫 번째 학교는 3년 과정이며, 두 번째 학교는 5년 과정입니다. 그 후의 학교들은 모두 5년 과정으로 이루어져 있습니다. 학교를 졸업할 나이가 되면, 대부분의 사람들은 상당한 지식을 섭렵하고 있습니다. 여기서 우리는 남쪽 대륙의 사람들이 그들 나름의 높은 문화를 구축해 놓았다는 사실을 알 수 있습니다. 26세의 나이가 될 때까지 학교를 다니는 까닭은 소수의 엘리트를 양성하기 위함일까요? 그렇지 않습니다. 이는 사회가 무엇보다도 평등 교육을 추구하기 때문입니다. 자고

로 대부분의 열등 학생은 능력이 모자라는 게 아니라, 무언가를 더디게 배울 뿐입니다. 이는 참으로 놀라운 사실이 아닐 수 없습니다. 중요한 것은 배움에 대한 인간의 열정일 뿐, 잘하고 못하고가 아닙니다. 적어도 배우려고 하는 사람이라면, 누구든 자신의 목표를 달성할 수 있습니다. 35세까지 학교에 다니면, 모든 학생들은 사회적으로 필요한 기본 지식을 천천히 함양할 수 있습니다.

19. 군인은 있으나, 군대는 없다: 국가에는 수직 구도의 군대 조직은 없습니다. 군인들 모두가 수평적 관계를 유지하며 자치적으로 움직이므로, 계급의 구분이 불필요합니다. 예컨대 한 군인이 놀라울 정도로 탁월한 능력을 발휘할 경우, 다른 군인들은 그의 뜻을 따릅니다. 군인들은 서로 의견을 주고받으며 전투에 임합니다. 그러니까 명령이나 질서, 혹은 훈련이나 계급에 따라 수동적으로 대응하지도 않습니다(Foigny 1982: 104). 군인들 간에 상명하달도 없고, 명령 불복종 죄도 없습니다. 군인 모두가 숙련된 장교들처럼 신속하고 정확하게 의사소통을 행한 다음에 결정된 바를 실천합니다. 그들은 정치적 엘리트를 알지 못합니다. 군인이라고 해서 일반 사람들 앞에서 특별한 권한을 내세우지도 않습니다. 물론 군인들의 수직 구도의 명령 체계가 예외적으로 남아 있는 경우가 있습니다. 가령 신참병을 교육시킬 때, 군인들은 전통적 방식의 수직 구도의 계급 체계를 예외적으로 용인하고 있습니다.

20. 종교와 신앙의 문제: 푸아니는 종교 문제에 있어서 놀라운 사항을 도입합니다. 가령 젊은 사람들은 어떠한 경우에도 보이지 않는 전지전능한 신적 존재를 맹신하지 않습니다. 몇몇 교사들은 그저 마음에서 우러나오는 방식으로 기도하도록 조처할 뿐입니다. 게다가 성스럽고 완전한 존재로서의 신에 관해서 형이상학적 토론을 벌이게 하지 않습니다. 이는

다음과 같은 두 가지 이유 때문입니다. 첫째로 신의 존재 여부에 관한 논증 및 의견 대립은 푸아니에 의하면 신앙생활과 차원이 다른 문제라는 것입니다. 둘째로 신에 관한 논쟁 내지 교리에 관한 제반 규정에 관한 논박은 16세기 내지 17세기 유럽에서 피비린내 나는 종교전쟁을 촉발하는 도화선으로 작용했습니다. 푸아니 역시 자신의 삶에서 이를 뼈저리게 체험한 바 있습니다. 그렇기 때문에 종교에 관해서 발설하지 않는 게 오히려 그들의 관습인 셈입니다(Foigny 82: 89). 젊은 사람들은 "HAB"에 모여서 스스로 자신의 마음가짐을 정결히 하는 대상을 설정하여 기도하는 등 명상에 잠깁니다.

21. 전쟁과 잔악한 공동체 이기주의: 고립된 국가 공동체의 취약점은 어떻게 외부로부터의 전쟁 위협에 대응하는가 하는 물음과 관련됩니다. 이곳 사람들이 처한 당면한 문제 역시 외부의 다른 지역 사람들과 어쩔 수 없이 전쟁을 치러야 한다는 데 있습니다. 제12장에서 남쪽 대륙에서의 삶에 관한 서술은 갑자기 중단되고, 외부의 적들이 언급되고 있습니다. 이곳 사람들은 폰딘스라고 명명되는 거대한 적과 오랜 기간 동안 싸워왔습니다. 물론 이곳 사람들은 평화를 사랑하는 민족입니다. 그렇지만 낯선 국가가 이곳을 침공했을 경우, 자신의 삶의 터전과 동족을 보호하기 위해서 전쟁을 감수해야 합니다. 그들은 적의 마지막 잔당들을 궤멸할 때까지 있는 힘을 다하여 투쟁하였습니다. 남쪽 대륙 사람들의 이러한 합리적이지만 파괴적인 충동은 토머스 모어에게서도 나타납니다. 이 경우, 이성은 효과적인 공격과 파괴의 전략으로 활용되고 있습니다. 주인공, 자크 사뒤르 역시 방어를 위한 전쟁에 참가하기로 결심합니다.

22. 자크의 범죄: 그런데 전쟁터에서 주인공이 저지른 여러 가지 행동은 이곳 사람들의 눈에는 엄청난 범행으로 비칩니다. 그의 죄목은 다음

과 같습니다. 첫 번째는 죽음을 각오하고 싸우지 않고 치고 빠지는 식으로 기회주의적으로 싸웠다는 점입니다. 두 번째는 중상을 입은 적군 포로에 대해 자크가 어떤 동정심을 표명했다는 점입니다. 세 번째는 성적 욕망에 사로잡혀서 적국의 여인의 성을 취하려고 하였다는 점입니다. 네 번째는 정벌을 위한 주둔지에서 육류를 아귀아귀 먹어 치웠다는 사실입니다. 다섯 번째 죄목은 승리의 순간에 적국의 여자들을 죽이지 않고 성노리개로 삼았다는 사실입니다. 결국 그는 전쟁 재판에 회부되어 사형 선고를 받습니다. 주인공의 치명적인 죄는 두 가지로 요약될 수 있습니다. 그 하나는 적군에 대한 동정심이며, 다른 하나는 성욕을 참아내지 못하는 인간적 약점이었습니다. 그렇지만 푸아니가 이렇게 서술한 데에는 나름대로 이유가 있었습니다. 인간이 이성을 신뢰하는 것은 나쁘지 않지만, 이성을 과도하게 맹신하게 되면, 얼마든지 어떤 부작용이 발생할 수 있다는 것이었습니다. 마지막에 이르러 자크 사뒤르는 자신의 선원들과 함께 도주하기로 결심합니다. 이때 거대한 발톱을 지닌 새가 다시 나타나 그와 그의 선원들을 망망대해로 데리고 갑니다. 바다에 빠지자 그들을 구출한 것은 프랑스의 범선이었습니다. 프랑스의 선원들은 이들을 구조하여 마다가스카르 섬으로 데리고 갑니다.

23. 개개인 속에 담겨 있는 집단적 오성: 주인공 자크 사뒤르의 잘못은 궁극적으로 동정심과 이성의 약점에서 비롯합니다. 어쩌면 작가는 다음의 사항을 경고하려고 했는지 모릅니다. 즉, 사회의 구성원들이 오로지 독단적인 이성만을 중시하면, 어떤 참혹한 비인간적 결과가 초래된다는 사항 말입니다. 남쪽 대륙의 사람들은 침투한 적과 피치 못할 전쟁을 치를 때 적을 궤멸시키는 것을 당연하게 여깁니다. 바꾸어 말하면, 사회적 조화를 완성하고 개별 사람들로 하여금 하나의 철칙 속에서 전쟁을 치르게 하는 것은 절대적 이성입니다. 국가의 체제 내지 기관은 존

재하지 않지만, 모든 개인 속에 오롯이 담긴 집단적 이성의 목소리는 아나키즘의 사회적 모델을 제대로 기능하게 하는 토대가 되고 있습니다 (Girsberger: 190). 그 까닭은 푸아니의 유토피아가 이러한 방식으로 개개인 속에 처음부터 도사리고 있는 절대적 오성을 문제 삼기 때문입니다. 이로써 푸아니는 주권의 권력 구성과 배치에 관한 어려운 문제를 제거했으며, 법과 제도라는 논리적 체계를 배척할 수 있었습니다.

24. 푸아니의 시대 비판: 작품은 어떠한 이유로 남쪽 대륙 사람들의 기상천외한 사회에 관하여 그토록 상세하게 서술했을까요? 이에 대한 해답은 푸아니의 삶에서 발견할 수 있습니다. 푸아니는 17세기 유럽의 기독교 체제가 인간의 영혼을 해방시켜 주는 게 아니라, 권력과 결탁하여 여전히 인간 삶을 구속하고 있다고 확신했습니다. 푸아니의 비판은 기독교 체제에 국한되는 게 아니라, 어쩌면 종교의 모든 기본적 토대로 향하는지 모릅니다. 가령 남쪽 대륙 사람들은 계시의 신앙을 믿지 않습니다. 나아가 그들은 영혼불멸설을 비난합니다. 죽은 자는 — 살아 있는 자가 도저히 행할 수 없는 — 사후의 다른 세계로 여행을 떠난다는 가설은 논리적으로 불합리하다고 합니다. 죽은 자가 살아 있는 자들보다 더 자유로운 이전의 자유를 지닌다는 생각 자체가 자가당착이라는 것입니다. 남쪽 대륙 사람들은 기도를 "아무런 생각 없는 하나의 행위"라고 규정합니다. 그들은 신이 기도하는 자의 갈망을 전혀 알지 못한다고 합니다.

물론 남쪽 대륙 사람들 역시 신을 믿습니다. 그러나 그들은 신을 거론하지 않습니다. 역설적인 말입니다만 신앙에 관해서 언급하지 않는 것이 그들의 신앙입니다. 그들에게는 어떠한 사제도, 사원도 존재하지 않습니다. 남쪽 대륙의 사람들은 제각기 혼자서 참선하기 위해서 한자리에 모이지만, 공동으로 기도하기 위해서 한자리에 모이지는 않습니다. 이로써 우리는 다음의 사실을 분명하게 파악할 수 있습니다. 즉, 종교는 지금까지의 통상적인 기능과는 달리, 오로지 인성 속에 내재한 인간의 선함에 대한 믿음을 연마하게 한다고 합니다. 인간은 푸아니에 의하면 기독교의 교리대로 죄지은 존재로 세상에 태어나는 게 아니라, 자유롭게, 이성과 선을 지닌 채 탄생한다고 합니다. 이로써 원죄설은 푸아니의 유토피아에서는 용납되지 않고, 체제로서의 국가, 체제로서의 신앙도 허용되지 않습니다. 인간이 자유롭게, 선하게 그리고 이성적으로 태어났으므로, 확정된 법도 없고, 지배자도 없으며, 사유재산도 없고, 소유에 대한 구분도 존재하지 않습니다.

푸아니는 유럽 사회를 다음과 같이 비판합니다. 유럽인들은 진정한 의미의 계몽을 실천하지 못하고 있습니다. 그들은 이성이 아니라, 감정의 통제를 받으면서 살아가고 있습니다. 부를 차지하고 싶은 끝없는 탐욕은 인간의 부류를 가진 자와 가지지 않은 자로 분할하고, 그들로 하여금 피비린내 나게 싸우게 만든다는 것입니다. 이로써 유럽인의 삶은 푸아니의 견해에 의하면 "괴로움과 궁핍함의 사슬(une chaine des souffrances et des misères)"로 축소되어 있습니다(Foigny 1676: 99). 이와 관련하여 푸아니는 유럽 사회의 지배 이데올로기를 신랄하게 비판합니다. 상류층의 지배자들은 일반 사람들을 경제적으로 억압하고 수탈하는 데 혈안이 되어 있습니다. 이러한 지배 이데올로기는 가정 내에서도 깊이 뿌리내려 있다고 합니다. 가부장은 자신에게 속한 식솔들을 억압하고 부자유의 질곡 속에서 살아가게 하는 경우가 바로 정치적 지배 이데올로기의 전형적인 형태라고 합니다.

25. 완벽한 유토피아 공동체는 존재하는가?: 공동체는 절대적 이성의 이름으로 모든 도덕을 규정하고 사회적 조화를 완성하지만, 전쟁을 치르며 적을 완전히 궤멸시킬 때에도 절대적 이성을 활용하고 있습니다.

이는 모어의『유토피아』의 내용과 다를 바 없습니다. 다만 한 가지 차이가 있다면 그것은 바로 남쪽 대륙의 사람들이 처음부터 국가의 체제를 용인하지 않는다는 사실입니다. 모든 사람이 각자의 위치에서 공동체의 이성의 원칙을 준수하며 살아간다면, 무정부주의 사회는 아무런 마찰 없이 영위될 수 있다고 합니다. 이것이 바로 푸아니의 지론이었습니다. 만약 한 공동체가 국가권력의 힘에 의존하지 않은 채 모든 어려움을 극복한다면, 그것이야말로 진정한 유토피아 공동체라는 것입니다. 그렇지만 국가든, 일부 엘리트로 영위되는 작은 행정부든 간에, 공동체를 통솔하는 기관이 없다면, 하나의 공동체는 구체적 현실의 모든 어려움을 일사불란하게 극복하지는 못할 것입니다. 푸아니가 묘사한 남쪽 대륙의 공동체는 그 자체 완벽한 아나키즘의 모델일 수 있습니다. 그렇지만 그것은 주위의 적들과 전쟁을 치르는 데 있어서 어떤 해결하기 어려운 난제와 조우할 수밖에 없습니다.

26. 요약. 푸아니의 유토피아의 특성: 푸아니가 서술한 유토피아의 특징은 일곱 가지 사항으로 요약할 수 있습니다. (1) 인간의 열정과 욕망은 주어진 관습, 도덕 그리고 법으로써 완전히 극복될 수 없습니다. (2) 인간의 열정과 욕망이 충족되기 위해서는 이성애와 동성애가 가능해야 한다고 합니다. 이로써 푸아니는 과감하게 양성구유의 인간형을 도입하고 있습니다. (3) 푸아니가 묘사하는 남쪽 대륙의 문명은 조화로움, 갈등의 부재, 동질성 그리고 평등에 근거하고 있습니다. (4) 푸아니의 거대한 공동체는 기하학적 규칙을 도입하여 자연을 인간 삶에 유용하게 활용하고 있습니다. (5) 푸아니는 토머스 모어의 국가주의 모델을 지양하고, 지배기관으로서의 국가 없는 무정부주의의 거대 공동체를 대안으로 제시합니다. (6) 푸아니의 유토피아 공간 속에서는 만인이 지배로부터 벗어나 있으며, 자연적 자유를 누리며 살아갑니다. (7) 푸아니의 거대한 남쪽 대

륙 공동체는 개개인에게 충분한 여가 시간을 부여합니다. 이로써 개개인은 물질적 궁핍함과 강제 노동으로부터 벗어나 자신의 능력을 계발할 수 있습니다(Heyer: 412).

27. 작품의 문제점 (1), 양성구유의 인간형: 인간이 태어날 때부터 남성과 여성으로 나누어진다는 것은 그 자체 남성이 여성을, 혹은 여성이 남성을 끝없이 갈구한다는 것을 뜻합니다. 이는 완전하고도 훌륭한 부부 관계를 통해서 극복될 수 없는, 인간의 불완전한 특성과 같습니다. 푸아니는 남쪽 대륙의 사람들에게 자웅 양성의 특성을 부여함으로써 성의 갈등으로 인한 제반 사회적, 심리적 난제를 처음부터 차단시키려고 했습니다. 그럴 리가 없겠지만, 만일 인간이 양성을 지니고 있다면, 인간은 성의 차별로, 혹은 충족될 수 없는 성욕으로 고뇌하지 않으리라는 게 푸아니의 상상이었습니다. 만일 성의 구별이 처음부터 존재하지 않는다면, 국가는 성 내지 성과 관련된 문제로 인하여 개인들에게 강제적 폭력을 사용할 수 없을 것입니다. 이로써 우리는 다음과 같은 결론에 도달하게 됩니다. 즉, 푸아니가 양성구유의 인간형을 등장시킨 것은 무엇보다도 국가가 개별 인간들에게 합법적으로 행사하는 모든 강제적 폭력을 사전에 차단시키기 위한 조처라는 점 말입니다.

28. 작품의 문제점 (2), 군대 조직: 푸아니의 남쪽 대륙은 거대한 무정부주의 공동체로 이해됩니다. 이곳에서는 결혼 제도도 없고, 막강한 힘을 자랑하는 왕 내지 국가도 없으며, 사회의 엘리트도 존재하지 않습니다. 군대 조직 역시 수직 구도의 체계를 갖추고 있지 않습니다. 물론 군대를 총괄하는 군사 편제가 마련되어 있지만, 이 역시 일직선적인 상명하달의 시스템과는 전적으로 다릅니다. 장교가 존재하지만, 이들은 어떤 일사분란한 체계에 의해서 작전 명령을 수행하지는 않습니다. 남쪽 대륙의

사람들은 외부의 적들과 싸울 때 어느 누구의 통솔도 받지 않습니다. 거대한 공동체의 군대 조직에는 모순점이 많이 존재합니다. 만약 군인들이 상부의 어떤 작전 명령에 의해서 신속하게 대응하지 않는다면, 어떠한 결과가 나타나게 될까요? 문제는 1억 4천의 인구를 갖추고 있는 거대한 공동체가 외부의 적들과 싸워야 할 때 어떻게 이합집산의 방식으로 적을 물리칠 수 있을까요? 바로 이러한 물음에서 우리는 푸아니의 군대 조직의 치명적 한계를 발견할 수 있습니다.

29. 문명에 대한 푸아니의 입장: 푸아니는 작품 『남쪽 대륙 알려지다』에서 남녀평등에 입각한 아나키즘 유토피아를 탁월하게 설계하였습니다. 푸아니가 묘사한 남쪽 대륙 사람들은 자웅 양성으로서 언제나 나체로 생활하지만, 수치심을 느끼지 않습니다. 개개인들은 인위적으로 만들어진 질서라든가 외부적 규범을 모조리 거부하면서 살아갑니다. 그럼에도 그들은 높은 문명을 이루면서 조화롭게 살아가고 있습니다. 몽테뉴는 낯선 지역에서 살아가는 원시인들이 인간의 지적 능력에 의존하지 않고 근원적 단순성에 입각하여 본능적으로 살아간다고 말했습니다. 이렇게 발언함으로써 그는 유럽의 문명과 비유럽의 야만을 이원론적으로 구분한 셈입니다. 원시적 인간은 몽테뉴에 의하면 확고한 질서 내지 외부적 강령을 모두 부정하며, 원시적 단순함에 근접하여 살아가고 있다는 것입니다(Montaigne: 111). 그렇기에 문제는 몽테뉴에 의하면 원시인들과 그들의 삶에 있는 게 아니라, 이들을 바라보는 유럽인들의 경멸적인 시각 내지 이들을 착취하려는 유럽인들의 의도에 있다는 것이었습니다. 이와 관련하여 푸아니는 자신의 작품을 통하여 문명과 야만에 관한 몽테뉴의 이러한 이원론적 구분을 강하게 부인하였습니다. 남쪽 대륙의 원주민에게는 고유한 지성과 조화롭게 살아갈 수 있는 이성적 능력이 주어져 있다고 묘사했습니다.

참고 문헌

에코, 움베르토 (2009): 언어와 광기, 김정신 역, 열린책들.

Berneri, Marie Luise (1982): Reise durch Utopia, Berlin.

Foigny, Gabriel de (1676): La Terre Australe connue etc, Vannes.

Foigny, Gabriel de (1982): Eine neue Entdeckung der Terra Incognita Australis, in: Berneri Marie Louise: Reise nach Utopia. Reader der Utopien, Berlin.

Girsberger, Hans (1972): Der utopische Sozialismus des 18. Jahrhunderts in Frankfreich, Wiesbaden.

Heyer, Andreas (2009): Sozialutopien der Neuzeit. Bibliographisches Handbuch. Bd. 2, Bibliographie der Quellen des utopischen Diskurses von der Antike bis zur Gegenwart, Münster.

Kirchenheim. Arthur von (1892): Schlaraffia politica. Geschichte der Dichtungen vom besten Staate, Leipzig.

Kleinwächter, Friedrich (1891): Die Staatsromane. Ein Beitrag zur Lehre des Communismus und Socialismus, Wien.

Mohl, Robert von (1855): Geschichte und Literatur der Staatswissenschaften, 1. Bd. Teil III, Erlangen.

Montaigne, Michel de (1998): Essais, Frankfurt a. M., 109-115.

Schölderle, Thomas (2012): Geschichte der Utopie, Wien/Köln/Weimar.

Voigt, Andreas (1906): Die sozialen Utopien. Fünf Vorträge, Leipzig.

10. 퐁트넬의 무신론의 유토피아

(1682)

1. 국가주의 무신론 공화국의 유토피아: 퐁트넬의 사회 유토피아는 미리 말씀드리자면 국가주의 유토피아 모델에 해당합니다. 그렇지만 만인이 계층적 차이라든가 유일 신앙에 의해 지배당하지는 않습니다. 비록 사람들 사이에는 어떤 위계질서가 존재하지만, 사람들 사이의 수직 구도의 계층 차이가 용납되는 것은 결코 아닙니다. 우리는 퐁트넬의 작품에서 노예제도 및 노예들을 다루는 사악한 측면만을 제외하면, 17세기 후반의 프랑스의 절대 국가보다도 월등히 나은 무신론 공화국의 면모를 분명하게 간파할 수 있습니다. 퐁트넬의 유토피아는 당시 루이 14세가 다스리던 프랑스 절대주의 왕국과는 전적으로 반대되는 상입니다. 작가의 시대 비판 내지 독자층을 염두에 둔 프랑스 절대왕정 체제의 비판이야말로 퐁트넬의 유토피아의 특징으로 이해됩니다(Heyer: 26).

2. 계몽주의자, 퐁트넬: 베르나르 르 보비에 드 퐁트넬(Bernard le Bovier de Fontenelle, 1657-1757)은 17세기 중엽 프랑스를 대표하는 계몽주의자로서 인민의 공공연한 견해의 중요성을 피력하였으며, 이와 병행하여 앙시앵레짐의 불법 내지 부당함을 드러내었습니다. 바로 그 때문

에 볼테르는 그를 "루이 14세의 시대가 만들어 낸 우주론적 정신의 소유자"라고 극찬하였습니다. 퐁트넬은 인민을 계몽하기 위해서는 무엇보다도 학문의 제반 분야를 체계적으로 구분하는 게 중요하다고 믿었습니다. 가령 종교, 문학, 자연과학, 역사, 정치학, 철학, 인류학, 민속학 그리고 미학 등을 학문적으로 구분하는 일은 당시의 현실에서는 생소한 것이었습니다. 그러나 퐁트넬은 이 모든 것을 백과사전식으로 분할하여, 이것들 모두 자신의 학문 연구의 방대한 포괄적 스펙트럼으로 삼았습니다. 「신 죽은 자들의 대화(Dialoges de morts)」(1683)에서 퐁트넬은 서로 다른 시대의 위인들을 가상적으로 대화를 나누게 하여 자신의 사상을 간접적으로 표현하였습니다. 그가 계몽주의의 이념을 전파하기 위해서 활용한 문학의 영역도 많은 장르를 포함하고 있습니다. 그가 활용한 문학 장르는 목자 문학의 시 작품, 서간체 소설, 오페라 대본, 희극과 비극, 에세이 그리고 학문적 논문 등 매우 다양합니다.

3. 신구 논쟁과 퐁트넬의 사회 비판: 퐁트넬은 자신의 문헌들이 다음 세대에 영향을 끼치기를 바랐습니다. 언젠가 계몽주의 철학자 피에르 벨(Pierre Bayle)은 다음과 같이 언급한 바 있습니다. 즉, 무신론자들은 차제에 자신의 도덕을 신앙으로부터 일탈시켜서 하나의 완전한 공동체를 구성할 수 있다는 것이었습니다. 퐁트넬은 피에르 벨의 이러한 주장을 문학적으로 탁월하게 형상화시켰을 뿐 아니라, "주어진 세계는 우주의 중심이다"라는 기독교의 세계관을 거부하였습니다. 그는 사제들이 자신의 신앙과 기득권을 공고히 하려고 거짓을 말한다고 비판하였습니다. 게다가 신구 논쟁이 발발했을 때, 구세대의 입장을 거부하고, 신세대의 입장에 동조한 사람이 바로 퐁트넬이었습니다. 여기서 말하는 신구 논쟁이란 17세기 말에 이르러 고대인의 우월성에 대한 샤를 페로(Charles Perrault)의 반박에 의해 제기된 논쟁입니다. 이를테면 페로는 시 작품

『루이 대왕 시대의 시편(Poème sur le siècle de Louis le Grand)』(1687)에서 당대의 문학이 고대문학에 비해 손색이 없다고 주장했습니다. 여기에 대해 장 드 라퐁텐(Jean de La Fontaine)이「위에에게 보낸 서간 시」를 통해서 반론을 내세웠는데, 이로 인하여 학자와 예술가들 사이에 거대한 논쟁이 벌어졌습니다. 신구 문학 논쟁과 관련하여 퐁트넬은 샤를 페로와 피에르 벨의 입장을 지지합니다. 그는 고대의 예술적, 문학적 척도가 결코 영원할 수 없다고 주장합니다. 왜냐하면 학문이 발전했으며, 현실의 사회 역사적 맥락 역시 병행하여 발전했기 때문에 주어진 현실을 반영하는 문학과 예술은 새로운 미학적, 예술적 형식을 필요로 한다는 것이었습니다(Jens 5: 683). 그 밖에 퐁트넬은 루이 14세의 절대주의 정치 체제를 비판했습니다. 그는 루이 14세가 낭트 칙령을 철회한 것을 신랄하게 비난하였으며, 프로테스탄트와 자유주의자들과 친분을 쌓아 갔습니다. 퐁트넬은 1688년에 실현된 영국의 명예혁명을 쌍수를 들고 칭송하기도 하였습니다.

4. 퐁트넬의 삶: 퐁트넬은 군주제 치하에서 사회의 구조적인 개혁이 불가능하다는 것을 처음부터 절감하고 있었습니다. 가령 수사 계급은 예나 지금에나 세금 한 푼 내지 않습니다. 군주제는 계층 사회를 공고히 하기 위한 오래된 정치적 질서임을 퐁트넬은 잘 알고 있었습니다. 퐁트넬은 비록 무신론자의 이상적인 공화국을 설계했지만, 그는 마치 미래를 예견하는 철학자처럼 다음의 사항을 확신했습니다. 즉, 앙시앵레짐을 무너뜨리기 위해서는 경천동지할 혁명 외에는 어떠한 방도가 없다고 말입니다. 퐁트넬은 1657년 2월 11일 프랑스 북부 도시 루앙에서 법률가의 가정에서 태어났습니다. 그의 아버지는 변호사였는데, 노르망디 의회의 임원이었습니다. 법학을 전공한 다음에 퐁트넬은 순식간에 법관으로 살아가리라는 희망을 저버립니다. 여기에는 그의 외삼촌의 영향이 컸

습니다. 프랑스의 극작가 피에르 코르네유가 퐁트넬의 외삼촌이었습니다. 퐁트넬은 문학의 영역에서 자신의 재능을 드러내었습니다. 그는 가령 1670년에 루앙 문학상을 수상하기도 했습니다. 1674년에 파리로 가서 프랑스 아카데미에 등록하였는데, 그곳의 문학 경연 대회에서 차상을 받기도 하였습니다.

1677년부터 1689년까지 퐁트넬은 삼촌인 코르네유가 간행하는 잡지 『멋진 신(新) 메르쿠어(Nouveau Mercure Galant)』에 문학작품을 발표합니다. 이 잡지는 프랑스 내에서 그렇게 저명한 것은 아니었지만, 퐁트넬이 문명을 떨치는 데 초석으로 작용한 정기간행물이었습니다. 부언하건대 이 잡지는 1724년부터 "프랑스 메르쿠어(Mercure de France)"라는 이름으로 계속 간행되었는데, 오늘날 갈리마르 출판사의 전신으로 알려져 있습니다. 퐁트넬은 바로 이 잡지에 시와 극작품 그리고 비평 등을 발표하였습니다. 1680년에는 극작품 「아스파(Aspar)」가 두 차례 공연되었는데, 실패로 돌아갔습니다. 그러나 퐁트넬이 다시 파리에 정주하게 된 것은 1685년이었습니다. 1688년 1월부터 퐁트넬은 신구 문학 논쟁에 뛰어들게 됩니다. 이와 병행하여 그는 계몽주의의 새로운 예술적, 미학적 측면을 강조하면서 창작에 임하게 됩니다. 퐁트넬은 루이 14세의 낭트 칙령 철회를 간접적으로 비판하기 위해서 「보르네오 섬의 기이한 관계(Relation curieuse de l'Ile de Bornéo)」를 발표합니다. 퐁트넬은 프랑스 아카데미를 통해서 학문에 필요한 많은 연감을 간행하게 됩니다.

그가 간행한 『신탁의 역사(Histoire des oracles)』 두 번째 판이 구설수에 오르게 됩니다. 사람들은 이 책을 권력을 비판하는 사악한 문헌으로 단정 짓습니다. 루이 14세의 책사들은 저자를 직접 문책합니다. 다행히 퐁트넬은 유럽 전역에 자신의 학문적 친구들을 사귄 바 있는데, 그들의 도움을 받게 됩니다. 특히 그의 글 「영혼의 자유(Traité de la liberté de l'âme)」(1700)에 기술된 다음과 같은 주장이 화근이었습니다. 즉, 퐁트넬은 인간의 본질은 뇌이며, 인간의 의지와 영혼은 뇌에 의존한다고 주장하였습니다(차영선: 644). 퐁트넬은 처형되기 일보 직전에 다음과 같은 처벌을 감수해야 했습니다. 즉, 루이 14세가 죽을 때까지 어떠한 정치 비판의 글도 발표할 수 없다는 게 바로 그 처벌이었습니다. 뒤이어 퐁트넬은 자연과학의 문헌들만 간행해야 했습니다. 1715년부터 1723년까지 퐁트넬은 직접 정치 일선에 나서지는 않았지만, 필립 오를레앙의 개혁 세력에 동조하였습니다. 끝없이 노력하는 학자, 퐁트넬은 다른 사람들과는 달리 오래 살았습니다. 낭트 칙령에서 나타난 종교적 관용을 환영하였고, 나름대로 유럽 전역에 평화가 자리하도록 하는 구상안을 설계하였습니다. 그의 갈망은 프랑스 역시 영국처럼 명예혁명과 같은 의회 민주주의를 이룩함으로써 절대적 전제주의 국가로부터 벗어나는 것이었습니다.

5. 퐁트넬의 시대: 퐁트넬은 엄격한 종교적 이데올로기와 절대왕정 체제의 독재 치하에서 살았습니다. 비록 그의 글들이 사회적 편견과 싸우는 무기로 활용되었지만, 퐁트넬은 힘없는 지식인의 한 사람에 불과했습니다. 저자가 『철학자의 공화국, 혹은 아자오 섬의 이야기(La République des philosophes, ou Histoire des Ajaoiens)』의 집필을 통해서 무신론자들의 공화국을 애타게 갈구한 것도 이러한 맥락에서 이해됩니다. 사실 퐁트넬은 "루이 14세가 다스리는 프랑스의 절대왕정과는 정반대의 세계상"을 작품 속에 담으려고 하였습니다(Funke 1982A: 308). 한마디로 작품은 국가와 교회가 합세하여 어떠한 새로운 사상과 믿음도 용납하지 않는 정통 기독교의 폭력적 분위기 속에서 탄생하였습니다. 그렇기에 이 작품은 생전에 발표될 수 없었습니다. 1682년에 당국은 프랑스 프로테스탄트들에게 조직적인 압력을 가했으며, 1685년에는 종교적 관용을 기치로 한 낭트 칙령조차 파기하고 말았습니다. 이제 국가는 더 이상 프로

테스탄트를 신봉하는 학자들을 지원하지 않고 강압적으로 억압하기 시작했습니다.

6. **시대 비판:** 퐁트넬의 작품의 배경에는 프로테스탄트와 가톨릭 종파 사이의 갈등의 문제가 은폐되어 있습니다. 그의 시대 비판은 바로 프랑스 절대왕권의 네덜란드 침공과 관련됩니다. 루이 14세는 1672년에 14만의 대군을 이끌고 네덜란드를 침공하여, 그곳의 수상, 요한 더 빗(Johan de Witt)을 끔찍한 방식으로 처형하고, 오라니엔 출신의 빌헬름을 네덜란드의 왕으로 임명하게 됩니다. 요한 더 빗은 동생과 함께 끔찍한 고문을 당한 뒤에 알몸으로 거꾸로 매달린 채 몽둥이로 처참하게 맞아 죽었습니다. 그의 시체는 토막 내어 이곳저곳에 흩어졌습니다. 이러한 끔찍한 사건은 퐁트넬에게 커다란 충격을 안겨 주었는데, 이는 작품 집필에 놀라운 자극이 됩니다.

7. **작품의 틀:** 퐁트넬의 작품은 도합 12장의 여행기로 구성되어 있습니다. 작품은 베라스와 푸아니의 남쪽 대륙에 관한 문헌에 착안하여 집필되었습니다. 주인공, "나"는 반 될베트라는 이름을 지닌 네덜란드 출신의 젊은이입니다. 그는 자신의 조국에 들이닥친 비극을 생각하며 프랑스 절대왕정의 탐욕을 저주합니다. 더 이상 고향에서 살아갈 욕구를 상실한 주인공은 북태평양의 대양으로 탐험 여행을 떠납니다. 그런데 탐험대가 북동 지역을 항해하다가, 지금까지 한 번도 발견되지 않은, 100마일가량 뻗어 있는 아름다운 아자오의 해안을 목격하게 됩니다. 다음의 장에서 독자는 아름다운 섬을 대하게 되는데, 아자오 섬은 크기에 있어서 시칠리아와 비교될 수 있습니다(Funke 1982A, 130). 뒤이어 작품은 마치 토머스 모어의 『유토피아』에서 나타나는 바의 제반 사항을 차례로 묘사합니다. 이곳 사람들의 종교에 관한 견해, 교육 시스템, 정치 구도, 경제

적 측면과 관직의 단계 등을 차례로 서술합니다. 뒤이어 언급되는 것은 전쟁과 평화에 관한 문제, 자연 자원의 활용에 관한 문제 그리고 노예제도 등에 관한 것들입니다. 주인공은 이곳 원주민들의 사랑과 결혼에 관한 사항, 아이들의 탄생 그리고 죽음의 예식 등에 관해서 서술합니다. 마지막 두 개의 장에서 주인공 될베트는 아자오 사람들과 깊은 토론 끝에 스스로 무신론자가 되기로 결심합니다. 뒤이어 "나"는 아자오 사람들에게 유럽으로 돌아가겠다고 말하며, 이를 허락해 달라고 청원합니다. 될베트가 유럽의 고향으로 돌아가려고 하는 이유는 여러 가지 기술을 배우기 위함입니다. 실제로 주인공은 도서 출판의 기술, 도자기 제조 기술 그리고 유실수를 개량하는 방법을 배운 다음에 다시 아자오로 돌아와서 이곳에서 정착하려고 결심합니다.

8. **퐁트넬의 작품의 수용과 혹평:** 작품은 1682년에 집필되었다고 전해지지만, 퐁트넬이 죽은 다음인 1768년에 비로소 발표되었습니다. 만약 원고가 1682년에 발표되었더라면, 작품이 암시하는 바는 독자들에게 더욱 생생하게 다가갔을 것입니다. 왜냐하면 프랑스 사람들은 1768년에 이르러 종교의 갈등을 이미 지나 버린, 진부한 사안으로 여겼기 때문입니다. 게다가 프랑스의 왕정 체제는 계속 온존하고 있었지만, 절대왕정의 폭력과 이와 관련된 신랄한 비판에 대해서 사람들은 그다지 커다란 자극을 느끼지 못했습니다. 18세기 프랑스인들은 절대왕정 자체를 비난하기보다는, 오히려 사회계층의 경제적 차이 및 갈등 문제로 인해 삼부회에 더욱더 촉각을 곤두세우고 있었습니다. 게다가 퐁트넬이 작품에서 다룬 바 있는 노예제도라든가 여성 차별에 관한 전근대적인 시각은 독자들을 매료시키지는 못했습니다. 한마디로 퐁트넬의 주제 의식은 시대착오적인 것으로 간주될 정도로 프랑스 혁명 이전 사람들의 마음속에 도사리고 있던 혁명 정신을 분명하게 반영하지는 못했습니다. 가령 18세

기 중엽의 사람들은 더 이상 새로운 땅에 대해 커다란 매력을 느끼지 못했습니다(Manuel: 382). 그렇기에 18세기 중엽의 시점에서 환영을 받았던 사고는 퐁트넬의 책이 아니라, 오히려 모렐리의 『자연 법전』 내지 메르시에의 시간 유토피아에 담겨 있는 완전성에 대한 시민들의 열정, 바로 그것이었습니다. 아니나 다를까, 퐁트넬의 작품은 출간 이후에 그다지 좋은 평을 얻지 못했습니다.

9. 절대왕정의 폭정과 패륜에 대한 반대급부의 상: 퐁트넬은 — 17세기 후반의 유럽에서 발표된 유토피아 소설의 경우가 그러하듯이 — 루이 14세의 절대왕정 체제에 대한 반대급부의 상으로서 이상 국가를 설계하였습니다. 23세의 젊은 작가는 경제적으로 그리고 사회 정치적으로 이른바 "태양 왕"이라고 불리던 루이 14세의 절대 국가와는 반대되는 가능성을 구상했을 뿐 아니라, 실제 현실에 나타난 속물들을 신랄하게 비판하려 했습니다. 이를테면 프랑스의 시민들은 대체로 부도덕하게 생활하며, 권력과 자신의 이득만을 추구하면서 이기주의적으로 살아간다는 것이었습니다. 실제로 『아자오 섬의 이야기』에 묘사된 이상적 공화국에서는 첩자 한 사람이 등장하는데, 그는 유럽과 아시아 등지에서 발생하는 온갖 패륜 행위에 관해서 자세히 알고 있습니다. 첩자는 수많은 전쟁과 혁명적 사건 그리고 유럽과 아시아의 부도덕한 내용들을 정확하게 보고하고 있습니다.

10. 주인공이 여행을 떠나게 된 계기: 주인공이 여행을 떠나는 이유 역시 두 가지 사항으로 설명될 수 있습니다. 그 하나는 절대 권력이 휘두르는 폭정에 환멸을 느껴서이며, 다른 하나는 상류층 사람들의 방탕과 방종의 삶에 더 이상 미련이 없어서였습니다. 이미 언급했듯이, 1672년에 네덜란드에서는 국가 평의회의 수상 요한 더 빗이 살해당하고, 오라니엔

공작이 무력으로 권력을 찬탈하였습니다. 뒤이어 공작은 막강한 권력을 휘두르면서 모든 정당을 해체하고 자신이 만든 정당 하나만을 인정합니다. 이러한 일련의 조처들은 현대적 표현을 사용하자면 일종의 쿠데타와 다를 바 없습니다. 요약하건대, 주인공 될베트는 자신의 고향에서 벌어지는 끔찍한 정치적 학살에 치를 떨었습니다. 그렇기에 주인공은 범선을 타고 어디론가 멀리 떠나고 싶었던 것입니다. 오랜 시간이 지나 고향으로 돌아오면, 고향의 정치적 사항은 나아질 것이라고 희망하였던 것입니다.

11. 상호부조하고 평화롭게 살아가는 무신론자들의 공화국: 아자오 사람들은 서로 싸우지 않고, 마치 형제자매들처럼 살아가고 있습니다. 그들은 복수가 무엇인지 알지 못합니다. 그렇기에 이웃이 어려울 때 도와주고, 타인에게 봉사하는 데 대해 매우 기뻐합니다. 그렇기에 모든 아자오 주민들은 상호부조하는 협력의 정신을 고수하면서 살아갑니다. 토머스 모어와 베라스는 그들의 문헌에서 함께 모여서 살아가는 인간이 도덕적으로 살아가려면, 균등하게 형법을 적용하고 도덕적 규범과 가치를 어긴 자를 처벌해야 한다고 주장한 바 있습니다. 그러나 퐁트넬은 불과 23세인 데도 이러한 처벌과 보복의 정당성을 뛰어넘는 놀라운 법철학의 견해를 피력하고 있습니다. 즉, 퐁트넬의 유토피아에서는 다음과 같은 놀라운 사항이 언급되고 있습니다. 신에 대한 깊은 신앙심은 평화로운 공동의 삶을 위한 필연적인 도덕적 조건이 될 수 없다는 것입니다. 중요한 것은 다음과 같습니다. 즉, 무신론자들의 어떤 공화국이 어쩌면 기독교 윤리에 근거한 유럽 국가들보다도 훨씬 이성적이며 도덕적인 법 규정을 창조해 낼 수 있다는 것입니다.

12. 종교 비판과 하나의 자연적인 도덕: 피에르 벨은 "나는 생각한다. 고

로 존재한다"라는 데카르트의 공리를 받아들이고, 이를 과감하게 칼뱅과 가톨릭 사상의 신학적 토대에 적용하였습니다. 이로써 그는 다음과 같은 세 가지 결론을 도출해 냅니다. 첫째로 인간은 어떤 특정한 사실에 대해 한 점의 의혹도 지니지 않아야만 상대방을 비난할 수 있다고 합니다. 둘째로 (종교적) 감정, 다시 말해서 믿음을 증명해 내는 일은 전적으로 무가치하다고 합니다. 셋째로 증명 가능한 명백성이 주어지지 않을 경우 인간은 어떠한 다른 견해도 함부로 수용해서는 안 된다고 합니다. 이와 관련하여 퐁트넬은 다음과 같은 질문을 제기합니다. 만약 도덕적 기준을 신학과 신앙으로부터 일탈시킨다면, 인간의 협동적 삶을 위해서는 과연 어떠한 원칙이 존재할 수 있을까 하는 물음 말입니다. 퐁트넬은 아자오 사람들의 세계관과 관련하여 다음과 같은 두 가지 원칙을 제시합니다. 그 하나는 "어떠한 경우에도 무로부터 어떤 무엇의 존재가 도출될 수 없다"는 사항이며, 다른 하나는 "다른 사람들이 너를 좋게 대하기를 원한다면, 너 역시 다른 사람들을 그렇게 대하라(Traitez les autres comme vous voudriez qu'ils vous traitassent)"는 사항입니다(Saage: 62). 존재란 퐁트넬에 의하면 무에서 생겨날 수 없다고 합니다. 그것은 크든 작든 간에 인간과 사회관계 속에서 확립된다고 합니다. 퐁트넬은 첫 번째 원칙을 제시함으로서, 어떤 개별적 신에 대한 믿음의 토대를 부인합니다. 두 번째 원칙은 계시록에 근거하는 종교적 믿음을 어떤 자연적 도덕으로 대치하도록 작용합니다. 여기서 말하는 자연적 도덕이란 이를테면 어느 집단의 가장이 저녁에 가족 구성원들을 모아 놓고 어떻게 행동하고 어떠한 의무를 지켜야 하는지 가르치는 경우를 가리킵니다. 이로써 미덕이란 더 이상 신에 의한 계명으로 규정되지 않고, 순수하게 사회적 측면에서 형성될 수 있습니다. 사회적으로 확립된 미덕은 사람들에게 전해지는 가르침이 됩니다.

13. 이성과 자연의 원칙: 만약 사회 유토피아를 설계하는 데 있어서 계시록에 근거한 기독교 신앙을 배제한다면, 이는 국가의 형성 및 문명적 발전의 토대를 마련하는 데 어떻게 작용하게 될까요? 물론 여기서 퐁트넬이 제시하는 것은 반국가주의적인 지배 없는 공동체의 설계가 아니라, 고전적인 "국가주의적(archistisch)"틀의 설계입니다. 토머스 모어는 고대의 전통을 수용하여 최상의 국가를 건설한 한 명의 가부장을 맨 처음 내세우고 있습니다. 가부장은 모든 것을 이성적으로 파악한 다음에 최상의 국가의 이성적인 법을 초안함으로써 사회 유토피아의 토대를 마련하고 있습니다. 그러나 퐁트넬의 경우는 이와는 다릅니다. 이상적 공동체는 한 개별적 인간에 의한 게 아니라, 인민 전체에 의해서 구성된 무엇입니다. 아자오 인민들은 국가의 초석을 닦은 자가 누군지 전혀 모르고 있습니다. 그들에게는 하나의 종파도, 하나의 정당도 존재하지 않습니다. 그들 가운에 성스러운 책자를 읽었거나 성문화된 법을 접한 사람은 아무도 없습니다. 아자오 사람들이 지닌 것이라고는 오로지 이성 내지 자연의 품에서 자연스럽게 파생된 원칙뿐입니다. 이러한 원칙에는 어떠한 의혹도 없으며, 사람들은 이러한 이성과 자연의 원칙을 지킬 뿐입니다.

14. 예식, 사원 그리고 사제 없는 국가: 아자오 섬의 국가는 민주적이면서 공동체의 특성을 처음부터 강하게 부각시키고 있습니다. 여기서 중요한 것은 인민이 개별 인간들의 집합체가 아니라는 사실입니다. 다시 말해, 개개인이 하나의 계약의 틀 속에서 타인과 관계를 맺는 게 아니라, 스스로를 처음부터 하나의 공동체 속의 구성원으로 인식하고 있습니다. 이곳 섬에 존재하는 이상적 국가의 토대는 — 오늘날 언급되고 있는 — 주체의 자연법에 입각한 자율적인 자아에 의해서 성립되는 게 아닙니다. 그것은 오히려 하나의 공동체적 이성에 의해서, 구체적으로 말해 만인에

의해 명백하게 이해되는 자연의 법칙에 의해서 마련되어 있습니다. 자연이 존재한 연후에 개별 인간의 삶이 존재합니다. 그러니 가시적인 자연은 생명의 창조자입니다. 그래서 이곳 사람들은 자연을 비개인적 신으로 공경하며 살아갑니다. 사멸되지 않는 영원한 자연은 모든 피조물을 창조하였는데, 이러한 무신론적 사고는 어떠한 예식, 어떠한 사원과 사제를 허용하지 않고 있습니다. "이 민족은 그들의 공화국과 종교를 창설한 자들을 알지 못한다. 그들에게는 종교의 영역이든, 국가의 영역이든 간에 분파 내지 정당이 존재하지 않는다. 그들은 성스러운 책으로 기술된 법을 지니지 않는다. 그들이 가진 것이라고는 오로지 자연과 이성의 품에서 유래한 원칙밖에 없다"(Fontenelle 98: 76). 퐁트넬이 생각한 무신론의 개념은 오늘날 현대인이 견지하는 무신론의 자세와는 다른 것으로서, 자연과 이성의 법칙에 따르는 범신론으로 명명될 수 있습니다. 요약하건대, 인민 공동체 전체는 자연의 질서를 바탕으로 하나의 이상적 국가를 건설하였는데, 이 속에는 반-개인주의, 다시 말해서 더 큰 자아의 사상이 도사리고 있습니다.

15. 아자오의 외부적 환경: 경제적, 기술적 측면에서 고찰할 때, 아자오의 국가는 서구 문명에 비해서 낙후한 것은 사실입니다. 그렇지만 주인공은 이곳의 자연 친화적인 삶을 긍정적으로 묘사합니다. 아자오 사람들은 가죽으로 만든 배를 타고 다니는데, 배는 북아메리카 인디언의 카누와 유사하게 생겼습니다. 아자오는 농업을 중시하는 국가라는 점에서 모어의 『유토피아』와 흡사합니다. 섬에는 여섯 개의 도시 공화국이 있습니다. 모든 건축물은 합리적으로 건립되어 있습니다. 도시는 제각기 여섯 개의 삼각형으로 분할되어 있고, 모든 지역마다 600채의 집이 있습니다. 한 집에는 대체로 스무 가구가 거주합니다. 모든 가옥들은 동일한 크기로 삼 층으로 축조되어 있습니다. 농경지 역시 놀라울 정도로 기하

학적 방법으로 대칭을 이루고 있습니다. 모든 가옥과 농경지가 이러한 방식으로 대칭을 이루고 동일한 크기를 지니고 있다는 것은 참으로 놀랍습니다. 독자는 여기서 현대 문명의 공동체의 토대를 접할 수 있습니다. 이러한 토대는 16세기에 몽테뉴가 이상적으로 묘사한 바 있는 고결한 원시인의 사회적 환경과는 분명히 다른 것입니다.

16. **아자오의 경제적 측면:** 모든 땅은 국가의 소유로 되어 있습니다. 국가는 경작지를 모든 가족들에게 분배하여 곡식을 수확하게 합니다. 중앙집권적인 관청은 국가의 계획경제를 담당하는 기관인데, 도시와 시골의 땅 그리고 개별 노동자의 수 등을 통계 자료로 확보하고 있습니다. 수확된 곡식들은 이 관청의 공무원들에 의해서 공정하게 분배됩니다. 물론 공동소유의 원칙은 무엇보다도 토지와 땅에 적용됩니다. 농업, 광산업을 위한 땅, 노예의 노동력 그리고 일부 생산품 등은 공동의 소유입니다. 그 밖에 다른 생산품들, 특히 수제품들은 사유재산으로 인정되고 있습니다. 모어, 캄파넬라, 베라스의 이상 공동체의 경우 모든 생산품들이 공유 재산으로 귀속되는 것을 고려하면, 퐁트넬의 유토피아는 독특합니다. 개인이 소유할 수 있는 옷과 가재도구 등은 사유재산으로 인정됩니다. 아자오 섬은 농업 중심의 국가입니다. 이곳은 날씨가 좋아서 1년에 삼모작이 가능합니다(Funke 1982B: 33). 농사에 도움을 주는 것은 무엇보다도 가축들입니다. 이를테면 소는 농사에 도움이 될 뿐 아니라, 이곳 사람들에게 양질의 고기를 제공합니다. 양털은 옷감의 원자재로 사용됩니다.

17. **재화의 분배와 물물교환:** 농업은 국가에서 관리하고, 수공업 제품은 사적인 소유물로 용인되고 있습니다. 사람들은 치즈, 호밀, 보리, 우유, 완두, 콩 등을 재배하여 매년 풍족한 수확을 거두어들입니다. 특히 수공

업 제품의 경우 얼마든지 재활용이 가능합니다. 국가는 사람들이 농사를 제대로 짓는지 감시 감독하지는 않고, 그저 재화를 분배하는 일에 골몰합니다. 이를테면 어느 마을에서 과잉 생산된 곡식이나 물품들은 해당 물품이 부족한 다른 마을에 충당되곤 합니다. 도시와 시골 어디든지 물품 저장소가 있어서, 모든 생산품은 그곳에 보관됩니다. 아자오 섬에서는 화폐가 사용되지 않습니다. 나아가 국가는 어부, 사냥꾼, 백정 그리고 빵 생산자 등을 고용합니다. 이들에 의해서 생산되는 소비 제품 역시 물품 저장소에 일시적으로 보관되곤 합니다. 물품 저장소의 관리는 사람 수에 따라 필요한 물품들을 개별 가정에 나누어 줍니다. 물품의 분배는 일주일에 네 차례, 약 두 시간에 걸쳐 행해집니다. 그 밖의 지엽적인 소비재, 이를테면 장롱, 부엌 물품, 신발, 모자 등은 개별적 물물교환 방식으로 마련됩니다.

18. 과학기술과 학문: 과학기술 수준은 17세기 유럽의 그것보다 훨씬 낙후해 있습니다. 주인공, 반 될베트는 아자오 사람들이 음악을 알지 못하고, 의학 수준 역시 낮으며, 두꺼운 책을 단기간에 간행하는 기술 역시 지니지 않았다고 기술합니다. 여기서 우리는 다음의 사항을 알 수 있습니다. 즉, 자연 친화적인 삶은 과학과 기술을 발전시키려는 욕구를 처음부터 지니지 않게 하였습니다. 그렇지만 퐁트넬의 자연과학과 기술에 대한 입장은 명확하지 않습니다. 예컨대 원주민들은 자연과학과 기술을 전적으로 찬양하는 것도 아니고, 그렇다고 해서 그것을 무시하지도 않습니다. 물론 그들이 과학과 기술에 대해서 적대적 태도를 취하는 것은 결코 아닙니다. 학문과 기술에 대해 커다란 가치를 부여하는 것은 아니다만, 새로운 기술을 다른 나라로부터 수입하는 문제에 대해 커다란 관심을 기울이고 있습니다. 그렇기에 그들은 주인공, 될베트를 유럽으로 돌려보내어, 인쇄술, 도자기 생산 기술 그리고 과수 품종을 개량시키는

기술 등을 배우도록 조처합니다.

19. 노동의 의무: 퐁트넬의 무신론 공화국에서는 노동 자원이 충분히 마련되어 있습니다. 이곳의 주민이라면 누구나 반드시 일해야 합니다. 노동하지 않는 자는 국가로부터 처벌 받습니다. 국가는 사람들이 무슨 직업을 선택하여 수행하는지 세밀하게 기록해 둡니다. 퐁트넬은 직물 생산자, 빵 생산자, 어부, 백정, 기계공, 대장장이 그리고 목수 등과 같은 수공업의 종류를 거론하지만, 아자오 섬에서 가장 중요한 것은 농업입니다. 따라서 대부분의 사람들이 농업에 종사하는 것은 당연하며, 교육 역시 대체로 농업과 관련된 내용으로 구성되어 있습니다. 가령 청소년들은 휴식을 위해서 산책할 때에도 들판이나 풀밭의 잡초를 반드시 제거하는 것을 불문율로 정해 놓고 있습니다. 이러한 일감은 베라스의 『세바랑비 이야기』에서도 언급되고 있습니다. 청소년들은 하루 네 시간씩 논과 밭에서 일해야 합니다. 또한 퐁트넬의 공화국에는 힘든 일을 행하면서 살아가는 노예들이 존재합니다.

20. 사치의 금지: 아자오 사람들은 모든 유형의 사치품을 거부합니다. 그렇지만 이들이 자연에서 생산되는 것들을 무조건 절약하고 아끼는 것은 아닙니다. 아자오 섬 사람들은 술이 무엇인지 전혀 알지 못합니다. 젊은이들은 소박한 식사로 만족하면서 살아갑니다. 아자오 섬에서는 의사, 외과의사, 요리사, 재단사 등의 직업은 아예 처음부터 필요하지 않습니다. 자연 친화적으로 살아가는 사람에게 병이란 인위적으로 치유될 성질의 것이 아니며, 맛깔스러운 음식과 찬란한 의복은 이곳에서는 금지되어 있으므로, 요리사와 재단사가 처음부터 불필요합니다. 법정이 존재하지만, 변호사, 서기 그리고 공증인은 존재하지 않습니다. 그들은 사치스런 삶으로 패망한 범죄자의 등골을 빼먹는 자로 간주될 뿐입니다. 모든

것은 자연의 법칙에 따라 현명한 가부장의 판결에 의해 결정될 뿐입니다. 우리는 퐁트넬이 고대에 남아 있던 즐거운 삶의 유토피아를 지양하고 반-향락적이고 극기적인 생활관을 고수하고 있음을 알 수 있습니다.

21. 가부장적 일부이처제: 가정은 가부장이 다스리는 대가족 체제로 이루어져 있습니다. 퐁트넬은 다음과 같이 규정합니다. "모든 가정은 한 명의 가장, 두 명의 부인, 자식들 그리고 노예들로 구성되어야 하며, 아이들은 만 5세까지 가족과 함께 살아가야 한다"(Fontenelle: 54). 이로써 퐁트넬은 1부 2처제를 규범화하고 있습니다. 결혼 전에 신랑은 미래의 아내가 될 두 명의 처녀의 몸 상태를 샅샅이 관찰할 수 있습니다. 그렇다고 해서 몸을 살펴보기 위한 예식을 별도로 치르는 것은 아닙니다. 아자오 유토피아는 여성해방에 관해 어떠한 입장도 드러내지 않습니다. 여성들은 글을 읽을 수 있지만, 글쓰기를 배울 수는 없습니다. 여성들은 법적인 문제라든가 정치에 개입할 수 없으므로, 글쓰기를 배울 필요가 없다는 것입니다. 퐁트넬은 시민 주체를 이야기하지만, 여성을 시민 주체로 이해한 적은 한 번도 없었습니다. 그 대신에 만 6세가 되면, 국가는 남자든 여자든 간에 부모를 떠나 공동체에서 함께 살면서 교육받도록 조처하고 있습니다. 따라서 부모와 자식은 5년간 함께 지낸 다음에 헤어집니다.

22. 남존여비에 근거하는 전근대적인 결혼관: 퐁트넬은 프랑스 귀족의 방종과 패륜 행위를 신랄하게 비판한 바 있습니다. 그럼에도 그가 모든 가장으로 하여금 두 명의 아내를 취하도록 설계한 것은 일견 모순처럼 보입니다. 어쩌면 퐁트넬은 일부일처제가 인간이 꿈꾸는 이상적 형태의 남녀 관계이기 때문에, 실제 현실에서 올바르게 지켜지기 어렵다고 판단했는지 모릅니다. 차라리 일부이처제를 도입함으로써, 아자오의 가부장

들로 하여금 다소 유연한 삶을 누리게 하는 게 더 낫다고 믿었는지 모릅니다. 대신에 퐁트넬은 매춘이라든가 혼외정사는 용인될 수 없다고 못 박고 있습니다. 이러한 결혼 제도는 현대의 상식으로는 그리고 인구 분포를 고려할 때에도 도저히 납득할 수 없는 것입니다. 퐁트넬이 설계한 가정 체제는 오로지 남성의 시각만 고려한 것입니다. 퐁트넬의 결혼 제도가 실천되려면, 실제로 여성의 수가 남성의 두 배가 되어야 할 것입니다. 그런데 여성의 수는 어떠한 사회적 체제라 하더라도 남성의 수의 두 배로 이루어질 수 없습니다. 한 명의 남자가 두 명의 여자와 결혼하는 것은 일시적으로는 가능하겠지만, 길게 보면 불가능합니다.

23. 정치 구도와 관직: 퐁트넬의 유토피아는 정치적으로 공화주의를 표방합니다. 가령 아자오 섬에서도 행정직을 수행하는 관리가 필요합니다. 이미 언급했듯이, 한 가옥에는 스무 가구가 살아갑니다. "민치"라고 불리는 스무 명의 가장들은 선거를 통해서 두 명의 대표를 선출합니다. 이들은 민치스트라고 명명됩니다. 민치스트들은 2년 동안 각자 자신의 거대한 가옥을 시찰합니다. 이것이 정치의 첫 번째 단계입니다. 나아가 40명의 "민치스트"들은 선거를 통해서 두 명의 대표를 선출합니다. 이들은 "민치스트코아"라고 명명됩니다. 모든 행정 구역에는 80명의 "민치스트코아," 혹은 20명의 가옥 대표가 존재합니다. 이것이 정치의 두 번째 단계입니다. "민치스트코아"는 하나의 행정 구역을 관장하는 자입니다. "민치스트코아"는 함께 모여서 두 명의 "민치스트코아-아도에"를 선출합니다. 이들이 모여서 형성되는 게 도시의 평의회입니다. 이것이 정치의 세 번째 단계입니다. 도시의 평의회는 다시금 가장 현명하고 경험 많은 "민치스트코아-아도에"를 선출합니다. 이들이 모이면, 아자오의 모든 정책을 관장하는 국가 위원회가 결성됩니다(Saage: 69). 퐁트넬은 당시 네덜란드의 법을 대폭 받아들여서, 상기한 방식의 반-봉건

적이고 반-절대주의적인 정치체제를 구축하였습니다. 물론 남자들이 모든 권력을 행사한다는 점이 하나의 취약점으로 지적될 수 있습니다. 그렇지만 이를 제외하면, 모든 관직은 개개인의 능력과 품성에 따라 정해질 뿐, 재산, 출신 내지 인간관계에 의해서 정해지지 않습니다. 이러한 조처는 몇몇 특권을 지닌 자들의 과두정치를 미연에 방지하기 위함입니다. "민치스트로서 높은 관직을 맡은 사람은 특별한 경우를 제외하고는 또다시 그 직책을 맡을 수 없다. 이는 모든 인민에게 관직의 명예를 부여하기 위함이다"(Funke 1982B: 62).

24. 관리들의 일감과 권리: 그렇다고 해서 퐁트넬의 공화국이 풀뿌리 직접민주주의를 대변한다고 말하기는 어렵습니다. 모든 정책이 아래로부터 위로 이행되는 것은 아니며, 공화주의 체제는 무엇보다도 질서 유지를 위한 수단으로 활용될 뿐입니다. 가령 "민치스트"는 가옥 내에서 발생하는 모든 일을 알아야 하며, 모든 사항이 평화롭게 진척되도록 조처합니다. 사람들 사이에 갈등과 싸움이 발생하면, 그는 이를 중재합니다. 그러나 이러한 중재 작업이 실패로 돌아가면, 상부 계층인 "민치스트코아"에게 그 사실을 보고합니다. 두 사람은 함께 범행 내지 폭동을 분석하고 해결책을 찾습니다. 범행의 경중에 따라 죄를 저지른 자는 쇠사슬에 묶인 채 살아가거나 노예로 살아야 합니다. 죄인에 대한 매질은 거의 드물게 행해집니다. 이곳 사람들은 사형 제도를 전혀 알지 못합니다. 왜냐하면 이곳 사람들은 사형 제도가 자연의 질서 내지 이성의 질서에 위배된다고 확신하기 때문입니다(Manuel: 130). "민치스트코아-아도에"는 사람들의 출생과 사망을 등록하고 이를 관장합니다. 그들은 사람들의 직업을 등록하여 국가에 노동자의 수와 일감의 종류를 보고합니다. 또한 그들은 경작하는 방법을 청소년들에게 교육시키는 권한을 지니고 있습니다.

25. 갈등은 해결되는 게 아니라, 얼마든지 묵살될 소지가 있다: 국가 위원회는 네 단계의 관청의 심의를 거쳐서 중요한 사항을 결정합니다. 전쟁의 문제, 외교, 정치, 경작과 주요 건축물의 건설 내지 복구 사업 그리고 도농 사이의 경제적 수준 차이를 없애는 정책 등이 그러한 중요한 안건들입니다. 모든 중요한 사항은 다수결에 의해서 결정됩니다. 정부를 대표하는 수장이라든가 왕은 존재하지 않습니다. 국가는 국가 위원회라는 공적 기관에 의해서 영위됩니다. 모든 것을 공동의 기관에서 심의하고 결정하므로, 계층 간의 갈등, 특정 부류의 집단 이기주의로 인한 투쟁의 경우, 사람들은 공개적 토론을 통해서 어떤 해결책을 찾습니다. 마키아벨리의 논리는 여기서 적용되지 않습니다. 마키아벨리에 의하면, 갈등과 싸움이 개인이 자유를 얻고 자기 자신을 발전시킬 수 있는 전제 조건이라고 합니다. 그런데 곰곰이 고찰하면 갈등과 싸움은 퐁트넬의 무신론 공화국에서는 보편적 이성에 의해서 통째로 거부당할 수 있습니다. 상위 계층에게 권력이 주어지지 않지만, 사태는 정반대로 변화될 수 있습니다. 아무런 제도적 장치가 없는 관계로 만에 하나 일부 엘리트들의 독점적 정치 역시 현실화될 가능성이 있습니다. 이를테면 반대 의견이 전체 여론에 묵살된다는 점에서 아자오의 정치 시스템은 결코 민주주의의 선례라고 말할 수는 없습니다.

26. 노예경제와 노예들에 대한 처벌과 살육: 또 한 가지 문제점은 아자오 공화국이 근본적으로 노예제도에 바탕을 두고 있다는 사실입니다. 원주민들은 전쟁에서 승리한 뒤에 다른 나라 사람들을 노예로 받아들였습니다. 따라서 퐁트넬의 공화국은 하층민의 폭동이라든가 다른 이유로 인하여 노예로 전락한 일부 원주민들을 도륙하기도 합니다. 만약 이러한 조처가 자연의 법칙에 위배된다고 하더라도, 퐁트넬은 노예에 대한 살상을 정당한 것으로 인정하고 있습니다. 왜냐하면 그렇게 해야만 노예들의

폭동으로 인해서 국가가 패망하지 않기 때문이라고 합니다. 물론 노예의 존재는 토머스 모어의 『유토피아』에서는 제법 많은 수를 차지하고 있습니다. 그렇지만 노예의 문제는 모어의 경우 부수적으로 다루어졌으며, 형법상의 처벌의 결과로 이해되곤 하였습니다. 이에 반해서 퐁트넬의 경우 노예는 사회적 동질성을 파괴하는 하급 집단으로서 그 자체 사회 전체의 위협이 되는 존재로 규정되고 있습니다. 아자오 사람들은 노예들로 하여금 노동하게 하지만, 때로는 이들 가운데 행실이 나쁜 자들을 나중에 반드시 살육해야 한다고 믿습니다. 왜냐하면 국가를 재난으로부터 성공적으로 방어하기 위해서는 일차적으로 폭동을 사전에 차단해야 하기 때문이라고 합니다.

27. 무신론에 근거하는 공화주의: 퐁트넬의 아자오 섬은 일차적으로 17세기의 폭정과 패륜을 비판하기 위해서 하나의 유토피아 상으로 설계된 국가주의 유토피아라고 명명할 수 있습니다. 그것은 자연과 이성의 법칙을 숭상한다는 점에서 기독교 이데올로기의 폐해를 사전에 차단하고 있습니다. 이는 근본적으로 무신론, 즉 자연과 이성의 순리에 따르는 공화주의의 법칙입니다. 퐁트넬의 유토피아는 철저히 가부장의 정치체제를 고수하고 있다는 점에서, 페미니즘의 관점에서 고찰하면 구태의연하고 전근대적인 특성을 보여 줍니다. 경제적 측면에서 국가는 계획경제 구도에 바탕을 두고 있으며, 부분적으로 사유재산을 용인합니다. 정치적 측면에서 고찰할 때, 여성의 정치적 참정권이 처음부터 배제되어 있으며, 특정 엘리트의 전횡을 차단할 수 있는 체제가 어느 정도의 범위에서 채택되고 있습니다. 그러나 퐁트넬의 유토피아는 두 가지 취약점을 드러냅니다. 첫째로 의사 결정에 있어서 반대되는 소수의 견해는 사전에 묵살될 수 있다는 게 하나의 취약점으로 지적될 수 있습니다. 왜냐하면 의사 결정을 위해서 다수결 제도가 채택되기 때문입니다. 둘째로 노예에 대한

학살과 살육은 이성의 법칙에 위배되기 때문에 최상의 평등 국가가 선택해야 할 사항이 아닌데도 불구하고, 보편적으로 시행되고 있습니다.

28. 유럽과의 교역 가능성: 퐁트넬의 유토피아는 모어, 캄파넬라, 베라스 등이 설계한 장소 유토피아에 해당합니다. 그런데 퐁트넬은 ― 이전의 유토피아 설계자들과는 달리 ― 아자오 섬의 정치·경제 체제를 유럽의 프랑스에 대입할 수 있으리라고 확신했습니다. 지금까지의 장소 유토피아가 주어진 현실을 비판하기 위한 대안으로서 설계된 것이라는 점을 감안한다면, 두 개의 문화권의 상호 교류는 그야말로 순진하기 짝이 없는 발상입니다. 그럼에도 불구하고 퐁트넬은 주인공으로 하여금 유럽으로 건너가서 프랑스와 아자오 섬 사이의 교역을 준비하도록 조처하였습니다. 작가의 견해에 의하면, 아자오 섬은 노예제도를 제외한다면, 이성과 자연의 원칙에 의해서 정치경제와 문화적으로 유럽의 여러 나라보다 우위에 설 수 있다고 합니다. 이에 비하면 유럽의 계층 국가들은 자연과학과 기술의 영역에서 아자오 섬의 그것을 능가한다고 합니다. 물론 하나의 국가가 실존하는 국가라면, 다른 하나의 국가는 가상적으로 끌어들인 사회 유토피아로 규정될 수 있습니다.

참고 문헌

차영선 (2008): 퐁트넬의 결정론. 영혼과 자유, 실린 곳: 프랑스 문화예술 연구, 프랑스 문화예술학회, 27집, 643-671.

퐁트넬, 베르나르 르 보비에 드 (2005): 신(新) 죽은 자들의 대화, 신용호 역, 케이시.

Fontenelle, Bernard Le Bovier de (1998): Histoire des Ajaoïens, Oxford.

Funke A (1982): Funke, Hans-Günter, Studien zur Reiseutopie der Frühaufklärung: Fontenelles "Histoire des Ajaoiens", Teil I, Heidelberg.

Funke B (1982): Fontenelle, Bernard Le Bovier de, Histoire des Ajaoiens. Kritische Textedition mit einer Dokumentation zur Entstehungs-, Gattungs- und Rezeptionsgeschichte des Werkes von Hans-Günther Funke. Teil II, Heidelberg.

Heyer, Andreas (2008): Der Stand der aktuellen deutschen Utopieforschung, Bd 1, Hamburg.

Jens (2001): Jens, Walter(hrsg.), Kindlers neues Literaturlexikon, 22 Bde., München.

Manuel (1971): Manuel, Frank(Ed.), French Utopias. An Anthology of Ideal Societies, New York.

Saage, Richard (2002): Utopische Profile, Bd. 2, Aufklärung und Absolutismus, Münster.

11. 페늘롱의 유토피아, 베타케 그리고 살렌타인

(1699)

1. 페늘롱의 소설: 미리 말씀드리건대, 페늘롱의 소설 『텔레마코스의 모험』 속에는 두 개의 유토피아 모델이 내재해 있습니다. 그 하나는 "베타케"라는 공동체 모델이며, 다른 하나는 "살렌타인"이라는 국가 모델입니다. "베타케"가 태고 시대의 원시 공산제의 면모를 보여 준다면, "살렌타인"은 하나의 체제 내지 제도적 장치를 갖춘 유토피아 모델을 가리킵니다. 이것들은 상호 보완적으로 기능하며, 동시에 유토피아 역사에서 생략될 수 있는 부분을 보충해 주고 있습니다(Manuel: 385). 페늘롱의 작품은 오늘날 18세기 초의 프랑스 문학의 고전이 되었습니다. 그러나 페늘롱의 작품이 발표될 무렵 이를 예언한 사람은 아무도 없었습니다. 이 작품은 부르군드 공작이자 루이 14세라고 불린 황제의 큰아들의 교육을 위해 구상되었습니다. 작가는 바람직한 제후가 되려면 어떠한 덕목을 갖추어야 하는가 하는 물음을 소설 속에 담았던 것입니다. 작품 『텔레마코스의 모험』이 발표되자마자, 페늘롱은 안타깝게도 엄청난 스캔들에 휘말리게 됩니다. 물론 고대 이교도 문학에 대한 페늘롱의 입장은 상당히 모순적입니다. 왜냐하면 페늘롱 자신은 이교도의 문학을 인용하면서, 그것을 불필요한 장식이라고 단언하기 때문입니다(차영선B: 152). 여기서

문제가 되는 것은 문헌학의 논쟁이 아니라, 절대왕정의 유지 가능성 내지 예수회의 비기독교 종교의 포용이라는 정치적 현안이었습니다. 이 때문에 프랑스 황제와 그의 측근들은 이 작품을 절대왕권에 대한 은밀한 풍자의 문헌으로 간주하였던 것입니다. 실제로 루이 14세는 바로 그 시점에 이르러 페늘롱에 대해 극심한 반감을 품었으며, 자신의 왕위를 계승해야 할 손자가 1712년에 불과 서른 살의 나이에 사망했을 때, 왕자의 모든 글들과 페늘롱의 모든 문헌을 불태우라고 직접 명령했습니다.

    2. 루이 14세에 대한 비판: 루이 14세는 내심 페늘롱을 가장 완강하고도 끈덕진 정적(政敵)으로 간주한 게 틀림없습니다. 1694년에 캄브레이 지역을 관장하는 대주교가 된 다음에 루이 14세에게 보내려고 했던 페늘롱의 편지는 오늘날까지 전해 내려오는데, 여기서 우리는 절대왕정에 대한 페늘롱의 비판을 재확인할 수 있습니다. 이 편지는 끝내 루이 14세에게 송달되지 못했습니다. "절대적인 권력은 오로지 당신의 손에 쥐어지게 되었습니다. 사람들은 더 이상 국가와 국법을 언급하지 않고, 오로지 대왕 폐하와 폐하의 '선한 기쁨(bon plaisir)'의 말씀만을 언급하며 엄청난 조세를 납부하였습니다. (…) 내치와 외국과의 교역을 위해서 관리들은 어떤 규정을 따르는 게 아니라 온갖 위협과 협박을 가하고 공갈하였으며, 반항하는 인민을 처형하거나 죽음의 고통을 가했습니다. 1672년에 수많은 지방이 화염에 휩싸이고, 아름답던 도시와 마을은 잿더미로 화하게 되었습니다. 이 모든 끔찍하고 슬픈 결과는 당신의 이름으로 행해진 전쟁 때문입니다"(Fetscher: 432). 페늘롱은 『텔레마코스의 모험』에서 다음과 같이 기술하였습니다. "세상에서 가장 불행한 사람은 인민을 불행에 빠지게 해 놓고, 자신은 행복하다고 생각하는 왕입니다"(페늘롱 I: 122).

3. **페늘롱의 이력:** 페늘롱은 신교와 구교 사이의 종교적 갈등이 극심한 시대에 살았습니다. 그런데 어째서 그는 앙시앵레짐 하의 정치 권력자 근처에 머물면서 기존 권력 체제를 노골적으로 문제 삼았을까요? 과연 그는 어떻게 권력의 수뇌부에 가까이 머물면서, 절대 권력에 대한 비판을 행할 수 있었을까요? 프랑수아 페늘롱은 1651년 8월 5일 샤토에서 지방 귀족의 아들로 태어났습니다. 그의 조상은 높은 신분을 지니고 있었지만, 급변하는 정세의 여파로 가난을 면치 못하고 있었습니다. 1672년 고향에서 학교를 졸업한 페늘롱은 파리의 신학교에서 공부하다가 4년 후에 수사로 서품된 다음에 "새로운 가톨릭(Nouvelles catholiques)" 학교의 교장으로 봉직하게 됩니다. 당시에 프로테스탄트를 신봉하는 위그노들은 신변의 위협을 느끼고 가톨릭으로 개종하곤 하였습니다. "새로운 가톨릭" 학교는 가톨릭으로 개종한 이들의 딸들을 교육시키기 위해 설립된 학교였습니다. 그렇지만 1685년 무렵에 루이 14세는 낭트 칙령을 취하하고, 주로 상업에 종사하는 위그노 교도들을 정치적으로 탄압하기 시작했습니다. 이때 페늘롱은 가톨릭교도들의 근엄하고 완강한 태도를 유연하게 변화시키려고 노력하였습니다.

4. **참된 교육자, 페늘롱:** 물론 페늘롱은 프로테스탄트의 교리를 인정하지도 않았고, 가톨릭의 신앙적 판단에 이의를 제기하지도 않았습니다. 그럼에도 그는 가톨릭의 고위 공직자들이 시행한 신교도에 대한 강제적 개종 정책에 대해서 반대 입장을 표명하였습니다. 새로운 가톨릭 학교에서의 교육적 경험을 통해서 페늘롱은 1687년 「소녀 교육론(Traité de l'éducation des filles)」을 발표하였습니다. 이 책에서는 소녀들이 어떻게 종교적으로 교육받아야 하는가 하는 내용이 교육자적 시각에서 체계적으로 서술되어 있습니다. 페늘롱의 논문은 프랑스 전역에 알려지게 되었으며, 결국 어느 주교의 추천으로 루이 14세의 큰손자의 교육을 담당하

게 됩니다. 이로써 그는 약 9년 동안 황실 자제의 교육을 담당하는 은사로서의 특권을 누리게 됩니다. 실제로 페늘롱은 피교육자의 수준과 관심사를 예리하게 꿰뚫어 보는 능력을 지니고 있었습니다. 당시 황태자는 막무가내의 응석받이였는데, 페늘롱의 노력으로 부드러운 심성을 지니고 자신을 제어할 줄 아는 젊은이로 거듭나게 됩니다. 이로 인하여 페늘롱은 처음에는 루이 14세의 총애를 받기도 하였습니다. 당시에 페늘롱은 교육에 관한 많은 글을 써서 발표했는데, 이로 인하여 왕실과 일반 대중들에게 많은 호평을 받게 됩니다. 1693년 페늘롱은 프랑스 아카데미의 회원이 되었으며, 2년 후에는 캄브레이 지역의 대주교로 발탁됩니다.

5. 페늘롱의 말년의 삶: 페늘롱은 이미 1688년에 기욤이라는 이름을 지닌 마담과 친교를 맺었으며, 그미의 "순수한 사랑에 관한 이론"에 매료됩니다. 기욤 부인은 신비주의자로서 질서의 고수를 종교의 합법적 근원으로 이해하지 않았습니다. 신앙에서 가장 중요한 것은 기욤 부인에 의하면 오로지 사랑이라는 것이었습니다. 왕궁의 학자들 가운데 특히 자크 베니뉴 보쉬에(J. B. Bossuet)는 가톨릭 독단론에 입각하여 기욤 부인의 입장을 신랄하게 비난하였습니다. 이때 페늘롱은 기욤 부인의 입장을 옹호하는 논문을 써서 발표하게 되는데, 정적주의(Quiétisme)를 둘러싼 이러한 논쟁으로 인하여 보쉬에와의 관계가 상당히 나빠지게 됩니다. 페늘롱에게 정치적 경력을 쌓게 해 준 사람이 보쉬에였는데, 보쉬에는 자신의 은덕을 배반하고 기욤 부인을 두둔한 페늘롱을 서서히 정치적 적대자로 간주합니다. 자고로 권력자의 눈에 미운 털로 박히게 되면, 추락하는 것은 기정사실이었습니다. 결국 페늘롱은 대주교의 자리에서 쫓겨나고, 그의 양친 역시 궁궐을 떠나야 했으며, 군인으로 일하던 그의 조카 역시 근위대에서 축출당합니다. 여기에 직접적으로 작용한 것은 페늘롱

의 신앙과 철학적 사고에 이의를 제기한 보쉬에의 탄원서 한 통이었습니다. 1699년 루이 14세는 페늘롱으로 하여금 모든 직책에서 물러나게 하고 귀양을 보냅니다. 페늘롱은 1715년 귀가하던 도중에 마차 사고를 당해 사망하였습니다.

6. 페늘롱의 전원적인 상, 베타케 그리고 이후의 영향: 『텔레마코스의 모험』이 간행된 해는 1699년이었습니다. 로마 교황청이 페늘롱을 옹호하는 소견서를 발표하였고, 베르사유에서 그의 대주교 직위가 박탈된 바로 그 해에 작품이 간행되었습니다. 어느 출판업자는 페늘롱의 의사와는 반대로 작품을 간행하였습니다. 물론 루이 14세는 페늘롱의 작품이 프랑스 지역에 배포되는 것을 철저히 금했으나, 페늘롱이 죽은 뒤인 1717년에야 비로소 작가의 수정 판본이 발간되었습니다. 유럽 전역에 퍼진 그의 작품들은 모조리 회수되지 못했습니다. 심지어 프랑스의 야권 세력은 페늘롱의 작품을 절대주의를 비판하는 진보적인 문헌의 대표작으로 채택하였습니다. 『텔레마코스의 모험』에 묘사된 유토피아의 상은 이후의 사상가들에게 지대한 영향을 끼쳤습니다. 가령 루소는 선한 삶과 이국적인 생활 속에 담긴 무위의 삶 등을 상상하곤 하였는데, 여기에 영향을 끼친 것은 바로 페늘롱의 소설이었습니다. 루소는 페늘롱의 작품에서 묘사된 "베타케"라는 전원적 장면을 자주 언급하였습니다. 물론 루소가 페늘롱이 다룬 목가적인 향락을 반정치적인 향수를 불러일으킨다는 이유로 퇴행적이라고 폄하한 것은 사실입니다. 실제로 페늘롱의 베타케 장면은 아나크레온주의의 열광을 부추기기 때문에 정치적 의미에서 진보적 관점을 도출해 내기는 사실상 어렵습니다(차영선 B: 150f). 그럼에도 불구하고 페늘롱의 유토피아 소설은 왕정 체제에 반대하는 의미로 활발하게 수용되었습니다. 18세기 프랑스 문학을 전제로 한다면, 볼테르를 제외하면 페늘롱만큼 체제 비판적인 작가도 없었습니다. 이렇듯 『텔레

마코스의 모험』은 정치적 진보의 분위기를 가열시켰습니다.

7. 오디세우스의 아들, 텔레마코스: 작품은 제후에 대한 가르침으로 이해될 수 있으며, 나아가 교육소설의 의미를 지니고 있습니다. 그렇기에 작품의 영향력이 정치적으로 이어진 것은 어쩌면 당연한 일인지 모릅니다. 작품은 그리스 신화를 매개로 하지만, 고대 작가(호메로스, 베르길리우스, 오비디우스, 플리니우스, 리비우스 등)의 문헌에 의존하고 있습니다. 페늘롱은 호메로스의 『오디세이아』 네 번째 노래에 이어서, 오디세우스의 아들, 텔레마코스의 모험을 다루고 있습니다. 그는 아버지를 찾으려고 이곳저곳으로 여행을 떠납니다. 이를테면 텔레마코스는 팔라스 아테나가 보낸 멘토어라는 이름을 지닌 스승의 도움을 받으면서, 에스파냐의 목가적인 이상적 공동체, 베타케를 접하게 됩니다. 베타케는 에스파냐 남부에 위치한 베티스 강 주위의 지역으로서, 과거에 로마제국에 농업 생산품을 납품하던 지역입니다. 그 밖에 이탈리아 남부 지역인 칼라브리아에 위치한, 페늘롱에 의해서 창안된 가상 도시, 살렌타인의 이모저모를 시찰하기도 합니다. 텔레마코스는 (지금의 레바논 지역에 해당하는) 티로스 지역의 전제 군주의 잔인무도한 폭력을 알게 됩니다. 독재자 피그말리온이라는 인물은 마치 루이 14세의 모습을 방불케 합니다. 수많은 경험을 통해서 텔레마코스는 자신의 고향 이타카를 다스릴 수 있는 이상적 군주의 특성을 하나씩 체득해 나갑니다.

8. 현실적 위기는 법을 무시하는 독재자의 인위적인 정책에서 비롯한다: 페늘롱은 고대의 유토피아 작가와 마찬가지로 성공적인 삶의 이상을 다루고 있습니다. 이러한 범례는 일견 초시대적인 범례로 보이지만, 근본적으로는 주어진 사회 정치적 현실에 대한 간접적인 비판에 토대를 두고 있습니다. 페늘롱이 처했던 당시의 현실적 위기는 본질적으로 두 가지

원인에서 비롯되는 것입니다. 첫 번째 원인은 개별 군주들이 주어진 법에 따라 정책을 펼치는 게 아니라, 법을 무시하고 자신의 의지대로 모든 것을 통치하는 태도를 지칭합니다. 두 번째 원인은 인간의 도덕적, 양심적 잣대를 무시하고 파괴하는 사치스러운 사고를 가리킵니다. 페늘롱은 첫 번째 원인과 관련하여 고전적 의미에서의 폭군의 개념을 다음과 같이 정의 내리고 있습니다. 폭압적으로 통치하는 제후는 자연법과는 무관하게 행동하는 자라고 합니다. 그는 오로지 자신의 고유한 야심, 자신의 고유한 향락 그리고 자신의 고유한 명예욕을 충족시키기 위해서 백성들에게 채찍을 휘두르는 자라는 것입니다(Fénelon: 385) 이러한 입장을 지닌 자가 통치하면 그 결과는 뻔합니다. 독재자의 정치 행위에는 어떠한 기준도 없고, 모든 사항은 인위적 방식에 의해서 처리될 뿐입니다. 특히 조세제도와 관련하여 폭군은 제멋대로 백성들의 피고름을 쥐어짜곤 합니다. 전제군주에게는 중립적인 자세로 진리를 추구하려는 의사가 전혀 없습니다. 그렇기 때문에 이득을 챙기는 데 혈안이 된 책사의 말만 골라서 청취할 뿐입니다.

9. 절대군주들은 백성들을 수탈함으로써 자신의 묘혈을 파고 있다: 페늘롱은 궁극적으로 바람직한 입헌군주제의 가능성을 타진합니다. 절대군주들은 외국과의 관계에 있어서도 끔찍한 일을 저지릅니다. 그들은 자신의 군인들로 하여금 다른 나라를 침략하여 그 나라를 모조리 황폐하게 만듭니다. 자신의 명예욕을 충족시키기 위해서 전쟁을 벌이고, 패망한 국가의 백성들을 잔인하게 살육합니다. 나아가 끔찍한 공포 정치를 감행함으로써, 외국의 주민들을 무력화시킵니다. 그렇게 되면 식민지로 변한 땅에 살고 있는 주민들은 굶주림, 극도의 절망 속에서 초근목피로 목숨을 연명할 수밖에 없습니다. 주민들이 비참하게 살아가는 근본적 이유는 무엇보다도 군주의 거짓된 명예욕과 다른 나라를 정복하려는 야심

때문입니다. 그렇지만 폭군과 제후들은 페늘롱에 의하면 무제한적인 권력을 휘두를 수 있는 힘을 지닌 게 아니라고 합니다. 일견 그들은 국가를 전적으로 소유하고 있지만, 전제정치는 자신의 권력의 초석이 되는 기본적 바탕을 모조리 없애도록 작용합니다. 군주들은 자신에게 복종하는 모든 인간들을 노예로 만들어 버림으로써, 자신의 나라에 더 이상 사람들이 많이 살지 못하게 만듭니다. 폭군이 지배하는 곳의 농경지는 나중에 황무지로 변하고, 사람들 사이의 상품 교환이 줄어들며, 도시는 더 이상 번영하지 못하게 됩니다(라 보에시: 94).

10. 페늘롱의 제후 비판: 독재자의 대부분의 정책은 자연법사상에 위배되지만, 그럼에도 마구잡이로 시행됩니다. 제후들은 경제적 이익을 도모하고, 명예욕을 드높이기 위해서 끔찍한 전쟁을 일으킵니다. 이러한 정책의 실천은 결국에 가서는 권력 구조를 무너뜨리도록 작용합니다. 이는 그야말로 하나의 역설과 같습니다. 이는 국가를 사치스럽고도 방만하게 다스리거나 국민들을 전쟁터로 몰아가며, 국가 경제를 파탄에 빠트리는 경우와 같은 논리입니다. 만약 권력자가 끝없이 사치스러운 정책을 추구하게 되면, 이는 공동체의 구조를 파괴시킬 것입니다. 이 모든 것은 제후들의 "명예욕, 공포 그리고 탐욕"에서 비롯된다고 합니다(Fénelon: 146). 한편으로 궁성과 궁궐 내부는 찬란한 대리석과 금은으로 뒤덮여 있지만, 다른 한편으로 궁성 밖 빈민촌에서 살아가는 일반 사람들은 가난과 굶주림에 처절한 고통을 느끼며 살아가게 됩니다. 비록 자연은 수많은 인민들이 최소한 먹고 살 수 있는 식량과 자원을 제공하지만, 소수에 해당하는 제후들이 이들의 식량과 자원을 과도한 세금으로 거두어 가는 까닭에, 대부분의 사람들은 제 아무리 열심히 일한다고 하더라도 최소한의 끼니조차 연명하지 못하며 살아갑니다.

11. 가상적으로 설계된 베타케와 살렌타인의 상: 그렇다면 개별 인간들이 형제자매처럼 서로 돕고 살아가기 위해서는 어떠한 사회 정치적 전제 조건이 마련되어야 할까요? 이미 앞에서 암시한 바 있듯이, 페늘롱은 두 가지 유토피아의 대안으로써 최상의 공동체를 설계하고 있습니다. 그것은 작품 속에 묘사되고 있는 "베타케"와 "살렌타인"의 상을 가리킵니다. 작품의 화자인 아도암(Adoam)은 텔레마코스에게 이 모든 것을 전수해 줍니다. 작품은 아도암과 텔레마코스 사이의 대화로 이루어져 있다는 점에서 플라톤의 『국가』에 나타난 대화 형식을 따르고 있습니다. 작품 내에서 중요한 것은 두 개의 문학 유토피아, 즉 베타케의 상과 살렌타인의 상이 출현한다는 사실입니다. 베타케의 사람들은 단순한 자연을 깊이 연구하면서 거기서 모든 지혜를 발견해 내고 있습니다. 나아가 살렌타인이라는 국가를 건설하는 데에도 자연의 정언적 명제가 깊이 자리하고 있습니다. 베타케와 살렌타인의 가상적 상에도 불구하고, 페늘롱은 당시의 사회 정치적 토대를 무엇보다도 중요하게 생각하였습니다. 그는 살렌타인의 구성적 시스템을 가급적이면 18세기 초의 프랑스의 현실에 적용할 수 있는 방안을 모색하고 있습니다.

12, 베타케와 살렌타인의 타국과의 관계: 베타케는 독자적 체제를 고수하기에 유리한 자연 조건에 의해서 다른 국가와 구분되어 있습니다. 한쪽은 대양이며, 다른 한쪽은 산맥으로 이루어져 있어서 다른 지역의 국가로부터 지리적으로 차단되어 있습니다. 다른 나라 사람들과의 접촉 역시 공동체의 재화를 생산하는 데 거의 도움이 되지 않습니다. 그렇지만 살렌타인의 경우는 이와는 다릅니다. 살렌타인 사람들은 자신의 욕망을 충족시키기 위해서 농업 외에도 상업을 중시할 수밖에 없습니다. 국가는 자국민들의 외국과의 교역을 장려합니다. 이에 비하면 베타케는 다른 나라와의 교역 자체를 처음부터 배격하고 있습니다. 베타케가 과거 황금시

대의 훌륭한 삶을 재현하고 있다면, 살렌타인은 황금시대와는 전혀 다른 공동체로 묘사되고 있습니다.

13. 베타케와 살렌타인의 건축 구조와 환경: 베타케 유토피아에서 눈에 띄는 것은 무엇보다도 자연주의의 특징입니다. 이로써 우리는 페늘롱의 유토피아 설계에서 르네상스 유토피아의 오랜 전통을 더 이상 찾을 수 없습니다. 도시는 기하학적으로 설계된 건축물로 이루어져 있습니다. 모든 건물들은 이상적 공동체의 계획에 따라 합리적으로 축조되어 있습니다. 그런데 베타케 사람들은 인공적으로 건설된 모든 건축 자체를 바람직하지 않다고 생각합니다. 그 까닭은 그들의 집에 대한 생각이 남다르기 때문입니다. 집이란 그저 추위를 막고 강우를 피하면 족하다는 게 베타케 사람들의 생각입니다. "만약 우리의 초가보다도 더 견고한 집을 지으려고 한다면, 이는 지상에 너무 집착하는 행위와 다름이 없다. 왜냐하면 집이란 나쁜 날씨에 우리 몸을 보호하는 것으로 충분하기 때문이다" (Fénelon: 146).

그러나 나중에 살렌타인의 유토피아를 설계할 때 페늘롱은 이러한 생각을 철회하였습니다. 살렌타인 유토피아에서 건축물은 일원적인 구도로 이루어져 있습니다. 집들은 대가족 구성원의 인구를 고려하여, 그들의 일상생활에 알맞게 지어져 있습니다. 모든 건물들은 위생적 측면을 고려하여 하나의 살롱 곁에 기둥을 둘러싼 내부의 정원과 작은 방을 포괄하고 있습니다. 그러나 건물들은 가족의 크기에 상응하여 축조되어 있으며, 규칙적인 형체를 드러낼 뿐이지, 건축물로서의 아름다움을 무조건 강조하지는 않습니다. 살렌타인 사람들은 불필요한 방을 철저히 배격하고, 사치스러운 치장에 대해 철저히 거부감을 드러냅니다. 그들은 최소한의 자원을 활용할 뿐, 어떠한 사치나 낭비도 용인하지 않습니다. 그런데 여기에는 한 가지 예외가 있습니다. 즉, 살렌타인 사람들은 특히 사원의 건물만은 숭고하고 고결한 느낌이 들도록 찬란하게 건설해 놓고 있습니다. 도시 주위에는 농경지와 숲이 아름답게 자리하고 있는데, 이는 당시 프랑스의 넓은 황무지와는 전혀 다른 모습을 보여 줍니다.

14. 페늘롱의 사유재산제도 비판: 베타케 사람들은 물질의 부당한 분배로 인한 사회적 갈등을 느끼지 않습니다. 그들은 땅을 사유화하지 않고 함께 살아갑니다. 모든 재화는 그들 공동의 것입니다. 요약하건대, 베타케에서는 사유재산제도가 처음부터 존재하지 않았습니다. 이에 비해 살렌타인에서는 사유재산제도가 존속되고 있지만, 사유재산의 활용에 있어서 국가가 세부적 규정으로 관여합니다. 이를테면 모든 가정은 자신의 직분에 따라서 필요한 만큼의 토지만을 소유할 수 있습니다. 이러한 법은 만인에게 공정하게 적용되므로, 땅을 강탈하거나 무력으로 점유하는 행위는 더 이상 가능하지 않습니다. 인구가 과도하게 증가할 경우 국가는 인접 지역을 차제에 활용할 수 있는 땅으로 개간합니다. 상인이라고 하더라도 모든 상품을 소유하고 판매할 수는 없습니다. 국가는 상인이 파업을 불러일으킬 수 있는 위험한 사업을 추진하지 못하도록 미리 처벌 조항을 정합니다. 상인들이 제 아무리 수입과 이득에 혈안이 되어 있다고 하더라도, 살렌타인의 관리들은 이들의 사업에 개입하여 무리한 사업 확장이라든가 이윤 추구의 행위를 사전에 차단시킵니다.

15. 베타케 사람들의 일감: 베타케 사람들이 주도적으로 행하는 일감은 경작과 목축입니다. 베타케의 기후와 토양은 농사짓고 가축을 키우는 데 매우 적격입니다. 이를테면 이모작을 통해서 1년에 두 번 수확할 수 있습니다. 베타케 사람들은 농사를 짓고 양을 키우는 것만으로도 자급자족할 수 있습니다. 남자들은 농기구를 만들어 농사를 짓고 가축을 키우는 일에 매달리는 반면에, 여자들은 옷을 만들고 빵을 구우며 요리하

는 일을 담당합니다. 여성들은 양의 가죽으로 가족들의 신발을 만들거나 천막을 제조합니다. 이미 언급했듯이, 사람들은 집을 짓지 않고 동물의 가죽과 나무껍질을 활용하여 천막을 만듭니다. 사람들은 과일, 채소 그리고 우유 등을 아무런 규칙 없이 골고루 나눕니다. 베타케 사람들 가운데에는 한곳에서 정착해서 살아가지 않는 사람들도 있습니다. 이들은 특정 지역의 열매와 채소 등을 채집하여 생활하는데, 더 이상 먹을 것을 얻지 못할 경우 다른 곳으로 이전해서 살아갑니다(Fénelon: 147). 지역과 지역 사이의 상업이 활성화되지 않고 있으므로, 금과 같은 귀금속은 전혀 교환가치를 지니지 않습니다. 토머스 모어의 유토피아 사람들은 장식용 그릇을 만들기 위하여 금과 은을 활용하고 있습니다. 마찬가지로 베타케 사람들은 귀금속을 쟁기와 같은 농기구 제작에 활용합니다.

16. 살렌타인 사람들의 일감, 농업과 상업 그리고 국가의 관리 감독: 살렌타인 사람들의 경제 시스템은 두 가지 점에서 베타케 공동체와 유사합니다. 살렌타인은 최대한의 수입 추구가 아니라, 인민의 욕망을 필요한 만큼 충족시키는 것을 공동체의 목표로 정하고 있습니다. 살렌타인에서는 농업과 목축업뿐 아니라, 매뉴팩처(가내수공업)가 중요한 수입원입니다. 살렌타인 주민들 가운데 남자와 나이 든 아들은 주로 농사를 짓고, 여성과 나머지 가족들은 가축의 젖을 짜고 음식을 장만합니다. 중심가 사람들과 변두리 사람들 사이의 빈부 차이를 없애기 위해서 국가는 도시에 있던 사치품 생산 공장과 생업을 위한 공장들을 시골 내지 지방으로 이전시켜 놓았습니다. 여기서 우리는 베타케와 살렌타인 사이의 차이를 간파할 수 있습니다. 첫째로 베타케는 세금을 관리하는 관청을 별도로 설치하지 않는데 비해서, 살렌타인에서는 국가가 세금을 거두어서 어떤 적극적 정책을 실행에 옮깁니다. 국가는 인민의 경작을 돕고, 상인과 사업 조합 등을 관리 감독하는 역할을 담당합니다. 둘째로 살렌타

인 사람들은 베타케 사람들과는 달리 농업 외에도 상업을 통해서 경제적 수입을 창출합니다. 국가는 모든 상인들을 관리 감독하면서, 인접 국가와 무역 관계를 맺는 상인들에게 수당을 지급합니다. 대신에 사치 품목의 수입은 철저히 금지합니다. 분명한 것은 이러한 경제정책이 루이 14세의 중상주의 정책과 대립된다는 사실입니다(Freyer: 124). 루이 14세는 국가의 농업과 목축업을 장려하지 않고, 매뉴팩처 기업이라든가 사치품의 생산에 힘을 실어 주었습니다.

17. 경제정책을 위한 두 가지 전제 조건 그리고 학문과 기술에 대한 페늘롱의 견해: 베타케의 경제는 공동 재산에 토대를 두는 반면에, 살렌타인에서는 사적 재산을 용인합니다. 그렇지만 베타케와 살렌타인은 기본적인 토대에 있어서 이질적이지는 않습니다. 두 개의 공동체 공히 경제적이익 추구에 대해 제동을 걸 뿐, 국가는 개인들이 최대한의 공동 재산을 사용하도록 조처하고 있습니다. 실제로 페늘롱은 경제정책의 두 가지 핵심 조건을 채택하고 있습니다. 그 하나는 노동 자원을 최대한 활용한다는 점이며, 다른 하나는 사치품의 생산과 소비를 철저히 금지시킨다는 점입니다. 경제정책의 이러한 두 가지 조건을 통해서 베타케와 살렌타인은 탄탄한 경제적 토대를 지니게 되며, 오로지 필요한 만큼 생산하고, 필요한 만큼 소비하는 생활 방식을 정착하게 됩니다. 학문과 예술에 대한 페늘롱의 입장은 다소 모호한 면을 드러내고 있습니다. 살렌타인에서는 예술과 학문이 가장 고귀한 교육 영역으로 간주되고 있습니다. 그렇지만 이러한 영역들은 국가의 경제에 부정적인 영향을 끼칠지 모른다고 합니다. 그렇지만 학문과 예술은 개혁을 위한 살렌타인 공동체에 도움이 된다고 페늘롱은 설명하고 있습니다. 이에 반해서 베타케 공동체는 전통적인 학문과 예술을 배격합니다. 그리스, 이집트 그리고 그 밖의 문명화된 나라에서 중요하게 여기는 학문과 예술은 페늘롱에 의하면 허영심을 부

추기고, 사치스러운 생활 방식을 조장하는 대상이라는 것입니다.

18. 정치제도, 베타케와 살렌타인의 가족제도: 베타케 사람들은 일부일처제를 고수하며, 이혼을 인정하지 않습니다. "모든 남자는 한 명의 아내를 지닐 수 있다. 그는 아내가 살아 있는 한 그미와 함께 살아가야 한다"(Fénelon: 149). 베타케 사람들은 "부부는 일심동체"라는 사고를 견지하면서, 가부장주의의 세계관을 고수하고 있습니다. 페늘롱은 다음과 같이 서술합니다. "부부는 모든 집안의 문제를 함께 해결해야 한다. 남자는 일에 몰두하고, 여자의 일은 가정에 국한되어 있다. 여자는 남자를 돕고, 남자의 신뢰를 얻어야 한다. 이를 위해서는 외모가 아니라 선한 마음으로 남자를 사로잡아야 한다"(Fénelon: 155). 일부일처제는 살렌타인에서도 그대로 채택되고 있습니다. 남자와 여자가 결혼하여 함께 살면, 살렌타인 사람들은 매우 적은 양의 세금을 국가에 납부하게 됩니다. 그렇기에 자식을 많이 낳으면, 그 가족은 사회적으로 인정받으며, 경제적으로도 풍요로움을 누릴 수 있습니다. 국가는 개별 사람들이 가급적이면 이른 나이에 결혼하여 가족을 구성하기를 원합니다. 그렇게 되면 가족 구성원들은 열심히 노력하여 가족뿐 아니라 사회에 기여하게 된다는 것입니다.

베타케와 살렌타인의 정치 구도를 유심히 살펴보면, 우리는 어떤 차이를 발견할 수 있습니다. 베타케에서는 상급 체제로서의 국가조직이 존재하지 않습니다. 예컨대 모든 가족 속에 가장이 존재하며, 가장이 마치 왕으로 살아갈 수 있습니다. 모든 갈등은 가족 내에서 해결되기 때문에, 굳이 국가라는 상부 조직이 불필요한 것입니다. 특히 베타케 사람들은 타인에 대해 적대적으로 행동하지 않습니다. 게다가 대체로 농경 내지 유목 생활을 영위하기 때문에 불필요한 부라든가 분에 넘치는 향락 자체가 처음부터 만개하기 어렵습니다. 이에 반해서 살렌타인에서는 국가조

직이 존재합니다. 살렌타인은 하나의 체제를 갖춘 발전된 규모를 드러
내는 국가입니다. 국가의 정책은 처음부터 제한당하지 않습니다. 국가의
관리들은 한편으로는 상인들의 사업을 관리 감독할 뿐 아니라, 다른 한
편으로는 개별 인간과 가족의 행위 등을 도덕적 차원에서 감시, 감독하
고 있습니다. 이로써 우리는 다음과 같이 말할 수 있습니다. 즉, 살렌타
인의 국가는 개별 인간들이 결혼하는 경우를 제외하면, 모든 삶의 영역
에 대해 규칙을 정하고 있다고 말입니다.

19. **지배자와 피지배자의 동질적인 관계:** 페늘롱에 의하면, 권력을 지
닌 자는 어떻게 해서든 인민을 위해서 봉사해야 합니다. 권력자는 마치
"가축 떼를 위한 목자 내지는 자신의 가족을 부양하는 아버지"처럼 행
동해야 한다는 것입니다(Fénelon: 438). 이 점에서 페늘롱의 정치적 입장
은 17세기에 나타난 존 로크라든가 홉스의 사회계약론과는 근본적 차이
점을 보여 줍니다. 로크와 홉스의 견해는 개인의 존재, 개인의 고유한 자
유에서 출발합니다. 그런데 페늘롱이 생각하는 이상 국가는 개별화된 인
간에서 출발하는 게 아니라, 지배자와 인민 사이의 동질성에서 출발합니
다. 물론 살렌타인의 경우, 인민과 지배자의 관계는 무조건 "가축 떼를
위한 목자 내지는 자신의 가족을 부양하는 아버지"라는 종속적 관계로
이해됩니다. 그렇지만 페늘롱이 염두에 둔 지배자와 피지배자 사이의 동
등한 일원성의 관계는 베타케의 공동체에 분명하게 반영되어 있습니다.

20. **살렌타인 국가 내의 빈부 차이와 계층 차이의 극복:** 베타케 사람
들은 모두 자유롭고 평등하게 살아갑니다. 그렇지만 살렌타인의 사회
적 관계는 이와는 다릅니다. 물론 살렌타인에서는 개별적으로 다른 일
을 행하는 인간들이 등급으로 나누어져 있습니다. 17세기 말 유럽 사회
의 일곱 개로 분화된 계층적 구도를 염두에 둘 때, 살렌타인 국가는 당시

의 주어진 국가와는 근본적으로 다릅니다. 이를테면 프랑스의 왕궁 내지 도성 내부에서 살아가는 인간의 생활상과 외곽에서 비참하게 연명하는 가난한 사람들의 비참한 생활상은 살렌타인 유토피아에서는 완전히 파기되어 있습니다. 이로써 도시와 시골 사이의 경제적 불균형은 살렌타인에서는 사전에 차단되어 있습니다. 나아가 살렌타인 국가는 다양한 계층의 모든 인민에게 사치와 향락을 철저히 금지함으로써 인간과 인간 사이의 계층적 차이를 파기하고 있습니다. 살렌타인 국가는 부자들로 하여금 부동산으로 부정 축재하지 않도록 조처하며, 가난한 사람들에게 농토를 무상으로 제공하고 있습니다. 이러한 방식으로 빈부의 차이는 서서히 극복되어 나갑니다. 첫 번째 귀족 계층을 제외하면, 살렌타인 국가에서는 오로지 공공의 안녕을 위해서 헌신한 사람들만이 더 높은 신분을 얻을 수 있습니다.

  21. 베타케와 살렌타인의 교육, 예술 그리고 종교: 그렇다면 페늘롱은 베타케와 살렌타인의 교육, 종교, 예술 등의 영역을 어떻게 규정할까요? 베타케의 경우, 모든 인위적 제도를 중요하게 여기지 않기 때문에 이러한 영역은 처음부터 자세히 언급되지 않습니다. 그렇지만 살렌타인의 경우 제도와 체제 등이 이상 사회를 유지하는 데 중요한 수단이 되기 때문에 상세하게 기술하지 않을 수 없습니다. 가령 살렌타인의 아이들은 공립 학교에서 신에 대한 경외감, 조국애, 준법정신 등을 하나씩 차례대로 배워 나갑니다. 살렌타인에서 최상의 교육 이념으로 간주되는 것은 무엇보다도 인간적 명예를 중시하라는 것입니다. 인간으로서의 명예는 삶 내지 삶의 향유보다도 더욱 중요하다고 합니다. 아이들은 육체를 강건하게 만들고 민첩성을 키우기 위해서 체육 시간에 레슬링, 전차 경주를 연습합니다. 미술 교육을 받는 피교육자는 몇몇 엘리트 그룹으로 제한됩니다. 기이하게도 음악은 좋지 못한 과목으로 이해되고 있습니다. 그들은

"사람들을 황홀감에 빠지게 하고 음욕을 부추기는" 음악 과목을 포기하는 대신에 도덕 과목을 열심히 배워야 합니다.

22. 종교에 관한 사항: 교육의 영역에 비하면 종교는 페늘롱의 유토피아에서는 부차적으로 기능할 뿐입니다. 종교적 예식에 관한 한 사람들은 고대 그리스의 그것을 추종합니다. 종교의 질문 가운데 최상의 권위를 차지하는 자는 스승으로서의 아테네 여신입니다. 그렇지만 아테네는 다른 신들과 달리 매우 이성적인 여신으로 알려져 있습니다. 베타케 사람들은 순수한 자연 속에서 미덕의 본질을 찾으려고 합니다. 여기서 드러나는 것은 페늘롱의 종교적 관용 사상입니다. 즉, 무신론자 역시도 기독교인과 마찬가지로 도덕적이라는 사상 말입니다. 한 가지 언급해야 할 사항은 살렌타인 지역의 개혁이 종교의 제도적 토대를 건드리지 않는다는 사실입니다. 페늘롱은 『텔레마코스의 모험』에서 신지학의 차원에서 언급되는 이성의 종교를 강조하고 있습니다. 이를테면 제후는 페늘롱의 견해에 의하면 어떠한 경우에도 종교 내적인 갈등에 개입해서는 안 된다고 합니다. 신앙과 정치는 서로 분리되어야 한다는 것입니다. 종교적 갈등이 제기될 경우에 권력자는 종교의 문제에 직접적으로 관여하고 중재할 게 아니라, 법정이 이 문제를 다루어 올바른 판결을 내리도록 유보해야 한다는 것입니다.

23. 법정의 기능: 그렇다면 법정은 두 개의 공동체에서 어떻게 기능하고 있을까요? 베타케에는 국가라는 체제 자체가 처음부터 존재하지 않습니다. 따라서 법적인 문제는 가정 내에서 가장에 의해서 처리됩니다. "가장은 자신의 아이들과 손자들이 나쁜 짓을 저질렀을 경우, 그들에게 벌을 가할 권한을 지닌다"(Fénelon: 147). 물론 처벌을 내리기 전에 그는 다른 가족 구성원들에게 어떻게 처리해야 할지 문의하곤 합니다. 베타케

에서 누군가를 처벌하는 일은 거의 발생하지 않습니다. 왜냐하면 "베타케 사람들은 도덕을 준수하고, 나이 많은 사람들을 공경하며, 악덕을 본능적으로 혐오"하기 때문입니다(Fénelon: 147). 베타케에 반해서 살렌타인의 법정을 이끌어 가는 사람들은 전문가로 이루어진 판관들입니다. 물론 제후는 법의 시행에 관한 일반적인 법칙들이라든가 법의 유권해석에 관한 기본적 틀을 제시합니다. 그렇지만 그는 어떠한 경우에도 재판관에 의해서 중재되어야 하는 사적인 갈등의 판결에 대해 시시콜콜 개입하거나 간섭하지는 않습니다. 물론 국가는 범법 행위에 대한 예방 조처에도 불구하고 범죄가 지속적으로 발생할 경우 이에 관한 근본 문제를 따지기도 합니다. 그렇지만 이러한 경우는 매우 드물며, 잠재적 범죄자로 하여금 죄를 저지르지 못하도록 위협을 가해야 한다고 판단될 경우에만 발생할 뿐입니다.

24. 이웃 국가와의 전쟁에 관한 문제: 베타케에서 살아가는 사람들은 무조건 정복 전쟁에 반대합니다. 그렇지만 다른 나라로부터 공격을 받을 경우 그들은 자신의 자유를 수호하기 위하여 무기를 거머쥐지 않을 수 없습니다. 물론 무기를 거머쥐고 직접 싸우는 경우는 거의 드뭅니다. 이웃 국가 역시 지금까지 베타케로부터 공격을 당한 경우는 한 번도 없었습니다. 또한 베타케 사람들은 이웃 나라를 침공하여 그 주민들을 노예로 만든 적이 한 번도 없었습니다. 살렌타인의 경우도 베타케의 경우와 거의 동일합니다. 주민들은 정복 전쟁에 반대하지만, 조국이 다른 나라로부터 위협을 받을 경우 무기를 거머쥘 각오가 되어 있습니다. 살렌타인 주민들은 전쟁 자체를 철저히 혐오합니다. 왜냐하면 전쟁은 승리한 국가에게 약간의 전리품과 노예를 제공하지만, 패배한 국가에게 엄청난 상처와 몰락의 위험을 가져다주기 때문입니다. 그렇기 때문에 살렌타인 사람들은 청년들로 하여금 군사훈련에 몰두하게 하며, 그것에 대해 매우

중요한 가치를 부여합니다. 바로 이러한 이유에서 군사 전문가 내지 군인 교관은 사회적으로 존경을 받습니다. 따라서 살렌타인 사람들은 전쟁을 멀리하고 지속적인 평화를 보존하기 위해서 필요한 것이 무기 사용과 진법을 배우는 군사훈련이라고 확신하고 있습니다.

25. 유럽인과 베타케 사람들 사이의 근본적인 차이점: 그렇다면 페늘롱이 설계한 서로 다른 두 개의 유토피아 공동체, 베타케와 살렌타인은 정말로 고대의 유토피아 모델의 원형을 답습했을까요? 이에 대해서는 의견이 분분합니다. 분명한 것은 페늘롱의 두 개의 이질적인 유토피아의 상이 제각기 별개의 것으로 이해되어야 한다는 것입니다. 베타케 공동체의 경우, 모든 제도적 강제 기구를 처음부터 철폐하고 있다는 사실이 중요합니다. 이는 푸아니의 남쪽 대륙의 공동체와 유사합니다. 그런데 푸아니의 경우 국가의 존재만 없을 뿐, 도시와 지방의 제반 시설들이 철저한 기하학적 모델에 의해서 엄밀하게 축조되어 있습니다. 이에 비하면 베타케의 경우 유럽 문명의 모든 제도적 장치가 처음부터 철저하게 차단되고 배제되어 있습니다. 베타케 사람들은 집 없이 황야에서 살아가는 유유자적한 유목 집단과 같은 마음가짐을 갖고 살아갑니다. 그렇기에 혹자는 베타케 공동체를 브라질과 캐나다에서 살아가는 인디언들의 삶과 비교하기도 하였습니다. 물론 베타케는 오로지 자연의 법칙에 순응하며 생활하는 집단인 것은 사실입니다. 그렇기에 유럽인들의 삶과 베타케 사람들의 삶은 극명하게 다릅니다.

26. 유럽인과 살렌타인 사람들의 공통점: 베타케에 비하면 살렌타인의 삶은 작은 범위에서 유럽인들의 삶과 어느 정도 공통점을 지니고 있습니다. 고대의 전통적 유토피아들은 인류가 어떻게 높은 단계의 문명으로 발전되었는가를 지적한 바 있습니다. 이에 반해서 페늘롱은 자신의 완전

한 공동체를 하나의 실현 가능한 구상으로 이해합니다. 즉, 살렌타인은 처음에는 경제적으로 형편없는 공동체였지만, 나중에 이르러 고도로 발전된, 경쟁력 있는 국가 공동체로 거듭나게 됩니다. 페늘롱은 작품 속에 멘토를 등장시키고 있는데, 그는 제자 텔레마코스로 하여금 살렌타인의 이상적인 사회 정치적 상황을 숙지하게 합니다. 이로써 텔레마코스는 살렌타인이 미래에 얼마든지 실현 가능하다는 것을 깨닫습니다. 이로써 살렌타인은 실현의 과정을 암시해 주는 사회 유토피아로 이해될 수 있습니다(차영선 A: 237). "자네는 살렌타인의 모든 훌륭한 제도적 장치에 대해 그렇게 감동을 받고 있어. 그런데 이 모든 제도적 장치는 이타카에서 실제로 행해져야 하는 과업에 대한 하나의 그림자와 같은 상이라는 것을 반드시 명심하게. 그렇지만 이보다 더 중요한 것은 자네의 인품과 덕망으로써 높은 사명감을 성취하려는 마음가짐일세"(Fénelon: 408). 여기서 언급되는 그림자의 상은 놀랍게도 플라톤이 갈구한 이데아 이론을 떠올리게 합니다.

27. 요약: 페늘롱은 선하고 현명한 왕을 배출하기 위한 교육을 무엇보다도 중요하게 생각하였습니다. 실제로 페늘롱의 베타케 상은 비유적으로 말하자면 태고 시절에 현명한 왕 세소스트리스(Sesostris)가 다스리던 이집트에 관한 하나의 미세화와 다름이 없습니다. 그러나 그의 사고는 고대의 역사소설가, 크세노폰이 그랬던 것과 같이 선하고 현명한 왕을 수동적으로 갈구하는 차원을 넘어섰습니다. 페늘롱이 자신의 문헌을 통하여 두 가지 유토피아의 상을 이원론적으로 설계하였다는 사실이 이를 반증합니다. 두 가지 사회 유토피아 가운데 살렌타인은 플라톤의 『국가』처럼 하나의 규범적인 상으로 이해될 수 있습니다(Servier: 135). 다시 말해서, 살렌타인이라는 모범적인 상은 최상의 국가의 규범에 접근하고 있습니다. 여기서 말하는 규범 자체는 플라톤의 『국가』의 이상적 상태를

지니고 있습니다. 그것은 우주적이며, 모든 공동체, 심지어 프랑스의 앙시앵레짐에도 적용될 수 있는 무엇입니다. 나아가 이것은 작품의 화자, 아도암이 제시하는 어떤 교육적 목표와 일치합니다. 즉, 아도암의 제자, 텔레마코스는 철학적 가르침과 경험 등을 통해서 서서히 성숙해 나가야 한다는 것입니다. 페늘롱은 자신이 처해 있는, 하자를 지닌 사회적 현실이 변화되기를 무엇보다도 기대하였습니다. 오로지 사회구조를 바람직한 방식으로 변화시키려는 자세와 미래의 대안을 투시할 줄 아는 혜안만이 궁극적으로 천한 사람들의 법 없는 무정부적 상태를 개선하고 상류층의 폭압적 정책을 차단시킬 수 있다고 믿었습니다. 어쩌면 페늘롱이 설계한 두 가지 방식의 사회 유토피아는 어떤 특정한 유토피아 설계가 생략할 수 있는 수많은 부분들을 서로 보완해 주고 있습니다.

참고 문헌

라 보에시, 에티엔 드 (2004): 자발적 복종, 울력.

차영선 A (2014): 페늘롱의 유토피아, 『텔레마크』를 중심으로, 실린 곳: 프랑스 문화 예술 연구, 제50집, 프랑스문화예술학회, 217-248.

차영선 B (2014): 고대파 페늘롱의 고전주의 미학 『텔레마크의 모험』, 실린 곳: 프랑 스고전문학 연구, 제17집, 149-185.

페늘롱, 프랑수아 (2007): 텔레마코스의 모험, 2권, 김종현 외 역, 책세상.

Fénelon, François de La Mothe (1984): Die Abenteuer des Telemach, Stuttgart.

Fetscher, Iring (1985): Politisches Denken im Frankreich des 18. Jahrhunderts vor der Revolution, in: Pipershandbuch der politischen Ideen, Bd. 3, (hrsg.), Iring Fetscher u.a., München.

Freyer, Hans (2000): Die politische Insel. Eine Geschichte der Utopien von Platon bis zur Gegenwart, Wien.

Manuel (1971): Manuel, Frank (Ed.), French Utopias. An Anthology of Ideal Societies, New York.

Servier, Jean (1971): Der Traum von der großen Harmonie, Eine Geschichte der Utopie, München.

Swoboda, Helmut(1987): Der Traum vom besten Staat. Texte aus Utopien von Platon bis Morris, 3. Aufl., München

Xenophon(2014): Kyrupädie, De Gruyter: Berlin.

12. 라옹탕의 고결한 야생의 유토피아

(1703)

1. 비-국가주의의 인디언 유토피아: 라옹탕의 유토피아는 "고결한 야생(bon Sauvage)"이라는 표현으로 요약될 수 있습니다. 그것은 신대륙의 문화와 관련되는 것으로서, 어쩌면 인디언 문화를 지칭할 수도 있습니다. "고결한 야생"은 이른바 "수치스러운 서구 문명"과 정반대의 의미로 이해됩니다. 우리는 라옹탕의 유토피아에서 17세기 유럽의 절대왕정의 사회에 대한, 우회적이지만 노골적인 비판을 분명하게 읽을 수 있습니다. 시대 비판과 관련하여 17세기 프랑스에서 출현한 라옹탕의 문학 유토피아는 국가주의 모델과 비국가주의 모델에 관한 분명한 선을 긋게 해 줍니다. 왜냐하면 라옹탕이 설계한 "야생 공화국(République Sauvage)"은 자연을 지배하지 않고, 도시 문화 내지 국가를 알지 못하기 때문입니다. 국가주의 유토피아의 전형적 특성에 해당하는 기하학적 구도는 라옹탕의 유토피아에서 출현하지 않습니다(Funke: 24f). 예컨대 베라스, 퐁트넬 그리고 모렐리의 사회 유토피아가 국가 중심의 거대한 사회 유토피아를 설계하고 있다면, 푸아니, 페늘롱 그리고 라옹탕의 사회유토피아는 비-국가 중심의 유토피아 모델, 다시 말해서 무정부주의 공동체 모델을 명확하게 드러내고 있습니다.

2. 세 권으로 이루어진 놀라운 기록: 루이 아르망 드 롱다르 라옹탕 (Louis Armand de Lom d'Arc, Baron de La Hontan)은 오늘날 캐나다에 해당하는 신-프랑스 지역에 관한 이모저모를 유럽 사람들에게 정확하게 전달한 사람입니다. 그의 여행기는 여행 지역을 제3자의 입장에서 중립적으로 서술할 뿐 아니라, 그곳의 현실적 문제점에 직접 관여했다는 점에서 고유의 가치를 인정받고 있습니다. 라옹탕은 18세기 초에 유럽으로 돌아온 다음에 1703년부터 암스테르담에서 도합 세 권의 책을 연이어 간행하였습니다. 첫 번째 책은 『라옹탕 남작의 북아메리카로 향하는 새로운 여행(Nouveaux Voyages de MR le Baron de Lahontan dans l'Amerique Septentrionale)』(1703)입니다. 이 책은 작가가 신-프랑스 지역에서 어떻게 살았는가 하는 개인적 삶을 편지 형식으로 서술하고 있습니다. 두 번째 책은 『라옹탕 남작의 여행에 이끌려 작성한 북아메리카에 관한 회고록(Mémoires de l'Amerique septentrionale ou La Suite des Voyages de Mr. Le Baron de Lahontan)』(1703)입니다. 이 문헌은 인디언 부족들의 삶과 문화를 지리학과 민속학의 관점에서 서술하고 있습니다. 세 번째 책 『아메리카 여행기, 혹은 라옹탕 남작의 대화 그리고 어떤 야생에 관하여(Suite du Voyage, de l'Amerique ou dialogues de Monsieur le Baron de Lahontan et d'une Sauvage)』(1704)를 가리킵니다. 저자는 세 번째 책에서 원주민 귀족 아다리오와 대화를 나누고 있는데, 서구 문명을 비판하고, 고결한 야생에 관한 새로운 내용을 객관적으로 서술하고 있습니다.

3. 라옹탕의 삶: 라옹탕은 1666년 6월 9일 남프랑스의 작은 마을인 몬드마상에서 몰락하는 귀족의 아들로 태어났습니다. 그의 아버지는 남작이었지만 가난한 기술자였습니다. 라옹탕은 어린 시절부터 인문학의 소양을 쌓았습니다. 1674년 고아가 되었을 때 그에게 남작의 재물이 유산

으로 주어졌으나, 1677년 유산 상속 분쟁으로 인하여 한 푼의 돈도 받지 못하게 됩니다. 아마도 그가 당시의 권력층과 인간적 유대 관계를 맺지 못했기 때문입니다. 누군가 해당 판사에게 뇌물을 바치는 등 권력층 사람들의 힘과 관료주의의 방식을 동원하여, 그가 응당 받아야 할 유산을 다른 사람에게 빼돌리고 말았던 것입니다. 이러한 쓰라린 경험은 그의 마음속에 유럽 문화에 대한 일그러진 상으로 각인되어, 그의 여행기에 반영되어 있습니다. 결국 라옹탕은 15세의 나이에 생계의 어려움으로 프랑스 왕실 소속의 해군에 입대합니다. 얼마 후에 그는 북아메리카에서 식민지 장교로 일하라는 명령을 받고 신대륙으로 향하게 됩니다. 처음에 쿼벡에 잠시 머물렀습니다. 당시 프랑스 군대와 인디언들의 관계는 그리 나쁘지 않았습니다. 1685년부터 1687년까지 라옹탕은 인디언의 언어를 배우고, 시간이 허락하는 대로 사냥과 독서를 즐겼습니다.

1688년에 인디언들과 유럽 군인들 사이에 끔찍한 전투가 벌어지게 됩니다. 당시에 캐나다 서부에 진군한 영국군과 이들의 경제적 욕구가 프랑스 군인들과 일부 인디언들 사이에 심각한 알력을 부추겼던 것입니다. 영국과 프랑스는 자신의 이권을 차지하기 위해서 인디언들을 속이고 이들 부족들을 이간질시키는 등 온갖 사악한 짓거리를 마다하지 않았습니다. 일부 인디언 전사들도 부분적으로 영국 군대나 프랑스 군대에 편입되어 피비린내 나는 전투에서 헤어나지 못했습니다. 라옹탕은 1687년에 드농비유의 휘하에서 여러 번 영국군과 이로케 부족에 대항하는 전투에 참가했습니다. 당시의 전투는 제임스 쿠퍼(James Cooper)의 소설 『모히칸족의 최후(The Last of the Mohicans)』(1826)에서 생생하게 다루어졌습니다. 바로 이 시기에 그는 인디언들과 교우하면서 그들의 언어를 익히게 되어, 수개월간 북아메리카의 거대한 지역을 탐험하였습니다. 당시에 식민지를 지배했던 프랑스 장군은 라옹탕에게 통역의 임무를 부여하였습니다.

라옹탕은 바로 이 시기의 경험을 글로 서술합니다. 이것은 편지 형식으로 기술된 바 있는데, 우리는 여기서 라옹탕이 앙시앵레짐의 사회 현실에 대해서 얼마나 증오했는가 하는 사항을 짐작할 수 있습니다. 다른 한편, 북아메리카에 주둔하고 있던 예수회 사람들의 도덕적 지침에 대해서 라옹탕은 극렬하게 혐오했습니다. 예수회 사람들의 계율 속에는 유럽 계층 사회의 구태의연한 권위적 구조가 도사리고 있다고 믿었던 것입니다. 라옹탕은 프랑스군 장교로 복무했는데, 시간이 흐름에 따라서 프랑스 군인들이 아메리카 인디언들을 함부로 대하는 태도에 대해 못마땅하게 생각하고, 서서히 자신의 처지를 불만스럽게 여기기 시작합니다. 이와는 반대로 인디언들에 대한 동정심은 커져 갑니다. 당시에 라옹탕은 다음과 같이 생각하였습니다. 유럽인들의 부패는 극에 달해 있어서, 마치 유럽인들이 상대방을 살육하기 위해서 법을 만든 것처럼 생각될 지경이라고 합니다.

1690년과 1692년에 라옹탕은 루이 드 부아드(Louis de Buade)의 특별 사절단의 일원으로서 프랑스로 여행합니다. 이때 그는 가문의 유산을 돌려받기 위하여 당국에 청원서를 제출합니다. 그 밖에 라옹탕은 왕궁을 직접 방문하여, 식민지의 경제적 발전을 위해 군사를 지원해 줄 것을 요청합니다. 그의 두 가지 시도는 다 실패로 돌아가고 맙니다. 물론 라옹탕은 1692년 중위로 승진하여, 영국군으로부터 뉴펀들랜드에 거주하는 프랑스인들의 안전을 돌보라는 명령을 받습니다. 그러나 그는 자신에게 배속된 상관과 여러 번 마찰을 겪습니다. 도저히 자신의 임무를 원활하게 수행할 수 없음을 깨닫게 된 그는 1693년 12월에 당국으로부터 허가도 받지 않은 채 프랑스로 되돌아옵니다. 이때 군대 무단이탈 혐의로 그에게 체포령이 떨어집니다. 라옹탕은 포르투갈로 도주합니다. 뒤이어 그의 오랜 방랑이 시작됩니다. 네덜란드, 독일, 덴마크 그리고 에스파냐 등의 왕궁을 찾아가서 자신에 대한 지지를 부탁하지만, 별로 큰 소득을 얻지 못합니다. 방랑하던 라옹탕은 초췌한 몸으로 하노버 왕궁을 찾아갔는데, 거기서 라이프니츠를 만나 오랫동안 대화를 나누기도 했습니다. 라옹탕의 말년의 삶에 관해서는 알려진 게 거의 없습니다. 성 클레멘스 성당에 등록된 시신의 기록에 의하면, 라옹탕은 1716년 4월 21일에 유명을 달리했다고 합니다.

4. 여행기의 놀라운 특성: 라옹탕의 문헌은 그 구성에 있어서 여행(제1권), 회고(제2권) 그리고 대화(제3권)로 이루어져 있습니다. 제1권의 두 개의 장은 북아메리카의 낯선 문화를 소개하고 있습니다. 책은 가급적이면 사실에 입각하여 서술하면서, 동시에 자신의 선입견, 즉 유럽 중심적인 시각을 비판적으로 성찰하고 있습니다. 특히 라옹탕은 첫 번째 책인 『새로운 여행』에서 북아메리카의 (지금은 미주리 지역에 해당하는) "기나긴 강"가에 거주하던 인디언 부족을 묘사하는데, 이는 저자의 고유한 경험과 냉정한 관찰에 근거한 것입니다. 분명한 것은 라옹탕이 북아메리카의 인디언 문화에 매우 친숙하였다는 사실입니다. 라옹탕은 인디언의 신앙이 종래의 해석과는 다르다는 점을 명징하게 밝혀내었습니다. 예컨대 인디언들의 토템 신앙의 체제가 개별 부족과 그들의 영역과 관련되어 있다는 점, 인디언 부족들 가운데 특히 이로케 부족과 휴런 부족의 경우, 유산을 승계할 때 무엇보다도 모계 구조의 전통을 중시한다는 점 등이 바로 그 사항들입니다. 나아가 라옹탕의 문헌은 지리학, 식물학, 천문학, 인디언의 정령신앙, 토속적인 의학 그리고 인디언들의 수렵 생활에 있어서 놀라운 새로운 사실을 전해 줍니다. 그렇다고 해서 작가가 인디언의 문화를 무조건 찬양하는 것은 아니었습니다. 라옹탕은 인디언의 원시적인 삶 속에 은폐되어 있는 나쁜 야만성을 그대로 전해 줍니다. 그것은 다름 아니라 종족 간의 피비린내 나는 전쟁, 잔혹한 고문 그리고 노예제도 등을 가리킵니다.

5. 문헌 제3권의 놀라운 특성: 책의 제3권『대화』편에서 저자는 자신이 발견해 낸 민속학적 자료들에 관해 비판적으로 논평합니다. 저자는 이른바 관여하는 관찰자로서 인디언의 도덕과 관습을 묘사하는데, 이것들은 유럽인들이 지금까지 도달하지 못한 우주적 이성 속에 뿌리를 내리고 있는 모범의 상으로 이해되고 있습니다. 한마디로 인디언들은 라옹탕의 견해에 의하면 자연과 이성에 합당한 삶을 영위하며 살아간다는 것입니다. 그가 이렇게 서술하는 배후에는 두 가지 의도가 도사리고 있습니다. 그 하나는 계급적으로 계층화되어 있는 유럽 사람들의 단점을 강하게 드러내기 위함이며, 다른 하나는 긍정적인 사회 유토피아의 상으로써 빈부 차이로 인한 비참한 유럽 현실의 출구를 마련하기 위함입니다. 이러한 의향을 실현하기 위해서 필요한 것은 다름 아니라 "고결한 야생"이라는 이국적인 아우라, 바로 그것이었습니다. 제3권『대화』의 주인공은 아다리오라는 이름을 지닌 장년의 사람으로서 저자의 "또 다른 자아"로 이해될 수 있습니다.

6. 주인공, 아다리오 그리고 신앙에 관한 논의: 작품에는 아다리오라는 원주민 귀족계급이 등장하는데, 그는 휴런 부족의 부족장, 콘디아로크(Kondiarok, 1649-1701)를 존경합니다. 콘디아로크는 1649년에 태어나 1701년에 사망한 존경 받는 인디언이었는데, 놀라운 지혜를 지닌 부족장이었습니다. 아다리오는 서구의 문화와 언어를 습득한 자로서 세계에 대한 다원적인 시각을 지닌 성인입니다. 아다리오의 대화 상대자는 이름 없는 유럽인입니다. 그는 기독교 문명을 고수하고 이를 옹호하지만, 그의 논조에는 어떤 면에서 상대방을 설득할 수 있는 논거가 결여되어 있습니다. 제3부의 첫 번째 장에서 아다리오는 유럽인과 오랫동안 진지한 토론을 벌입니다. 여기서 그는 기독교의 계시의 믿음에 관해서 비판적 입장을 제기합니다. 기독교의 신앙은 모든 것을 주님의 관점에서 이해하

고, 위에서 아래로 향하는 신앙의 명제를 강요하고 있다는 것입니다. 이에 비하면 인디언들의 이성에 토대를 둔 신관(神觀)은 아다리오의 견해에 의하면 인간과 자연을 평등 관계로 설정한다는 점에서 기독교의 세계관과 근본적 차이점을 드러냅니다. 두 번째 장에서 작가는 어째서 휴런 부족이 유럽에 있는 재판소 내지 법정을 거부하는지 그 이유를 해명하고 있습니다. 자연의 법은 성문화되지는 않았지만, 고유의 타당성을 지니고 있다는 것입니다. 세 번째 대화에서 아다리오는 인디언들의 소유에 관한 견해, 경제 행위 그리고 정치적 의사 결정의 메커니즘 등을 해명합니다. 이로써 인디언 문화의 여러 가지 장점들이 거론되고 있습니다. 네 번째 대화는 유럽인들의 의학적 조처와 인디언들의 의료 시술을 서로 비교합니다. 뒤이어 두 개의 문화권에서 행해지는 사랑과 성의 문제가 논의의 대상이 되고 있습니다.

7. 자유로운 인디언으로 살려는가, 아니면 프랑스 노예로 살려는가?: 아다리오는 다음과 같이 말합니다. "나의 충고를 받아들여, 휴런 사람이 되게. 우리가 처한 현실적 정황이 얼마나 차이가 나는지 이제 모조리 알 것 같네. 내 육체의 주인은 바로 나야. 그래서 나는 마음에 드는 것을 얼마든지 얻을 수 있다네. 나라는 존재는 내 민족의 첫 번째이자 마지막 사람이야. 어느 누구에 대해서도 두려움에 사로잡히지 않아. 내가 고개를 숙이고 굴복하는 것은 오로지 거대한 정신일 뿐이야. 이에 비해 자네는 육체와 정신을 그대의 왕에게 송두리째 바치고 있네. 그대의 부왕은 그대의 모든 것을 소유하고 있지 않은가? 자네에게는 스스로 원하는 바대로 행동할 자유가 주어져 있지 않아. 이를테면 행여나 강도, 사악한 인간 그리고 살인자들이 나타나 자네를 해코지할까 봐 전전긍긍하며 살아가지? 수천 명의 사람들이 단순히 자네보다 높은 자리에 앉아 있다는 이유로 자네에게 얼마든지 끔찍한 만행을 저지를 수 있어. 어느 것이

옳고, 어느 것이 그른가? 해답은 분명한 데도, 자넨 자유로운 휴런 사람이 되지 않고, 계속 프랑스 노예로 살기를 원하고 있어"(Lahontan 1703: 37). 그러나 라옹탕과 동시대에 살았던 학자들은 그의 이러한 입장에 대해 모른 척하고 침묵을 지키지는 않았습니다. 말년에 라옹탕을 하노버 궁전에서 만난 적이 있었던 독일의 철학자, 라이프니츠는 어느 편지에서 다음과 같이 질문했습니다. 혹시 라옹탕 남작이 여행기를 집필할 무렵에 — 마치 푸아니의 『남쪽 대륙 알려지다』처럼 — 실제와는 완전히 다른 가상적인 판타지를 기술하지는 않았을까 하고 말입니다. 그만큼 라옹탕의 여행기는 유럽 사람들에게 낯선 것이었고, 심지어는 유럽의 학자들에게도 생경함을 불러일으켰습니다.

8. 라옹탕의 유토피아의 사고로서의 고결한 야생: 라옹탕의 세 번째 책은 "아메리카 여행기 혹은 라옹탕 남작의 대화 그리고 어떤 야생에 관하여(Suite du Voyage, de l'Amerique ou dialogues de Monsieur le Baron de Lahotan et d'une Sauvage)"라는 제목을 달고 있습니다. 이 문헌은 이탈리아어, 네덜란드어, 영어 그리고 독일어로 번역되어 간행되었습니다. 1703년에는 영어판이 런던에서 간행되었습니다. 상기한 문헌의 부분적 발췌 본은 1981년 프랑크푸르트에서 처음으로 간행되었습니다. 이를 고려한다면, 현대에 이르러 라옹탕의 민속학에 관한 학문 연구의 역사는 비로소 세인의 관심을 끌기 시작하였습니다. 그렇다면 라옹탕의 유토피아의 사고는 토머스 모어 이래로 전해지는 국가주의 시스템으로서의 유토피아의 구도와 어떠한 관련성을 지니고 있을까요?

9. 라옹탕의 시대 비판, 권력자와 사제들의 횡포: 중요한 것은 라옹탕이 『대화』에서 위대한 유토피아 사상가들의 사회 비판적인 전통을 새롭게 계승했다는 사항입니다. 사실 앙시앵레짐의 지배 체제에 대해서 이처

럼 격렬하고 강하게 탄핵한 문헌은 이전에는 없었습니다. 프랑스 계층 사회의 삶과 부자유스럽게 살아가는 프랑스 인민들에 관한 아다리오의 비판을 생각해 보세요. 앙시앵레짐의 지배 체제에 대한 반대급부로 제기된 것이 바로 자연과 이성의 법칙으로 생동하는 야생의 삶입니다. 이러한 야생의 삶의 강점은 등장인물, 아다리오를 통해서 부각되고 있습니다. 이와 관련하여 라옹탕이 화두로 삼은 것은 17세기의 유럽 사회였습니다. 실제로 군주는 질서라는 미명하에 독재를 행하고, 개인들은 국가에 종속된 존재로서 어떠한 힘도 없습니다. 계층과 계층 사이에는 심리적으로 그리고 경제적으로 현격한 차이가 도사리고 있으며, 사제 계급은 권력에 빌붙어 기득권을 누리고 있습니다. 이로써 기독교 종교는 사악한 사제들에 의해서 이성에 위배되는 정책을 수행하고 있다고 합니다. 이러한 정책은 오로지 상류층, 즉 부자에게 유리한 것이므로, 낮은 계층 사람들은 가난과 고문 그리고 착취에 시달리며 힘든 삶을 영위할 수밖에 없습니다. 대부분의 여성들은 굴종의 틀에서 벗어나지 못하고 마치 가축처럼 살아가는 데 비해, 지배계급은 사치와 방탕에서 헤어나지 못하고 있습니다.

10. 라옹탕의 사유재산제도 비판: 라옹탕은 이런 비참한 사회의 원인을 다음과 같이 설명합니다. 가장 심각한 문제는 너의 것과 나의 것을 철저히 구분하려는 유럽인들의 사고에 있다고 합니다. 이에 반해서 휴런 부족은 이러한 소유의 구분을 미리 차단시킴으로써, 그들의 사회 내에서 형제자매의 아우르는 삶 내지 평등한 삶을 가능하게 하였습니다. 인디언 부족을 방문한 사람이라면 누구나 소유 없는 삶을 살아간다는 것을 깨닫게 된다고 합니다. "재물의 사적 소유(propriété des biens)"는 라옹탕에 의하면 모든 무질서를 낳게 하는 근원입니다. 유럽 사회가 그토록 참담할 정도로 몰락하게 된 근본적 배경은 무엇보다도 사유재산제도 때문

이라고 합니다. 이와 관련하여 라옹탕은 다음의 사실을 강조합니다. 적어도 사유재산제도가 존속되는 한, 고결한 신의 법칙대로 행동하는 것은 결코 가능하지 않다고 말입니다. 사유재산제도가 철폐되지 않으면, 인간이 절대로 이성에 합당하게 신의 고결한 법칙을 충실히 따를 수 없다는 것입니다. "사악함이 자연에 위배된다는 점 그리고 인간은 누구든 간에 선하게 살기 위해서 이 땅에 태어났다는 점을 모르는 사람이 과연 어디 있겠는가?" 하고 아다리오는 반문합니다(Lahontan 1703: 69). 캐나다에서 살아가는 인디언들은, 비록 가난하게 살지만, 유럽인들보다도 더 풍요롭고 행복하게 살아간다고 라옹탕은 주장합니다. 왜냐하면 그들은 나의 것과 너의 것을 나누고 분할하는 자세가 모든 유형의 범죄를 출현하게 한다는 것을 잘 알고 소유의 구분을 철폐했기 때문이라고 합니다. 기실 범죄의 원인은 사람들 사이의 물질적 불균형에서 비롯합니다.

11. 갈등 없는 조화로운 사회의 이상은 어떻게 성립될 수 있는가?: 라옹탕은 혼란스러운 유럽 문명의 대안으로서 어떤 갈등 없는 조화로운 사회의 이상을 제시합니다. 라옹탕은 아자리오의 혀를 빌려서 다음과 같이 말합니다. 즉, 인간의 행동 가운데 무엇보다도 자연에 위배되게 행동하는 것이 가장 나쁘다는 것입니다. 자연의 법칙에 따르는 인간은 항상 자신의 의지와 견해 그리고 감정을 모두 일치시킬 수 있습니다. 그렇게 살아가면, 사람들 가운데 어느 누구도 언쟁을 벌이지도 않고, 법적 문제를 제기하지도 않으며, 어떠한 음험한 술수를 사용하지 않게 된다는 것입니다. 라옹탕에 의하면, 북아메리카 인디언 부족의 삶은 이에 대한 좋은 범례라고 합니다. 인디언들은 자연이 인간의 요람 속에 전해 준 가장 소박한 법칙대로 자연의 순리에 충실하게 살아가고 있습니다.

12. 국가주의에 대한 비판: 전통적인 유토피아에 의하면, 공동의 삶을

조화로운 이상으로 실현하려면, 막강한 국가가 급선무라고 합니다. 강력한 힘을 지닌 국가가 개별 사람들의 삶을 요람에서 무덤까지 지켜 주고 그들의 안전을 보장해 줄 수 있다는 것입니다. 그러나 라옹탕은 이러한 패러다임 자체를 처음부터 파기하였습니다. 몇 년 전에 푸아니는 남쪽 대륙의 유토피아에서 국가주의의 패러다임을 완전히 허물어뜨린 바 있습니다. 푸아니는 국가를 부정하지만, 국가주의 유토피아가 고수하던 합목적적 원칙에 의해 마련된 구조 자체는 파괴되지 않고 고스란히 남아 있습니다. 비록 국가가 제반 정책의 최전선에 등장하지는 않지만, 푸아니의 거대한 공동체는 인위적으로 관개시설을 마련하고, 사회적 간접 자본을 확충하는 사업에 있어서 중앙집권적 원칙을 활용하고 있습니다. 1억 4천4백만으로 구성된 푸아니의 거대 공동체의 경우, 도시의 건축물은 중앙집권적 계획에 의해서 일사불란하게 축조되고 있습니다. 발전된 무기 기술, 과학, 문자 언어 등의 개발 등은 국가 중심적 정책에 의해서 수행됩니다. 푸아니는 국가의 시스템을 파기했지만, 전통적 국가에서 출현하던 제반 국가 중심적 체제 내지 실질적 정책 등을 자신의 유토피아에 부분적으로 도입하였습니다. 따라서 푸아니의 유토피아에서는 사유재산 제도가 철폐되고 국가가 사라졌지만, 유럽 문명의 제반 시스템의 특성이 약간 담겨 있습니다.

13. 자연에 의거한 아나키즘의 야생 공동체: 라옹탕은 유럽의 시스템을 약간 반영한 제반 정책이 자연 상태에 위배된다고 단호하게 규정합니다. 그는 국가가 생겨나기 이전의 상태, 사회 내지 문명이 형성되기 이전의 상태를 투시하려고 합니다. "야생의 공동체는 국가주의 유토피아와는 반대로 자연에 대한 지배를 전혀 알지 못한다. 그것은 도시 문화라든가, 국가 내지 인위적 대칭의 모든 경향 또한 숙지하지 못하고 있다. 고결한 야생의 유토피아에 거주하는 사람들은 선한 인간성을 지니며, 자신이 자

연의 일부라고 굳게 믿고 있다"(Funke: 25). 이와 관련하여 라옹탕이 휴런 부족의 사람들을 "벌거벗은 철학자(philosophes nuds)"라고 명명하는 것은 그 자체 의미심장합니다. 유럽 사람들은 벌거벗은 몸을 부끄러워하지만, 휴런 부족 사람들은 벌거벗은 몸이 왜 수치스러운지 깨닫지 못합니다. 라옹탕은 인디언들의 벌거벗은 몸을 부패하지 않은 이성의 상징으로 간주합니다. 이와 관련하여 인디언의 문화 속에는 푸아니가 수용한 르네상스와 절대주의 시대의 지배 체제의 축조물이라든가 전통적 유토피아에서 계승한 모범적 특징이 깡그리 파괴되어 있습니다. 라옹탕의 휴런 부족의 유토피아는 오로지 자연만을 고려하고 있으므로, 과거 유토피아가 연결시키려던 유럽 문명의 물질적 토대와는 아무런 상관이 없습니다. 구체적으로 말하자면, 과거에 떠올린 기하학적 틀에 의해서 기능적으로 구상된 이상적 도시는 막연하게 원주민들의 초가집으로 대치되어 있을 뿐입니다.

14. 루소의 자연과 라옹탕의 자연: 50년 후에 루소는 『인간 불평등 기원론』에서 라옹탕의 입장을 긍정적으로 수용하였습니다. 예컨대 홉스와 같은 자연법 추종자들은 자연 상태를 "만인에 대한 만인의 전쟁"으로 표현하고 있는데, 이는 루소에 의하면 런던 내지 파리와 같은 대도시 부르주아의 경쟁 사회에 해당하는 말이라고 합니다(Rousseau: 163). 따라서 인간이 자연 상태에 도달하려면, 문명이라는 메커니즘 자체가 분명하게 개념화되어야 한다고 합니다. 그런데 라옹탕의 주장은 엄밀히 따지면 루소의 그것과는 약간 다릅니다. 루소가 사회계약을 통해서 사회적으로 주어진 현실을 다시 자연으로 변화시켜야 한다고 주장한 반면에, 라옹탕은 어떤 계약에 의한 현실적 토대를 갖춘 국가의 건설을 처음부터 거부하였습니다. 왜냐하면 국가를 합리적으로 건설한다는 의도 속에 이미 서구 문명의 의향이 부분적으로 첨부되어 있기 때문이라는 것입니다. 문

명은 라옹탕에 의하면 어떻게 해서든 배격되어야 할 대상에 불과합니다. 이와는 다른 맥락에서 몽테뉴 역시 "고결한 야생"에 관해서 언급하며, 유럽 문명과 아메리카 원주민들의 원시 상태의 삶을 비교한 적이 있습니다. 그러나 몽테뉴는 유럽인들의 맹목적 도덕을 추종하는 근엄함을 질책하기 위해서 원주민의 향락적 삶을 언급했을 뿐, 인디언의 삶의 본질을 투시하려 하거나, 사회철학의 관점에서 그것의 타당성을 검증하지는 않았습니다(Montaigne: 111).

15. 경제적 삶: 라옹탕은 토머스 모어의 유토피아 설계를 고려하면서, 갈등 없는 사회를 가상적으로 떠올렸습니다. 그러나 이러한 갈등 없는 이상 사회는 사물의 개별적 소유를 용인하는 틀 속에서는 성립되지 않습니다. 나의 것과 너의 것이 파기되지 않고서는 휴런 부족에서 발견되는 평등과 형제자매의 삶은 결코 출현할 수 없습니다. 라옹탕은 어떠한 유형의 경제적 형태를 용인하지 않습니다. 그렇기에 고결한 야생 공동체로서의 공산제가 다만 경제적 측면에서의 소유 관계로써 해명된다는 것은 곤란합니다. 어떤 유형의 경제 형태는 국가에 의해서 조직된 계획경제의 수단으로써 모든 것을 합목적적으로 수행합니다. 이에 비해 라옹탕은 학문적 기술로써 자연을 정복하는 게 아니라, 개인의 행동으로써 최소한의 물질적 재화를 얻어내는 방식을 선택합니다. 인디언들은 자신의 생존에 필요한 최소한의 물질적 재화를 창출해 낼 뿐입니다. 그들이 배워 나가는 기술은 가령 달리기, 사냥하기, 어획, 덫 설치하기, 총 쏘기 등입니다. 구체적으로 말해서, 인디언들은 카누 젓기라든가, 이웃의 종족들과 전쟁을 치르는 등의 다양한 기술을 익혀야 합니다. 또한 그들은 사냥을 위해서 인접한 숲들의 지형도를 미리 머릿속에 숙지해야 하고, 탄탄한 근력과 관련되는 지구력을 키워야 합니다. 며칠 굶는 한이 있더라도 야생에서 살아남는 법을 배워야 합니다.

16. 죄악의 근원으로서 돈: 화폐는 휴런 부족 인디언들에게 아무런 가치를 지니지 않습니다. 돈이란 사유재산과 마찬가지로 사람들을 부패하게 만들며, 좋은 도덕을 망치게 하는 원인입니다. 아자리오는 유럽인들이 지니고 있는 돈을 "악령들의 악령, 죄악의 근원, 영혼을 썩게 만드는 물체, 생명의 무덤"이라고 명명합니다. 그의 어조는 매우 격앙되어 있습니다. 돈이 있는 사회에서 자신의 영혼을 지키기란 몹시 어렵다고 합니다. 돈이 존재하는 곳에서는 언제나 방종, 퇴폐, 거짓, 위선 그리고 술수가 도사리고 있습니다. 이 세상의 모든 사악한 특성은 돈과 결부되어 있습니다. 황금만능주의 사회에서 아버지는 자식을, 남편은 아내를 돈으로 팔아넘깁니다. 형제들은 돈 때문에 서로를 죽이고, 친구들은 돈 앞에서 우정을 배반합니다(Lahontan 1703: 53). 아다리오는 다음과 같이 주장합니다. 서구 문명은 금을 중시함으로써 패망과 부패의 길로 빠져들게 되었다는 것입니다. 프랑스인들은 폭정을 행사하는 열정으로부터 해방되어야 하며, 진정한 행복을 위해서 금과 은을 포기할 필요가 있다고 합니다. 청빈한 삶은 인간을 건강하게 만든다고 합니다. 인간은 굶주리지 않고 목마르지 않기 위해서 물과 음식을 취하면 족하다는 것입니다. 그 이유는 인간이 자연의 일부이기 때문입니다.

17. 자연과학과 기술: 상기한 사항을 고려할 때, 야생의 휴런 공동체가 자연과학과 기술에 있어서 낙후해 있는 것은 당연합니다. 휴런 사람들은 사냥과 전쟁 그리고 영토를 명확히 하기 위해서 비밀스러운 표시로서 부호를 사용합니다. 그것은 하나의 "상형문자(hiéroglifes)"입니다. 인디언들은 책 읽기와 글쓰기를 원천적으로 거부합니다. 그들은 학문 연구를 위해서 자연을 정복하려는 베이컨의 사고방식을 처음부터 배격합니다. 휴런 부족 사람들은 이미 언급했듯이 자연의 일부일 뿐, 자연의 정복자가 아닙니다. 따라서 인디언들이 과학과 기술에 관해 언급하지 않는 것

은 당연합니다. 지리학, 천문학 등은 그들에게 처음부터 불필요합니다. 그들은 선박을 소유하거나 활용하지 않기 때문에 나침반을 필요로 하지 않습니다. 그들은 적으로부터 자신을 방어하기 위해서 흙벽 쌓는 기술만 지니고 있습니다. 그렇지만 아다리오는 예외적으로 인디언들이 대수학을 배워야 한다고 말합니다. 인디언들이 유럽의 장사치들에게 언제나 기만당하는 까닭은 돈 계산에 서툴기 때문이라고 합니다. 나아가 인디언들은 서양의 의학과 약을 철저히 거부합니다. 병 역시 자연의 일부이므로, 인간의 몸은 자연적으로 치유되거나, 그렇지 않을 경우 사망하게 된다고 합니다.

18. 인디언들의 노동과 명예: 인디언들의 노동은 사냥과 채집에 국한되어 있습니다. 그들은 원칙적으로 땅을 경작하거나 채소를 심지 않습니다. 인디언들은 수백 마일의 땅을 돌아다녀도 길을 잃지 않습니다. 그들은 활과 화살로 새와 동물을 사냥하고, 호수에 있는 물고기를 잡을 수 있으며, 도끼와 칼을 사용하여 맹금과 맹수를 포획할 수 있습니다. 인디언들이 중요하게 생각하는 것은 노동이 아니라, 자신의 명예를 실천하는 일입니다. 휴런 부족에게 명예란 무엇보다도 전쟁에 나가서 자신의 용기를 증명해 내는 일이라고 합니다. 그렇기에 부족 공동체를 위해서 자신을 기꺼이 희생하는 일이야말로 가장 큰 명예라고 합니다. 노동은 인디언들에게 아주 중요한 일감은 아닙니다. 노동이란 노예들에 의해서 얼마든지 행해질 수 있는 지엽적인 일감에 불과하다는 것입니다. 라옹탕이 인디언들의 노동에 관해서 언급할 때, 우리가 주의해야 할 사항이 하나 있습니다. 즉, 유럽의 시민사회를 비판하기 위해서 그가 휴런 부족의 삶과 노동 그리고 그들의 전쟁을 언급하고 있다는 점 말입니다. 따라서 우리가 중요하게 생각해야 하는 사항은 부족사회가 추구하는 어떤 급진적인 평등과 이를 실천하려는 인디언들의 노력, 바로 그것입니다.

19. 절대적인 남녀평등, 결혼에 있어서의 자기 결정권: 라옹탕의 유토피아는 남녀 사이의 절대적 평등을 추구합니다. 로마가톨릭교회가 내세우는 결코 파기될 수 없는 혼인 관계는 인디언들에게 존재하지 않습니다. 처녀들은 그들이 원할 경우 결혼 전에 얼마든지 마음에 드는 남자를 연인으로 받아들일 수 있습니다. 그러나 결혼 뒤에는 반드시 한 남자에게 정조를 지켜야 하고 실제로 그렇게 살아갑니다. 유럽에서 한 남자가 자신의 딸을 결혼시킬 때 돈과 사회적 지위 등을 고려하여 딸의 남편감을 고르지만, 휴런 부족은 절대로 이러한 방식을 선택하지 않습니다. 인디언 처녀들은 부모의 의지와는 상관없이 자신의 마음에 드는 배필을 골라 그와 결혼합니다. 결혼의 조건으로서 경제적 문제는 전혀 고려되지 않습니다. 아다리오가 자신의 딸을 어느 사내와 결혼시키려고 했을 때, 딸은 다음과 같이 항변합니다. "아빠, 도대체 무얼 생각하는 거야? 내가 아빠의 노예야? 스스로 자유롭게 선택하면 안 되는 거야? 아빠 좋으라고, 내가 결혼식을 올려야 하는 거야? 어떻게 아빠로부터 내 몸을 구입한 남자를 감내할 수 있겠어? 아빠, 싫어. 마치 색골과 같은 사내에게 딸을 팔아넘긴 자를 어떻게 아빠라고 존경할 수 있겠어? 사랑을 느끼지도 않는데, 함께 살을 비비며 살아가는 게 어떻게 가능하겠어?"(Lahontan 1703: 98). 이러한 항변은 21세기 현대 여성의 결혼관을 방불케 할 정도입니다. 결혼의 전제 조건은 무엇보다도 사랑이어야 하며, 어떠한 다른 무엇도 존재할 수 없다는 것입니다.

20. 새로운 인간으로서 새롭게 견지해야 할 덕목, 선한 마음, 우정, 사랑 그리고 고유한 자기 결정권: 라옹탕은 국가의 우생학적인 요청 내지 부모의 외부적 강요에 의한 혼인을 거부하고, 오로지 상호 애정 내지 신뢰감에 근거한 혼인을 용납하고 있습니다. 선한 마음, 우정, 사랑 그리고 인간의 고유한 자기 결정권이야말로 새롭게 태어난 인간이 견지해야 할 홀

룡한 덕목들이라고 합니다. 이에 비하면 질투심, 만용, 오만함 그리고 시기심 등의 감정은 인간을 슬프게 살아가게 하고 불행하게 만듭니다. 가령 프랑스 사람들은 자신의 열정의 노예 내지는 왕의 노예로 살아가고 있다고 합니다. 왕이 시키는 대로 열심히 일하고 왕을 위해서 부역과 전쟁을 치르는 노예가 바로 프랑스 사람이라는 것입니다. 그러나 휴런 공동체 내에서는 대부분의 경우 언쟁이나 중상모략 등은 존재하지 않습니다. "우리 마을에는 수천의 사람들이 살고 있지만, 서로 형제자매처럼 사랑하고 생활하지. 한 사람에게 속하는 것은 다른 사람의 소유물일 수 있어. 전쟁을 치르는 추장, 인민의 대표 그리고 평의회의 대변인이라고 하더라도 다른 사람들보다 더 많은 권력을 소유하지는 않아. 휴런 부족 사람들은 갈등과 비방을 모르고 살아가지. 모두가 자신의 일의 주인이며, 다른 사람에게 무언가 강요하지도 않으며, 어떤 규정으로 억압하지도 않아"(Lahonan 1981: 62). 휴런 부족은 전쟁 포로를 노예로 삼지만, 그들을 고결하게 대합니다. 전쟁 포로 역시 휴런 부족의 여자와 혼인할 수 있으며, 그렇게 되면 부족 내에서 동등한 권한을 지닌 자유인으로 생활할 수 있습니다.

21. 휴런 부족의 세계관: 휴런 부족은 성서에 나타나는 기적의 이야기, 예언 그리고 원죄설 등을 믿지 않고, 이성적인 자연 종교를 숭상합니다. 종교에 관하여 아다리오는 여섯 가지 사항을 언급합니다. 첫째로 사람들은 자연과 우주를 창조한 신을 믿습니다. 신은 위대한 정신이며 생명을 관장하는 주인이라고 합니다. 부족 사람들은 신이 자연 속에 존재한다고 확신합니다. 둘째로 휴런 부족의 야생 공동체 사람들은 영혼의 불멸을 굳게 믿습니다. 셋째로 자연의 위대한 정신은 인간에게 이성의 능력을 전해 주고 선과 악을 구분케 하여, 정의와 지혜에 따라 양심적으로 행동하게 한다고 합니다. 넷째로 위대한 주는 영혼의 안식을 좋아하고,

영혼의 흐트러짐을 혐오합니다. 왜냐하면 불안한 마음은 인간을 사악하게 만들기 때문이라고 합니다. 다섯째로 인디언들에게 삶이란 하나의 꿈이고, 죽음이란 하나의 섬망(譫妄)이라고 합니다. 이에 따르면, 영혼은 자연 그리고 가시적인 사물과 비가시적인 사물의 가치를 구별할 수 있다고 합니다. 여섯째로 인간의 정신은 지상의 자그마한 물건 하나를 들어 올릴 수 없을 정도로 그 힘이 미약하다고 합니다. 그렇지만 인간은 보이지 않는 내면의 사물을 투시함으로써, 정신의 힘을 썩지 않게 해야 한다고 합니다.

22. 인간의 역사는 야만에서 문명으로 향하는 일직선적인 과정이 아니다: 상기한 사항은 서구인이 생각하는 역사의 발전 과정을 전적으로 뒤엎는 내용을 담고 있습니다. 서구인들은 인간의 문명이 통상적으로 태초의 시대, 혹은 비-유럽권에서 파생된 이질적인 문화와 관련되는 야만에서 파생되었다고 믿습니다. 가령 프레이저는 『문명과 야만』에서 다음과 같이 주장합니다. 야만에서 문명이 이어지는 것은 주술에서 종교가, 종교에서 과학이 도출되는 것과 같다는 것입니다(프레이저 1권: 16). 이러한 주장의 배후에는 유럽의 기독교 문명이 모든 원시적, 야만적 습성을 극복한 최상의 문명이라는 믿음이 도사리고 있습니다. 그러나 라옹탕은 인간의 문명이 야만으로부터 파생되었다는 가설을 처음부터 인정하지 않습니다. 오히려 야생의 삶은 문명과 무관하게 존재하며, 문명이 지니고 있는 결함을 보완할 수 있다고 확신합니다. 그렇기에 서양의 기독교 문명과 북아메리카의 휴런 부족의 인디언 문화는 라옹탕에 의하면 상호 시간적, 공간적 종속 관계로 해명될 수 없다고 합니다. 두 개의 문화는 비동시적인 것의 동시성, 다시 말해서 서로 양립하는, 상호 우월성을 논할 수 없는 두 개의 이질적인 문화로 이해될 수 있습니다.

23. 라옹탕의 "고결한 야생"에 대한 후세인들의 비판: 18세기 대부분의 유럽 사람들은 고결한 야생을 한마디로 도피주의라고 매도하였습니다. 라옹탕의 북아메리카 인디언의 이야기는 지금 여기의 현실적 문제점을 수정하거나 해결하지 않고, 그저 낯선 문화만을 막연히 수동적으로 찬양하고 있다는 것입니다. 가령 프리드리히 실러는 유럽 중심적 시각으로 라옹탕의 여행기를 혹독하게 비난하였습니다. 라옹탕은 실러에 의하면 서구 문명을 발전시키려는 모든 노력 자체를 처음부터 무가치한 것으로 평가하고 있다는 것입니다(Schiller: 688). 그 밖에 임마누엘 칸트는 북아메리카 인디언의 삶에 관한 라옹탕의 묘사를 "인류 문명을 적대시하는 시각"으로 간주하였습니다. 실러와 칸트가 살았던 시대는 자연과학과 기술이 서서히 발전하기 시작한 근대의 시기였습니다. 그들은 주어진 시대정신에 상응하여 서구 문명이 세계의 모든 가치를 포괄할 수 있다고 확신에 차 있었습니다. 그렇지만 오늘날의 독자라면 북아메리카 인디언 문화에 관한 라옹탕의 시각을 무작정 매도하지는 않을 것입니다. 생태계 파괴와 자연과학과 기술이 안겨 주는 여러 가지 난제 등을 고려해 보십시오. 1970년대 유토피아 연구가들은 라옹탕의 인디언 문화를 하나의 현실적 대안으로 받아들이고 그 유효성을 인정하였습니다. 이 점을 고려한다면, 라옹탕의 유토피아는 1970년대에 수용된 공간 유토피아의 실질적 유산으로 얼마든지 규정될 수 있습니다.

24. 라옹탕 유토피아의 현대적 의미: 라옹탕의 휴런 부족의 공동체는 국가주의의 모델이 아니라, 아나키즘의 요소를 지닌 사회 유토피아의 상으로 이해될 수 있습니다. 그것은 절대왕정 시대의 반대급부의 상으로 출현한 것으로서, 권력자의 폭정, 수사들의 횡포 그리고 상류층 사람들의 패륜 등을 비난하기 위해서 역으로 끌어들인 상입니다. 물론 휴런 부족의 공동체가 전쟁과 같은 집단주의의 폭력이라는 취약점을 지니고 있

는 것은 사실입니다. 그렇지만 21세기 생태계 파괴 현상과 자본주의의 폭력을 고려할 때, 새로운 삶을 위한 사고로서 새롭게 인정받을 수 있는 대안의 삶의 모습으로 수용될 수 있습니다. 그렇지만 그것은 우리의 주어진 현실 내지 미래 사회에 직접적으로 도입될 수 있는 하나의 장치 내지 대안이라고 말할 수는 없습니다. 기술 집약적이며 복잡하게 얽힌 오늘날 사회에서 라옹탕의 유토피아는 도피적인 휴식의 관점에서 이해될 게 아니라, 최소한, 작지만 가장 중요한 삶의 방식을 제공합니다. 즉, 자본주의의 제도적 관점에서 벗어난, 자연 친화적인 필라델피아 공동체의 삶의 방식을 생각해 보세요.

참고 문헌

프레이저, 제임스 조지 (1996): 문명과 야만, 3권, 이양구 역, 강천.

Cooper, James (2013): The Last of the Mohicans, (독어판) Der letzte Mohicaner, München.

Funke, Hans Günter (1999): Die literarische Utopie in der französischen Aufklärung zwischen archistischem(Vairasse, Fontenelle, Morelly) und anarchistischem Ansatz(Foigny, Fénelon, Lahontan), in: Richard Saage u. a., Von der Geometrie zur Naturalisierung. Utopisches Denken im 18. Jahrhundert zwischen literarischer Fiktion und frühneuzeitlicher Gartenkunst, Tübingen, 8-27.

Lahontan, Louis Louis Armand de Lom d'Arc (1703): Noveaux Voyage de MR le Baron de Lahotan dans l'Amerique Septentrionale, Tome Premier, A la Haye.

Lahontan, Louis Louis Armand de Lom d'Arc (1981): Gespräche mit einem Wilden, Frankfurt a. M..

Montaigne, Michel de (1998): Über die Menschenfresser, in: ders., Essais. Frankfurt a. M., 109-115.

Rousseau, Jean Jacques (1977): Gesellschaftsvertrag. übersetzt von H. Brockard, Stuttgart.

Schiller, Friedrich (o. J.): Was heißt und zu welchem Ende studiert man Universalgeschichte?, in: Schillers Werke in zwei Bänden, Salzburg.

13. 슈나벨의 유토피아, 『펠젠부르크 섬』

(1731)

1. 공동의 찬란한 삶을 꿈꾸는 계몽주의 유토피아: 요한 고트프리트 슈나벨(Johann Gottfried Schnabel, 1692-1760)의 4권으로 이루어진 소설 『펠젠부르크 섬』은 1731년, 1732년, 1736년 그리고 1743년에 "기잔더(Gisander)"라는 가명으로 차례로 출간되었습니다. 작품은 오랫동안 읽힌 독일의 장편소설인데, 작품 해석은 오늘날에 이르기까지 무척 다양한 스펙트럼을 보여 줍니다. 혹자는 작품이 "정치적 체제를 중시하지 않는 문화적 유토피아"(Brüggemann)로 평가하는가 하면, 혹자는 작품에서 "현실 도피를 강조한 유토피아의 요소"(Mayer)를 찾으려고 했습니다. 이와는 반대로 슈나벨의 작품은 "동시대의 절대왕정 체제를 재생산"(Knopf)하고 있거나, "절대주의에 대한 저항"을 표현하고 있다고 해석되기도 합니다. 분명한 것은 슈나벨의 작품이 새롭게 발견된 섬을 소재로 한 유토피아 소설이며, 18세기에 독일에서 간행되었다는 사실입니다. 슈나벨의 작품은 비록 부분적으로 모어의 『유토피아』와 유사성을 지니고 있지만, 18세기 계몽주의의 사고를 인간학적으로 전환시킨 독창적인 공간 유토피아로 정의 내릴 수 있습니다(Saage: 159).

2. 로빈슨 크루소 + 유토피아: 작품은 난파 사건으로 시작된다는 점에서 흔히 『로빈슨 크루소』(1719)를 방불케 합니다. 뉴욕 출신의 어느 선원이 서인도제도의 어느 무인도에서 약 28년 동안 혼자서 목숨을 부지한 뒤에 해적에 의해서 구출된다는 로빈슨의 이야기는 많은 모방작을 출현시켰습니다. 몇몇 사람들은 슈나벨의 작품을 대니얼 디포 작품의 모작으로 간주합니다만, 이는 사실이 아닙니다. 로빈슨 크루소의 인간형은 고립, 난파, 생존의 모티프를 시사해 주는데, 이는 지금까지 유토피아의 사고를 비판하는 논거로서 채택되곤 하였습니다. 대니얼 디포는 자연 속에서 고립된 한 인간의 생존의 문제와 "귀향(γοστος)"의 중요성을 지적하고 있습니다. 그러한 한 로빈슨은 『오디세이아』와 동일한 모티프에서 이해될 수 있는 인물이며, 죽음에로의 회귀라는 주제로 못 박을 수는 없습니다(임철규: 415). 여기서 한 가지 사항을 간과해서는 안 됩니다. 즉, 회귀를 통해 과거로 되돌아가려는 죽음 충동은 고대 그리스인들의 숙명론의 사고와 관련되는데, 이는 나중에 얼마든지 반유토피아의 사고를 정당화하는 논거로 활용된다는 사항 말입니다. 로빈슨의 모델은 갈망의 의향에 있어서 슈나벨의 작품에 나타난 유토피아의 모델과는 정반대로 나아가고 있다는 사항 말입니다.

3. 슈나벨과 디포의 작품 사이의 차이점: 슈나벨의 『펠젠부르크 섬』은 모티프와 주제의 측면을 고찰할 때 대니얼 디포의 『로빈슨 크루소』와는 근본적으로 다릅니다. 첫 번째 차이는 등장인물이 자연을 대하는 태도에서 나타납니다. 로빈슨 크루소는 그렇게 궁핍하지 않는 데도 여러 마리의 사자를 죽입니다. 나중에 그는 사자의 가죽을 비싼 값으로 팔아서 이득을 챙깁니다. 여기서 주인공의 행동은 살아남기 위한 수단으로 이해될 뿐 아니라, 나아가 이윤 추구의 자본주의 사회를 은밀히 신뢰하고 있습니다(박민수: 108). 이에 반해서 펠젠부르크 섬의 주인공, 에버하르트 율

리우스는 기이한 바다코끼리와 물개 그리고 희귀한 새들에 감탄하면서, 동물들을 그냥 내버려둡니다. 자연과 자연의 동물들은 그에게 인간의 적대적인 대상 내지는 부를 가져다주는 재원이 아니라, 경탄을 터뜨리며 관망할 수 있는 대상으로 이해됩니다. 두 번째 차이는 슈나벨의 작품이 문학 유토피아의 특성을 드러내고 있다는 점입니다. 작품은 새로운 섬에 관한 찬란한 이야기를 전해 주는데, 이는 유럽 사회를 역으로 비판하기 위한 수단이 되고 있습니다. 이에 반해『로빈슨 크루소』의 경우 시대 비판의 특성은 거의 발견되지 않습니다. 슈나벨의 문학 유토피아는 17세기 산업화에 의한 유럽 사회의 개인주의적 삶을 간접적으로 비판하기 위해서 함께 살아가는 공동체의 계몽주의적 이상을 끌어들였습니다. 세 번째 차이는 주인공의 자세에서 분명히 나타납니다. 디포의 로빈슨은 자신의 섬을 일시적인 거처로 간주하고 언젠가는 자신의 고향으로 되돌아가려고 의도합니다. 그렇지만 알베르투스는 펠젠부르크 섬을 새롭게 발견한 자신의 제2의 고향으로 간주하고 그곳에 자신의 뼈를 묻습니다.

슈나벨의 작품은 역사철학적인 차원에서 고찰할 때에도 디포의 도피적 유토피아와는 근본적으로 다릅니다. 그 이유는 두 가지로 요약할 수 있습니다. 첫째로 슈나벨은 대부분의 계몽주의자들과 마찬가지로 세계를 원인과 결과의 연속성으로 파악합니다. 등장인물 율리우스의 이상적인 사고와 선한 행동은 차제에 반드시 좋은 결과로 이어지고 있습니다. 둘째로 슈나벨은 우주적 규범의 유효성을 지적합니다. 전제주의의 강력한 독재 권력이 무조건 타당한 게 아니라, 선하고 이성적인 판단이 결국 올바른 사회의 기본적 조건을 마련해 준다는 것입니다. 이는 계몽주의의 자연법사상과도 일맥상통하는 입장입니다. 상기한 사항을 고려한다면, 슈나벨의 작품은 계몽주의 시대의 가장 인상적이고 참신한 유토피아의 상을 보여 줍니다. 특히 놀라운 것은 작품이 궁핍한 시대에 목숨을 연명하던 가난한 사람들의 마음속에 어떤 더 나은 삶에 대한 희망을 불어넣어 준다는 사실입니다.

4. 작가의 이력: 요한 고트프리트 슈나벨은 1692년 11월 7일 독일 동부 지역의 도시, 비터펠트 근처에 있는 잔더스도르프에서 목사의 아들로 태어났습니다. 그의 부모는 그가 불과 두 살 때 유명을 달리하였는데, 이 때문에 그는 주변의 친척 집에서 어렵사리 성장하였습니다. 그는 할레에 있는 라틴어 학교에 다녔습니다. 학교는 그를 외부 학생으로 등록해 놓았습니다. 슈나벨이 라이프치히, 예나, 할레 그리고 킬 대학에서 일시적으로 공부했다고 하지만, 이는 확실하지 않습니다. 십대에 이발 기술을 배워서 생계를 이어 가야 했기 때문입니다. 1709년부터 1717년까지 슈나벨은 군대에 입대하여 일반 전투병으로서 북독과 네덜란드의 여러 지역을 전전하였습니다. 심지어 1701년부터 1714년 사이에 발생한 에스파냐 전쟁에 참가하기도 하였습니다. 슈나벨은 주위의 군인들로부터 수많은 이야기를 전해 들었는데, 이러한 수많은 이야기들이 그의 문학적 자양으로 작용한 것 같습니다.

1724년에 그는 스톨베르크 궁정 이발사로 등록하였습니다. 이로써 슈나벨은 부인과 다섯 자식들을 데리고 하르츠 근처의 스톨베르크에 정착할 수 있었습니다. 1724년에서 1742년까지 그가 시민으로서 세금을 납부한 서류는 오늘날까지 남아 있습니다. 1733년에 아내가 사망하자, 그의 가족은 풍비박산의 위기를 맞이하게 됩니다. 슈나벨은 평생 가난과 고독 그리고 가족의 부양을 위하여 힘들게 살았으며, 이발사 내지 간이의사 등과 같은 천한 직업을 마다하지 않았습니다. 그럼에도 그에게는 한 가지 위안이 있었습니다. 그것은 다름 아니라 글 쓰는 일이었습니다. 1731년부터 1743년까지 슈나벨은 스톨베르크 신문에 자신의 작품을 집필하여 발표하였습니다. 이때 발표된 문헌은 "몇몇 선원들의 기이한 꿈"이라는 사부작으로 이루어져 있습니다. 그러나 이 작품은 그의 생전에 책으로 간행되지는 않았습니다. 1828년 낭만주의 작가인 루드비히 티크는 작품을 다듬어서, 『펠젠부르크 섬』이라는 제목으로 처음 출간하였습니다.

5. 작품에 묘사된 참담한 현실: 작품은 1000페이지에 가까울 정도로 방대합니다. 작품 속에는 17세기와 18세기 독일의 비참한 현실과 고통스럽게 살던 가난한 사람들의 애환과 해원이 찬란한 펠젠부르크 유토피아의 가상적인 현실 상 속에 응집되어 있습니다. 수많은 전쟁은 부유한 가정조차 파괴하곤 하였습니다. 부모가 죽으면, 자식들은 빵을 구하기 위하여 문전걸식하며 지냈다고 합니다. 수많은 소년소녀 가장들이 도시와 시골로 방랑하였습니다. 이들 가운데에는 신발도, 옷도 걸치지 않은 자들도 많았습니다(Schnabel: 109). 수천 명의 기독교인들은 비참한 수작업을 영위하면서 배불리 먹을 수 없었습니다. 오로지 소수의 부자들만이 "자신도 가난하게 될까 두려운 나머지," 남는 음식을 가난한 자들에게 건네주곤 하였습니다(Schnabel: 269). 누군가 돈주머니를 지녔다는 소문이 퍼지면, 주위 사람들은 그를 살해하여 돈주머니를 차지하려고 혈안이 되었습니다. 돈 많은 낯선 사람이 술집에 머물면, 주위 사람들은 그에게 술을 먹이고, 그의 돈을 털어 갔습니다. 여성들 역시 언제나 성폭력의 위협에 전전긍긍하면서 살았습니다. 음탕한 사내들은 법도 무시한 채 아녀자들을 겁탈하였습니다(Schnabel: 291). 아녀자들은 이를 모면하기 위해서 가슴에 단도를 품고 다녔습니다. 이렇듯 극심한 가난은 무질서의 시대에 사는 사람들로 하여금 강도, 살인자 그리고 성폭력을 저지르는 자로 변하게 합니다.

6. 제목은 모든 것을 말하고 있다: 제목을 읽으면 우리는 소설의 내용을 모조리 접할 수 있을 정도입니다. "선원들이 체험한 기상천외한 이야기,

선원들 가운데에는 작센에서 태어난 알베르투스 율리우스라는 남자가 있었는데, 그는 18세의 나이에 선원으로 항해하여, 악천후로 배가 난파되었을 때 어느 기괴한 섬의 암벽으로 내던져졌는데, 바로 그곳 위로 등반하여 세상에서 가장 아름다운 땅을 발견하게 되었으며, 자신을 따르던 처녀와 결혼하게 되었고, 약 300명 이상의 영혼이 모여 하나의 공동체를 형성했는데, 땅을 훌륭하게 개간하고, 우연히도 놀라울 정도로 휘황찬란한 사물들을 얻게 되었고, 이로 인하여 독일에서 찾아온 친구들을 행복하게 해 주었으며, 1728년 그의 나이 100세가 되었을 때 여전히 생기가 넘치고 건강을 유지했으며, 그리고 추측컨대 어느 시기까지 살았는데, 그의 체험담은 독자들이 즐거운 흥취를 마음껏 누릴 수 있도록 자신의 남동생 아들의, 아들의 아들인 독특한 독자인 에버하르트 율리우스에 의해 다른 사람들에게 전해졌으며, 결국 원고는 출간을 목적으로 기산더라는 이름의 출판업자에게 전해지게 되었다."

7. 가상의 섬을 통한 간접적인 사회 비판: 슈나벨의 작품은 난파의 모티프를 바탕으로 하여, 어떤 바람직한 국가의 상을 다루고 있습니다. 당시 유럽의 후기 봉건사회에서는 온갖 권력 다툼을 위한 간계와 음모가 온존하고 있었습니다. 그렇기에 슈나벨의 유토피아는 "절대 국가에 대한 강도 높은 비판"을 표방합니다(Vosskamp: 95). 작품에 반영된 것은 약 스무 명의 선원들의 이전 삶과 전원적이고 가부장적인 사회질서입니다. 슈나벨이 묘사한 이러한 상은 "시민주의 문화의 선구적 모습"으로 이해되기도 하였습니다. 섬사람들은 유럽 사회를 떠나온 중간계급 내지 하층민 계급으로 구성되어 있습니다. 이로써 슈나벨은 유럽 사회에 남아 있는 가난, 전쟁, 처형, 감금, 강도 살인, 종교적 탄압 그리고 윤리적 파괴 현상 등을 간접적으로 비판합니다. 놀라운 사항은 그곳이 로빈슨 크루소의 경우처럼 망명의 필연적 거처가 아니라, "선량한 사람들의 피난

처" 내지 "새로운 안식처"로 묘사되고 있다는 사실입니다(Gnüg: 107).

8. 개별 작품들과 서문: 제1권은 알베르투스 율리우스의 이야기로 시작됩니다. 여기서는 주인공이 펠젠부르크 섬에 정착하게 된 계기와 과정 등이 차례로 서술되어 있습니다. 제2권과 3권은 펠젠부르크 섬에서 발생한 여러 가지 사건들, 개척자로서의 알베르투스 율리우스의 고난의 역정 그리고 등장인물들의 유럽 여행 등이 차례로 담겨 있습니다. 제4권은 섬에 온존하고 있는 전쟁의 위험성 그리고 공동체에서 발생하는 여러 가지 에피소드들을 소개하고 있습니다. 서문에서 소설의 편찬자는 여행길에 사고를 당한 어느 낯선 사람을 통해서 모든 사실을 접하게 되었는데, 그의 이야기를 바탕으로 모든 것을 서술하게 되었다고 말합니다. 서문의 이야기는 제2권의 마지막 부분까지 해당됩니다. 어느 낯선 사람의 보고를 바탕으로 기술했음에도 슈나벨은 상상력을 발휘하여 가상적인 이야기를 전해 줍니다. 예컨대 제3권은 가상적인 내용으로 이루어져 있습니다. 섬의 사람들은 유럽의 여러 나라들과 규칙적으로 물품들을 교환합니다. 이를 통해서 소설의 편찬자는 다시금 펠젠부르크 섬으로부터 집필 자료를 입수하게 됩니다. 마지막에 해당하는 제4권은 작가의 솔직한 고백에 의하면 오로지 원고료 때문에 집필했다고 합니다. 여기에는 섬사람들의 여러 가지 고백록, 여러 가지 유형의 글들 그리고 축제의 프로그램들이 실려 있습니다. 제4권의 소설적 관점은 이전의 책들과 현격한 차이를 보여 줍니다.

9. 주인공 에버하르트 율리우스: 소설의 화자인 "나"는 에버하르트 율리우스로서, 이야기의 중심 인물인 알베르투스 율리우스의 동생의 후손입니다. 에버하르트는 독일에 머물고 있었는데, 1725년에 끔찍한 고통을 당합니다. 그해에 어머니가 사망하고, 아버지가 사업에 실패했던 것

입니다. 이때 볼프강이라는 선장이 찾아와서, 멀리 떠나 계신 할아버지, 알베르투스의 소식을 전해 줍니다. 즉, 알베르투스 율리우스는 97세의 나이로 펠젠부르크 섬에서 살고 있는데, 죽기 전에 꼭 독일에서 살아가는 후손과 만나고 싶다는 것이었습니다. 에버하르트는 할아버지가 행방불명되었다는 말을 들은 적이 있는데, 멀리서 생존하고 계신다는 소식은 마치 꿈만 같았습니다. 그래서 주인공은 몇몇 사람들과 함께 펠젠부르크라는 미지의 섬으로 떠납니다. 이는 다음과 같은 인물들의 도움으로 실현됩니다. 대학에서 석사 학위를 취득한 슈멜처, 외과의사로 일하는 크라머(이 사람은 작가와 매우 흡사한 인물입니다), 수학에 골몰하는 리츠베르크와 목수로 일하는 라데만 등이 주인공과 동행합니다.

10. 알베르투스 율리우스의 공동체: 알베르투스는 자신의 후손과 섬에 도착한 사람들에게 자신의 파란만장한 역정을 들려줍니다. 그는 일찍이 조실부모하고 살아갈 길이 막막했는데, 어느 선량한 수사가 나타나 그를 보살펴 줍니다. 주인공은 수사의 도움으로 늠름한 사내로 성장합니다. 어느 날 알베르투스는 네덜란드로 떠납니다. 반 로이벤이라는 이름을 지닌 귀족이 하인을 구하고 있었습니다. 알베르투스는 네덜란드에서 성실하게 일하며 살아갑니다. 주인공은 그곳에서 어떤 놀라운 사건에 휩싸입니다. 반 로이벤은 미모의 여성, 콘코르디아를 사랑하고 있었습니다. 그는 주인공에게 연애편지를 전하라는 밀명을 내립니다. 알베르투스는 편지를 전하는 도중에 어쩔 수 없이 그미와 독대하게 됩니다. 그런데 콘코르디아의 마음은 심부름꾼인 수려한 사내, 알베르투스에게 향합니다. 그렇지만 그미는 반 로이벤의 청혼을 거절할 수는 없었습니다. 왜냐하면 가부장 사회에서 경제적으로 남자에게 의존하는 여성으로서 자신의 뜻대로 마음에 드는 사내와 결혼할 수는 없었던 것입니다. 결국 반 로이벤은 포근한 봄날 콘코르디아와 약혼식을 거행합니다. 그런데 반

로이벤은 어린 시절부터 꿈꾸어 온 갈망을 포기할 수 없었습니다. 그것은 신대륙에서 새롭고도 멋지게 살아가는 꿈이었습니다. 그래서 반 로이벤은 결혼식을 연기합니다. 다른 한편, 알베르투스는 그미에 대한 사랑의 감정을 주체할 수 없었지만, 모든 것을 체념하기로 작심합니다.

11. **파울로와 프란체스카, 애정의 삼각관계:** 알베르투스와 콘코르디아는 서로 연정을 느끼고 있었으나, 이들의 사랑은 사회적 제약으로 인하여 결실을 맺지 못할 것 같았습니다. 그들 사이에는 반 로이벤이 있었기 때문입니다. 그는 알베르투스가 모시는 주인이며, 콘코르디아와 결혼하기로 내정되어 있습니다. 알베르투스의 가슴은 간헐적으로 아팠습니다. 세 사람의 삼각관계는 단테의 『신곡(Divina Commedia)』(1321)에서 다루어진 바 있는 파울로와 프란체스카의 비극적 사랑을 연상시킵니다. 말라테스타 출신의 시민, 지오반니는 청순한 여자, 프란체스카에게 청혼하고 싶었는데, 어떤 이유로 인해서 동생 파울로에게 청혼 심부름을 시켰습니다. 파울로는 형의 부탁을 수행하는 과정에서 프란체스카를 만나게 되는데, 파울로와 프란체스카는 서로 사랑하게 됩니다. 결혼 후에 지오반니는 두 사람의 관계를 알게 되어 끝내 프란체스카를 살해합니다. 파울로와 프란체스카 사이의 애틋한 사랑은 많은 예술 작품 속에서 다루어졌습니다. 재미있는 것은 슈나벨이 파울로와 프란체스카의 비극적 이야기를 놀라운 해피엔딩으로 변화시켰다는 사실입니다.

12. **풍랑과 난파 그리고 살아남은 사람들:** 세 사람은 서인도로 떠나는 범선에 승선합니다. 주인공은 반 로이벤의 조수로 동행하게 된 것입니다. 범선은 대서양에서 폭풍우를 만나 바다 한가운데에서 전복됩니다. 범선에 타고 있던 사람들은 모조리 익사하고, 불과 네 명만이 살아남습니다. 반 로이벤, 알베르투스, 콘코르디아 그리고 프랑스 출신의 선장 레

멜리가 생존자들입니다. 이들이 깨어난 곳은 어느 기이한 섬의 해안가였습니다. 멀리서 볼 때 섬은 매우 험상궂지만, 그곳은 낙원을 방불케 할 정도로 좋은 환경을 지니고 있었습니다. 온화한 기후로 인하여 나무에는 온갖 과일들이 매달려 있었습니다. 선장, 레멜리는 교활하고 음탕한 사내였습니다. 그는 아름다운 처녀에게 흑심을 품고, 반 로이벤을 제거하려고 결심합니다. 선장은 절벽을 지나치다가 뒤돌아보던 반 로이벤을 슬쩍 밀어뜨려, 절벽 아래로 추락시킵니다. 이로써 반 로이벤은 바위 아래로 떨어져 즉사하고 맙니다. 앞에서 걸어가던 두 사람은 반 로이벤의 죽음에 경악했으나, 선장이 로이벤을 살해했다는 사실을 눈치 채지 못합니다. 다음 날 선장은 자신의 본색을 드러냅니다. 야밤을 이용하여 야자나무 아래에서 잠자던 콘코르디아를 겁탈하려 했던 것입니다. 이때 알베르투스는 이를 알아차리고 선장에게 달려듭니다. 두 남자 사이에 격렬한 격투가 벌어집니다. 주인공은 끝내 자신의 단검으로 선장을 찌릅니다. 레멜리 선장은 피를 흘리면서 자신의 잘못을 시인하고, 용서를 구하면서 서서히 죽어 갑니다.

13. 선장 레멜리는 어떻게 살아온 사람인가?: 선장, 레멜리는 사악한 패륜아나 다름이 없습니다. 그는 젊은 시절에 자신의 여동생과 살을 섞었습니다. 여동생은 근친상간의 늪에서 두 명의 아기를 출산하였습니다. 여동생은 두 번에 걸쳐 강보에 싸인 핏덩이를 몰래 불에 태워 죽였습니다. 부모가 이 사실을 알게 되었을 때, 그미는 부모에게 독약을 먹여서 국경 밖으로 내쫓습니다. 요약하건대 레멜리와 그의 여동생은 근친상간, 영아 살해 그리고 부모를 병들게 하여 낯선 곳으로 유기하는 등 온갖 나쁜 짓을 자행한 인간들입니다. 그들의 패륜은 이것으로 그치지 않습니다. 어느 날 누군가 길에 버려진 핏덩이를 발견하고 경찰에 신고합니다. 경찰은 탐문 수사를 통해서 어떤 단서를 찾아내어, 레멜리의 여동생을

영아 살해 혐의로 검찰에 송치합니다. 재판에 회부되었을 때 그미는 무죄를 주장하면서 다른 여자에게 자신의 죄를 뒤집어 씌웠습니다. 무고한 어느 여인은 검찰로부터 자백을 강요당합니다. 당시의 경찰은 오로지 고문으로써 죄를 자백 받았습니다. 당시는 법 집행에 있어서 인권이라고는 찾아볼 수 없는 세상이었습니다. 무고한 그 여인은 고문이 두려워서 자신이 아기를 죽였다고 거짓 자백합니다(Schnabel: 358).

14. 법관들의 불법적 행위: 무고한 여자가 영아 살인죄를 뒤집어쓰는 것도 법정의 횡포에 해당하는 것입니다. 슈나벨은 가난한 사람들의 고통을 고찰했을 뿐 아니라, 불의를 저지르는 법관들에 대해서도 비판의 메스를 가하였습니다. 물론 영아 살인범으로 몰린 여성은 마지막에 이르러 무죄 방면됩니다. 그미가 무죄로 풀려난 것은 우연한 기회에 레멜리의 여동생의 죄가 드러났기 때문입니다. 이렇듯 법관들은 언제나 자신이 원하는 바를 관철시키기 위하여 용의자를 고문하겠노라고 위협을 가합니다. 이로써 법정은 정의를 구현하는 기관이 아니라, 불의를 정의라고 호도하는 기관으로 전락하고 맙니다. 가령 판사는 단순한 추측에 의해서 무고한 사람을 죄인으로 선고하고, 죄 없는 사람들은 "영문도 모르고 수갑에 채워진 채" 끌려가야 합니다(Schnabel: 305). 법관들은 힘없고 가난한 사람들을 마치 하찮은 파리 떼처럼 취급하며 사건을 종료하기 일쑤입니다. 이러한 폭력은 나중에 언급되는 비르길리아에 대한 재판에서 그대로 드러납니다.

15. 펠젠부르크 공동체의 탄생 배경: 펠젠부르크 섬에서 남은 사람은 알베르투스와 콘코르디아, 두 사람뿐입니다. 알베르투스는 섬세한 마음을 지닌 선량한 남자였습니다. 그는 어떠한 경우에도 그미의 안녕을 지켜주겠노라고 맹세합니다. 두 남녀는 축복받은 섬에서 행복하게 살아갑니

다. 어느 날 그들 사이에서 딸이 태어납니다. 시간이 흘러 콘코르디아는 주인공의 탄식을 엿듣습니다. 알베르투스는 낯선 섬에서의 생활에서 고독을 느끼고 있었던 것입니다. 그래서 그미는 알베르투스에게 결혼을 요청합니다. 알베르투스의 가족은 아홉 명으로 늘어납니다. 시간이 흐름에 따라 몇몇 난파당한 사람들이 이곳으로 당도하게 되었으며, 성 헬레나 섬에서 혹은 다른 지역에서 몇 쌍의 부부가 펠젠부르크 섬으로 건너옵니다. 유럽 사람들도 범선을 타고 와서 이곳에 정주하였습니다. 공동체는 몇 세대로 이어지는 가운데 점점 커져 갔습니다. 펠젠부르크는 두 개의 거대한 섬으로 이루어져 있습니다. 주민의 수가 많아지자, 큰 섬 근처의 작은 섬에도 사람들이 거주할 정도가 되었으며, 이곳의 여러 보물들과 이곳에서 생산되는 여러 물품들을 유럽 전역으로 수출하게 됩니다.

16. 에피소드 (1), 유디트 폰 만더스: 소설 속에는 많은 에피소드가 담겨 있습니다. 이 가운데 세 사람을 선정하여 언급할까 합니다. 첫째로 유디트 만더스는 네덜란드의 시의회 의원의 딸로 태어나, 두 살 많은 언니, 필리피네와 미들부르크 시에서 살고 있었습니다. 그런데 두 처녀는 주위의 수많은 남자들로부터 구혼을 받았으며, 남자들은 이들을 차지하기 위하여 칼부림도 서슴지 않았습니다. 유디트와 필리피네는 어느 파렴치한에게 납치되어 고초를 겪습니다. 그들은 성폭력을 당할 위기에 처해 있었으나, 라르손, 라킨 등과 같은 선량한 남자들에 의해서 구조됩니다. 결국 필리피네는 선박에 퍼진 전염병에 의해 사망하고, 유디트는 다른 양민들과 함께 펠젠부르크 섬에 당도합니다. 요약하건대, 유디트 만더스의 이야기는 여성을 오로지 육욕의 대상으로 취급하는 일부 유럽 남성들의 음탕한 태도를 경고하고 있습니다(임정택: 32).

17. 에피소드 (2), 데이비드 라킨: 데이비드 라킨은 1640년에 태어난 영

국인입니다. 그의 부모들은 조상의 위법 행위로 상속 받은 땅을 빼앗기고 가난 속에서 살았습니다. 그들은 절도죄의 누명을 쓰고 감옥에 갇히게 되었는데, 영국에서 혁명의 와중에 석방되었지만, 일찍 유명을 달리했습니다. 그래서 데이비드는 영국을 떠나 독일로 향합니다. 도중에 도둑떼의 습격을 받아서 죽을 고비를 넘기고 가난 속에서 살아갑니다. 누군가 밤에 성당으로 잠입하여, 마치 빅토르 위고의 『레미제라블(Les Misérables)』(1862)에 등장하는 장 발장처럼, 거기서 은촛대 등 값나가는 물건을 훔쳤습니다. 데이비드는 이것들을 도로 찾아서 교회에 돌려줍니다. 결국 우여곡절 끝에 펠젠부르크로 향하는 배를 타게 되었는데, 거기서 유디트와 그미의 언니를 만납니다. 데이비드는 유디트에게 연정을 품었지만, 섬에 정착한 다음에 율리우스의 자식과 결혼하게 됩니다.

18. 에피소드 (3), 비르길리아 폰 카트머스: 비르길리아 폰 카트머스의 삶의 행적은 더욱더 참혹하고 파란만장합니다. 그미는 1647년 네덜란드의 로테르담에서 유명한 법학자이자 지방 총독의 딸로 태어났는데, 아버지가 살해당합니다. 어머니는 비르길리아를 출산한 즉시 사망하여, 비르길리아는 천애고아의 신세로 전락합니다. 어느 친척은 그미가 응당 받아야 할 유산을 가로챈 다음에, 그미를 하녀로 일하게 합니다. 비르길리아는 억울하게 유아 살해 혐의를 받아서 당국에 의해 체포당합니다. 집 근처에서 갓 태어난 아기가 죽은 채 발견되었던 것입니다. 혹독한 고문 끝에 자신이 범인이라고 거짓 자백하게 되고, 결국 교수형을 당할 처지에 놓입니다. 이때 비르길리아가 기거하던 집의 장남, 암브로시우스가 모든 것을 밝혀냅니다. 알고 보니 영아를 살해한 여자는 그미의 이복 언니였던 것입니다. 비르길리아는 석방되어, 암브로시우스와 함께 암스테르담으로 떠납니다. 그러나 암브로시우스는 6개월 동안 시름시름 앓다가 유명을 달리합니다. 이러한 우여곡절 끝에 비르길리아는 펠젠부르크로 향

하는 배에 승선하게 됩니다(임정택: 34).

19. 펠젠부르크 섬의 공동체 유토피아: 놀라운 것은 섬을 최초로 발견한 사람이 바로 공동체의 설립자라는 사실입니다. 공동체는 알베르투스 가족의 역사로부터 시작됩니다. 주인공은 9명의 가족을 거느리는데, 이 숫자는 성서에 나오는 가족의 모티프와 일맥상통하고 있습니다. 펠젠부르크 섬은 하나의 가능한 미래로 이해될 수 있습니다. 섬은 외부로부터 고립되어 있는데, 이곳에서의 공동체 삶은 기존하던 17세기 유럽에서의 생활과 대립하는 것입니다. 주인공 알베르투스는 사악한 선장 레멜리에게 다음과 같이 말합니다. "유감스럽게도 시대는 변화되었어요. 그대의 명령은 이제 더 이상 효력이 없어요"(Schnabel: 148). 이 말은 과거 유럽 대륙의 모든 계급과 관습은 새로운 섬에서는 더 이상 유효하지 않다는 의미를 지닙니다. 여기서 우리는 섬의 공동체가 유럽 사회와는 무관한 사회적 질서에 의해서 영위될 수 있다는 점, 그리고 유럽 사회의 모든 사악한 특성을 완전히 파기하려고 한다는 점 등을 파악할 수 있습니다. 작가는 펠젠부르크 섬이 외부로부터 차단되어 있음을 강조하기 위하여 "펠젠," 즉 암벽이라는 이름을 사용하였습니다. 다른 문학 유토피아와 마찬가지로 이곳에서는 사유재산제도가 철폐되어 있습니다.

20. 사랑으로 맺어지는 결혼: 배가 난파된 다음 세 사람이 살아남았을 때, 레멜리 선장은 주인공에게 다음과 같이 제안합니다. 남자 두 사람이 여자 한 사람을 공동으로 소유하자는 게 그 제안이었습니다. 낯선 땅에서 인간이라고는 세 사람밖에 없는데, 여기서 도덕적인 문제가 전혀 갈등의 소지로 작용하지 않는다는 것이었습니다. 그렇지만 레멜리 선장은 사망하고, 주인공은 콘코르디아와 결혼합니다. 두 사람의 결혼의 조건은 미덕, 경건한 마음, 사랑하는 임에 대한 배려와 동정심 그리고 책임감

에 국한될 뿐입니다. 이렇듯 두 사람 사이의 결혼은 일부일처제의 이상에 입각한 것입니다. 펠젠부르크 섬에 정착한 사람들은 자신에게 적합한 파트너 혹은 젊은 시절에 사랑했던 이성을 찾기 위하여 기나긴 여행도 마다하지 않습니다. 결혼을 위해서는 네 가지 조건이 선결되어야 합니다. "첫째로 구혼자는 반드시 미혼이어야 한다. 둘째로 구혼하는 남자는 반드시 루터주의와 같은 신교를 신봉해야 한다. 셋째로 그는 아내와 평화롭게 살아야 한다는 계명을 수용해야 한다. 넷째로 구혼자는 특별한 경우가 아니면 섬에 오래 머물면서 살아야 한다"(Schnabel: 267).

21. 펠젠부르크의 환경과 거주지와 가옥: 펠젠부르크 섬의 해안에는 날카로운 절벽이 솟구쳐 있습니다. 그렇기에 사람들은 섬의 내부로 진입하기가 매우 어렵습니다. 사람들은 동굴을 이용해 비밀 통로를 뚫어서 이곳 해안으로 향할 수 있습니다. 만약 타 지역 사람들이 이곳에 도착하여 섬 주민이 되려고 할 경우, 그들은 해안에 머물면서 펠젠부르크 공동체로부터 입주 허가를 받아야 합니다. 펠젠부르크에서 살아가는 가족들은 개별 가옥에서 개별적으로 살아갑니다. 사생활의 측면에서 가옥의 사유재산은 용인되는 셈입니다. 가옥들은 중앙 행정의 편의를 위해서가 아니라, 개별 가족들의 삶의 편리를 위해서 개별적으로 축조되어 있습니다. 이곳 사람들은 건물을 새로 지어야 할 때 공동으로 일하며 이웃을 돕습니다. 재미있는 것은 아홉 개의 거주 지역마다 하나의 커다란 건물이 위치한다는 사실입니다. 이 건물에서 사람들은 자체적으로 모여서 토론하거나 저녁 시간에 함께 유유자적한 시간을 보냅니다. 설령 공공의 건물이 있다고 해서 그게 모어, 캄파넬라 그리고 모렐리의 경우처럼 중앙집권적인 행정 기능을 담당하지는 않습니다. 모든 삶은 사람들에 의해 자치적이고 자생적으로 영위됩니다.

22. 가부장주의적 가족을 중시하는 사회: 펠젠부르크는 독일의 아담과 이브에 의해 자발적으로 건립된 공동체입니다. 그것은 강력한 권력을 휘두르는 유럽의 절대왕정 체제와는 다릅니다만, 그럼에도 군주 국가의 면모가 은근히 반영되고 있습니다. 가령 알베르투스는 가족에게는 아버지이지만, 주민에게는 마치 왕과 같은 존재입니다. 그렇지만 그의 존재는 시민사회의 권력자인 왕과는 엄연히 다릅니다. 왜냐하면 그는 시민들의 합의 아래 대표자로 추대되었기 때문입니다. 공동체는 일부일처제를 하나의 이상으로 받아들이고 있습니다. 사회체제의 바탕은 가족 단위에서 출발하고 있는데, 모든 가족들은 가부장주의를 표방하며, 가장을 가족의 우두머리로 숭상하며 살아갑니다. 여성들에게는 정치에 참가할 권한이 주어져 있지 않습니다. 가령 콘코르디아는 왕비와 다를 바 없는 존재이지만, 정책을 위한 인민 회의에 처음부터 참석하지 않습니다. 공동체의 이상은 성스러운 가족 구성원을 바탕으로 하고 있습니다. 인민 회의에서는 9명의 의원, 3명의 감찰관 그리고 1명의 대표를 선출합니다. 이들은 공동체의 모든 문제를 토의하고 결정하며, 정책을 집행하는 일을 담당합니다.

23. 펠젠부르크 공동체의 두 가지 특성: 펠젠부르크 공동체는 유럽 사회와 비교할 때 두 가지 특성을 지닙니다. 첫째로 공동체는 비록 가부장주의에 바탕을 두지만, 유럽에 존재하는 계층의 구분이 철폐되어 있습니다. 다시 말해, 귀족과 시민이라는 계급의 구분은 공동체에서는 더 이상 존재하지 않습니다. 유럽에서는 귀족과 시민 사이의 결혼은 이해될 수 없지만, 펠젠부르크 공동체에서 결혼하려는 사람은 계층이 아니라, 미덕과 사랑을 하나의 선결 조건으로 내세웁니다. 둘째로 오로지 선하고 선택받은 사람들만이 펠젠부르크에 발을 들여놓을 수 있습니다. 물론 안드레에의 『기독교 도시국가』와 푸아니의 『남쪽 대륙 알려지다』의 경우

처럼 엄격한 입국 심사는 없습니다. 그렇지만 사악한 인간, 탐욕을 지닌 인간은 처음부터 섬에서 살아갈 수 없습니다. "타인이 입국하는 데 대한 섬사람들의 동의는 더 이상 증명 사항으로 작용하지는 않는다. 왜냐하면 경건한 사람들은 자연스럽게 서로 모이고 죄 지은 사람들은 당연히 처벌 받기 때문에, 별도로 입국 내지 형벌에 관한 사회적 장치를 마련할 필요가 없다"(Schnabel: 63).

24. 농업 중심의 자급자족경제: 펠젠부르크 공동체 사람들은 자원을 아끼고, 절약하며, 금욕적으로 살아갑니다. 그들은 힘을 합쳐서 운하를 건설하고 다리를 준공하였습니다. 아름다운 정원이 만들어지고, 곡물 창고와 짐승들의 우리를 축조하였으며, 비탈 밭에 포도나무를 심었습니다. 이는 사람들이 노동을 찬양하는 슬로건을 실천한 결과로 이해됩니다(Schnabel: 66). 숲을 가꾸어 사냥도 가능하며, 고기잡이도 얼마든지 가능합니다. 섬의 구도는 기하학적으로 이루어져 있지만, 도시계획에 있어서 아름다운 자연 풍경의 보존이 무엇보다도 중시되고 있습니다. 화폐는 사유재산이 용인되지 않는 관계로 더 이상 통용되지 않습니다 사람들은, 금과 은 그리고 귀금속을 탐하지 않습니다. 왜냐하면 귀금속들은 섬을 개간하는 데 전혀 유익하지 않기 때문입니다(Schnabel: 208). 만약 누군가 이곳에서 살고 싶으면, 그들은 펠젠부르크 공동체의 인민 회의에서 심사를 받습니다. 이를테면 유럽에서 사악한 일을 저지른 자 내지 살인자는 결코 섬의 주민이 될 수 없습니다. 이 점에 있어서 섬의 주민들은 에스파냐의 "정복자"들과 분명한 선을 긋고 있습니다.

25. 경제적 모델 속의 세 가지 원칙: 펠젠부르크 사람들은 세 가지 원칙에 입각한 경제적 모델을 정립합니다. 첫째로 펠젠부르크 주민들은 기독교를 믿으면서 부지런히 일합니다. 가족의 축제는 즐거움과 풍요로움

속에서 전개되지만, 질서 잡혀 있습니다. 따라서 섬사람들이 도취와 환락에 사로잡히는 경우는 거의 없습니다. 노동시간과 여가 시간은 엄격하게 구분되어 있지만, 사람들은 이를 철저히 구분하지 않습니다. 왜냐하면 이곳에서의 노동은 강제로 행해지지 않기 때문입니다. 일하는 것 자체가 즐겁기 때문에, 노동이 바로 유희요, 유희가 바로 노동입니다. 여가 시간이 되면 사람들은 무언가를 배우면서 동시에 휴식을 취하거나 즐거운 대화를 나눕니다. 둘째로 공동체는 욕구 충족 내지 필요성의 충족을 최상의 모토로 하여 운영됩니다. 사람들은 필요한 물품을 사전에 책정하여, 이를 위해서 모든 노동의 계획을 세웁니다. 중요한 것은 이윤 추구 내지 생산력의 극대화가 아니라, 욕구와 필요성의 충족입니다. 이와 관련하여 공동체는 모든 사치품과 사치스러운 생활 방식을 배격합니다. 요약하건대, 공동체는 중앙집권과는 무관한 자발적인 계획경제를 추구합니다. 셋째로 공동체는 다른 전통적 유토피아와 마찬가지로 과학기술과 이의 활용을 매우 중요하게 생각합니다. 그렇기에 수공업자, 수학자, 의사 그리고 제반 분야의 학자들은 이곳에서는 존경을 받습니다. 사람들은 노동의 효율성을 위해서 과학기술의 발전과 활용이 무엇보다도 중요하다고 믿고 있습니다.

26. 배움과 학교: 어린이들은 학교에서 많은 것을 배웁니다. 학교에서 아이들은 신학, 수학 그리고 생물학 등에 관한 지식을 습득합니다. "음악 수업"은 나중에 첨가되었습니다. 펠젠부르크 공동체는 교육과 학문에 커다란 비중을 두지는 않습니다. 이 점에 있어서 "펠젠부르크"의 유토피아는 안드레에의 『기독교 도시국가』와 차이를 드러내고 있습니다. 왜냐하면 이곳의 사람들은 농업과 수공업을 발전시키고 더 나은 수확을 얻는 게 학문과 교육에 관한 이론보다 더 중요한 관건이기 때문입니다. 그렇다고 학문과 교육을 천시하는 것은 결코 아닙니다.

27. 주어진 현실에 대한 반대급부의 삶: 펠젠부르크 섬은 인간이 쉽게 도달할 수 없는 가상적 유토피아의 공간입니다. 슈나벨은 주인공의 행적과 섬사람들의 고백 등을 묘사함으로써 유럽에서의 피곤한 삶과는 정반대되는 내용을 지적하고 있습니다. 당시 유럽 사람들은 봉건 구조의 경제 구도, 강력한 왕정 체제 그리고 국가와 밀월 관계인 교회 세력 등으로 인하여 어떠한 긍정적 시민사회를 창조할 수 없다고 믿고 있었습니다. 물론 유럽의 인접 국가에서는 교회 세력이 약화되고 왕권이 강화되고 있었지만, 폭정과 가렴주구는 유럽의 가난한 자들을 엄청나게 옥죄고 있었습니다. 또한 전쟁으로 인하여 하층민들은 전선에 차출되는가 하면, 가난과 굶주림에 극도의 고통을 당하며 살았습니다. 수천수만의 사람들이 힘들게 일해도 자신의 배를 채울 수 없었습니다(Schnabel: 269),

유럽 본토에는 방랑하는 살인자, 건달 그리고 도둑이 득실거리고 있었습니다. 낯선 자가 술집에서 사람들에게 술을 사면, 얻어먹은 사람들은 만취 상태에서 절도 행각을 벌였습니다. 또한 기독교를 숭상하면서도 사람들은 다른 종교를 믿는 사람들에게 지극히 완강하고 편협한 태도로 일관하였습니다. 가령 유대인과 이슬람교도는 저주 받을 이단자로 매도되었습니다. 특히 당시의 현실은 기독교적 성도덕이 보편적으로 몰락한 것을 그대로 보여 주었습니다. 돈 없고 힘없는 여성들은 언제나 위험에 처해 있었습니다. 남자들이 자신들의 여동생에게 매춘을 강요하는 일이 비일비재했습니다. 불쌍한 여자들에게 욕정을 채우려는 남자들은 참으로 많았습니다. 이른바 "창녀를 건드리는 수컷 말"들은 반항하는 여성들을 단검으로 위협하면서 자신의 욕정을 해소하곤 하였습니다(Schnabel 293). 18세기에 유럽의 독자들이 거의 열광적으로 그리고 오랫동안 『펠젠부르크 섬』을 애독한 까닭은 바로 여기에 있습니다.

28. 법이 필요 없는 가부장적 가족 공화국: 『펠젠부르크 섬』은 "가부장

적 가족 공화국"으로 명명될 수 있습니다. 펠젠부르크 섬의 최고 우두머리는 결코 무소불위의 권력을 휘두르는 독재자가 아닙니다. 그는 인민들의 동의에 의해서 자발적으로 그리고 자연스럽게 추대되는 대표자 내지 섬의 책임자로 명명될 수 있습니다. 펠젠부르크 섬이 공화국으로 명명될 수 있는 까닭은 권력이 분산되어 있기 때문입니다. "그럼에도 내 생각은 권력을 지닌 제후로서의 최고 우두머리가 나라를 통치하거나 명령하지 말았으면 해요. 그의 권력과 힘은 많은 사람들의 목소리와 참여를 통해서 축소되어야 합니다"(Schnabel 244). 따라서 섬의 권력은 대표적인 가부장 한 사람에게 주어진 게 아니라, 9명의 의원, 3명의 감찰관 그리고 한 개의 비밀 평의회에 골고루 분산되어 있습니다. 펠젠부르크 섬에서는 법 내지 기본법이 없습니다. "새로운 인간에 의해 만들어진 급진적인 미덕의 공화국"(Vosskamp)은 법을 필요로 하지 않습니다. 그럼에도 섬의 주민들은 민주주의의 규칙 외에도 어떤 구성적인 주권의 형태를 발전시키며, 이를 실천하고 있습니다.

29. 신분 차이의 극복, 탐욕과 이기주의의 철폐: 작품에는 펠젠부르크의 정치적 시스템이 명확하게 언급되지는 않습니다. 다만 18세기 유럽 사회와의 관련 하에서 펠젠부르크의 두 가지 특성이 부각되고 있습니다. 첫째로 슈나벨은 근대 유럽의 계층 간의 차이를 완전히 철폐시켰습니다. 사악한 선장 레멜리의 죽음은 새로운 공간에서 근대 유럽의 계층 간의 갈등 또한 사라진다는 것을 의미합니다. 귀족과 시민 내지 단순한 사람들 사이의 신분적 차이는 더 이상 존재하지 않습니다. 이로써 만인의 평등한 삶의 바탕이 펠젠부르크 섬에서 자리하게 됩니다. 둘째로 슈나벨은 전통적 유토피아가 고수하는 특징을 그대로 도입하였습니다. 즉, 선택받은 선한 인간만이 섬에서 살아갈 수 있다는 특징입니다. 물론 이곳에서는 ― 안드레에의 유토피아와 푸아니의 유토피아의 경우처럼 ― 섬으로

들어오려는 사람들이 철저한 검사 내지 심의의 대상이 되는 것은 아닙니다. 그렇지만 펠젠부르크에서 살아가려고 하는 사악한 사람들은 대부분의 경우 물에 빠져 죽고 굶어 죽습니다. 이로써 탐욕과 이기주의는 펠젠부르크 공동체에서 더 이상 자리할 수 없습니다.

30. 시민 주체의 개념과 계몽주의: 『펠젠부르크 섬』은 시민 주체로서 알베르투스의 존재 가치를 부각시키고 있습니다. 지금까지 모든 문학 유토피아는 특정한 개인의 존재를 부각시키지는 않았습니다. 가령 모어 내지 캄파넬라의 유토피아 국가에서는 어떠한 개인도 개별적 존재 가치를 드러내지 않습니다. 그들은 모두 이상 사회에서 살아가는 익명의 구성원에 불과합니다. 그러나 슈나벨의 작품에서는 개개인의 이름이 거론되며, 개인의 자유와 "시민 주체(Citoyen)"로서의 의식이 분명하게 표현되고 있습니다. 그는 새로운 사회의 지배자가 아니라, 공동체 사람들과 함께 고민하고 어울려 살아가는, 동등한 권리를 지닌 시민 주체로 묘사되어 있습니다. 섬의 대표자는 왕이 아니라, 주민의 합의 아래 추대된 한 사람의 시민 주체라는 것입니다(Jens 14: 1015). 이는 자연법과 이로 인한 시민 주체 내지는 시토이앙의 정신의 영향 때문입니다. "이 세상의 어느 누구도 노예로 태어나지 않았듯이, 왕 또한 한 사람의 인간으로 태어났다. 그렇기에 군주에게 저항하는 것은 법에 위촉되는 게 아니라, 인간의 고유한 권한에 속한다"라는 계몽주의 철학자, 알투시우스(Althusius)의 발언을 생각해 보십시오. 작품에서 알베르투스는 왕이 아니라 시민 주체의 대표 한 사람에 불과합니다. 뒤에 언급될 작품, 메르시에의 『서기 2440년』에서도 개인 한 사람이 중요한 존재로 부각되는데, 이 역시 계몽주의의 영향이라고 여겨집니다.

31. 작품의 영향: 철학자, 요한 고틀리프 피히테는 「폐쇄적인 상업 국

가(Der geschlossene Handelsstaat)」(1800)라는 글을 발표하였는데, 여기에는 슈나벨의 문학 유토피아가 좋은 범례로 언급되고 있습니다. 당시 사람들은 외부의 영향이나 간섭 없이 자급자족하며 살아가는 경제 구도를 바람직한 유토피아의 현실로 이해했습니다. 카를 필립 모리츠는 소설 『안톤 라이저(Anton Reiser)』에서 주인공의 입을 통해서 작품 『펠젠부르크 섬』을 칭송하였습니다. 슈나벨의 소설은 당시의 가난한 사람들의 갈망과 고통 그리고 해원을 충분히 반영하고 있습니다. 크리스티안 카를 안드레(Christian Carl André)는 1788/89년에 소설 『펠젠부르크(Felsenburg)』를 집필하였습니다. 이때 안드레는 슈나벨의 작품을 부정적으로 이해했습니다. 슈나벨의 작품은 젊은이들로 하여금 깊은 상상의 유혹에 빠지게 하는데, 안드레 자신은 새로운 펠젠부르크를 묘사함으로써 자연을 이해하고 시민적 교양을 쌓게 하려는 의도가 있다고 했습니다. 나중에 독일 낭만주의 작가인 루드비히 티크는 작품의 분량 가운데 4분의 1 정도를 과감하게 축소시켰는데, 이로써 종교적이고 주관적인 감상을 담은 내용은 현저하게 삭제되었습니다.

참고 문헌

모리츠, 카를 필립 (2003): 안톤 라이저, 장희권 역, 문학과지성사.

박민수 (2014): 근대 유럽의 섬 — 유토피아 문학과 시민적 사회이상. 로빈슨 크루소의 무인도와 유토피아 타히티, 실린 곳: 코기토, 제75호, 99-126.

임정택 (1997): 요한 고트프리트 슈나벨의 펠젠부르크에 나타난 계몽의 유토피아, 실린 곳: 독일문학, 통권 62호, 27-52.

임철규 (2007): 그리스 비극. 인간의 역사에 바치는 애도의 노래, 한길사.

Bohrer, Karl Heinz (1973): Der Lauf des Freitag. Die lädierte Utopie und die Dichter. Eine Analyse. München.

Brüggemann, Fritz (1914): Utopie und Robinsonade. Untersuchungen zu Schnabels Insel Felsenburg, Weimar.

Defoe, Daniel (1906): Robinson Crusoe, London.

Jens (2001): Jens, Walter(hrsg.), Kindlers neues Literaturlexikon, 22 Bde., München.

Gnüg, Hildegard (1999): Utopie und utopischer Roman, Stuttgart.

Knopf, Jan (1978): Frühzeit des Bürgers. Erfahrene und verleugnete Realität in den Romanen Wickrams, Grimmelshausens, Schnabels, Stuttgart.

Mayer, Hans (1959): Von Lessing bis Thomas Mann. Wandlungen der bürgerlichen Literatur in Deutschland, Pfullingen, 37-78.

Saage, Richard (2006): Utopisches Denken im historischen Prozess. Materialien zur Utopieforschung, Münster.

Schnabel, Johann Gottfried (1979): Insel Felsenburg, (hrsg.) Volker Meid u. Ingeborg Springer-Strand, Stuttgart.

Voßkamp, Wilhelm (1989): Ein irdisches Paradies. Johann Gottfried Schnabels 『Insel Felsenburg』, in: Klaus L. Berghahn u.a. (hrsg.), Literarische Utopien von Morus bis zur Gegenwart, Königstein Ts..

14. 모렐리의『자연 법전』

(1755)

1. 평등 국가의 자연법의 기초: 에티엔 가브리엘 모렐리(E. G. Morelly, 1715-1778?)의『자연 법전(Code de la nature)』은 더 나은 국가 체제의 법체계라고 명명될 수 있습니다. 그것은 폭정, 가난, 부패 그리고 방종의 사슬을 끊고, 만인에게 평화, 복지, 공정함 그리고 만인의 행복을 안겨 줄 수 있는 하나의 법적 체계와 같습니다. 사회의 상류층에 해당하는 지배계급, 귀족계급 그리고 사제 계급에 의해 구성되어 있는 끔찍한 계층 사회를 허물어뜨릴 수 있는 법적 체계입니다. 그렇기에『자연 법전』은 먼 훗날 사회주의 체제 내의 평등 국가 모델로 채택되었습니다. 모렐리가 지배와 억압을 철폐하려는 의도를 고수한다는 점에서, 우리는 그의 문헌을 "어떤 평등 사회를 위한 이상적 리바이어던"이라고 명명할 수 있습니다. 그렇기에 모렐리의 문헌은 "사회주의 사상을 선취하는 평등한 이상 국가의 상"으로 명명될 수 있습니다.

2. 신비로운 계몽주의 사상가: 모렐리는 가브리엘 보네 드 마블리(Gabriel Bonnet de Mably)와 마찬가지로 삶의 흔적이 없는 신비로운 계몽주의자입니다. 그는 생전에 시인, 교육자 그리고 철학자로 활동하며

훌륭한 문헌을 후세에 남겼지만, 정작 그의 삶에 관해서는 정확하게 알려진 바 없습니다. 누군가 의도적으로 모렐리의 이력의 흔적을 삭제한 것 같습니다. 모렐리는 1715년 프랑스 남부에서 태어났다고 합니다. 시민계급 가정이었지만, 그다지 부유하지 않은 가정에서 태어난 게 분명합니다. 그는 6세부터 11세에 이르기까지 대부분의 시민계급 자제들이 그러했듯이 라틴어 학교를 다녔습니다. 1741년부터 모렐리는 프랑스 북서부의 비트리 르 프랑스와에서 학생을 가르쳤다고 합니다. 비트리 드 프랑스와는 파리의 동쪽에 있는 마른 강변에 위치한 소도시였습니다. 이 무렵 그는 그곳에서 가정교사를 하며 살았습니다. 그의 논문 「인간 정신에 관한 에세이(Essai sur l'esprit humain)」가 1743년에 발표되었을 때, 그의 명성은 프랑스 전역으로 퍼진 바 있습니다.

모렐리는 파리에서 세금 관리로 살았다고 하지만, 사망한 연도는 불확실합니다. 1748년 이후의 삶은 베일 속에 가려져 있습니다. 모렐리 연구가 코에(Coe)의 주장에 의하면, 모렐리는 1748년 라인강을 건너 프로이센의 프리드리히 2세에게 도움을 청했다고 합니다(Coe 1964: 47). 그러나 독일에서 책사로 살아가려는 그의 노력은 수포로 돌아가고 말았습니다. 프로이센의 왕은 프랑스 문화를 좋아했지만, 추측컨대 거지 차림의 프랑스 지식인을 곁에 두고 싶어 하지 않았던 게 분명합니다. 어느 경찰서장의 증언에 의하면, 모렐리는 1753년 5월에 함부르크에서 체류했습니다. 그러나 독일 정부는 그를 괴팅겐에 체류한 프랑스 망명객 내지 영국의 첩자로 간주하고 요주의 인물로 분류하였습니다. 1755년에 그의 대표작 『자연 법전』이 발표되었습니다. 모렐리가 탈진으로 인해 죽었는지, 아니면 자신의 놀라운 혁명적 사고에 귀를 막은 동시대인들의 둔감함에 깊은 절망감을 느껴 죽었는지 아무도 모릅니다. 확실한 것은 모렐리가 자신의 대표작을 발표한 직후에 사망했다는 사실입니다. 지금까지 어느 누구도 그의 무덤과 인적 사항을 밝힐 수 있는 서류를 찾아내지 못했습니다. 혹자는 모렐리는 실존 인물이 아니라, 계몽주의 시대의 프랑스 작가, 프랑수아 빈센트 투생(F. V. Toussaint)이라고 주장했습니다. 어떤 사람은 모렐리는 백과전서파의 사상가이자 계몽주의 작가인 드니 디드로(Denis Diderot, 1713-1778)의 필명이라고 주장하기도 합니다. 그러나 이러한 주장은 오늘날 거짓으로 판명되었습니다.

3. 모렐리의 책: 우리가 다루려고 하는 것은 모렐리의 책 『자연 법전, 혹은 모든 시대에 망각되었거나 잘못 알려진, 자연의 진정한 법칙(Code de la Nature, ou le véritable esprit de ses loix: De tout tems négligé ou méconnu)』(1755)입니다. 이 책은 유토피아의 흐름을 이해하는 데 중요한 단서를 제공하는 책으로서 1755년에 간행되었습니다. 『자연 법전』은 당시의 사회를 고려할 때 진귀한 사회철학의 내용을 담고 있는데, 수십 년 동안 프랑스의 백과전서파 작가인 드니 디드로의 작품으로 잘못 소개되고 말았습니다. 왜냐하면 이 문헌은 출판업자의 실수로 1772년에서 1773년 사이에 간행된 디드로 전집에 실렸기 때문입니다. 미리 말씀드리건대, 이 책은 이른바 국가의 체제를 파괴하라고 선동하고 있다는 이유로 처음부터 금서로 취급당했습니다. 모렐리의 문헌은 그라쿠스 바뵈프(Gracchus Babeuf, 1760-1797)의 사회주의의 모반뿐 아니라, 1793/94년 프랑스 공포정치의 원흉으로 오인되었습니다. 사람들은 "모렐리의 책 속에는 미친 자가 생각해 낸 모든 망측한 가설이 모조리 담겨 있다"는 식으로 오랫동안 모렐리의 문헌을 매도하였습니다. 그렇지만 혁명적 지조를 지닌 사람이라면 누구든 모렐리의 책에 대단한 관심을 기울였습니다.

4. 모렐리의 이전 문헌은 비교적 체제 옹호적이었다: 모렐리는 몽테스키외에 대한 비판의 글 외에도 두 편의 교육학 논문을 발표하였습니다. 이

미 언급했듯이, 「인간 정신에 관한 에세이」는 1743년에, 「인간의 심장에 관한 에세이(Essai sur le coeur humain)」는 1745년에 집필되었습니다. 두 개의 논문에서 모렐리는 인간의 배움의 단계 그리고 개성과 감각의 발전 등을 천착하였습니다. 교육의 과업은 모렐리에 의하면 실제 현실에서 활용되고 있는 여러 가지 과목의 내용을 맹목적으로 익히는 일이 아니라, 개개인에게 주어진 어떤 내밀한 기억을 극복해 내고, 실천적인 경험에 바탕을 둔 지식을 익히는 일이라고 합니다. 교육 내용의 입장과 피교육자의 입장이 서로 부딪치고 대립하지 않으면, 어떠한 교육 효과도 나타나지 않는다는 것입니다. 사실 교사와 학생들은 제각기 한 세대 이상의 다른 체험 현실을 지니므로, 서로 다른 견해를 지닐 수밖에 없습니다. 그렇기에 모렐리가 교육자와 피교육자 사이의 의견 대립 내지 이러한 대립과 충돌을 가장 중요한 관건으로 삼았다는 사실은 그 자체 의미심장합니다.

5. 이후의 문헌에 나타난 모렐리의 급진적 견해: 그렇지만 모렐리의 견해는 교육정책에 대한 온건한 비판으로 이해될 수 있습니다. 1750년대 후반에 모렐리는 자신의 정치적 견해를 더욱더 첨예하게 드러내면서, 급진적 혁명 이론을 제기하였습니다. 이링 페쳐는 모렐리의 문헌과 관련하여 다음과 같이 주장했습니다. 즉, 모렐리의 교육학적 문헌은 시민적 계몽주의 계열의 평범한 글인 반면에, 「바실리아드」와 『자연 법전』은 당시에 급진적으로 전환된 모렐리의 정치적 견해를 읽을 수 있는 놀라운 문헌에 해당한다는 것입니다(Fetscher: 517). 두 개의 문헌이 이전의 체제 옹호적인 자세를 탈피하고 지배 계층에 대한 불신과 혐오를 과감하게 드러낸 데에는 모렐리의 개인적 처지와 관련될 수 있습니다. 사실 모렐리는 1750년대에 철학 교수 사뮈엘 포어미(Samuel Formey)를 통하여 자신을 경제적으로 그리고 학문적으로 지지해 줄 귀족을 찾고 있었는데,

어느 누구도 모렐리를 후원하지 않았던 것입니다.

6. **영웅서사시, 「바실리아드」:** 일단 우리는 모렐리의 두 작품을 집중적으로 구명할 필요가 있습니다. 작품의 주제를 고려할 때, 「바실리아드」와 『자연 법전』에는 내용상의 유사성은 없습니다. 특히 작품의 집필 시기가 다르기 때문에, 우리는 두 작품의 비교를 통하여 모렐리의 사상이 어떻게 급진적으로 변화되었는지 유추할 수 있습니다. 모렐리는 1753년에 영웅서사시 「바실리아드(Naufrage des Isles flottantes ou Basiliade du célébre Pilpaï)」를 발표하였습니다. 영웅서사시의 원제목은 "헤엄치는 사람들, 혹은 유명한 섬 바실리아드 필파이의 몰락"입니다. 서사시는 다음의 사실을 전해 줍니다. 무언가 갈구하는 사람은 차제에 그 무엇을 실제로 획득할 수 있습니다. 꿈과 갈망을 떠올리지 않는 사람은 체제에 안주하려고 하며, 궁극적으로 자신과 세계를 변화시키지 못합니다. 여기서 중요한 것은 시인이 낙관주의의 자세를 취하면서 오리엔트의 새로운 세계에 대해 찬탄을 터뜨리며, 황금시대에 존재했던 전원적인 상, 즉 아르카디아를 동경한다는 사실입니다. 이곳의 사람들은 모든 것을 함께 소유하며 살아갑니다. 건축물과 같은 부동산은 모조리 공유물로 취급됩니다. 왕의 권력도 없고, 경찰도 교회도 없으며, 결혼 제도도 없습니다(정해수: 381f). 이곳 사람들은 심지어 근친상간이 범죄가 된다는 것조차 의식하지 못합니다. 황금시대에 관한 모렐리의 묘사는 당시에 주어진 유럽의 현실을 비판하기 위해서 동원된 것입니다. 「바실리아드」는 1761년에 영어와 독일어로 번역되어 유럽 전역에 퍼져나가, 계몽주의 문학 운동을 전개하는 데 지대한 영향을 끼쳤습니다. 독일어권의 작가 빌란트와 레싱은 모렐리의 책을 읽고 커다란 감명을 받았습니다.

7. **「바실리아드」의 내용과 주제:** 서사시에서 중요한 것은 어떤 문학적

구상입니다. 즉, 한 인간이 정부 내지 국가 없이 과연 어떻게 행복하게 살아가는가, 그가 자연적 본능에 따라 어떻게 주어진 사회에 대응하는가 하는 물음이 중요합니다. 이를 고려할 때, 국가의 체제는 그 자체 불필요하며, 사치스러운 존재나 다를 바 없습니다. 모렐리의 이러한 생각은 놀라운 상상력의 서사시 속에 용해되어 있습니다. 말하자면 급진적 아나키즘 사상이 18세기 중엽의 프랑스의 시대정신의 틀 속에서 알레고리로 표출되고 있다고 할까요? 모렐리의 서사시에서 이성의 여신과 그의 딸들은 다음과 같이 토로합니다. 즉, 거대한 대륙에 살고 있는 사람들이 신의 충고를 따르지 않고 제 마음대로 살았다는 것입니다. 여기서 암시하는 거대한 대륙은 17세기의 유럽 대륙을 지칭합니다. 그래서 여신들은 거대한 대륙에서 살아가는 인간들을 응징합니다. 거대한 대륙은 끔찍한 자연적 파국으로 인하여 분할됩니다. 바실리아드 필파이라는 섬이 거대한 대륙으로부터 분할되고, 대부분의 사람은 몰살당합니다. 일부의 사람들만이 대양에 있는 섬으로 헤엄쳐서 목숨을 부지하게 됩니다.

오랜 세월이 흐른 다음에 거대한 대륙에 두 자매만 생존합니다. 두 자매는 어떤 새로운 민족의 조상이 됩니다. 새로운 민족은 신의 가르침에 따라 자연의 법칙대로 살아갑니다. 말하자면 자연이 바로 법이고 진리인 세상이 도래하게 된 것입니다. 문제는 "바실리아드"에서 살아가는 사람들이 거대한 대륙으로 침입하여 분쟁을 일으키거나, 새로운 민족의 왕을 납치하려고 부단히 애쓴다는 데 있습니다. 그러나 그들의 시도는 언제나 실패로 끝납니다. 다시금 거대한 자연 재앙이 발생하게 됩니다. 화산이 폭발하고 땅속에서 거대한 용암이 솟구쳐 나와서 섬과 거대한 대륙을 하나로 합치게 만듭니다. 마지막에 이르러 거대한 황금 피라미드가 마치 화산처럼 솟아오릅니다. 그것은 마치 기하학적으로 축조된 자연의 영원한 법칙처럼 휘황찬란한 풍모를 만천하에 알리고 있습니다.

8. 모렐리의 「바실리아드」에 대한 비판: 모렐리의 서사시는 후세 사람들에게 때로는 반감을 안겨 주었습니다. 유토피아 연구가 로베르트 폰 몰(Robert von Mohl)은 서사시의 하자를 두 가지로 요약하였습니다. 그 하나는 「바실리아드」가 전체적 시각에서 모든 것을 서술하기 때문에, 개별적 인간의 다양한 사고가 구체성을 드러내지 못하고 있다는 점입니다. 다른 하나는 인민의 삶이 마치 사티로스의 방종한 생활처럼 천박하고 음탕하게 서술되어 있다는 점입니다. 따라서 서사시에 드러난 모렐리의 서술에 의하면 플라톤의 여성 공동체는 마치 더러운 홍등가의 양태로 표현되고 있습니다(Mohl: 196). 그렇지만 서사시와는 달리 모렐리의 『자연 법전』은 이러한 무정부주의적 향락과는 완전히 구별되는 "완강한 금욕주의"를 지향하고 있으므로(Girsberger: 130), 모렐리의 사상을 문헌학적 차원에서 통째로 매도하는 것은 어폐가 있을 것 같습니다.

9. 「바실리아드」와 『자연 법전』 사이의 공통점과 차이점: 상기한 차이에도 불구하고 두 작품의 공통점은 분명하게 드러납니다. 두 작품은 자연 법칙에 의거한 어떤 공동체의 구상을 추구하고 있습니다. 그렇지만 『자연 법전』은 이러한 구상을 문학적으로 형상화한 게 아니라, 명징하게 해명하고 있습니다. 『자연 법전』에서의 자연의 과업은 더 이상 문학적으로 잘 설계된 무정부주의에 의해서 논의되는 게 아니라, 하나의 공산주의 국가에 의해서 실행되고 있습니다. 모렐리는 국가의 중앙집권적인 구조와 포괄적인 규정 등을 통해서 모든 것을 분명하게 규정합니다. 성스러운 기본 법칙, 즉 공동소유제의 도입이라든가 시민의 권리와 의무 등이 명시되어 있습니다. 이로써 작가는 사회의 모든 측면을 법적 규정으로 확정하려고 합니다. 생산된 재화의 분배, 경제생활, 경작지 개간, 생활협동조합, 도시계획, 시민의 의식주, 정부의 형태, 결혼과 사랑의 삶, 교육제도, 법정 등에 관한 사항 말입니다. 한마디로 모렐리는 「바실리아드」

를 통해서 "아나키즘의 변증법"에 입각한, 지배 없는 가상적인 평등 공동체를 설계했다면, 『자연 법전』을 통해서 하나의 바람직한 평등 사회에 필요한 절대적인 법체계를 연역적으로 도출해 내고 있습니다.

10. 「바실리아드」에 담긴 모렐리의 시대 비판: 「바실리아드」에 묘사된 섬, 바실리아드 필파이는 18세기 프랑스의 현실을 떠올리게 합니다. 섬을 지배하는 것은 온갖 악덕, 사악한 도덕 그리고 지배자들의 편협함으로 요약될 수 있습니다. 그들은 언제나 바다 속의 괴물들의 영향을 받고 있습니다. 이에 비하면 대륙에서 형성된 새로운 민족들은 정치, 경제, 사회 그리고 문화적인 측면에서 축복받은 삶을 영위하고 있습니다. 서사시의 주인공은 이러한 대비를 통해서 한 사회가 어떠한 행복한 사회질서 속에서 출현할 수 있는가 하는 문제를 분명히 보여 줍니다. 두 나라의 현저한 대비는 나중에 『자연 법전』에서 하나의 바람직한 질서의 규정으로 지양되고 있습니다. 추측컨대 모렐리는 페루의 잉카 문명에 관한 책을 접하고, 깊은 감동을 받은 것 같습니다. (이를테면 에스파냐의 정복자, 가르실라소 드 라 베가Garcilaso de la Vega가 체험을 바탕으로 기술한 "잉카의 역사, 페루의 왕들"에 관한 역사 서적들이 이에 대한 범례일 수 있습니다.) 그래서 그는 플라톤과 모어와 마찬가지로 사유재산제도를 악의 근원으로 파악하였습니다. 사유재산제도가 존속되는 한 인간은 "만인에 대한 만인의 전쟁"(홉스)을 치를 수밖에 없습니다. 물론 모렐리는 봉건적 소시민주의와 자본주의 등의 사고가 내세우는 사유재산제도를 분명하게 구분하지는 않았습니다. 그렇지만 모렐리만큼 사적인 소유권과 인간의 의식 속에 깊이 뿌리를 내리고 있는 지배 구조 사이의 상관관계를 예리하게 투시한 사람은 예전에 없었습니다.

11. 『자연 법전』에 담긴 모렐리의 시대 비판: 『자연 법전』은 18세기 프랑

스의 계층 사회의 대안으로 설계된 것입니다. 모렐리는 만인의 평등을 위해서는 귀족과 사제 계급의 기생적인 삶이 청산되어야 한다고 믿었습니다. 수많은 사람들의 재화는 세금으로 착복되어서, 귀족들은 유유자적하게 안온하거나 방탕한 삶을 이어 나가는 반면에, 평민들은 가난과 굶주림으로 고통스러운 나날을 보내고 있었습니다. 고위 사제들은 국가로부터 보호를 받으면서 교회와 성당을 금은보화로 치장하였습니다. 왕권은 사악한 책사들에 의해서 잘못 실천되어 왔으며, 탐욕과 지배욕을 적나라하게 드러내었습니다. 대부분의 사람들은 폭정과 수탈 속에서 서서히 무지의 나락 속으로 빠져들면서 파멸해 나갔다고 합니다. 이 점에 있어서 작가의 시대 비판은 「바실리아드」에서의 시대 비판과 동일합니다. 가령 「바실리아드」에서는 다음과 같은 구절이 나타납니다. "피도 눈물도 없는 권력자와 금력자의 수탈은 모든 범죄의 어머니이며, 세상의 모든 질서를 어지럽게 만든다. 그렇지만 인민은 유감스럽게도 이를 알아차리지 못한다"(Morelly 1753: 5f.). 모렐리는 재산 축적으로서의 사유재산을 전적으로 비판했으나, 나중에는 생산을 위한 도구들을 사유재산의 물품에서 제외하게 됩니다. 「바실리아드」에서 사유재산은 처음부터 전적으로 비판의 대상이 되는 반면에, 『자연 법전』에서 사유재산은 공유물로 분배될 수 있다고 세밀하게 규정되어 있습니다(Morelly 1753: 181).

12. 자연의 법칙과 인간 이성의 법칙: 이제 모렐리의 『자연 법전』을 세부적으로 고찰하기로 하겠습니다. "자연스러운 것은 결코 불쾌하지 않다(Naturalia non sunt turpia)"라는 에우리피데스의 말을 생각해 보세요(Kirchner: 385). 자연법칙에 의하면, 인간이란 "거인의 어깨 위에 앉아 있는 난쟁이 한 명에 불과하다"는 것입니다. "자연(Natur)"법칙은 계몽주의 시대에 이르러 "인간 이성(Natur)"의 법칙과 동일한 것으로 간주되기 시작합니다. 어쩌면 자연이 인간 이성이라는 개념으로 정착된 게 계몽주

의 사상의 영향임을 감안한다면, 상기한 사항은 설득력을 지닙니다. 모렐리의 문헌은 국가철학의 내용을 개진한 세 개의 단락 그리고 한 개의 보충 자료로 구성되어 있습니다. 보충 자료에서 모렐리는 어떤 이상적 국가를 다스리는 실질적인 정부를 위한 입법을 설계하였습니다. 여기서 말하는 정부는 공동체의 이상 국가를 이끌어 갈 수 있는 권력기관을 가리킵니다. 인간은 모렐리에 의하면 그 본성에 있어서 자신의 욕구를 충족시키기 위하여 개별적 능력의 한계를 극복하고 이를 뛰어넘는 유일한 생명체입니다. 말하자면, 인간은 누구든 간에 타인을 돕고, 이를 통해서 자신의 이득을 챙기는 사회적 속성을 지니고 있습니다. 그렇기에 인간은 같은 "종(種)"에 대해 마냥 냉담하게 반응하는 일부의 동물들과는 달리, 합심하고 협동하며, 한울타리를 이루면서 살아갑니다. 인간은 주어진 환경을 극복하고 함께 살아가는 사람들을 사회학적인 체계 속으로 편입시키려고 애를 씁니다. 모렐리는 인간이 사회적으로 협동하는 능력을 자연으로부터 천부적으로 물려받았기 때문에, 협동의 공동체라는 사회학적 체제를 구현시킬 수 있다고 주장합니다. 공동체 속에서 함께 아우르면서, 구성원들의 욕구 내지는 필연성을 모조리 충족시킬 수 있다고 합니다.

13. 사유재산은 파기되어야 한다: 인간은 모렐리에 의하면 선천적으로 선한 존재입니다. 인간을 망치는 것은 기존하는 사유재산의 법이라고 합니다. 인간은 사유재산의 법으로 인하여 골수까지 썩어 들어가고 있습니다. (이 점에 있어서 모렐리의 입장은 무정부주의자, 프루동과 같습니다. 그러나 국가를 균등한 수의 부분으로 구분하려고 하는 점에서, 그것은 프루동의 입장과는 다릅니다. 왜냐하면 프루동은 국가의 체제를 인정하지 않고, 처음부터 국가를 "절대 악의 기관"으로 규정하기 때문입니다.) 중요한 것은 다음과 같습니다. 모렐리에게 "국가는 하나의 사치"라고 합니다(Coe 1961: 64). 개인들은

로마 시대 이후로 사적 소유권을 부여받게 되었습니다. 세상의 사람들은 인류의 공동의 재화를 개인별로 분할하게 되었습니다. 그렇게 되자 인간의 이성은 서서히 마비되고, 동지애와 같은 인간의 순수한 열정은 때 묻거나 변질되었습니다. 사유재산제로 인하여 인간의 마음속에 탐욕이 뿌리내리게 되었습니다. 모렐리는 주어진 현실에서 가장 나쁜 습관으로서 무엇보다도 인색함을 들고 있습니다. 자린고비의 인색함이야말로 불행한 이웃을 돕지 않고 이기주의적 생활 습관을 고수하게 하는 모태라고 합니다. 개인들의 사적 재산은 모렐리에 의하면 모든 사회적 죄악의 근원이라고 합니다.

14. 생산과 농업 중심의 경제활동: 모든 노동은 사회적 계획에 의해 협동적으로 행해집니다. 가령 시골에서 농업에 종사하는 사람들은 제각기 조합의 체제 속에서 자신의 일감을 찾아냅니다. 농부, 정원사, 목자, 광부, 목수, 가구 제작자, 철 제작자, 베 짜는 자 등 모든 사람들은 자신이 속한 조합의 구성원이 되어 다른 조합원들과 협동적으로 생산에 임하게 됩니다. 만약 특정한 땅이 농업을 영위하기에 적당하지 않아서 도시의 사람들이 어쩔 수 없이 공장을 짓고 수공업을 영위할 경우가 있습니다. 이 경우에는 인접한 도시 사람들과 노동력을 서로 분배할 수 있습니다. 인접한 도시 사람들은 이곳에 와서 수공업에 종사할 수 있으며, 반대로 이곳의 사람들은 인접 지역으로 가서 밀농사나 포도 농사를 지을 수 있습니다. 요컨대 모렐리는 노동력의 교환을 통해서 도시와 농촌 사이의 교류를 처음부터 적극적으로 장려하고 있습니다. 여기서 우리는 한 가지 사항을 주의해야 합니다. 새로운 국가에서 20세에서 25세의 모든 사람들은 반드시 의무적으로 농업에 종사해야 한다는 게 그 사항입니다. 장인이 되려는 사람도 반드시 25세까지 농사를 지어야 합니다. 젊은이들은 5년간 의무적으로 농업에 종사한 다음에 비로소 수공업자가 되거나

계속하여 농업, 어업, 정원사, 목자, 화부(火夫), 벽돌공, 목수, 대장장이 등과 같은 다른 직업을 선택할 수 있습니다. 모든 노동자들은 4일 혹은 5일 동안 일하고, 그 다음 날 하루 휴식을 취할 수 있습니다.

15. 공유물의 분배: 모렐리는 이러한 입장을 통해서 이상 사회의 전제 조건을 다음과 같이 설계합니다. 모든 재화들은 궁극적으로 공동의 소유로 환원되어야 합니다. 그렇게 함으로써 이상 사회가 창출될 수 있다는 것입니다. 이상 사회의 성스러운 기본 법칙에 따르면, 인간은 어떠한 물건도 자신의 사적 소유물로 삼아서는 안 됩니다. 물론 여기에는 한 가지 예외 사항이 있습니다. 인간은 자신의 욕구를 충족시키기 위해서, 즉 삶의 향유를 위하거나 매일 스스로 행하는 노동을 위해서 어떤 무엇을 일시적으로 소유할 수 있습니다. 생산을 위한 기계라든가 농기구를 생각해 보세요. 그렇지만 전체적으로 모든 국민은 동등하게 국가의 재원으로써 보호 받아야 합니다. 이에 대한 대가로 사람들은 자신의 힘, 능력 그리고 나이에 따라 국가에 어느 정도 봉사해야 합니다. 이것이 국가와 인민의 자연스러운 상호작용이라고 합니다. 사람들은 주어진 노동의 의무를 충족시켜야 합니다. 그래야 개개인들은 국가로부터 사회의 포괄적 안전을 보장 받을 수 있습니다. 그렇기에 국가 체제는 모렐리에 의하면 무엇보다도 다음의 사항을 일차적 과업으로 행해야 합니다. 즉, 모든 국민들은 공동의 복지를 위해서 일정 부분 헌신하고, 반드시 공동체라는 공동의 경제 질서의 계명을 따라야 한다는 사항 말입니다.

16. 상업의 금지: 이상 사회에 거주하는 사람들은 개별적으로 물품을 구매하거나 판매할 수 없습니다. 모든 생산품은 마치 바자회와 같은 공개적 장소에 진열되어야 합니다. 이 경우 바자회는 물품의 교환소라고 명명되어야 할 것입니다. 어떤 사람은 매일 특정 물품을 필요로 하고, 어

떤 사람은 드물게 그것을 필요로 합니다. 그렇기 때문에 수요와 공급이 반드시 일치하지는 않습니다. 그러나 물품 교환소에서 사람들은 무엇이 더 필요한지 무엇이 남아도는지를 어느 정도 유추할 수 있습니다. 문제는 모렐리가 시장, 즉 물물교환 내지 돈 거래를 처음부터 용인하지 않는다는 사실입니다. 개인 사이에 물물교환이 이루어지거나 화폐 교환이 이루어지면, 사람들은 더 많은 이윤을 추구하게 되며, 이는 자연스럽게 사유재산제도의 존속으로 이어진다는 것입니다. 이는 국가와 국가 사이의 거래에도 그대로 적용됩니다. 무역에 종사하는 사람들은 어떠한 경우에도 자신의 재화를 사적으로 축적하지 말아야 합니다. 새로운 사회는 모렐리에 의하면 어떠한 경우에도 상업, 즉 이윤을 남기는 장사 행위를 근절해야 합니다.

17. **새로운 나라의 공간과 기하학에 근거한 정방형의 건축물:** 모렐리는 국가의 면모를 철저할 정도로 기하학적인 틀에 의해서 축조하였습니다. 거리는 마치 서양 장기판처럼 사각형으로 정확히 분할되어 있습니다. 도시의 설계는 정확한 설계에 의해서 미리 구성되어 있습니다. 그렇기에 기하학적으로 구분된 국가의 땅은 모두 정방형의 모습을 드러낼 수밖에 없습니다. 이는 「바실리아드」의 경우와 동일합니다. 모든 건축물은 처음부터 이러한 도시 설계에 의해서 구획 정리되어 있습니다. 이를테면 수도의 건축물이 꿀벌의 육각형의 틀처럼 아주 정교하게 자리 잡고 있는 것은 놀랍기 이를 데 없습니다. 불필요한 관개수로라든가 댐과 운하, 저수지 등은 정원, 들판, 경작지 숲 등으로 변모되어 있습니다. 이는 처음부터 기하학적 토대에 의해서 설계되었기에 가능합니다.

18. **국가의 행정 체제, 가족, 부족, 도시, 주:** 모렐리의 유토피아에 의하면, "국가의 구조"는 있으나, "국가"는 없습니다. 모렐리의 국가는 법적

행정기관으로 변형되었으므로, 모든 권력은 처음부터 분산되어 있습니다. 국가는 모렐리에 의하면 가족, 부족, 도시 그리고 주로 분할되어야 합니다. 모든 부족은 일정한 수의 가족으로 균등하게 이루어져야 하며, 도시들 또한 어떤 체계에 의해서 균등한 수의 부족으로 구성되어야 합니다. 모든 질서는 균등한 수로 정해져야 합니다. 이로써 가족, 부족, 도시 그리고 지방으로서의 주로 확장되는 제반 공동체들은 제각기 균등한 수에 의해서 분할되어야 하며, 서로 유기적인 관계를 맺고 있어야 합니다. 인구 역시 일정한 법칙에 의해서 유지되어야 합니다. 부족, 도시 그리고 주의 인구는 적정한 비례의 법칙 하에서 조절되지 않으면 안 됩니다.

19. 권력의 분산과 연방제: 국가의 체제를 구성하게 되면, 권력이 집중될 위험이 있습니다. 모렐리는 권력의 집중화 내지 국가의 독점적 횡포를 사전에 차단시키기 위하여 다음과 같은 견해를 제시합니다. 즉, 이상적 국가는 연방주의의 구조를 지녀야 한다는 것입니다. 입법과 행정의 권한이 분산되어야 엘리트들의 끔찍한 전횡을 막을 수 있다는 것입니다. 이를 위한 체제는 "부족 원로원(Stammsenate)"입니다. 부족 원로원은 나이와 사회적 지위를 고려하여 개별 부족의 최고 대표들로 구성됩니다. 그들은 어떤 선거에 의해서 선출되는 게 아니라, 순서에 따라 돌아가며 직책을 맡아야 합니다. 이러한 순번제 방식으로 구성되는 게 바로 "최고 원로원"입니다(Jens 11: 967). 최고 원로원이라고 해서 마음대로 법을 만들어 시행할 수는 없습니다. 어느 지방의 원로원의 임원이 하나의 안을 발의하면, 지방 원로원의 모든 임원들이 동의할 경우에 한해서 그 안은 정식으로 최고 원로원에서 논의될 수 있습니다. 이러한 절차를 거쳐서 최고 원로원은 하나의 안건을 법으로 통과시키게 됩니다. 이렇게 통과된 법만이 이상 국가 내에서 법적인 효력을 지닐 수 있게 된다고 합니다. 이러한 법칙을 통해서 모렐리는 무엇보다도 오랫동안 관직에서 머물면서

전횡을 일삼는 국가 관리들의 횡포를 사전에 차단시키려고 했습니다.

20. 완전한 순번제에 입각한 원로원과 집행위원회: 모렐리가 가장 중요하게 생각한 것은 왕권의 횡포와 왕에 빌붙어서 이득을 챙기는 국가 관료들의 사악한 행정을 근절시키는 작업이었습니다. 이를 위해서 그는 다음과 같은 방식을 제시합니다. 최고 원로원은 대가족의 순번제 원칙에 따라 집행위원회의 임원들을 결정합니다. 해링턴 역시 자신의 『오세아나 공화국』(1656)에서 관리의 횡포를 막기 위해서 관리의 순번제를 강조한 바 있습니다. 그렇지만 이 경우 관리들은 빈번한 선거를 통해서 교체됩니다. 이에 반해서 모렐리는 완전히 자동적인 순번제를 실시해야 한다고 주장합니다. 모든 시장(市長)은 순번에 의해서 집행위원회의 직책을 맡을 수 있습니다. 오래 살 경우 국가의 수장 직책 또한 맡을 수 있습니다. 집행위원회의 임원들이라고 해서 모든 사안들을 임의대로 집행할 수는 없습니다. 그들이 다루는 것은 오로지 입법화된 안건에 국한되어 있을 뿐입니다. 법으로 확정되지 않은 사안은 집행위원회에서 개입할 수 없습니다. 법 제정은 오로지 최고 원로원의 몫이기 때문입니다. 그런데 부족장들은 대체로 종신제로 선출됩니다. 그들은 집행위원회에 참석하여 어떤 중요한 임무를 담당합니다. 왜냐하면 그들은 경제적으로나 군사적으로 공동체에서 필요한 모든 자재들을 관할하며, 공동으로 수확해 낸 모든 생산품들과 일상 생활용품들이 어떻게 정확하게, 갈등 없이 분배되는지 감독해야 하기 때문입니다.

21. 사형은 없고, 종신형이 있다: 모렐리의 국가 공동체에서는 사형 제도는 철폐되어 있습니다. 인간은 어느 누구도 정당한 이유 없이 교수형을 당하지 않습니다. 그렇지만 누군가 사람을 죽이거나 사회질서를 심각하게 어지럽힌다면, 그는 재판을 통하여 종신형을 선고받을 수 있습니

다. 이 경우 범인은 철창이 달린 동굴에서 갇혀 지내야 합니다. 가령 사유재산을 새롭게 도입하려는 자는 동굴 철창 속에서 갇혀 살아야 합니다(Saage 2008: 161). 그렇기에 사람들은 구금의 형벌을 "살아 있는 무덤 생활"이라고 일컫곤 합니다(Morelly 1964: 200). 모렐리의 유토피아에서는 일하지 않는 사람, 간음한 사람도 처벌을 받습니다. 모렐리는 대부분의 유토피아주의자들과 마찬가지로 변호사의 직업을 처음부터 폐지시켰습니다. 왜냐하면 변호사들은 높은 수임료를 챙기려고 주로 돈 많은 사람들의 과도한 권익을 위해서 활동하기 때문입니다. 그런데 범행을 고발할 수 있는 사람은 부족의 대표, 가장, 조합장으로 국한되어 있으며, 법정은 모든 도시의 원로원에 설치되어 있습니다. 따라서 원로원만이 유일하게 처벌을 공표할 수 있는 권한을 가지고 있습니다.

22. **가부장주의적 가족 체제. 유연한 결혼 제도:** 우리는 모렐리가 가부장주의에 입각한 가족 구성원을 이상적 공동체의 토대로 설정하고 있는 것을 알 수 있습니다. 모렐리는 남녀의 나이가 만 15세 내지 16세가 되면, 결혼할 수 있다는 것을 분명히 규정합니다. 성인이 되는 모든 젊은이들은 거의 예외 없이 결혼해야 하며, 결혼한 부부는 오로지 어떤 확정된 전제 조건들을 충족시킬 경우에 한해서 이혼할 수 있습니다. 결혼의 절차는 1년에 한 번 공개적으로 치러집니다. 매년 초에 성년이 된 남녀들은 제각기 부족 원로원에 모여서 서로 만납니다. 남자는 마음에 드는 처녀를 고르게 되는데, 결혼은 처녀가 동의할 경우에 한해서 성립됩니다. 10년이 지난 다음에 비로소 어떤 특별한 조건 하에서 이혼이 가능합니다. 이혼한 남녀의 경우 다시 파트너를 만나서 재혼할 수 있습니다. 그렇지만 두 번의 이혼은 불가능한 것으로 못 박고 있습니다(Morelly 1964: 195). 누군가 간음한 뒤에 발각될 경우 1년간의 구금 형을 감수해야 합니다. 아이들은 만 5세가 될 때까지만 부모의 품에서 자랄 수 있습니다.

부모와 자식과의 관계는 단 5년으로 끝나고 맙니다.

23. 불과 5년 동안 지속되는 부모와 자식 사이의 관계: 놀라운 것은 자식과 부모의 관계가 5년 동안 한시적으로 지속될 뿐이라는 사실입니다. 부모는 자신의 자식을 5년 동안 집에서 키울 수 있습니다. 5년이 지나면 아이는 교육 공동체로 보내집니다. 그렇게 되면 부모와 자식의 관계는 소원해집니다. 가족의 체제는 공동체 전체의 이익에 해가 되거나 방해가 되어서는 안 된다고 합니다. 6세가 된 아이들은 부모를 떠나 남녀가 분리된 반에서 공동으로 교육받게 됩니다. 아이들은 음식과 의복 그리고 잠자리를 공평하게 제공받는데, 사회의 법과 나이 많은 사람을 공경하고, 우정을 쌓으며, 절대로 거짓말해서는 안 된다는 것을 교육받습니다. 이로써 아이들은 가족보다 사회와 국가를 우선 배려하는 마음을 품게 된다고 합니다.

24. 여성의 역할과 남녀평등에는 사고가 미치지 못했다: 모렐리는『자연 법전』에서 여성의 역할을 자세하게 언급하지 않았습니다.『자연 법전』에서는 단 한 번 여성 장인에 관해서 언급된 바 있지만, 모렐리는 윈스탠리와 마찬가지로 여성의 해방에 관해서는 미처 생각이 미치지 못한 것 같습니다. 여성들에게는 완전한 시민으로서의 권한이 주어지지 않고, 오로지 50세를 넘어선 가장만이 완전한 시민의 자격을 획득하는 것으로 되어 있습니다. 가부장주의에 의해 뿌리를 내리고 있는, 자연법칙을 고수하는 규범만이 훌륭한 것으로 간주되고 있을 뿐입니다. 푸아니와 디드로가 남성들의 가부장주의를 완강하게 비판한 데 비하면, 모렐리는 여성의 역할에 관해서 처음부터 커다란 관심을 보이지 않았습니다. 모렐리는 절대왕정 체제의 타파와 행정 체제의 지방분권화를 일차적 관건으로 간주했기 때문에, 그의 눈에는 남녀평등의 문제가 지엽적 사항으로 비쳤

습니다.

25. 부모와 자식 사이의 한시적 결속 관계: 모렐리의 유토피아에서 가족 구성원들은 혈연적으로 완전하게 결속되어 있지는 않습니다. 왜냐하면 자식들이 하나의 공동체에서 교육 받으므로, 부모와 깊은 유대 관계를 맺을 수 없기 때문입니다. 그렇지만 부모와 자식이 영영 헤어지는 것은 아닙니다. 나중에 스웨덴 작가, 카린 보이어는 작품 『칼로카인 (Kallocain)』에서 모렐리가 시도한 "5년 동안의 부모와 자식의 삶"의 방식을 도입하였습니다. 보이어의 경우, 아이가 8살이 지나면, 부모는 자식과 영원히 이별해야 합니다. 이에 비하면 모렐리의 경우 자식은 나중에 언제라도 부모와 상봉할 수 있으며, 어느 정도의 범위에서 관계를 맺고 살아갈 수 있습니다. 이 점에서 보이어의 유토피아는 모렐리의 그것과 근본적으로 다릅니다. 보이어가 형상화한 현실에서 국가는 개인의 가정 체제마저 완전히 구속한다는 이른바 디스토피아의 비정함을 보여 줍니다.

26. 교육과 학문 그리고 예술: 모든 미성년들은 만 5세가 되면 부모의 품에서 벗어나서 공동으로 생활합니다. 만 10세가 되면 "복합 기술학교"에 다닙니다. 청소년들이 5년 동안 복합 기술학교에서 공부하게 되면, 그들의 나이는 15세에서 16세가 됩니다. 이때 그들은 마음에 드는 짝을 만나서 결혼하게 됩니다. 결혼식이 끝나면 그들은 이른바 부부의 가옥으로 이사할 수 있습니다. 남자들은 20세가 될 때까지 여러 가지 수공업 기술을 익힙니다. 20세에서 25세의 나이에 이른 사람들은 의무적으로 농사를 지어야 합니다. 아이들 중에서 특히 학문과 예술에 커다란 재능을 보일 경우가 있습니다. 이 경우, 국가는 재능을 지닌 아이들에게 학문과 예술을 갈고 닦을 기회를 제공합니다. 특정한 학문과 예술은 국

가 공동체에 속한 사람들에게 반드시 이득이 되고, 즐거움을 주어야 합니다. 바로 이러한 까닭에 자연과학 내지 새로운 기술이 중시되며, 신학과 형이상학의 비중은 약화되어 있습니다. 학문과 예술에 재능을 보이는 아이들은 예외적으로 20세에서 25세 사이의 의무적인 농사일을 면제 받는데, 이 시기에 자신이 하고 싶은 학문과 예술에 몰두할 수 있습니다.

27. 의복과 장신구: 20세에서 30세까지의 모든 젊은이는 반드시 유니폼을 착용해야 합니다. 모렐리는 옷의 색깔을 분명히 규정하지는 않지만, 유니폼의 색깔은 그들의 직업을 드러내는 것이어야 한다고 엄하게 규정하고 있습니다. 모렐리 공동체에서는 어떠한 경우에도 사람들의 사치와 과소비는 용납되지 않습니다. 모렐리는 사람들이 검소하지만 청결한 옷을 입어야 한다고 강조합니다. 30세 이상이 된 사람들은 노동과 의식주에 있어서 자신의 취향을 약간 드러낼 수 있습니다. 30세 이상이 된 사람들은 자신이 원하는 물품을 어느 정도의 범위에서 더 얻을 수 있습니다.

28. 물물교환의 어려움: 모렐리는 다음과 같이 주장합니다. 가령 채소 내지 과일을 필요로 하는 자는 타인이 재배하는 채소 내지 과실 밭에 가서 자신이 얻으려는 과일 내지 채소만큼의 노동을 행하면 된다고 합니다. 문제는 이러한 일이 현실에서 실행되기 어렵다는 사실에 있습니다. 시장과 무역이 필수불가결한 까닭은 국가의 체제가 엄청난 범위로 확장되어 있기 때문입니다. 물론 시장에서 이루어지는 매매는 처음부터 자본주의의 속성을 지니고 있습니다. 그렇다고 해서 재화의 유통이 ─ 복잡하게 전문화되는 근대 내지 현대 사회를 염두에 둘 때 ─ 무조건 배격될 수는 없을 것입니다. 바로 이러한 사항이 모렐리의 유토피아뿐 아니라, 피히테의 「폐쇄적인 상업 국가」(1800)에도 나타나는 제도상의 문제점으

로 지적될 수 있습니다.

29. 『자연 법전』의 문제점: 모렐리는 『자연 법전』을 절대적 당위성이 강조된, 결코 수정될 수 없는 철칙으로 이해하고 있습니다. 이 점에 있어서 『자연 법전』은 캄파넬라의 『태양의 나라』에서 활용되는 최고 권력자의 법과 동일합니다. 문제는 모렐리의 자연 법전의 경우 인민에 의해서 법이 만들어질 수 없다는 점입니다. 왜냐하면 자연 법전의 제반 규정들은 자연의 절대적 법칙에 의거한 것이므로, 사회의 가변적인 정황에 따라서 인위적으로 개정되거나 유연하게 적용될 수 없다는 것입니다. 만약 누군가 법전을 인위적으로 수정하려고 시도한다면, 그자는 엄격하게 처벌 받아야 한다고 『자연 법전』은 못 박고 있습니다. 그렇기에 자유주의에 바탕을 두고 살아가는 개인들은 자연 법전의 규정으로 인하여 규제 내지 간섭을 감수하지 않으면 안 됩니다. 따라서 모렐리의 『자연 법전』은 자신의 고유한 전체주의적 특성으로 인하여 때로는 개인의 인권과 자율성을 침해하는 막강한 기준으로 악용될 소지가 분명히 남아 있습니다.

30. 사회 변화를 위한 능동적 특성: 지금까지 우리는 「바실리아드」와 『자연 법전』을 살펴보았습니다. 전자의 작품이 서사시 속에 문학적으로 투영된 이상적인 공동체의 상이라면, 후자는 자연의 법칙을 중시하면서 바람직한 인간 삶과 사회를 규정하는 법의 원칙을 내세우고 있습니다. 전자가 역사와는 무관한, 문학적 현실에 반영된 바람직한 평등 공동체의 상이라면, 후자는 바람직한 공동체의 상을 실현하기 위한 필연적인 연역의 규정입니다. 이로써 모렐리는 존재와 당위의 이원론적 원칙을 극복하고, 인류의 발전을 생물학적 삶의 리듬으로 해석하고 있습니다. 그는 찬란한 황금시대에 도래했던 행복하고 평화로운 평등의 삶이 『자연 법전』을 통해서 이룩될 수 있다고 믿었습니다. 이로써 유토피아의 구상은 과

거의 정태적 체제의 특성을 떠나, 사회 변화를 추구하는 능동적 특성을 견지하게 됩니다.

31. **자연법과 모렐리:** 모렐리의 문헌은 18세기의 가장 중요한 국가 유토피아로 이해됩니다. 지금까지의 국가 유토피아는 오로지 국가의 정치적 토대만 중시한 데 비해, 모렐리의 책은 처음부터 끝까지 이상 국가에 있어서 경제적 요인들을 가장 중요하게 파악합니다. 자연법의 정의에 근거한 모렐리의 유토피아는 "지금 그리고 여기"의 구체적 상황의 문제를 개선하는 데 있어서 가장 중요한 사항이 무엇보다도 경제라는 사실을 분명히 시사해 줍니다. 이 점에 있어서 모렐리는 초기 자본주의의 대표적 유토피아로 이해될 수 있습니다. 왜냐하면 모렐리의 유토피아는 상행위와 시장경제 구도를 처음부터 배격하기 때문입니다. 모렐리의 초기 공산제 복지국가에 관한 이론은 나중에 그라쿠스 바뵈프에게 지대한 영향을 끼쳤습니다. 모렐리의 사상은 플라톤, 모어, 캄파넬라의 공산주의 사상을 이어받아서 국가 없는 사회가 출현할 수 있다는 가능성을 심어주었는데, 차제에 푸리에, 오언, 생시몽, 에티엔 카베 그리고 루이 블랑(Louis Blanc) 등의 초기 사회주의 사상의 싹으로 작용했습니다.

참고 문헌

정해수 (2011): 18세기 대혁명 전후의 프랑스 문학과 사상 연구 3. 유토피아에 관한 글쓰기, 실린 곳: 한국 프랑스학 논집, 제76집, 373-425.

Boye, Karin (1982): Kallocain, Ein klassischer Abenteuerroman, München.

Fichte, Johann Gottlieb (1845/1846): Sämmtliche Werke. Band 3, Berlin.

Coe, Richard Nelson (1961): Morelly. Ein Rationalist auf dem Wege zum Sozialismus, Berlin/DDR, 349-358.

Coe, Richard Nelson (1964): Einführung in das Gesetzbuch der natürlichen Gesellschaft, in: Morelly, Gesetzbuch der natürlichen Gesellschaft oder der wahre Geist ihrer Gesetze zu jeder Zeit übersehen und verkannt, Berlin, 41-78.

Fetscher, Iring (1985): Politisches Denken in Frankreich im 18. Jahrhundert der Revolution, in: Pipers Handbuch der politischen Ideen, Bd. 3, München/Zürich, 423-458.

Girsberger, Hans (1973): Der utopische Sozialismus des 18. Jahrhunderts in Frankreich, Wiesbaden 1924/1973.

Harrington (1924): James Harrington's Oceana, edited with notes by Sten Bodvar Liljegren, Lund/Heidelberg.

Jens (2001): Jens, Walter(hrsg.), Kindlers neues Literaturlexikon, 22 Bde., München.

Kirchner (1907): Kirchner, Friedrich u. a. (hrsg.), Wörterbuch der philosophischen Grundbegriffe, Leipzig.

Mohl, Robert von (1855): Die Geschichte und Literatur der Staatswissenschaften. In Monographien dargestellt, Erster Band, Erlangen.

Morelly, Etienne Gabriel (1753): Naufrage des isles flottante, ou Basilade du célébre Pilpai, Poëme héroïque, traduit de l'Indien, 2 Bde., Messine.

Morelly, Etienne Gabriel (1910): Code de la nature ou le véritable Esprit des ses Loix(1755), Paris.

Morelly, Etienne Gabriel (1964): Gesetzbuch der natürlichen Gesellschaft oder

der wahre Geist ihrer Gesetze zu jeder Zeit übersehen und verkannt, Berlin.

Saage, Richard (2002): Utopische Profile, Bd. 2, Aufklärung und Absolutismus, Münster.

Saage, Richard (2008): Utopieforschung, Bd. 2, An der Schwelle des 21. Jahrhunderts, Münster.

15. 디드로의 『부갱빌 여행기 보유』

(1796)

1. 유럽 문명의 맹점을 지적한 놀라운 책: 드니 디드로(Denis Dederot, 1713-1784)의 철학적 대화의 기록인 『부갱빌 여행기 보유』만큼 후세에 놀라운 영향을 끼친 작품은 없습니다. 작품은 가상적인 섬이 아니라, 지구상에 실재하는 타히티 섬의 사회상을 통해서, 유럽 기독교 문명의 맹점 내지 상대적 특성을 도출해 내고 있습니다. 특히 놀라운 것은 표리부동한 기독교의 성 윤리와 신권적 수직 구도의 계층 사회의 허구성이 백일하에 밝혀진다는 사실입니다. 디드로는 『부갱빌 여행기 보유』를 통해서 국가 중심적인 모든 사회체제가 절대적인 게 아니라, 상대적이며 변화 가능하다는 점을 분명히 지적합니다. 물론 디드로는 모어의 『유토피아』를 부정적으로 고찰하였습니다. 특히 그는 세계를 닫힌 상태로 이해하고 집단적이고 공적인 질서 속에 파악하려는 일련의 체제 중심적 사고에 평생 동안 갑갑함을 느꼈습니다. 그러나 디드로가 구상한 더 나은 세계상을 고려한다면, 그가 추적한 더 나은 사회의 상은 국가 중심이 아니라, 근대에 처음으로 남태평양 섬으로 증명된 비국가주의 유토피아로 규정될 수 있을 것입니다.

2. **폭동을 선동하고 도덕을 더럽히는 문헌:** 원제목은 "부갱빌 여행기 보유, 혹은 도덕적 이념을 여기에 길맞지 않는 어떤 물러저 행동과 접목시키는 기이한 존재에 관한 A와 B 사이의 대화(Le Supplément au Voyage de Bougainville, ou Dialogue entre A et B sur l'inconvénient d'attacher des idées morales à certaines actions physiques qui n'en comportent pas)"입니다. 디드로는 작품이 차제에 어떠한 영향을 끼칠지 예견하고 있었습니다. 그래서 그의 원고는 1796년 유작으로 간행되었습니다. 당시는 왕당파가 자코뱅주의자들의 이념에 대항해서 신문에 자신의 정치적 이념을 강하게 드러내던 시기였습니다. 작품이 발표된 다음에 수많은 사람들은 "저열한 본능"을 예찬하는 디드로를 표독스럽게 비난하였습니다. 사실 예수회의 수사였던 편집자 한 사람은 자신의 발문에서 디드로의 작품을 신랄하게 비판하였습니다. 디드로는 자코뱅주의의 선동자, 체제 파괴자, 사회의 도덕을 망치는 자 그리고 혁명을 부추기는 자라는 것이었습니다. 그는 사회의 도덕적인 토대를 파괴하고, 인간의 마음속에 제어할 수 없는 동물적 충동 내지 성적 욕망을 부추긴다는 것이었습니다.

3. **디드로의 삶:** 드니 디드로는 1713년 10월 5일에 프랑스 북서부의 랑그르라는 소도시에서 수공업자의 아들로 태어났습니다. 아버지는 식칼과 장검을 만드는 공장주였습니다. 부모는 아들이 자신의 삼촌처럼 교회의 고위 사제로 살아가기를 바랐습니다. 그래서 디드로는 부모의 요구대로 1723년부터 1728년까지 예수회 학교에 다녔습니다. 디드로는 학업에서 놀라울 정도로 탁월한 능력을 드러내었고, 독실한 신앙심을 지니고 있었으나, 엄격한 규칙과 학교의 훈육에 내심 고통스러워했습니다. 1726년에 그는 수사의 삭발을 받아들였습니다. 참고로 수사 삭발은 라틴어로 "Tonsur"라고 하는데, 머리카락을 둥근 띠로 남겨 두고 다른 머리카락을 자르는 행위를 가리킵니다. 1728년에 그는 파리로 옮겨 가 예

수회 학교와 얀센주의를 표방하는 학교에 다니면서, 대학 수업을 준비하였습니다(Trousson: 24).

1732년에 파리 대학에서 석사 학위를 취득한 뒤 디드로는 앙시앵레짐에 저항적 태도를 취했습니다. 종교의 계율이 부여하는 이데올로기와 구체제의 폭정 등은 그의 몸과 마음을 짓누르고 있었습니다. 그는 신학자, 혹은 법률가가 되라는 아버지의 요구를 무시하고, 문학과 철학에 지대한 관심을 기울이게 됩니다. 그러자 그의 부모는 청개구리처럼 행동하는 자식에게 더 이상 학비를 지급하지 않습니다. 1732년부터 1742년 사이에 그는 생계를 위하여 부유한 집의 자녀들을 가르치는 가정교사로 일한 것 같습니다. 1733년에서 1735년 사이에 디드로는 변호사 서기로 일하면서, 때로는 원고료를 받고 연설문이나 설교 문장을 집필해 주기도 하였습니다. 그는 파리의 카페에 머물면서 반체제 인사들과 어울렸습니다. 경찰의 증언에 의하면, 디드로는 방종한 여흥과 연애 행각을 일삼으며, 세인의 눈에 자주 띄었다고 합니다. 그는 주어진 질서와 세속적인 풍습에 저항으로 일관하였습니다. 예컨대 1743년 천민 출신의 빨래 깁는 여자, 아네트 샹피옹(Annette Champion)과 결혼식을 올려 주위 사람들을 놀라게 하였습니다. 이는 오로지 가족의 결혼 풍습과 봉건적 절대주의의 사회질서에 저항하기 위함이라고 했습니다.

그렇지만 디드로가 보헤미안의 삶을 마냥 지속한 것은 아니었습니다. 디드로는 독학하여, 그리스어, 영어, 이탈리아어는 물론이고 수많은 사상과 외국어를 마스터했습니다. 그가 인문과학과 자연과학은 물론이고, 예술의 다양한 영역에서 폭넓은 지식을 쌓은 것은 오랜 기간의 끝없는 노력이 뒷받침되었기 때문입니다. 40년대 초부터 그는 번역에 몰두하여 수많은 책을 프랑스어로 옮기기도 하였습니다. 1746년에 그의 『철학 사상(Pensées philosophiques)』이 간행됩니다. 이 책에는 디드로의 고유한 철학 사상이 반영되어 있으며, 앙시앵레짐에 대한 강한 비판의 사고가 용해되어 있습니다. 파리 최고 법원은 바로 그해에 이 책을 모조리 수기하여 불태워 없앱니다. 뒤이어 간행된 책들이 검열을 통과하기는 했지만, 1749년에 발표된 「맹인들의 시력 활용을 위한 문헌(Lettre sur les aveugles à l'usage de ceux qui voient)」으로 인하여 디드로는 감옥에 수감됩니다. 이 글에서 디드로는 다음과 같이 주장하였습니다. 도덕이란 처음부터 절대적인 게 아니라, 주어진 관습, 도덕 그리고 법에 의해서 인위적으로 정해진 약속인데, 사람들은 이를 습관적으로 절대적인 가치로 여기고 있다는 것입니다.

디드로는 감옥에서 반성문을 집필하여 제출합니다. 거기에는 차제에는 어떠한 일이 있더라도 국가와 종교를 비판하지 않겠다는 내용이 적혀 있었습니다. 출옥 후에 그는 절필은커녕 "이중의 글쓰기" 방식을 선택했습니다(이영목: 203). 글의 일부는 친구들에게 회자되었으며, 달랑베르의 이름으로 백과전서에 교묘히 삽입되어 세인에게 알려졌습니다. 그의 백과전서 문헌들은 철학자 볼테르와 함께 끊임없이 집필되었으며, 1757년 루이 14세에 대한 로베르 프랑수아 다미엥의 암살 사건에도 불구하고 지속적으로 간행되었습니다. 백과전서는 35권까지 간행되었는데, 여기에는 디드로가 작성한 수천 개의 작은 글들이 빼곡하게 담겨 있습니다. 그의 동료, 루이 드 조쿠르(Louis de Jaucourt)는 백과전서에 수록된 17,000개의 작은 글을 집필하였으며, 달랑베르, 돌바크, 루소, 볼테르, 몽테스키외 등이 백과전서의 완성에 도움을 주었습니다. 드니 디드로는 프랑스 혁명이 발발하기 5년 전인 1784년 7월 31일에 파리에서 사망했습니다.

4. 자연법과 자유를 위한 디드로의 지조: 디드로는 자연이 누구에게도 타인을 지배할 권한을 부여하지 않았다고 확신했습니다. "나누어라 그리고 지배하라, 이 원칙은 낡았다./그건 폭군의 것일 뿐 내 것이 아니

야./너희가 하나 되어라, 이게 나의 갈망이야, 난 자유를 사랑하니까./한 가지 고수해야 하는 것은/모두가 스스로 원하는 대로 행하는 것이야." 이 시에는 디드로가 어째서 철학과 문학을 선택했는가에 대한 이유가 분명하게 언급되어 있습니다. 자유인, 자유를 사랑하는 마음이 그의 삶을 (아무도 알아주지 않는) 인문학과 문학으로 이끌었던 것입니다. 3년 후에 디드로는 단호하게 어떠한 경우에도 실정법을 지키지 않겠노라고 공언합니다. "자연은 노예도 주인도 만들지 않았다./나는 법을 만들고 싶지도 지키고 싶지도 않아!/왕을 교살하는 동아줄이 아직 부족하기 때문에/법의 손은 수사의 내장을 얼기설기 꿰맬 것이다"(Berneri: 186). "왕을 교살하는 동아줄이 아직 부족"하다는 표현은 디드로 자신이 처한 현실의 정황을 예리하게 꼬집은 표현이 아닐 수 없습니다. 이렇듯 디드로는 자연법의 정신으로 인하여 언젠가는 반드시 왕의 권한이 약화되리라는 점을 예언하였습니다.

5. 계몽적 합리성과 감성: 디드로는 교회를 냉혹할 정도로 집요하게 비판한 계몽주의자, 볼테르와는 달리 유연한 성품의 소유자였습니다. 온유하며 상상력이 풍부한 디드로는 무작정 계몽주의의 합리성을 추종하지는 않았습니다. 그는 경직되고 독단적인 철칙에 얽매이지 않으려고 했습니다. 동시대인들이 망각해서는 안 될 것은 계몽적 합리성 외에도 감성의 공간이라고 합니다. 현대인은 꿈, 광기 그리고 무의식적 영혼의 삶 등에 관해서도 관심을 기울여야 한다는 것입니다. 이 점에 있어서 디드로는 프랑스의 여러 경직된 사상가들과는 분명히 다릅니다. 그는 자연과학에서 수학과 기하학에 비중을 둘 게 아니라, 생물학에도 지대한 관심을 기울여야 한다고 주장했습니다. 디드로는 계몽적 인간 본위주의를 성취하기 위해 필요한 새로운 이상이 전인적 인간의 삶이라는 점을 분명히 하면서, 경험과 감각 그리고 직관의 측면을 도외시하지 말라고 동료들에

게 조언하기도 하였습니다. 이를 고려할 때 우리는 다음과 같이 말할 수 있습니다. 프랑스의 디드로와 독일의 레싱이 없었더라면, 유럽의 계몽주의 문학은 볼테르 유형의 활기 없는, 경직된 예술 사조 속으로 나락했으리라고 말입니다.

6. **부갱빌은 누구인가?**: 프랑스의 여행가 루이 앙투안 부갱빌(1729-1814)은 1766년에 범선을 타고 세계를 일주하였습니다. 그의 범선에는 식물학자와 천문학자 그리고 나사우 지겐 출신의 카를 하인리히도 승선하고 있었습니다. 부갱빌은 범선을 타고 약 3년 동안 항해했습니다. 그의 범선은 1768년 4월에 남태평양에 있는 타히티 섬에 도착했는데, 이로써 타히티는 행정적으로 프랑스령이 됩니다. 부갱빌은 타히티의 부족장의 아들, 아오투루(Aoturu)를 데리고 프랑스로 돌아옵니다. 귀향길에 그는 하마터면 오스트레일리아를 직접 목격할 뻔 했습니다. 항로를 조금만 남쪽으로 향했으면, 거대한 남쪽 대륙을 조우할 수 있었는데, 날씨 등의 이유로 수마트라 자바 지역을 지나치고 말았던 것입니다. 참고로 오스트레일리아는 1606년 네덜란드의 빌렘 얀츠(Willem Jansz)에 의해서 처음으로 발견되었습니다. 어쨌든 험난하고 힘든 여행에도 불구하고 부갱빌은 세계 일주를 성공적으로 마쳤습니다. 부갱빌이 거느렸던 50명의 선원 가운데 목숨을 잃은 사람은 도합 일곱 명이었다고 합니다.

7. **『부갱빌 여행기 보유』의 집필 계기**: 부갱빌은 1771년 여행에서 돌아온 다음에 『부갱빌 여행기(Voyage autour du monde)』를 집필하여 발표했습니다. 부갱빌은 이 책에서 자신의 여행 과정과 타히티에 관한 사항을 세밀하게 기술합니다. 타히티의 사람들은 온화한 기후를 바탕으로 힘들게 일하지 않으면서도 편안하게 살아갑니다. 그들은 친절하고 순박하며, 물질문명에 때 묻지 않은 원주민들이라고 했습니다. 부갱빌은 파

리의 살롱에서 프랑스로 데리고 온 폴리네시아 사람인 아투루와 함께 여러 차례 강연하였으며, 뒤이어 1772년에 『부갱빌 여행기』를 집필하기 시작하였습니다. 『부갱빌 여행기』는 프랑스에서 폭발적인 호응을 얻었으며, 폭넓은 독자층을 얻게 됩니다. 그런데 디드로는 『부갱빌 여행기』에 착안하여 서로 이질적인 문화와 성의 문제를 추적하였습니다. 디드로의 놀랍고도 대담한 작품은 도합 네 개의 단락으로 완성되어, 『문학 서한(Correspondance Littéraire)』에 차례대로 발표되었습니다.

8. 디드로의 시대 비판: 『부갱빌 여행기 보유』의 집필 의도는 세 가지 사항으로 요약됩니다. 첫째로 디드로는 새로운 나라를 발견하려는 선원들의 탐욕과 유럽 사회의 정복 이데올로기를 비판하였습니다. 프랑스 출신의 선원들은 그곳의 모든 물건과 재물뿐 아니라, 폴리네시아 여성들과 아무런 조건 없이 육체적인 사랑을 나눕니다. 비록 디드로가 자본주의의 이윤 추구의 속성을 완전히 파악하지는 못했지만, 그의 비판은 더 많은 재화를 차지하려는 유럽 제국주의자들의 욕망으로 향하고 있습니다. 가령 서구인들의 권력과 금력에 대한 과도한 집착은 『부갱빌 여행기 보유』의 두 번째 단락에서 세밀하게 나타나고 있습니다. 디드로는 유럽 절대왕정의 질서를 다음과 같이 비판합니다. "국가, 종교 그리고 시민사회의 체제를 세밀하게 살펴보세요. 나는 당신이 다음과 같은 사실을 발견하리라고 확신합니다. 즉, 인류가 수백 년 동안 몇몇 날강도들이 만들어 놓은 족쇄에 묶인 채 억압을 강요당하면서 살아왔다는 것을 말입니다. 부디 질서 잡겠다고 공언하는 자들을 믿지 마세요. 질서를 바로 잡는 것은 바꾸어 말하면 당신에게 장애물을 설치하여 인민을 다스리겠다는 것을 뜻합니다"(Diderot 1981: 234).

둘째로 제3세계에서 제아무리 무주물 선점(無主物先占)의 논리가 통용된다 하더라도, 폴리네시아인들의 자유로운 성생활은 논란의 대상이 될 수밖에 없었습니다. 타히티 원주민들은 일견 원시적이지만, 유럽인들의 강제적 성 윤리 없이 살아갑니다. 디드로는 폴리네시아인들의 자유로운 사랑의 삶을 전적으로 용납할 수는 없었습니다. 왜냐하면 인간은 서로 사랑하는 연인과 육체적으로 하나가 되어야 한다고 믿었기 때문입니다. 그런데 폴리네시아인들이 일견 방종하게 보이는 삶의 방식을 선택한 데에는 이유가 있습니다. 그들은 인구 증가를 강력하게 원했습니다. 인구가 증가되지 않으면, 타히티 사람들은 무장한 외부의 급습으로 몰살당할 가능성이 있습니다. 타히티의 문화는 사회 전체와 역사적 배경이라는 관점에서 이해될 뿐, 우리는 결코 하나의 기이한 관습을 떼 내어 문명과 야만이라는 이원론을 적용할 수는 없습니다. 한마디로 디드로는 타히티 섬의 자유로운 사랑의 삶을 찬양하는 부갱빌의 태도에 대해 제동을 걸고 싶었습니다.

셋째로 디드로는 기독교의 종교적 이데올로기를 비판하려 했습니다. 이는 기독교 자체에 대한 비판이라기보다는, 기독교의 강령이 일상생활에 직접 개입해서는 안 된다는 디드로의 계몽주의적 자세에서 비롯한 것입니다(Diderot 1981: 232). 타히티 사람들의 사회 형태를 서술하고 분석한다는 것은 유럽의 사회 형태가 결혼과 성의 문제에 있어서 얼마나 자연에 위배되는 것인가 하는 물음을 숙고하게 해 줍니다. 왜냐하면 기독교는 남녀가 결혼을 통해서 성적으로, 사회적으로 질서를 지킬 것을 규정하기 때문입니다. 유럽의 결혼 제도와 성도덕은 기독교의 교리에 의해서 미화되고 있는데, 이는 때로는 인간의 본성 속에 도사리고 있는 본능을 제도적으로 묶어 두는 역할을 담당합니다. 요약하건대, 디드로의 『부갱빌 여행기 보유』는 세 가지 사항을 비판합니다. 첫째로 서양 사람들은 자신의 권력욕과 소유욕을 위해서 얼마든지 다른 인종의 재화를 착취하고 강탈하려 합니다. 이와 병행하여 그들은 이질적 인종과 이질적 문화조차도 멸시해 왔습니다. 둘째로 디드로는 타히티 사람들의 자유로운 사랑의 삶을 무작정 예찬하는 일부 유럽인들의 시각을 수정하려고 하였습니다. 셋째로 디드로는 기독교의 성도덕의 이데올로기 속에 도사린 문제점을 지적하려고 했습니다. 이러한 이데올로기는 개개인의 자유에 대한 억압 기제로 활용될 수 있으며, 사도마조히즘적인 생활 관습을 공고히 합니다.

9. 작품의 틀과 내용: 첫 번째와 두 번째 장은 작품의 틀로 작용하는데, A와 B 사이의 대화로 구성되어 있습니다. 여기서 B는 작가의 입장을 대변하는 대화자입니다. 두 번째 단락은 타히티 노인이 프랑스 선원들과 작별할 시점에 남긴 연설문으로 이루어져 있습니다. 여기서 노인은 프랑스의 비양심적이고 파렴치한 제국주의 정책을 통렬하게 비판합니다. 타히티 사람들은 오로지 선의에 의해서 유럽의 손님들을 성심껏 대접했으나, 유럽인들은 마치 "강도떼"처럼 원주민들의 호의를 악용했다고 합니다. 지금까지 평화롭던 섬은 유럽 선원들을 통해서 낯선 문명을 받아들이게 되었는데, 이로 인하여 토착 종교와 도덕은 완전히 허물어지게 되었으며, 매독 등과 같은 성병이 창궐하게 되었다고 합니다. 이는 타히티 사람들을 끔찍한 불행 속으로 몰아갔다는 것입니다. 부갱빌은 강도의 우두머리이며, 유럽인들은 평화로운 섬 타히티에 끔찍한 악영향을 끼쳤다고 합니다(Kohl: 229f). 그들은 타히티 사람들의 행복을 파괴하고, 탐욕과 경쟁심을 부추겼으며, 사유물을 빼앗았다는 것입니다. 이 대목을 읽으면, 우리는 신-식민주의에 대해 비판의 칼날을 드러낸 프란츠 파농(Frantz Fanon)의 『대지의 저주받은 자들(Les damnés de la terre)』(1959)을 떠올릴 수 있을 것입니다. 세 번째 장은 프랑스 사제와 타히티 부족장, 오루 사이의 대화로 이루어져 있습니다. 오루는 타히티에서 살고 있는 폴리네시아 사람들의 가정 제도와 사랑의 관습을 설명합니다. 그는 자신의 아내와 딸을 프랑스 사제에게 바치면서 동침을 권합니다. 프랑

스 사제는 종교적 계율 때문에 몹시 괴로워하다가, 하룻밤에 한 명씩 살을 섞게 됩니다.

10. 자연의 법칙이 지배하는 사회, 강제적 폭력이 없는 나라: 디드로의 『부갱빌 여행기 보유』에서 타히티의 정치 조직을 세밀하게 논하기란 어렵습니다. 타히티 사람들은 자연의 법칙을 중시하고, 이에 따라 사회적으로 조화롭게 살기 때문입니다. 디드로는 다음과 같이 서술합니다. "그대가 마치 가축처럼 소유하려고 하는 자들은 그대의 형제자매이다." 부갱빌이 섬을 떠나려고 할 때, 노인은 마지막 작별 연설에서 다음과 같이 말합니다. "우리는 자연의 아들들이다"(Diderot 1880: 205). 자유와 평등은 원초적으로 주어져 있으며, 타히티 사람들은 특정한 종교적, 도덕적 법칙을 필요로 하지 않습니다. 지상에서 가장 미개하다고 간주되는 타히티 사람들은 자연법칙을 준수하면서 살기 때문에, 역설적으로 어떤 문명화된 민족보다도 더 선한 법칙을 준수하면서 생활하고 있습니다. 노인은 다음과 같이 말합니다. "지구상의 가장 야만적인 민족, 타히티 인들은 자연법칙에 순응하며 살아옴으로써 어떠한 문명화된 민족보다도 더선한 법에 근친해 있다"(Diderot 1880: 229). 그렇기에 타히티에서는 전쟁의 상태를 제외하고는 국가의 강제적 폭력이 자리하지 않습니다. 여기서 우리는 국가의 폭력에 대한 디드로의 비판을 유추할 수 있습니다.

11. 타히티의 경제와 노동: 타히티는 온화한 기후의 영향으로 많은 과일들이 자라고 있습니다. 그렇다고 해서 타히티 섬이 지상의 낙원은 아닙니다. 이곳 사람들은 자연의 폭력과 끊임없이 싸워 나가야 합니다. 소유의 개념은 축소되어 있습니다. 국가가 없으므로, 타히티 사람들은 자연이 생명 순환의 일부라고 믿고 있습니다. "우리가 필요로 하는 것과 좋은 것은 모두 소유하고 있다. 분에 넘칠 정도로 풍요로운 욕망을 추구하

고 실현시키지 않는다고 해서 우리가 경멸스러운 민족일까요? 배고프면 우리에게 먹을 것이 주어집니다. 추우면, 우리는 몸을 따뜻하게 할 수 있는 옷과 이불들을 지니고 있어요. 만약 당신 말대로 삶에 필요한 것 이상을 얻으려고 의도한다면, 우리는 얼마나 많이 일해야 할까요? 언제 즐길 시간이 주어질까요? 우리는 최소한의 노동만을 행할 뿐이지요. 왜냐하면 휴식보다 더 좋은 생활 방식은 존재하지 않기 때문이지요"(Diderot 1981: 205). 타히티에서 최고의 미덕으로 간주되는 것은 건강 외에도 부지런함, 아름다움, 체력 그리고 용기 등입니다. 그런데 성실성이라는 덕목은 원주민들의 생존에 필수적이 아닙니다. 왜냐하면 자연적으로 자라는 과일들이 충분하기 때문에, 사람들은 부지런히 노력하여 분에 넘치는 농사를 지을 필요가 없습니다. 다만 부지런하게 움직여서 개별 사람들은 힘을 비축할 수 있는데, 이는 인구 증가에 크게 공헌할 수 있습니다. 따라서 부지런함은 부의 축재를 위한 게 아니라, 건강과 연결되는 덕목으로 이해될 뿐입니다.

12. 성의 문제: 놀라운 것은 타히티의 대부분의 여성들이 자유로운 사랑의 삶을 자청해서 즐긴다는 사실입니다. 독일의 작가, 프리드리히 실러는 자신의 시 「종에 관한 시(Das Lied von der Glocke)」에서 "고삐를 푼, 제어할 수 없는 여성은 가장 끔찍하다"고 은근히 표현하였습니다 (Schiller: 364). 실러의 이러한 견해는 유럽의 남성 중심적인 시민사회의 관습을 대변하는 말입니다. 실제로 유럽의 근대 사회에서 남성은 문화적인 존재로, 여성은 본능적 존재로 이해되었습니다. 여성의 본능은 자연의 힘 내지 생물학적 모태로서 거대한 욕정으로 표현되지만, 시민사회에서는 오로지 가정이라는 굴레 속에서 해소되어야 한다고 했습니다. 이에 반해서 타히티의 여성들은 성행위의 주체자로서 사회의 시선을 의식하지 않고, 얼마든지 쾌락을 누리면서 살아갑니다. 독실한 신자인 디드

로는 타히티의 성 윤리를 무작정 예찬하지는 않습니다. 따라서 디드로가 여성해방론자라는 주장은 그 자체 설득력을 지니지 못합니다. 타히티의 성 윤리와 관련하여 디드로는 두 개의 서로 다른 사회적 관습, 도덕 그리고 법을 개별적으로 인정하였습니다. 유럽 사회와 타이티 사회는 여러 가지 측면에서 서로 다르지만, 제각기 고유한 문화적 특성을 표방한다는 것입니다. 타히티는 디드로에 의하면 관능과 쾌락이 넘치는 "새로운 시테라(Cytherea nouveau)"이며, 기후적으로 병을 치료하기에 적격인 따뜻하고 온화한 장소입니다. 부갱빌 선원들은 도착하자마자 이곳 사람들에 의해 극진한 환대를 받았습니다. 원주민들에게는 증오심이라고는 추호도 찾아볼 수 없었습니다. 소유관계가 불분명하고 도둑이 존재하지 않으므로, 어느 집이든 간에 대문이 잠겨 있지 않습니다. 모든 사람들은 자연의 만물을 공동으로 나누어 가집니다.

13. 타히티의 독특한 성 문화: 타히티에는 두 개의 부족이 있지만, 전체적으로 혼음의 풍습이 존재합니다. 원주민은 이곳을 찾는 손님이 하룻밤을 보내도록 자신의 아내를 빌려줍니다. 아니, 여성들이 자발적으로 손님과 하룻밤을 즐기려고 한다고 표현하는 게 더 정확할 것입니다. 이곳에서는 각자의 쾌락이 국민적 축제로 간주되고 있습니다. 여성들은 결혼하게 되면 남편에게 복종하지만, 외간 남자와 외도할 의향이 있으면 남편에게 미리 언질을 합니다. 이때 남편은 특별한 사유가 없을 경우, 이를 대체로 허락합니다. 이때 부부 사이에는 어떠한 질투심도 자리하지 않습니다. 남성의 경우도 마찬가지입니다. 따라서 여성들이 마음이 가는 대로 성적 본능이 움직이는 대로 행동해도 사회는 이들을 공개적으로 비난하지 않습니다. 타히티의 여성 공동체는 플라톤과 캄파넬라의 여성 공동체와는 다릅니다. 플라톤과 캄파넬라는 인구의 무조건적 증가가 오히려 공동체에 위협이 될 수 있다고 규정하고 있습니다. 이에 반해 타히티

사람들은 인구가 무조건 증가되어야 한다고 확신합니다. 인구 증가를 위해서 타히티 공동체는 남녀의 에로틱한 성관계를 최대한 권장하고 있습니다. 심지어 가까운 가족끼리도 성적으로 결합할 수 있습니다. 출산의 능력이 있는 여성들은 외부인과의 정사를 마다하지 않습니다. 대신에 출산 능력이 없는 자라든가 미성년의 경우 성행위는 철저하게 금지되고 있습니다. 따라서 성과 관련된 모든 사항들은 출산을 권장하기 위한 조처로 이해됩니다. 타히티 공동체는 결혼 시 여성의 지참금 문제와 이혼 시 자녀 양육에 관한 권한 등을 분명하게 규정하고 있습니다.

14. 타히티 사회의 취약점: 타히티 사회는 성에 있어서는 관대하지만, 다른 몇 가지 사항에서 도저히 납득할 수 없는 면이 온존합니다. 첫째로 야만의 사회가 그러하듯이, 그들은 인접 섬의 사람들과 피비린내 나는 전쟁을 치릅니다. 전쟁 포로와 사내아이들은 언제나 살육의 대상입니다. 타히티 사람들은 포로들을 죽여서 수염과 턱의 가죽을 벗겨내어 전리품으로 삼습니다. 이는 타히티가 미개 사회라는 것을 분명히 시사해 주는 대목입니다. 둘째로 타히티 사람들은 해와 달 그리고 천체의 항성들을 신으로 숭배하는데, 그것들을 위해서 살아 있는 인간을 제물로 바칩니다. 셋째로 타히티는 철저한 계층 사회로서 사람들 사이에 계급 차이가 존재합니다. 이를테면 제1계급이 왕족이고, 제2계급은 부자들입니다. 제2계급 사람들은 귀족으로서 아랫사람들에게 토지를 나누어 주면서 그들을 관할합니다. 사유재산제도는 없지만, 노예 및 하층민들을 통솔할 수 있는 권한은 존재합니다. 제3계급은 일반 사람들이고, 제4계급은 포로 내지 노예들입니다(Diderot 1981: 239). 계층은 세습된다는 점에서 원시 고대사회의 특징을 드러내고 있습니다.

15. 루소에 대한 부갱빌의 비판: 당시 프랑스인들은 이국적인 삶에 관

한 온갖 상상 내지 신화적 내용을 추론하고 있었습니다. 기상천외한 내용을 담은 거짓 여행기들이 당시에 회자되었습니다. 부갱빌은 신대륙 내지 남태평양의 섬에 관한 이러한 유형의 신화적 편견을 깨뜨리고 싶었습니다. 그렇기에 부갱빌은 한편으로는 타히티의 자연 그대로의 삶을 객관적으로 냉정하게 소개하면서, 다른 한편으로는 미개 문화 내지 계층 사회의 부정적 특징을 전달하려고 했습니다. 당시 유럽인들은 부갱빌의 여행기의 신빙성을 믿었습니다. 나아가 부갱빌은 루소의 다음과 같은 선입견 또한 깨뜨리고 싶었습니다. 루소는 『인간 불평등 기원론』의 각주에서 다음과 같이 언급한 바 있습니다. 즉, 선원, 상인, 군인 그리고 선교사들은 새롭게 접한 땅을 다루면서, 오로지 유럽인의 시각에서 일방적으로 서술할 뿐이라고 말입니다(Rousseau: Note 10). 솔직하고 공명정대한 시각에서 새로운 영역에 관해 중립적으로 서술된 여행기는 루소에 의하면 거의 없다는 것입니다. 부갱빌은 루소의 이러한 태도에 대해 불만을 품었으며, 진정한 여행기가 어떠한 것인지를 보여 주고 싶었습니다.

16. 문제는 주어진 환경에 있다: 타히티의 문화는 다른 문화와 마찬가지로 주어진 환경으로부터 영향을 받은 것입니다. 섬사람들은 인구를 증가시키지 않으면 안 됩니다. 자고로 적과 싸우기 위해서는 군인들의 수가 많아야 합니다. 수적으로 강한 군대가 수적으로 열세인 군대를 무찌를 수 있습니다. 인접한 막강한 국가에 공물을 바치기 위해서, 혹은 그들과 싸우기 위해서라도 인구가 증가되어야 합니다. 타히티에서는 당시에는 인구 증가로 인한 부작용이 없었습니다. 천혜의 자연환경으로 인하여 먹을 것이 풍부하기 때문입니다. 타히티 사람들은 생존을 위해 인구 증가가 필요하다고 판단해 자유로운 성을 생활화하기로 방침을 정했습니다. 특히 근친상간의 경우 좋지 못한 유전병이 발생할 수 있는데, 이를 차단시키기 위해서 외부 사람과의 동침을 권장하기까지 합니다. 그렇기

에 결혼 제도가 강력한 효력을 끼치지 않습니다. 타히티 사람들은 유럽의 생활 방식을 전혀 이해하지 못합니다. 금욕, 순결, 정조, 절개 등은 인간의 자유를 억압하는 족쇄라는 것입니다.

17. 타히티 섬의 금기 사항: 등장인물인 오루는 다음과 같이 말합니다. "혼인의 서약은 사랑이 아니라 의혹과 불신을 낳으며, 인간을 타락시키는 데 일조하는 악습입니다." 타히티 섬에서는 소유권 내지 사유재산제도가 존재하지 않습니다. 그렇다고 해서 금기 사항이 없는 것은 결코 아닙니다. 가령 미성년자는 절대로 성교해서는 안 됩니다. 이를 위해서 미성년 사내는 허리에 사슬을 두르고, 긴 옷을 입고 다녀야 합니다. 처녀는 외출할 때 반드시 하얀 베일을 걸쳐야 합니다. 그렇게 해야만 사내들이 처녀에게 집적거리지 않는다고 합니다. 나아가 특정한 여성들에게는 원칙적으로 성적 자유가 주어지지 않습니다. 가령 병을 앓는 여성, 나이 많은 여성 그리고 월경불순의 여성들이 이 부류에 해당합니다(Kohl: 232). 이들은 제각기 검은 베일과 회색 베일을 걸쳐야 합니다. 만약 이러한 규정을 어길 경우, 당사자는 엄하게 처벌당합니다(Jens 4: 682). 타히티에서의 처벌은 주로 추방 내지는 노예 신분으로의 하락으로 이루어집니다.

18. 제각기 일장일단을 지닌, 두 개의 이질적인 문화: 디드로는 타히티 사람들의 생활 방식을 유럽의 그것과 세밀하게 비교합니다. 이로써 그는 다음과 같은 결론을 도출해 냅니다. 즉, 유럽 사람들은 문명을 이룩하였지만, 여전히 갈등을 느끼며 불행하게 살아간다는 게 바로 그 결론입니다. 그 까닭은 유럽 사회 내의 사도마조히즘이라는 도덕적 심리 구조 때문이라고 말할 수 있습니다. 국가와 개인은 자신의 권한을 서로 빼앗기지 않으려고 제각기 이기적으로 권력과 금력을 추구하면서 인위적으로 살아가는 경우를 생각해 보십시오. 이로써 "인간은 인간에 대한 늑대

(Homo homini lupus)"라는 홉스의 공식이 유효하게 됩니다. 이에 비하면 타히티 사람들은 미개하게 살아가지만, 모든 것을 공동체에 맡기고 자연 친화적으로 생활합니다. 여기서 중요한 것은 악덕과 미덕이 타히티의 자연과 유럽의 문명 속에 공히 도사리고 있다는 사실입니다. 그렇다면 자연적인 것과 제도적인 것 사이의 경계는 무엇일까요? 자연적인 것과 인위적인 것은 역사 속에서 서로 대립하거나 독자적으로 발전하거나, 변증법적인 결과를 초래하였는데, 우리는 어떻게 두 가지 이질적인 문화 사이의 균형을 잡을 수 있을까요?

19. 두 개의 문화적 코드, 문명과 미개에 대한 디드로의 견해: 서로 다른 문화의 만남은 서로 다른 인종과의 결합과는 전혀 다른 양상을 보여 줍니다. 이를테면 흑인과 백인 사이에 자식이 태어나면, 그는 흑인의 모습에 백인의 특징이 담겨 있습니다. 인종은 인상학적으로 뒤섞입니다. 그렇지만 두 개의 이질적인 문화가 서로 뒤섞인다면, 제각기 고유성을 상실하는 경우는 없습니다. 가령 두 개의 문화적 영향을 받고 자라난 인간에게는 이중의 문화적 코드가 주어져 있습니다. 두 개의 문화를 습득한 사람은 이쪽 반, 저쪽 반을 뒤섞어 놓은 절충형의 인간이 아니라, 두 개의 서로 다른 코드를 지닌 복합적으로 사고하는 원숙한 인간으로 거듭나게 됩니다. 이로써 인간의 판단력이 보다 치밀해지고 보다 복잡해지는 것은 당연한 결과입니다. 『부갱빌 여행기 보유』에 등장하는 인물인 오루는 타히티도, 유럽도 문화적 측면에서 결코 절대적인 기준이 될 수 없다고 공언합니다. 등장인물인 B 역시 인간 역사에 출현한 종교의 상대성 내지 모든 풍속의 상대성을 인정하자고 주장합니다. 디드로 역시 이 점을 생각한 게 분명합니다. 그는 절반의 문명과 절반의 자연을 함양하면서 살아가는 인간을 최상으로 생각하였습니다.

20. 문명인과 미개인 사이를 가로지르는 인간형: 그렇다면 절반의 문명과 절반의 자연을 함양하면서 살아가는 것은 어떻게 가능할까요? 작품의 등장인물인 오루는 어떤 가상적인 인물 "크레올(Créole)"을 하나의 구체적인 범례로 들고 있습니다. 크레올은 유럽의 피를 이어받은 백인 남자이지만, 유년 시절에는 유럽에서, 청년 시절에는 신대륙에서 성장하였습니다. 그래서 그는 두 개의 이질적인 문화로부터 지적, 심리적 자양을 공급받은 셈입니다. 크레올은 우생학적 차원에서 개량종이라고 말할 수 없지만, 문화적인 측면에서 하나의 바람직한 인간형이 아닐 수 없습니다. 그는 문명의 혜택을 누리면서도 타히티의 자연 친화적인 삶을 즐기면서 살아갈 수 있습니다. 디드로는 다른 책을 집필할 때 종의 교배, 종교의 다양성 그리고 문화적 이질성 등에 관한 문제에 고심에 고심을 거듭하였습니다. 이는 그의 책 『달랑베르의 꿈(Le rêve de d'Alembert)』(1769)에 자세히 반영되어 있습니다. 서로 다른 인종이 자식을 낳으면 혼혈아가 태어나지만, 서로 다른 문화를 접한 인간의 경우 결코 문화적 혼종이라는 절충적 면모를 드러내지 않습니다. 두 개의 문화적 자양을 동시에 받아들인 사람은 두 개의 서로 다른 문화가 뒤섞인 아말감으로서 행동하는 게 아니라, 이중적인 코드를 지니게 됩니다. 이 경우 그의 판단력은 서로 다른 기준을 지니는 두 개의 잣대를 바탕으로 하고 있습니다.

21. 염소의 발을 지닌 인간: 디드로는 두 개의 잣대의 이중적 코드를 지닌 인간을 "염소의 발을 지닌 인간"으로 비유했습니다. 여기서 말하는 "염소의 발을 지닌 인간"은 우의적 의미를 지니고 있습니다. 문명사회의 삶 그리고 타히티와 같은 곳에서의 자연 친화적인 삶을 동시에 누리기 위해서 우리는 "염소의 발을 지닌 인간"으로 살아갈 필요가 있습니다. 염소는 힘이 세고, 놀라운 지구력을 드러내며, 민첩합니다. 이러한 육체적 기능에 인간의 총명한 두뇌가 첨가되면 금상첨화일 것입니다. 디드로

가 오랜 세월에 걸쳐서 만인의 차별 없는 교육을 부르짖은 것은 바로 그 때문입니다(앙리 세: 133). 그렇지만 보다 핵심적인 문제는 제1세계와 제3세계 사이의 갈등과 착취 구조에 도사리고 있습니다. 디드로는 자본주의의 이윤 추구 및 식민지 쟁탈의 시대 이전에 살았습니다. 그래서 제3세계의 착취에 대한 구체적인 문제점을 직시하지 못하고, 두 개의 문화를 동시에 아우를 수 있는 인간형을 추상적으로 떠올렸던 것입니다. 만약 "염소의 발을 지닌 인간"이 20세기에 활동한다면, 그는 아마도 식민지에서 혹사당하는 노예 신세에서 벗어나지 못할 것입니다. 그렇기에 억압과 경제적 착취 구조를 무시한, 성과 인종 그리고 사랑에 관한 추상적 논의가 사치스러운 일로 비치는 까닭은 바로 그 때문입니다.

22. 디드로 문헌의 독자적 가치: 디드로의 『부갱빌 여행기 보유』는 플라톤과 모어 이후의 유토피아주의자들이 시도한 더 나은 사회의 새로운 시스템을 설계하지 않습니다. 오히려 디드로는 다음의 사항을 분명하게 지적하였습니다. 즉, 인간의 새로운 삶의 가능성은 하나의 구도 속에 차단되는 게 아니라 개방되어야 한다고 말입니다. 기실 디드로의 유토피아는 하나의 새로운 사고로서 어떤 깨달음의 계기를 제공하고 있습니다. 그것은 자연과 문명이 이원론적 대립을 지양하고, 상호 공존하고, 자신의 고유한 특성을 상대방을 통해 보완할 수 있다는 가능성입니다. 문명인이라고 해서 모조리 찬란한 삶을 영위하고, 미개인이라고 해서 무조건 천박한 삶을 이어 가는 것은 아닙니다. 디드로의 책은 자연 친화적인 삶과 유럽 문명 속의 삶이 서로 우월을 가릴 수 없으며, 제각기 다른 사회적 코드에 의해서 영위된다는 점을 우리에게 가르쳐 줍니다. 또 한 가지 사항은 제국주의의 잔인한 착취와 사디즘의 폭력에서 발견될 수 있습니다. 여기서 말하는 착취와 사디즘의 폭력은 비단 경제적 측면에서 이해되는 것만은 아닙니다. 여성에 대한 온갖 유형의 성적 학대와 성병 감염

등을 생각해 보세요(블책: 162). 이는 『부갱빌 여행기 보유』의 두 번째 단락, "노인의 작별 인사"에서 분명하게 드러나고 있습니다. 유럽 문명이 제3제국에게 전해 주는 문물은 다 바람직한 것이라고 말할 수는 없습니다. 이 점을 고려한다면, 디드로의 『부갱빌 여행기 보유』는 라스카사스의 『서인도제국의 황폐화에 관한 짤막한 보고서』(1552) 이후에 나타난, 자본주의 문명에 대한 가장 설득력 있는 비판적 문헌입니다.

23. 제국주의 비판과 이상적인 사회계약: 디드로는 작품에서 두 가지 사항을 지적합니다. 그 하나는 백인들의 오만과 독선 그리고 자기중심주의에 대한 비판이며, 다른 하나는 이상적인 사회계약의 시도를 가리킵니다. 첫째로 디드로는 자신의 고유한 자연법적 사고에 의거하여 18세기 절대왕정의 모든 체제에 대해 이의를 제기하였습니다. 그러나 그는 마치 존 로크 학파의 자유주의자들과 마찬가지로 의회의 결정을 존중하는 군주제에 동의하였습니다. 모든 정책은 왕 한 사람의 결정에 바탕을 둘 게 아니라, 시민 주체의 권익을 대변하기 위해서 선출된 의원들에 의해서 만들어지고 집행되기를 바랐던 것입니다. 디드로는 앙시앵레짐이 횡행하는 시대에 백과전서파의 한 사람으로서 오로지 계몽이라는 무기만으로 저항할 수밖에 없었습니다. 유럽 문명의 자기중심주의와 자기 합리화를 통찰한 사람은 아마도 디드로가 처음일 것입니다. 가령 백인의 교육은 고대부터 지금까지 국가의 이름으로 인류의 죄과를 정당화하는 데 그 목적을 두었습니다(르벨: 182). 디드로의 작품은 유럽인으로서 백인들의 오만과 아집 그리고 독선을 신랄하게 고발한 최초의 문헌입니다. 둘째로 『부갱빌 여행기 보유』를 통하여 디드로는 이상적인 사회계약의 사고를 역사철학적 진보 모델의 틀과 일치시키려고 노력하였습니다. 그의 이러한 시도는 나름대로 영향을 끼쳤습니다. 루소의 추종자, 메르시에는 이와 유사한 시도를 행하였습니다. 디드로가 지구 반대편의 타히티 섬을

바탕으로 자연의 삶의 가능성을 설계하였다면, 메르시에는 『서기 2440년』에서 이상이 실천될 수 있는 시점을 미래로 설정하였습니다. 정태적 유토피아를 능동적 유토피아로 바꾸고, 유토피아의 장소를 미래의 시간으로 이전한 것은 메르시에의 공로입니다. 그렇지만 이를 위한 가교를 놓은 사람은 다름 아니라 드니 디드로였습니다.

24. (요약) 하나의 다른 사회적 모델, 반-기하학적이고 비대칭적인 비국가주의: 디드로는 두 개의 서로 다른 문화의 만남을 예리하게 투시하였습니다. 프랑스의 경우, 국가의 폭력이 심각하며, 수직 구도의 계층적 특성을 지니고 있습니다. 국가는 개별 인간에게 금욕을 하나의 도덕으로 규정하고 일반 사람들로 하여금 이를 따르라고 강권하였습니다. 수많은 피지배 계층은 자신의 재화를 세금으로 수탈당하고 기독교의 결혼 제도 속에서 금욕을 강요당하면서 하루하루를 가난하게 살아 나가고 있었습니다. 이에 비하면 상류층은 기독교의 결혼관을 무시하고 그야말로 방종한 삶을 누리면서 살아갑니다. 그런데 타히티의 현실적 삶은 이와는 판이하게 다릅니다. 섬에서는 국가의 폭력이 처음부터 배제되어 있습니다. 만인은 경제적으로 평등하며, 자유로운 성생활을 누리면서 살아갑니다. 물론 부분적으로 하자를 드러내지만, 타히티 섬사람들은 자연 친화적으로 살면서, 어떠한 거짓된 윤리도, 속임수도 드러내지 않습니다. 그런데 유럽인들이 타히티의 생활 방식을 접하게 되면, 더욱더 자신의 가학적인 공격 성향을 드러내면서 방종의 삶을 살아가려고 합니다. 이를 고려할 때, 타히티는 디드로에게 자국의 문화의 취약점을 지적하기 위한 모델임에 분명합니다.

25. 디드로의 모델, 급진적 무정부주의 그리고 디드로의 한계: 르네상스와 절대주의 시대의 유토피아는 대체로 국가주의의 투명한 시스템에 의

해서 설계되었습니다. 모어로부터 모렐리에 이르기까지의 유토피아는 한결같이 기하학적 구도에서 명징하고 투명한 사회체제의 면모를 보여줍니다. 이는 반듯하고 대칭적인 건축 구도에 바탕을 두고 있습니다. 그러나 디드로에 이르러 사람들은 예기치 않게 급진적 무정부주의의 사고와 조우하게 됩니다. 가령 타히티 섬의 반-기하학적이고 비대칭적인 환경의 예를 생각해 보세요. 우리는 디드로의 유토피아에서 비로소 절대왕권과 관련되는 수직적 지배 이데올로기의 묘한 틈, 다시 말해서 어떤 자유로운 여백을 발견할 수 있습니다. 디드로는 절대왕정과 관련되는 수직적 계층을 공고히 하는 지배 이데올로기를 예리하게 투시하였습니다. 비록 절대왕권의 비이성적 원칙은 당대에 무너뜨릴 수 없다고 하더라도, 이성을 지닌 지식인이라면 누구든 간에 끊임없이 이에 관해 비판적인 발언을 행해야 한다는 것이었습니다. 그렇게 해야만 막강한 지배 이데올로기로 작용하는 절대왕정의 폭력은 종언을 고할 수 있다는 것이었습니다. 우리가 디드로의 문학작품들, 철학 서적들 그리고 백과전서의 문헌들을 계속 읽어야 하는 이유는 그에게서 시대를 뛰어넘는 개혁 의지와 새로운 체제로서의 정부에 대한 갈망을 읽을 수 있기 때문입니다. 물론 우리는 이에 대해 한 가지 단서 조항을 달아야 할 것입니다. 즉, 디드로는 오로지 자신과 같은 지식인 엘리트 그룹에게만 기대감을 표명했을 뿐(바우만: 43), 대중을 "세상에서 가장 어리석은 집단"으로 매도했습니다. 한마디로 대중에 대한 경멸감 내지 엘리트로서의 우월 의식은 디드로의 치명적인 한계로 지적되어야 할 것입니다.

참고 문헌

디드로, 드니 (2006): 달랑베르의 꿈, 김계영 역, 한길사.

디드로, 드니 (2003): 부갱빌 여행기 보유, 정상현 역, 숲.

르벨, 장 프랑스와 (1972): 마르크스도 예수도 없는 혁명, 박재두 역, 법문사.

바우만, 지그문트 (2016): 사회주의, 생동하는 유토피아, 저 너머를 향한 대담한 탐험, 윤태준 역, 오월의 봄.

블첵, 안드레 (2014): 유럽의 끔찍한 범죄는 용서받을 수 있을까?, 실린 곳: 녹색평론, 139호, 154-170.

세, 앙리 (2000): 18세기 프랑스 정치 사상, 나정원 역, 아카넷.

이영목 (2008): 디드로와 이중적 글쓰기: 백과전서시기를 중심으로, 실린 곳: 불어불문학연구, 제76집, 191-217.

Berneri, Marie Louise (1982): Reise durch Utopia, Berlin.

Diderot, Denis (1981): Nachtrag zu Bougainvilles Reise, München.

Diderot, Denis (1880): Supplément au voyage de Bougainville, ou Dialogue entre A. et B. sur l'inconvénient d'attacher des idées morales à certaines actions physiques qui n'en comportent pas, Paris.

Fanon, Frantz(1961): Les damnés de la terre, Paris. (한국어판) 프란츠 파농(2010): 대지의 저주받은 자들, 남경태 역, 그린비.

Jens (2001): Jens, Walter (hrsg.), Kindlers neues Literaturlexikon, 22 Bde, München.

Kohl, Karl-Heinz (1986): Entzauberter Blick. Das Bild vom Guten Wilden und die Erfahrung der Zivilisation, Frankfurt a, M..

Rousseau, Jean J (1964): Le Discours sur l'origine et les fondements de l'inégalité parmi les hommes, Paris.

Schiller, Friedrich (1854): Gedichte von Friedrich Schiller, Cotta.

Trousson, Raymond (2006): Denis Diderot, jour après jour: chronologie, Honoré Champion: Paris.

찾아보기

서양 유토피아의 흐름

2019년 11월 출간

제3권: 메르시에에서 마르크스까지 (프랑스 혁명 – 19세기 중엽)

제4권: 불워 리턴에서 헉슬리까지 (19세기 중엽 – 20세기 중엽)

제5권: 오웰에서 피어시까지 (20세기 중엽 – 현재)